KB102936

너라는 계절

김지훈
이야기
산문집

진심의꽃한송이

　이 세상에 너와 같은 사람은 너밖에 없어서 너와 함께한 모든 순간
이 기적이었다. 이 세상에 하나뿐인 내가 이 세상에 하나뿐인 너를 만나
이 세상에 하나뿐인 사랑을 했다는 기적. 그래서 너는 내게 운명이었다.
너와의 만남이 단순한 외로움에서 시작되었고, 그것을 운명이라 믿는
모든 투영이 우연을 미화한 감상일지라도, 나는 영원히, 너를 내 청춘의
한 페이지에서 만나고 새긴 그 모든 순간을 운명이라고 믿을 것 같다.
가장 보통의 나로서 때로 답답하리만치 모자란 사랑을 했다고 지금의
나는 생각하지만, 사랑을 하는 모든 이들이 가장 사랑하는 사람을 향해
가장 보통의, 서툴고 모자란 사랑을 준다는 것을, 그래서 우리는 그것을
사랑이라 부른다는 것을 나는 또한 알게 되었다. 지난 사랑에 대한 미련
과 후회가 없을 수는 없겠지만 그 또한 찬란했다고 말할 수 있는 것은,
그 순간의 나와 그 순간의 너는 그때의 우리만이 할 수 있는 최선의 사
랑을 서로에게 쏟았기 때문이 아닐까. 그래서 그 시절의 나는, 너는, 그
모든 서투름과 모자람에도 불구하고 예뻤다. 아련하리만치 예뻤다. 그
리고 여전히 내게 사랑으로, 때로는 그리움이자 아픔으로 불리는 너는,

너라는 꽃은,

　앞으로도 영원히 예쁜 향기 가득 피어나기를. 비록 이제는 너를 꽃으로 불러주는 이가 내가 아니더라도, 너는 늘 예쁨이고 기쁨이기를. 하고 네가 볼 수 없는, 네가 들을 수 없는 이곳에서 나는 바라고 소원한다. 헤어진 이의 유일한 자격으로서.

2017년. 너라는 계절. 프롤로그.

1.

공 항 에 서

　인천국제공항. 나는 영국으로 가는 비행기를 기다리고 있다. 공항은 한산하고 왜인지 모르게 나지막하다. 여러 항공사의 각자 다른 제복을 입은 승무원들이 캐리어를 끌고 있다. 그리고 너는...

　영국으로 가는 비행기를 한 번도 타보지 못했다고 했었다. 나중에 영국에 비행을 가게 되면 그곳에서 유학 중인 형을 한번 보고 오라는 말을 했을 때, 너는 내게 그렇게 말했었다. 그 말을 들은 나는, 이제 곧 가게 될 거야, 라고. 너는, 만약에 정말 가게 되면... 나 진짜 오빠랑 결혼해야 돼, 라고.

　나라는 사람에 대해 가장 잘 알고 있는 사람을 만나 나에 대해 이야기를 나누면 네가 나를 조금 더 깊이 이해하게 될 수 있을 거라고 생각했다. 가령, 쉽게 사랑에 빠지지 않는 내 동생이, 오래도록 연애를 하지 않은 내 동생이, 조금은 예민하고 사람을 마음에 두는 것을 어려워하던 내 동생이... 너를 사랑하게 되었다고. 작가라는 놈이 표현이 서툴수도 있겠지만

이 세상 그 누구보다 너를 아끼고 사랑하고 있을 거라고.

나의 형이라면... 그런 마음들을 너에게 전해줄 수 있을 거라고 생각했다. 그런 마음에... 때로 내 마음을 몰라주던 네가 형을 한번 만나고 왔으면 좋겠다고... 그렇게 생각했다. 정말로 나는

이 세상 그 누구보다 너를 아끼고 사랑하니까. 그랬다고...

지금의 나는 생각한다. 그리고... 내 말이 끝난 그 다음 달의 스케줄에 영국이 적혀있었다. 너는 나를 안으며 오빠랑 나, 정말 운명인가 봐, 라고. 그렇게 말을 하고서는 한동안 수줍어하며 나의 손을 만지고는 했었다. 너는 자주 내게 결혼하자는 말을 했고, 거기에 대해 내가 답을 하지 않자 이따금씩 화를 내기도 했다. 그리고... 언젠가는 악을 쓴 적도 있었다.

됐어. 나도 평생 결혼 안 할 거야. 절대 안 할 거야. 평생 아기도 안 가질 거고 혼자 살 거야, 라고. 그때...

나는 너에게 무슨 말을 해줘야 할지 몰라 어떤 말도 건네지 못했고, 너는 내 앞에서 하염없이, 눈물을 쏟곤 했다. 그때...

나는 너에게 말을 해줬어야 했다. 꼭 이 말을 해줬어야 했다. 너는 이 세상 누구보다 사랑스러운 아내가 될 거고, 그 어떤 엄마보다 아이에게 다정한 사랑을 주고 존경받는, 좋은 엄마가 될 거라고. 그렇게 말을 해주며 너를 안아줬어야 했다.

너는 분명 그런 아내이자 엄마가 될 거라고 나는 생각했다. 그리고 내 곁에서 시들어가던 너를... 너를 떠올린다. 지난 시간의 후회라는 파도가 밀려와 나를 삼킨다. 파도는 슬픔이라는 바다가 되어 내 가슴에서 출렁인다. 그렇게 쌓이다가 눈물이 되어 쏟아지고, 나는

공항에서 얼마간 그 모든 아픔이 되어 맺힌 너를 흘린다. 그 파도와... 바다 안에서 허우적거린다. 시간이 제법 많이 흘렀고, 언젠가의 나는 사랑을 했고, 또 이별을 했고, 내 안에 사랑으로 맺혔던 누군가를 잊어갔다. 하지만 너를 잊지는 못했다. 나는 너를 사랑했고, 그 어떤 사람보다도 너를 사랑했고, 여전히 사랑하며... 다만 너를 찾을 자격이 없다는 생각에, 혹시나 네가 내 곁으로 다시 돌아올까 싶어 내 마음을 다른 누군가로 채우지 않고 여전히 너를 그 안에 둔 채 너를 기다리고 있다. 만약에

네가 내게 돌아오지 않는다면, 언젠가 나는 다른 누군가를 사랑하게 될까. 그럴 수도 있겠지만, 그게 지금은 아니고, 아마 제법 오랜 시간이 지난 미래에도 아닐 것이다. 표를 확인하고, 시간을 확인하고,

내가 타야 할 비행기가 있는 게이트를 향해 걸어간다. 하늘색 제복을 입은 한국인 승무원들이 반갑게 인사를 건넨다. 왜 하필이면... 내가 떠나야 하는 이날에는 이 항공사의 비행기 표밖에 남아 있질 않는지, 나

는 되도록이면 영국 항공사의 비행기를 타고 비행기에서부터 영국을 느끼고 싶었는데. 하지만

세상에 우연은 없고, 모든 일에는 이유가 있는 것이고, 정말 이유를 찾을 수 없어 우연처럼 다가왔던 일들이 언젠가는 그때, 그런 이유로 나를 찾아왔었구나, 하고 깨닫게 되는 시간들이 있기 마련이고, 사람과의 만남 또한 마찬가지고. 그러니까 어쨌든.

나는 이 하늘색 항공사의 하늘색 비행기를 타고 하늘을 구경하며 영국을 향해 날아오른다. 그리고 너를 생각한다. 내가 사랑'하'는 너를, 나를 사랑'했'던 너를.

하필이면 같은 시대에, 같은 나라에 태어나
같은 배경을 살아가게 되고
먼 곳에서 자라났지만,
마치 서로를 만나기 위해서인 것처럼
하필이면 서로의 주변에서 살아가게 되고
하필이면 많고도 많은 사람들 사이에서
서로를 지나치지 못해 스며들고.
하필이면, 하필이면, 하필이면.
이 '하필이면'이라는 네 글자의 우연이
우리의 만남 앞에 쌓이고 쌓여
'당연히'라는 세 글자의 필연으로 변해간다.
하필이면 그곳에서 너를 만나
당연히 너를 사랑하게 되었다.

누군가에게 닿은 뒤에는

애써 그 이유를 찾기 위해 노력했습니다.

끊임없이 왜라는 질문을 쌓고

그래서일까라는 추론을 하며

그래서였을 거야, 하는 답을 내리곤 했었죠.

하지만 이제야 제가 해왔던

그 모든 일이 의미가 없었다는 것을 알게 되었습니다.

사람과 사람이 닿는 일에 이유라는 것이 존재할까요.

그저 그렇게 되어버린 것을.

이게 제가 던졌던 모든 왜에 대한

제가 내릴 수 있는

가장 모호하지만 가장 명확한 답이었습니다.

그저, 당신을 좋아하게 되었습니다.

제가 당신을 좋아하는 이유를

당신이 가지고 있지 않았다고 해도

저는 당신을 좋아하게 되었을 것입니다.

그리고 당신은 그 이유가 되었을 것입니다.

2.

그 곳 에 서
너 를 만 났 다

새벽 세 시쯤이었을까. 홍대는 여전히 사람들로 북적였고, 밝았다. 친구들과 오랜만에 술을 한잔 마시고, 아니 정확히는 인당 소주 두 병에 맥주 네 병 정도를 마시고, 집으로 돌아가는 길이었다. 비가 조금씩 내리고 있었고, 사람들은 우산을 쓴 채 횡단보도 앞에서 신호가 바뀌길 기다리고 있었다. 그곳에서 너를 만났다.

위아래 모두 블랙으로 차려입고 베레모를 쓰고 있던 너를, 나는 그림을 그리는 사람이라고 생각했다. 마르고 길쭉한 너의 얼굴은 하얬다. 그리고 보기 좋게 통통했다. 그런 너에게 무슨 생각으로 다가갔는지 모르겠지만, 신호등의 색이 바뀌고 모두가 길을 건너는 찰나에 너를 놓쳐서는 안될 것만 같았다. 그저 그런 생각이 들었다. 뒤에서 너를 붙잡았다. 그리고 번호를 물어보았다.

너는 나를 힐끔 보더니, 저요? 라며, 귀엽게 되묻고는 당신이 맞아, 라는 눈빛으로 폰을 건네고 있는 나를 바라보고는 이내 번호를 찍어주었다. 설렜다. 그 마음을 가득 끌어안은 채 집으로 돌아왔다. 나는 너의 이름을 물어보지 못했고, 너를 데스티니, 라고 저장을 해두었다. 운명. 나는 너를 만난 것이 운명이라 믿었다. 그렇게 믿고 싶었다.

며칠 동안 너에게 연락을 하지 못했다. 용기가 안 났다. 그 시간에 너의 연락처를 물어본 내가 연락을 하면, 너는 나를 어떻게 생각할까, 그게 걱정되었던 거 같다. 사람과 사람 사이의 일은 때로 말보다는 보여지는 것이 중요하기에 물어보지 않는 너에게 내가 굳이, 평소에는 그런 적이 없었는데 그때는 정말 이상한 끌림이 느껴져서 물어봤어요, 라는 말을 하기에는 구차했고, 그렇다고 네가 그렇게 생각하도록 내버려두기엔 너에게 간절했다.

나는 너의 번호를 저장해둔 채 카카오톡 프로필 사진만을 며칠 동안 보고 또 봤다. 겨우 배경사진이 하나 있었는데, 그마저 너의 얼굴은 없었다. 보랏빛 하늘 아래에서 바람에 하늘거리는 꽃무늬 원피스를 입은 너는 먼 바다를 바라보고 있었다. 뒷모습 한 장이 네 사진의 전부였다. 나는 그게 좋았다. 얼굴이 가득 찍혀있지 않아서 좋았다. 분명, 너는 예술을 하는 사람일 거라고 생각했다.

일주일쯤 지났을까, 나는 드디어 용기를 내어 너에게 연락을 했다. "안녕하세요." 고작 안녕하세요가 다였다. 답장이 올 거란 기대를 크게 하진 않았던 거 같다. 시간도 많이 지났고, 무엇보다 새벽 세 시의 홍대였으니까. 하지만 구차해지고 싶진 않았다. 저번에 번호를 물어본 사람인데요, 사실은 제가 번호를 그렇게 물어보고 하지는 않는데 그때는 정말 용기를 내어 물어봤어요. 그리고 연락은 왜 늦었냐면요...

　상상만으로도 손발이 오그라들 것만 같다. 나는 사람을 만날 때, 굳이 나는 이런 사람이다, 라고 미리 설명하는 것을 좋아하지 않는데, 내가 평소에 어떤 사람인지보다 너에게 어떤 사람이 되어가는지가 중요한 것이고, 나에 대해 미리 설명하며 알려주기보다 함께하는 시간 안에서 보여지는 나를 알아가게 해주고 싶으니까. 사람과 사람의 관계는 상대적이어서 늘 이런 나는 존재하지 않는다는 걸, 무엇보다 잘 아니까. 누구를 만나면 이런 내가 되고, 또 다른 누군가를 만나면 저런 내가 되기도 하니까. 결국 이 관계 안의 우리는 세상에 단 하나의 우리로서 존재하는 거라 믿으니까.

　　관계란 그런 거 아닐까.
　　서로 다른 둘이 만나
　　새로운 하나를 만들어가는 과정.
　　적어도 그 관계 안에 존재하는 나는
　　이 세상 어디에도 없는 새로운 나이기에
　　그래서 하나하나의 관계가 다 소중한 거 아닐까.
　　그래서 새로운 사람을 만나는 일은
　　내겐 늘 두려우면서도 설레는 일.
　　너를 만나 나는 어떤 내가 될까.
　　이 관계는 어떤 관계가 되어갈까.
　　부디 우리의 관계는
　　다정함과 따스함으로 서로를 끌어안아주길.

오전에 보낸 연락의 답장은 저녁이 되어서야 왔다. "안녕하세요, 오랜만이시네요." 기뻤다. 만약 내게 백 미터 달리기에서 열 번을 달려 한 번도 이긴 적이 없는 상대가 있다면 오늘은 이길 수 있을 만큼 기뻤다. 어릴 적 짝사랑했던 여자애가 끝내 내 고백을 받아줬을 때, 단 한 번도 닿아본 적이 없던 천장에 점프를 해서 닿은 적이 있었는데, 딱 그런 기분이었다. 오랜만에 느껴보는 설렘에 심장이 따뜻해졌다. 오늘 밤엔 비가 오지 않았다.

나는 사람을 만날 때
굳이 나에 대해 이런 사람이다, 미리 말하지 않는데
그건 더 이상 말을 믿지 않아서 그런 걸지도 모르겠다.
말도 많고 탈도 많았던 인간관계를 해오며
중요한 건 말보다는 시간 속에서 보여지는 행동이며
내게 느껴지는 진심의 온도라는 걸 배웠으니까.
그저 나는 이런 사람이다, 라고
스포일러 없이 너에게 느낄 수 있게 해주고 싶다.
너에게 나는 어떤 사람일까.
나는 너에게 어떤 사람이 되어갈까.

무엇보다 깊은 사람이고 싶다.

가벼운 말보다는

내 존재의 향기가 너에게 닿았으면 좋겠다.

애써 변명하고 나에 대해 설명하기보다

그저 나로서 다가갔는데

나로서 닿아 맺어지는 인연이

좋은 인연이라고 믿으니까.

각자의 계절엔 각자의 예쁨이 있고

나에겐 나만의 예쁨이 있는 거니까.

아직 철부지여서 그런지는 모르겠지만

여전히 운명을 믿어요.

그리고 아직도 낭만을 사랑하구요.

연락을 했는데,

왜인지 모르게 무슨 말을 해야 할지 생각해야 되고

전화를 했는데,

침묵이 어색해서 애써 마음에도 없는 말을 하게 되는,

온전히 나로서 존재하는 게 불편한 사람은 싫더라고요.

막 영화처럼 거대한 운명을 믿는 건 아니고요.

소설에서나 나올 법한 낭만을 사랑하는 것도 아니에요.

그저 대화가 잘 통하는 게 운명이고 낭만이라 믿어요.

그런 사람과 함께 있으면

가슴에 없던 낭만도 타오르게 되거든요.

이 사람, 지나쳐선 안 될 운명이라 믿게 되거든요.

다른 거 없이, 편의점 앞에서 맥주 한 캔 마시며

서로에 대해 알아가고 궁금해하는데,

그리고 서로의 일상을 나누는 데 하루가 모자란 사람.

그래서 내일을 약속하게 되는 사람.

그게 제 낭만이고, 간절히 기다리는 운명이에요.

만남의 가치가 있는 사람.

함께하는 시간 동안 대화가 끊이질 않는 사람.

각자의 삶에 대해 함부로 가벼이 판단하지 않는 사람.

웃기고 재미있는 이야기를 해서 웃게 되는 사람이 아니라,

그저 그 사람의 일상을 바라보는 게 재미가 있어서

내게 미소를 선물해주는, 그런 사람.

3.

좋 아 함 의   이 유

    생각보다 너와는 말이 잘 통했다. 너는 내가 먼저 너에게 다가갔다고 해서 이 관계에서 갑이 되었다고 생각하지 않았다. 가끔 누군가와 연락을 할 때, 대답만 하는 사람이 있는데, 나는 그 순간 그 사람에게 다시는 연락을 하지 않는다. 서로가 궁금하고 끌려야 좋은 관계지, 내가 먼저 좋아했다고 나만 궁금해하는 건 싫다. 적어도 나를 좋아하는 넌 어떤 사람일까, 궁금해하는 사람이었으면 좋겠고, 최소한의 정성이 있는 사람이었으면 좋겠으니까. 나는 절대 나를 내던지면서까지 누군가에게 매달리지 않는다. 그건 첫사랑 때, 그때만으로 족했다.

    그렇게 너는, 서서히 내 마음에 스며들었다. 너를 만나고 싶었다. 얼굴의 표정과 목소리와 그 안에 깃든 너의 울림을 마주하고 싶었다. 너의 울림과 나의 울림이 닿으면 어떤 소리가 날까, 그건 어떤 예쁨일까, 자

꾸만 궁금해졌다. 나는 네가 어디에 있는지 물었고,

너는 독일에 있다고 답했다. 예술을 하는 사람이니, 독일에서 공부를 하나 보다, 그렇게 생각했다. 홀로 미래를 그려보고 앞선 상상을 하다가 조금 아쉬워지긴 했지만, 조금보다는 더 많이, 그보단 조금 더 많이, 그러니까 마음이 아플 만큼 섭섭하긴 했지만, 그저 너와 이야기를 하고 연락을 하는 것만으로도 충분히 소중하다는 결론에 이르렀다.

네가 먼 곳에 있든, 가까운 곳에 있든 너에 대한 내 끌림은 변함이 없을 거라고 생각했다. 가끔 너를 만지고 싶고 내 눈에 너를 담은 채 너의 모든 것을 느끼고 싶을 때가 있긴 하겠지만, 그럴 수 없다고 해도 괜찮다고 생각했다. 그럴 수 있는 대상이 네가 아니라면, 그게 무슨 의미가 있을까. 그럴 수 없다고 해도 그게 너라면 괜찮다고. 그렇게 한참을 멀리까지 생각하며, 스스로를 애써 위로하고 있는 나는 아마도, 이미 너를 좋아하게 된 것이겠지.

참 멀리까지도 왔다. 그저 잠시 여행을 간 것일 수도 있는데 나는 참 멀리까지도 왔다. 사람이 사람을 좋아할 때, 그 좋아함의 정도가 깊을 때, 많은 생각을 쌓고 허물며 그럼에도 너를 좋아하는 이유를 애써 찾게 되는 것처럼 나는 너에게 그랬고, 내가 그런 생각을 하고 있을까 싶어 신경이 쓰였던 너는 곧이어 답장을 하나 더 보내주었다. 이틀 정도 있다가 다시 한국으로 돌아가요. 그때 한번 봐요, 우리. 예뻤다. 너는 아마도, 다정한 사람이었다. 그리고

너는 승무원이었다. 늘 많은 승객들과 함께 비행기를 타고 그들의

여행을 응원해주는, 예쁜 미소를 가진 승무원. 솔직히 말해서, 그림을 그리지 않아서 조금 실망을 하기는 했다. 아무래도 나는, 안정적인 직장인보다는 조금 위험하고 가난할 수는 있지만 그래도 삶이 불규칙한 예술가를 만나고 싶었으니까. 서로의 고민이 다르고, 나아가는 방향이 다를 거라는 편견을 가지고 있었던 거 같다.

하지만 그보다 중요한 건 역시, 사람이었다. 나는 네, 가 좋았다. 네가 승무원이든, 네가 그림을 그리는 사람이든, 학생이든, 나와 같은 작가든, 네가 멀리에 있든, 가까이 있든, 그런 건 중요하지 않을 만큼 나는, 네가 좋았다. 사람이 사람을 좋아하는 데에 이유가 존재하지는 않겠지만, 그저 알 수 없는 순간의 알 수 없는 이유들로 너를 좋아하게 되어버렸고, 그 좋아함의 이유를 찾는 건 언제나 너를 좋아한 뒤의 일이 되겠지만 너는

가장 중요한, 사람과 사람 사이에 지켜야 할 선명한 선이 있는 사람 같았다. 늘 부탁은 시작이 아니라 마지막이어야 한다고 믿는 나였다. 처음이 부탁인 사람과 함께할 때면, 내가 굳이 거절을 해야 하는 상황이 자주 생기기 마련이고, 그로 인해 결국에는 서로에게서 멀어지고 말 테니까. 너는 다정하지만, 반듯한 사람 같았다. 그런 사람은, 그런 사람을 쉽게 느낄 수 있는 거니까.

내가 너를 좋아하는 마음이

네가 나에게

함부로 해도 된다는 허락이 되는 건 아니야.

먼저 다가갔다고

너에게 갑의 왕관을 씌어준 것도 아니야.

아직 너를 사랑한다는 것도 아니고.

그저 끌리는 내 감정을 알아가고 싶고

네가 어떤 사람인지 알아가고 싶어서

먼저 다가가고 있을 뿐인데

네가 그런 마음에 쉽게 취하는 사람이라면

나는 더 이상 너를 알아가고 싶지 않겠지.

너라서.

어떤 사람을 만나서
사랑에 빠지게 되지 않을 거라면
그 사람은, 이게 별로였어, 라고
애써 좋아하지 않는 이유를 찾게 되는 것처럼
사람과 사람이 닿고 닿지 않는 일에
이유라는 게 존재할까.
그냥 너라서 네가 좋은 것을.
다른 누구도 아니라 너라서.

그저 알 수 없는 순간의 조각들 앞에서
알 수 없는 이유들로 너를 좋아하게 되어버렸고
그 좋아함의 이유를 찾는 건
언제나 너를 좋아하게 된 이후의 일인 것을.

네가,
내가 너를 좋아하는 이유의 전부야.

4.

사 랑 은 ,
너 를 마 주 하 는 일

　너를 좋아하게 되고, 너에게 끌리는 이 감정을, 나는 섣불리 사랑으
로 오해하지는 않았다. 그저 '알아가고 싶은 호기심' 즈음으로 이해했
다. 사랑으로서든, 사람으로서든, 수많은 사람과 만나고 헤어지며 내가
배운 것은, 끌림의 결과가 사랑이라는 결론에 꼭 닿는 것은 아니라는 것
과 표지와 제목이 예뻐 서로에게 다가갔다가, 그 안의 내용이 닿지 않아
시작하기도 전에 끝이 나는 관계 또한 많다는 것이었고, 그래서 나는 사
랑의 시작 앞에서 늘 신중해야 한다고 믿었으니까. 그러니까 내가 너를
좋아한다는 말은, 너와 사귀고 싶다는 말이 아니라 너를 알아가고 싶다
는 말. 서툴고 어린 시절에는 이 끌림을 무조건 사랑으로 이해하고 감정
적으로 덤벼드는 날들이 있었지만,

　감정적이 되는 순간 나는 너에게 나를 보여주기보다 내 감정을 앞세

우기 바빴고, 너의 표지 안에 있는 진짜 너를 알아가기보다는 그저 내가 너를 좋아하고 있다는 이 감정에 취해 너를 예뻐해주기 바빴으니까. 결국에 나는, 너를 알지 못했고 너는, 나를 알지 못했고, 그로 인해 감정이 식은 뒤 드러난 서로의 진짜 모습을 보고, 처음과는 사뭇 다른 낯선 모습들에 실망한 채 등을 돌리게 되었으니까. 결국 내가 없는 관계는 나를 공허하게 만들었고, 그건 너에게 또한 마찬가지였으니까. 그래서 나는, 오늘의 너를 차분하게 알아가고 싶었다. 그리고 그 시간 동안, 너에게 향하고 있는 내 감정이 아닌, 나로서 너에게 닿아가고 싶었다.

너는 독일에 있었고, 나라와 나라 사이에는 시차가 있었고, 와이파이가 잘 터지지 않았고, 선배들과 함께 있었고, 나는 마지막 원고 작업을 하느라 조금 예민했고, 원래 연락을 잘 하지 않는 성격이었고, 등등의 무수히 많은 이유들 속에서도 우리는 서로에게 최선을 다했다. 서로에게 그 정성이 느껴지게 해주었고, 연락을 하는 순간만큼은 진심을 다했다. 하루 종일, 건성으로 주고받는 영양가 없는 수많은 연락보다 서로에게 진심을 다하는 몇 번의 연락이 소중한 우리 둘은 그렇게 제법 잘 맞는 인연이 되어가고 있었다.

나는 너에게 내가 쓴 책을 보내주었다. 네가 한국에 돌아와, 책을 받을 수 있는 날짜와 너의 주소를 쓰면 그날 그 장소로 선물이 가도록, 그러니까 책의 바코드를 선물했다. 네가 나를 만나기 전에 나의 책을 읽어봤으면 좋겠다고 생각했다. 그리고 그곳에서 슬픔을 느꼈으면 좋겠다고. 모든 이들이 따뜻함으로 읽는 나의 글에서 슬픔을 찾을 수 있는 사람이었으면 좋겠다고.

나는 이따금씩 예민해지기도 하고 슬픔을 자주 마주하기도 해서, 그리고 그 슬픔에 대해 깊이 빠져들기도 해서, 자주 외로워하니까. 그럴 때면 알 수 없는 결핍의 조각들이 나의 밤을 찾아와 잠을 제대로 잘 수가 없으며, 그 불면의 밤이 무서워 누군가의 품으로 도망가고 싶어지곤 하니까. 그 모든 시간들을 나누었다, 넌 이런 글을 써놓고 네가 힘들면 안 되지, 라는 말 앞에서 아파해왔으니까. 그렇게, 조금씩 마음의 문을 닫아가고 있었으니까. 그러니 그걸,

나눌 수 있는 사람이었으면 좋겠다고 생각했다. 이따금씩 내가 두려워 징징댈 때면 그런 나를 안고 품 안에서 쓰다듬어줄 수 있는, 그런 사람이었으면 좋겠다고. 나를 담은 내 글의 온도가 따뜻함 하나로만 이해되는 순간, 나는 그 편견 앞에서 자주 무너질 테니까. 나는 완벽한 사람이 아니며, 여전히 나아가고 있으며 어디엔가 닿아가고 있으며 때로는 잘못된 길 위에 놓이기도 하는, 여리고 나약한 한 사람의 지구별 여행자일 뿐이니까.

책을 보내기 전에, 너는 내게 무엇을 하는 사람인지 물었고, 나는 그저 글을 쓰는 사람이라고만 말했었다. 하지만 아마도, 나의 카카오톡 배경에는 내 책이 있고, 나의 SNS 계정이 있기에 너는 내가 이 책의 작가라는 사실을 이미 알고 있었을 것이다. 그렇게 짐작은 했지만, 너는 우와 이 책의 작가님이셨구나, 라며 신기해했다. 무엇이 진실이든, 아는데 미리 알아봤다는 게 부끄러워서 숨긴 거라면 그건 귀여웠고, 정말 몰랐다면 그건 멋있다고 생각했다. 이미 너를 좋아하고 있는 나에게, 너의 무엇이든 너를 좋아하는 무수히 많은 이유 중 하나의 이유가 될 뿐이었다.

그리고 너는 또 다른 먼 나라로 비행을 갔고, 하나도 멋있지 않은 나

는 페이스북에 너의 이름을 검색해 보았다. 너인 듯 아닌 듯한 사람이 있었다. 친구가 아닌 내게 사진은 거의 보이지 않았지만, 프로필과 배경 사진은 보였는데, 이 사람은 네가 아니라고 생각했다. 왜냐면 이 사람에게는 남자친구가 있었으니까.

먼 나라에 도착한 너에게서 연락이 왔다. 많이 힘들겠구나, 생각했다. 늘 시차에 적응하면서 오랜 시간 비행을 한다는 게, 그러면서도 승객들에게 예쁜 미소와 친절을 전해준다는 게 참 많이 힘들겠구나, 생각했다. 여행을 갈 때에도 비행기를 타고 가는 시간이 지치고 힘든데, 그걸 매번 짧은 시간 안에 반복하는 너는 얼마나 힘이 들까. 나는 그런 너에게 짐이 되기보다 위로가 되어주는 사람이 되고 싶었다.

많이 힘들죠? 나는 물었고, 너는 괜찮다고 말했다. 나는 괜찮다는 말을 잘 믿지 않아서, 네가 괜찮다고 하거나 말거나 네가 힘들어하고 있다고 생각했다. 힘내라는 말처럼 힘이 되어주지 않는 위로도 없으니, 나는 너에게 무얼 해줄까, 곰곰이 생각하다가 너의 웃는 모습을 그림으로 그려서, 너는 웃는 모습이 젤 예뻐, 라는 글과 함께 선물해줘야겠다 싶었다. 그래서 너에게 사진을 몇 장 보내달라고 말했다. 그리고

너에게서 몇 장의 사진이 왔다. 이건 예쁘고, 이건 귀엽고, 이건 멋지고, 그런데 이건...

모든 사람의 지금은 힘들다고 믿어서
괜찮다는 말은 다 거짓말이라고 생각해요.
힘들다고 해봐야,
돌아올 성의 없는 위로가 차가워서 아팠거나,
힘낼 수 있을 정도의 아픔으로 정의되어버리는 것에 슬펐거나,
그랬던 기억에 괜찮다는 말이 습관이 되어버린 거라고.
그래서 힘내라는 말은 잘 하지 않아요.
말로 긴 위로를 해주지도 않아요.
그저 들어주는 게 내게 가장 큰 위로였던 만큼
나도 그걸 주고 싶거든요.
그리고 오랜 시간 정성을 들여서
너만을 위한 선물을 주곤 해요.
마음이 담긴 선물만큼 위로가 되는 것도 없으니까.
못생긴 글씨로 한 글자 한 글자 눌러 편지를 쓴다든지
혹은 서툰 실력으로 한 땀 한 땀 너를 그려준다든지.
말은 내 마음을 담기에 때로 너무 부족해서
너의 마음을 더욱 닫아버리기도 하니까.
그래서 나는 마음을 주고 싶어요.
너에게 위로가 되고 싶은, 내 마음을 한가득.

날씨가 너무 좋아
하늘을 찍어서 너에게 보내주고
길을 걷다 피어난 꽃이 너무 예뻐
너에게 찍어서 보내주고.
그런 사소한 진심과 마음에
사람은 행복하다고 느끼는데
왜 꼭 말이 많아야 하고
겉치레는 화려해야 하는 건지.
아직도 사람들은 세상을,
그리고 사람의 마음을
너무 오해하고 있는 건 아닌지.

감정이 식고 나면
결국은 사람만이 남는 게 연애에요.
그래서 사랑은
감정으로 하는 게 아니라
사람으로 하는 거예요.
마음이 반듯하고 예쁜 사람을 만나요.
그래야 오래도록 소중할 테니까.
시들어지기보다 내내 피어날 테니까.
처음부터 예쁘지는 않았어도
만날 때마다 예쁜 구석을 찾게 되는 사람.
그 사람이 그토록 간절히 바라고 기다리던
당신의 사람이고, 당신의 운명이에요.

너의 아픔에 닿고 싶은데
내 마음을 표현할 단어가 세상에 없을 때,
그 어떤 말도
너의 아픔을 끌어안기에 부족해서
차가움과 상처로 닿지 않을까 걱정이 될 때
그 답답함에 미어지는 눈빛으로,
참 안타깝고 속상한 눈빛으로 너를 바라봐주고
그러다 너를 내 품에 꼭 끌어안아주는 것.
그 눈빛과 체온을 너에게 전해주는 것.
지금 내 마음을 표현할 수 있는 유일한 단어.

5.

아 팠 다

이건... 조금 충격이었다. 내가 예전에 페이스북에서 보았던 그 사람이 바로 너였다는 걸 알게 되었으니까. 그러니까 너에게 남자친구가 있다는 사실을. 무엇이 너의 사랑을 흔들어 놓았는지 모르겠지만, 너의 사랑이 끝난 사랑이든, 아니면 새로운 사람이 생기면 끝을 내야겠다고 마음먹은 사랑이든, 나는 정리되지 않은 사람은 만나지 않고, 헤어진 지 얼마 되지 않은 사람도 절대 만나지 않는다.

모든 헤어짐은 힘든 것이고, 사랑했던 만큼 추억은 소중하기 마련이니까. 곧장 다른 사람을 만나 행복하다면, 그건 이전 사랑에 대한 깊이가 얕았다는 말이 되고, 가볍지 않은 사랑이었다면, 나를 만나는 동안 그 사람에 대한 미련이 하나둘 생겨 슬퍼질 수도 있다는 말이 되니까. 만약에 네가, 가벼운 사랑을 하는 사람이라면, 그리고 그 상대가 내가 된 것이라면 그건 더욱 싫고, 내가 사랑하게 된 네가 나와 함께하는 동안 그 때 그 사람을 떠올리며 힘들어 하는 모습은, 생각만 해도 너무 아프네.

　내가 그랬던 적도 있었고, 상대방이 내게 그랬던 적도 있었기에 나는 정리되지 않은 사람은 절대 만나지 않는다. 미리 알았더라면 좋았을 텐데, 이미 너를 어느 정도 좋아하게 된 뒤에야 이 사실을 알게 되어서 조금 아팠다. 조금보다 많이. 하지만, 지금이라도 알게 된 것이 어딘가. 더 깊어지기 전에 정리를 해야지. 그렇게 각오를 하고 너의 연락에 답장을 하지 않았다. 한 번 더

　연락이 왔지만 답장을 하지 않았다. 그리고 더 이상 너도 나에게 연락을 하지 않았다. 데스티니로 저장을 했다가, 너의 이름으로 바꾸었던 소중한 연락처를 그렇게 삭제했다.

　웬일로 사랑을 하나 싶었는데, 사랑은 채 시작하기도 전에 끝이 났고, 나는 아팠다. 또한 슬펐다.

헤어짐은 언제나 힘들다.

만남이 짧았든 길었든, 그 시간이 중요한 게 아니라

사랑을 했다면 어떤 이별이든 힘든 것이다.

너무나 힘든 사랑이었기에 헤어짐을 각오했고

그래서 헤어졌기에 생각보다 괜찮았지만

아픔은 예기치 않은 순간에 서서히 나를 찾아오기도 한다.

그래서 나는 헤어진 지 얼마 되지 않은 사람에게

절대 사랑에 빠지지 않는데,

그건 아프지 않기 위한 내 나름의 방어다.

혹여나 네가 정말 괜찮아서 새로운 사랑을 시작해도

그때 그 사람이 괜찮지 않다면

얼마간 너는 그 사람의 연락에 시달리겠지.

그렇게 사랑을 했는데

한순간 매몰차지는 것도 쉽지 않으니까.

그 모든 것을 지켜보는 게 내게는 아픔이겠지.

그래서 진짜 이별은 이별을 한 순간이 아니라

이별을 한 뒤부터 시작된다.

하나가 되었던 둘이서 헤어짐을 약속했다고

이별이 완성된 게 아니라

서로에게 묻었던 서로의 향과 색을 지우고

드문드문 떠오르는 서로의 순간과 기억까지 뜯어내고

그 모든 일을 완성한 뒤에

다시 온전한 하나의 나로 돌아왔을 때,

그때야 비로소 이별은 오롯이 완성되는 것.

온전한 하나의 내가 되어야

다시 온전한 하나의 사랑을 시작할 수 있는 것.

아직 나에게 묻어있는 너를 채 지우지 못해

반쪽짜리로 남아있는데 어찌 사랑이 온전할 수 있을까.

사랑을 하는 데 있어 자격이라는 게 있을까요. 만약에 그런 게 있다면 나는 사랑 앞에서 처절해질 줄 아는 마음이 사랑의 자격이라고 믿어요. 누군가를 깊게 내 마음에 담고, 그 사람을 그리며 세상 찌질해져 보기도 하고, 더없이 소심해지기도, 유치해져 보기도 하고, 돌이켜 손발이 오그라들 만큼 부끄러운 기억들을 참 많이도 만들었고, 그렇게 너라는 거대함을 담은 채 그 세계가 내 전부라 믿을 만큼의 간절함과 처절한 마음 말이에요. 그런 마음으로 너를 담았기에 주어진 이별 앞에서 괜찮을 수가 없는 거예요. 너를 잃는 것이 내 전부를 잃는 것과도 같아서 무너질 수밖에 없는 거예요. 하나의 사랑을 시작하고 끝내는 데 있어 아무런 아픔을 느끼지 않는 사람이, 세상 찌질해져 본 적이 없는 사람이 과연 사랑을 했다고 할 수 있는 걸까요. 아팠던 만큼 깊어질 것이고, 다음 사랑은 더욱 찬란할 거예요. 그 사랑 앞에서 늘 부족했고, 서툴기도 참 서툴렀지만 결코 내게 의미 없던 사랑이 아니었으니까. 나의 살아가는 이유가 되었고, 네가 이 세상의 전부가 되었던 찬란함이니까. 그러니까 나는 사랑 앞에서 아파할 줄 아는 사람이 좋아요. 이별 앞에서 무너질 줄 아는 사람이 좋아요. 그 처절함으로 사랑을 하는 사람을 만나고 싶어요. 얕고 가벼운 건 싫으니까요. 그러니 아프다고, 나만 아프다고 너무 괴로워하지 말아요. 그 아픔이, 당신이 사랑을 했다는 찬란한 증거이며, 다음에 또한 그런 사랑을 하게 될 거라는 믿음이며, 그 누구보다 아름다운 사랑의 꽃을 피울 자격이니까.

빈자리.

삶의 사계와 오르막과 내리막을 모두 나누고
함께 의지할 수 있는 사소하고도 큰 진심으로 채워지길.

6.

너 를 상 상 하 는 일

너를 조금 원망하기도 했다. 이렇게 좋아하게 되었는데, 오랜만에 사랑하게 될 것 같은 너를 만났는데, 남자친구가 있다니. 그래서 너를 원망했다. 꿋꿋이 너에게 연락을 하지 않으며, 연락을 하고 싶은 욕구를 애써 참아내며, 너를 지워갔다. 너 또한 나를 더 이상 찾지 않았다. 어쩌면 그래서 너를 정리하는 일이 더 쉬워질 수도 있겠지만 그게 마냥 기쁜 건 아니었다. 은근히 너에게서 연락이 오길 기다리기라도 했던 걸까.

이주일 정도가 지났을까. 나는 여전히 너에게서 연락이 오지 않을까 싶어 은근히 기다리고 있었던 거 같다. 스치며 본 몇 초와 주고받은 연락 몇 번이 다인 너를 이토록 기다리고 또 그리워하는 것이 스스로도 이해하기 힘든 감정이었지만, 사람이 사람을 좋아하고 그리워하는 데에 시간과 만남의 횟수를 세고 재는 일이 무슨 소용일까. 누군가는 파란

색을 좋아하고 누군가는 노란색을 좋아하는 것처럼, 그저 좋아하게 되어버린 것을. 끊임없이 너를 그리고 상상하게 되어버린 것을. 닿는 것과 찢어짐에 이유를 찾는 것이 더 한심한 일일 수도 있다는 것을 배워가며, 너를 썼다가 지웠다가 쌓고 허물고를 반복하며 너에 대한 끌림을 조금씩 더 확인하며 확신하며

　　머릿속에 이는 너라는 상상을 지켜보고 바라볼 뿐이었다. 그렇게 지워가고 잊어간다는 변명 아래에서 하염없이 너를 기다리며, 너라는 예쁨과 상상을 부풀려가고만 있다. 사랑은 늘 상상하는 것에서부터 시작되고, 상상이라는 것은 막을래야 막을 수 있는 것이 아니었다. 너와 만난 시간은 단 몇 초의 스침이 다였고, 너와 주고받은 대화의 조각들이 많았던 것도 아니지만, 나는 너를 상상했고, 그러니까 그 상상 안에서 이미 너를 만나기도, 함께 이런저런 대화를 나누기도, 손을 잡은 채 걷기도 했으며, 평소에 가고 싶었던 곳에서 하고 싶었던 일들을 해보며 설레기도 했으니 나는 이미,

　　너를 깊이 좋아하게 되어버린 거겠지. 하지만 오늘도, 너에게서 연락은 오지 않았고, 먼저 연락을 할까, 고민을 하다가 너에게 남자친구가 있다는 사실을 애써 기억해내며, 인터넷을 켰다. 나에게는 자기 전이면 늘 메일함에 들어가 확인할 메일을 확인하고, 지울 메일은 지워야 하루가 정말로 마무리되었다는 게 실감이 나서 편히 잘 수 있는 나만의 습관이 있었고, 오늘 밤에도 늘 그래왔듯 받은 메일의 숫자를 0으로 만들기 위해 메일함에 들어갔는데, 이내

　　심장이 쿵, 하고 내려앉았다.

너를 사랑하게 되는 일은
너를 계속해서 생각하게 되는 일.
너와의 만남을 상상하며
그 미래 안에서 아파하기도 하고
기쁨에 겨워 행복해하기도 하며
그렇게 많은 일들을 미리 더해보는 일.
나의 머릿속을 가득 채운 채
머리의 일들로 가슴을 움직이는 너는
이미 내 가슴속에 사랑으로 맺혀진 것.
지금 간절히 그리고 상상하는 이가 있다면
그 사람이 바로 내가 사랑하게 될
어쩌면 이미 사랑하게 되어버린 바로 그 사람.

짝사랑.

너의 하루가 참 궁금한데 오늘 너의 기분과 감정이 참 궁금한데 물어볼
수 없다는 거, 참 답답하고 아픈 일. 그럼에도 너의 하루가 행복하기를 바
란다는 거, 늘 생각하고 기도하고 응원한다는 거, 그러니까 나를 좋아하
지 않는 너를 혼자 좋아한다는 거, 오늘따라 참 슬프다. 반지 못해도 좋으
니 줄 수라도 있었으면 좋겠다, 소원하는 오늘의 내가 참 슬프다.

네가 좋아. 무엇이 너를, 내가 어떻게 널 좋아하게 돼버렸는지, 사실 나도 모르겠어. 이해하려고 해도 할 수가 없어. 중요하지 않다는 이야기야. 머리로 하는 생각들, 이해하고자 하는 방식들. 그런 건 이제 더 이상 중요하지 않다는 거야. 가슴으로 네가 좋아. 그래서 너에게 다가가는 방법을 알 수가 없어. 너에게 널 좋아하는 이유를 설명할 수가 없어. 그래서 이토록 서툴게 너를 좋아해. 하지만 진심이야. 그 무엇보다 진심으로 널 좋아해. 막연히 만나고 싶다거나 너와 무엇을 하고 싶다거나 그런 게 아니야. 그저 네가 웃는 모습을 상상해. 나로 인해 네가 웃는 일이 많아졌으면 좋겠어. 내가 너를 좋아하는 이유를 찾아야 한다면 그런데 만약 지금이라는 시간 속에서 그 이유를 찾지 못하겠다면 난 과거에서 그 이유를 찾아. 어쩌면 나도 너도 기억조차 할 수 없었던 그때의 그 약속에서. 그리고 그 약속을 지키기 위해 오늘 네가 좋아져버렸어. 그러니까 기다릴게. 네가 나와의 약속을 기억하는 시간 동안 널 기다릴게. 그리고 또 약속하자. 다음 생에도 너를 만나, 나를 만나 사랑에 빠지겠다는 영원의 맹세를. 난 자유를 좋아해서 어디에 묶이는 게 싫지만 영원히 너와 함께해야 한다면 기꺼이 그렇게 할 거야. 아니, 무조건 그렇게.

7.

너 를 만 나 고 싶 었 다

심장이 쿵, 하고 내려앉았다. 며칠 아니 몇 주가 지나도록 연락 한 통이 없었던 너에게서 메일이 와있었던 것이다. 이 글을 읽으실지 안 읽으실지 모르겠지만 그래도 마음을 전하고 싶어서. 답장을 하지 않으셔도 좋으니 마음을 전하고 싶어서. 책 선물 정말 고마웠고 잘 읽었다고.

귀여웠다. 읽었으면 좋겠다, 생각했으니 보낸 거겠지. 답장이 왔으면 좋겠다, 생각했으니 보낸 거겠지. 책 선물이 고마웠다는 건 그냥 핑계겠지. 이러면 안 되는데 너무 귀여웠다. 나는 너를 잊은 게 아니라 여전히 좋아하고 있었던 것이다. 그래서 너를 원망하고 있었겠지. 좋아하는데, 좋아할 수 없는 상황 앞에서 좋아하게 해달라고 떼를 쓰고 있었던 건지도 모르겠다.

사랑에 있어서 내게 가장 거대한 룰 중 하나를 깨뜨리고 다시, 너를 좋아하기로 한다. 아니, 이미 좋아하고 있었던 너를 계속, 좋아하기로 한다. 메일은 어떻게 알았지? 라고 생각을 하다가, 아 내 카카오톡 배경에 있던 SNS 주소에서 내 메일을 찾았구나. 그렇게 생각하니 더 귀여웠다. 그리고 설렜다.

메일로 답장을 하고, 메시지를 좀 보내달라고 했다. 번호를 지웠으니, 다시 저장을 해야지. 그런데 너 또한 내 번호가 없단다. 얼마나 민망했을까 싶었다. 그런 생각에 또 귀여웠다. 그래서 나는 내 번호를 다시 알려주었고, 너에게서 메시지가 왔다. "안녕하세요. (부끄러워하는 이모티콘)" 참 미운데, 너무 예뻐서 미워도 못 하겠네.

그렇다고 해서 내 마음이 완전히 풀린 건 아니었다. 전처럼 너에게 마냥 다정하지는 않았던 것 같다. 조금 차가웠고 까칠했다. 나는 내 마음에 쌓인 일들에 대해 꼭 표현을 해야 하는 성격이었는데, 그것을 표현하지 못하면 표현을 할 때까지 그 사람을 전과 같이 대할 수 없었다. 아닌 척 담아두는 성격이 되지 못했고, 뒤에서 안 좋은 이야기를 하고 앞에서는 그 모든 것을 숨긴 채 아무 일 없었다는 듯이 상대방을 마주할 만큼 가식적이지도 못했다. 뒤에서 한 이야기가 있다면, 앞에서도 말을 해야 내가 떳떳할 수 있었고, 그래야만 전과 같이 그 관계를 이어갈 수 있었다. 늘 솔직하고, 늘 진실하고, 늘 진심이고 싶었다. 너를,

만나고 싶었다. 너를 마주한 채 내 마음을 너에게 이야기하고 싶었다. 무엇보다 그저, 너를 만나고 싶었다. 너에겐 뜬금없었을지 모르겠지만, 다짜고짜 홍대로 와요, 라고 보냈다. 너는, 오늘은 좀 그래요. 화장도 안 했고. 집에서 하고 있던 것도 있고. 이런저런 이야기를 했지만, 나

는 너에게 그래서 안 보고 싶어요? 라고 보냈고, 너는 보고 싶다고 했다.

그럼 그냥 봐요, 우리. 마음이 끌리는 대로 해요. 화장은 하고 나서 나와요.(만약에 너도 내가 좋다면 가장 예쁜 너를 보여주고 싶겠지. 하지만 오늘이 그날은 아니었던 거고. 그 마음, 모르지는 않지만, 이해하고 존중해 주고 싶지만, 미안해. 못 참겠어. 네가 보고 싶은 이 마음을.) 집에서 하고 있던 건 가지고 나와서 카페에서 나랑 같이해요.(네가 무엇인가를 하고 있는 건 얼마나 예쁨일까. 그 모습을 보고 싶어. 그리고 사실은 내가 일하는 모습도 너에게 보여주고 싶어. 멋졌으면 좋겠다. 너에게 나는.)

나는 늘 마음이라는 것이 중요해서, 마음이 가는 대로 살아가고자 노력하는 편인데, 누군가를 보고 싶으면 그것을 보고 싶음에서 그치지 않고 보기 위해 노력하며, 나와 마음이 맞지 않는 누군가와 마음이 맞는 척 애써 만나기보다는, 만나지 않으며, 그렇게 마음을 속이지 않고자 노력한다. 내게 주어진 이 한 번뿐인 삶에서 내 마음을 짓누른 채 살아가는 것이 참 아까운 거 같아서. 무엇보다 누군가의 시선이나 세상의 편견에 갇혀 살아가기보다는, '내'가 살아가고 싶고 바라보고 싶은 삶을 살아가고 싶으니까.

너는 곱씹었다. "마음이 끌리는 대로…" 왜인지 그 말이 너의 마음에 크게 닿은 거 같았다. 그리고 너와 나는, 썸이라면 썸이라고 말할 수 있는 그 기간 동안, 그러니까 내가 너에게 번호를 묻고 연락을 시작한 이후, 처음으로 다시 만났다.

마음이 끌리는 대로 살고자 노력하는 편이에요.
한 번 사는 삶이라고들 하는데,
마음의 끌림을 늘 억누르면 아까운 거 같아서.
그래서 사적인 약속은 잘 만들지 않아요.
약속에 얽매이는 게 싫더라구요.
누군가 며칠 뒤에 보자고 하면,
그때 기분 봐서, 그러니까 그때 다시 연락하자.
늘 이런 식이에요.
누군가 문득 생각이 나면
정말 뜬금없이 만나자고 말해요.
그래서인지 내 삶엔 억지가 없어요.
내가 하고 싶은 일들을 하며
내가 만나고 싶은 사람을 만나며
오늘 하루의 전부는 나로 가득 차 있으니까.

나는 오늘 하루,

내 마음에 얼마나 귀를 기울였으며

얼마나 그 소리와 끌림에 따라 움직였을까.

어쩌면 하고 싶은 일들을 미루며

해야만 하는 일이라는 강박 아래에서

하고 싶지 않은 일들을 애써 해내며

'나'라는 의지가 없는 삶을 살아온 건 아닌지.

그렇게, 하루를 시들어가게 해서는 안 되겠다.

꼭 해야만 하는 일이

내가 가장 하고 싶은 일일 수 있게

나는 주어진 삶 앞에서 최선을 다해 '나'여야겠다.

살아간다는 것은,

세상의 원함과 타인의 시선 때문이 아니라

내가 걷고자 하는 길과

내가 보고자 하는 풍경 안에서

나라는 의지로 나아가야 하는 일이니까.

나를 표현하는 일에 서툴렀던 시절이 있었습니다. 나의 의사를 명확하게 말하면, 당신이 나를 미워하진 않을까 걱정을 하곤 했었죠. 하지만 결국, 내가 없는 관계는 오래가지 못한다는 것을 많은 관계를 지켜내지 못하며 알게 되었습니다. 아무리 배려심이 많은 다정한 사람이어도, 내가 표현하지 않으면 나에 대해 몰라서 나를 지켜줄 수 없다는 것을. 내가 맺어왔던 관계 안에는 '내'가 없었던 거 같습니다. 당신의 성향과, 당신의 색과 당신의 의사만이 존재하는, 그리고 나는 그 모든 것에 나를 맞춰가는, 속으로는 그게 아니어도 애써 괜찮은 척 웃으며 나를 지워가는 일방적인 관계를 맺어왔었으니까요. 관계는 서로 다른 색이 만나 새로운 하나의 예쁜 색을 만들어가는 과정이라는 것을 그때는 미처 몰랐습니다. 하지만 소중한 관계를 놓쳐오며 알게 된 것들. 내가 없는 관계는 결국 오래가지 못한다는 것과 내가 나를 알리지 못해 나를 지켜줄 수가 없었던 당신을 나는, 나를 지켜주지 않은 이기적인 사람이라 원망하게 된다는 것을. 그렇게 당신을 미워하게 되었지만, 그 또한 표현할 수가 없어 당신을 멀리하게 되었고, 당신에게 나는 '이유 없이' 멀어진 사람이 되었다는 것을. 그래서 나를 지켜가기로 했습니다. 소중하다면, 정말 소중하다면 나를 알리고 표현하는데 있어 주저해선 안 된다는 것을. 내가 나를 지켜내는데, 그게 싫어서 나를 멀리할 인연이라면, 애초에 인연이 아니었다는 것을 또한 알게 되었으니까요. 부디 우리가 맺어가는 모든 관계가 서로가 섞인 다정하고 예쁜 색이 되었으면 하고 바라봅니다. 꼭 그렇게 되기를.

사람과 사람의 관계는 상대적이어서

나는 이런 사람이다,

정의를 내리는 일은 언제나 어렵다.

어떤 사람을 만나면 이런 내가 되고

어떤 사람을 만나면 저런 내가 되니까.

그러니 결국, 관계를 이끌어가고

관계를 만들어가고 지켜내는 것은

내게 주어진 몫이 아닐까.

그러니 이 관계 안의 너와 내가

어떤 우리가 될지 알 수는 없지만

그럼에도 서로가 만족할 만한 관계가 되기 위하여

끊임없이 나를 알려나갈 것.

속마음을 말하는 것에 주저하지 말 것.

관계 속의 '나'를 지켜나갈 것.

내가 없는,

그러니까 너의 의견과 너의 생각만 있는

그런 관계가 되지 않게 늘 최선을 다할 것.

또한 "너는 어때?" 하고 늘 물어보며

관계 속의 너를 알아가고 지켜주는 것에도 최선을 다할 것.

모든 관계는 결국 '내'가 만들어가는 거니까.
그러니까 그 관계 안의 내가 어떠한가에 따라
어떤 사람이든 좋게 이끌어낼 수 있는 것이니
중요한 것은 자존감 높은 내가 되는 것.
관계 안의 너를 탓하기보다
나의 미성숙함이 그런 너를 이끌어냈다는 것을 이해하고
그런 나를 딛고 일어서서 더욱 반듯해질 줄 아는 것.
타인은 나를 보여주는 하나의 거울임을 아는 것.
나와 마주하는 모든 사람이
따듯함이고 다정함일 수 있게
그러한 마음을 이끌어내는 내가 되기 위해
나 스스로를 더욱 아끼고 사랑할 것.
내가 나를 진정 소중히 여긴다면
그 어떤 사람도 그 소중함을 훼손하지 못할 테니까.
내가 나를 어떻게 여기는지, 딱 그만큼으로
타인과 세상 또한 나를 대할 수밖에 없는 거니까.

8.

그냥 너는
예쁨투성이였다

　　홍대 정문에서 내려와 상수역까지 걸었다. 주말의 홍대 거리는 너
저분했고, 시끄러웠고, 수많은 욕망으로 북적였다. 그 모든 풍경을 지나
상수역에 닿았다. 그곳에서 네가 내린다고 해서, 그곳에서 너를 기다렸
다. 나이 스물여섯에 심장이 쿵쿵 뛰었다. 이전에 걱정했던, 너를 밀어
내었던 이유는 점점 희미해져갔다. 그것보다 너라는 예쁨이 내 머리 안
에서 선명해져갔으며, 점점 커져갔다. 나는 이 순간의 네가 좋았고, 그
감정에 충실하기로 했다.

　　지금에 충실하기로 했다.
　　우리의 관계가 미래에 어떻게 될지는
　　미래의 일이고
　　내가 너를 밀어내고자 했던 이유는

과거의 이유니
나는 지금에 충실하기로 했다.
지금, 네가 좋으니
과거나 미래를 미리 걱정하기보다
네가 좋아진 지금에 충실하기로.

　　상수역에서 밖으로 나오는 계단 위에서 계단을 오르내리는 사람들을 지켜보았다. 너와 실루엣이 비슷한 사람을 볼 때마다 심장이 뛰었다. 가만 생각해보니, 내가 너의 얼굴을 실제로 본 건 정말 스쳐 본 몇 초다였다. 나는 너의 얼굴이 어떤지 정확히 몰랐다. 그래서 이 사람들 중 누가 너이며 누구에게 반갑게 웃으며 인사를 해야 하는 것인지 헷갈리기 시작했다. 그러다 다른 사람에게 인사를 하면 민망하겠지. 그걸 뒤에서 올라오던 네가 보게 된다면 나에게 실망을 하겠지. 너를 기억하지 못한 나에게.

　　그렇게 몇 명의 사람을 보내고 누군가가 올라오는데, 그게 정확히 너인지는 모르겠는데, 이상하게 심장이 왜 이렇게 뛰는지 거대한 떨림이 가슴 안에서 비가 되어 쏟아지는 것 같았다. 그 사람이 네가 아니더라도, 너라고 믿고 다가가도 될 만큼 거대한 폭우였다. 그래서 반갑게 인사를 했다. 너였다.

　　너였고, 너였고, 너였다. 너를 보고 나는 그 생각을 몇 차례 했던 거 같다. 너였다. 반가워서 그랬을 수도 있고, 운명이라 믿었기에 정말 운명을 만난 기분에 들떠서 그랬을 수도 있겠지만, 그것보다 내 심장이 너를 알아봤다는 게 신기하고 벅차서 그랬다. 그리고 너는 참 예뻤다. 예뻐서 눈을 제대로 바라보기가 부끄러울 만큼 예뻤다. 그래서 내가 더 무뚝뚝해 보였을지도 모르겠다. 부끄러워서 그랬는데, 너에겐 무심해 보였을 수도 있는 거니까. 너와 꼭 가고 싶었던 바에 갔는데 일요일 휴무, 문이 닫혀있었다. 민망했다. 그런데 너는 내가 혹여나 민망해할까 봐 괜찮다며, 나 걷는 거 좋아해요, 라며 나를 안심시켜주었다. 예뻤다. 그냥 너는 예쁨투성이였다.

표지가 예뻐 펼쳤는데

내용이 예쁘지 않아 덮어두게 되는 책이 있다.

나는 너에게 어떤 책일까.

내용이 마음에 닿아서

늘 곁에 두고 읽고 싶은 소중한 책이었으면.

읽을 때마다 새로운 의미를 가져다주는

그래서 새까맣게 때가 타도록 읽게 되는

그런 책이었으면.

사람과 사람이 만나는 일은
한 권의 책을 읽어나가는 일.
바깥의 모든 소음과 세상의 모든 걱정은
잠시 덮어두고
오로지 서로의 시선에 머무르는 일.
따스한 손길로 서로를 넘기며
어떤 문장에는 밑줄까지 그어가며
몇 번을 소중히 간직하고 읽어가며
그렇게 서로에게 귀를 기울이는 일.
누군가에게 그런 책이 된다는 건
내 삶에 얼마나 큰 위로가 되어줄까.

나의 세계와 너의 세계가 만나
이제부터 함께 시작할 우리의 이야기는
영원히 끝이 나지 않는
길고도 긴 장편소설이었으면, 하고 소원하며
좋아해요. 무엇보다 다정하게.

좋은 사람을 만나는 것도 중요하지만

그 순간의 내가

어떤 마음을 가지고 있는지가 더 중요한 거 같아요.

사람은 아프고 예민할 때

때로 삐딱해지기도 하니까요.

그럴 때면 좋은 너의,

수많은 좋은 점을 놓친 채

작은 단점 하나에 골몰하게 되기도 하니까요.

사랑은 타이밍이라는 말이,

다른 게 아니라

서로 사랑에 빠질 만한

충분히 좋은 감정을 지니고 있느냐 아닐까요.

그러니 중요한 것은
좋은 나를 준비해두는 것.
세상을 삐딱하게 바라보기보다
세상의 좋은 점을 바라볼 수 있는
맑고 반듯한 눈과 마음가짐을 키워나가는 것.
언젠가,
너라는 꽃이 내 마음에서 피어나고자 할 때
너에게 다정하고 예쁜 터가 되어주는 것.

좋은 사람 만나겠지?

그 순간의 네 감정이
사랑에 빠질 만큼 충분히 좋은 상태라면.

9.

그건
얼마나 예쁨일까

걷는 걸 좋아한다는 너는 참 빨리도 걸었다. 너의 발에 맞춰 걸으며 걸음이 참 빠르시네요, 라고 말했다. 너는 나를 힐끗 보더니, 천천히 걸을까요? 라고 물었고, 나는 웃으며 괜찮다고 말했다. 너의 걸음이 빨라서 싫다거나 좋다거나, 그런 게 있어서 너에게 이야기를 꺼낸 건 아니었다. 그저, 처음 만나 너와 나란히 걷고 있다는 게, 너의 걸음걸이를 알았다는 게 좋았다. 너를 하나둘, 알아가고 있다는 게 좋았고, 앞으로도 그럴 수 있다는 게 좋았다.

우리는 홍대 정문 근처의 카페에 도착했다. 이곳은 내가 원고 작업을 할 때 자주 들리는 카페인데, 집에서 가까운 데다가 분위기도 괜찮고, 무엇보다 늦은 시간까지 문을 열고 있어서 자주 들리는 곳이었다. 그곳에서 아이스 아메리카노 두 잔을 시켰다. 그리고 배가 고프냐고 너에게 물었고, 조금 고프다고 하는 너를 위해 샌드위치를 함께 주문했다. 너를 위해 시킨 샌드위치의 삼분의 이는 내 뱃속으로 들어갔다.

나는 노트북을 켜고 마감 중인 원고 작업을 시작했고, 너는 여행 계획을 세웠다. 너는 네가 정말 좋아하던 드라마에 나온 이곳(나라의 이름은 기억나지 않는다.)이 어릴 때부터 정말 가보고 싶었다며, 사진을 보여주었다. 참 예쁜 곳이었다. 나도 너와 함께 가고 싶을 만큼. 예쁜 곳에서 예쁜 너와 함께하고 있다면 그건 얼마나 예쁨일까.

너는 날짜를 확인하고 비행기 표를 끊는데 뭐가 잘 안 된다고 말했다. 무엇이 잘 안 된다며 슬퍼하는 표정이 너무 예뻐서 심장이 또 한 번 쿵, 했다. 내가 도와줄 수 있다면 그건 또 얼마나 기쁨일까. 나는 너에게 손짓을 했고, 너에게서 네가 하고 있던 것을 건네받았다. 티켓의 일련번호 같은 것을 확인하는 거였는데, 참 많은 일련번호가 있었다. 나는 소원했다. 제발 찾아져라. 제발.

원고의 오탈자를 교정하고 있던 터라 수많은 글자들 사이에서 하나의 잘못된 글자를 찾는데 익숙해져 있던 나의 눈은 수많은 영어와 숫자들 사이에서 너의 것을 찾는 일을 쉽게 해내었다. 둘이 마주한 순간이 처음이라 어색해하던 너는 처음으로 방긋 웃으며 행복해했다. 뿌듯했다. 너는 뿌듯해하는 나를 보며 귀여웠는지 한 번 더 웃었다. 착각인지는 모르겠지만, 그 눈빛에서 사랑을 읽었다. 아마 너도 나의 눈빛에서 사랑을 읽었겠지. 아메리카노를 다 마시고 진토닉 두 잔을 시켰다. 이번에는 네가 계산을 했다.

나는 내가 적은 원고 중 네가 읽어줬으면, 하는 부분이 있어서 너에게 보여주었다. 너는 집중해서 열심히 읽어주었다. 아직은, 서로가 서로에게 어떤 감정인지 잘 몰랐다. 나는 네가 좋았지만, 네가 나를 어떻게 생각하는지에 대해선 여전히 막연했다. 너 또한 그랬을 것이다. 우리는 이제 막 처음 만났고, 만난 지 두 시간이 채 지나지 않았으니까. 연락을 할 때는 좋았는데, 만나서 별로였던 경험도 많았던 터라, 섣불리 무언가를 확신할 수는 없었다. 물론 나에게 넌 반전 없는 설렘이었지만, 너에게는 어떨지 모르는 것이니.

카페에서 머물다, 저녁 시간이 되어 치킨을 먹으러 갔다. 여전히 너의 걸음은 빨랐고, 나는 그게 참 재미있었다. 조금은 편해졌는지 너의 걸음걸이를 따라 하며 놀리기도 했다. 그리고 치킨집에 도착해 치킨을 주문했다. 양념 반, 후라이드 반. 그리고 콜라. 나는 배가 아파서 화장실에 들렀다. 큰 게 아니라 작은 거인 척하기 위해 최대한 빨리 마무리를 했다. 그리고 태연하게 다시 자리에 앉았다. 티가 났을라나. 그건 너만 알겠지.

치킨을 먹고 있는데, 친구에게서 연락이 왔다. 오늘 동생이랑 동생 여자친구도 오고, 나랑 내 여자친구도 오는데, 아 그리고 민수 형도 오는데, 훈아 너도 올래? 내가 그 자리에 끼어서 뭐 하겠냐만, 지금은 나도 미래의 여자친구가 되어줬으면, 하는 사람과 함께 있으니 고민은 되었다. 하지만 그런 자리를 네가 좋아할까.

나는 너에게 조심스레 물었고, 너는 좋다고 말했다. 정말로 괜찮은지 몇 번을 되물었는데, 너는 진짜 정말 완전 괜찮다고 말했고, 나는 친구에게 다시 전화를 걸었다. 나도 가는데, 혼자는 아니고 둘이라고. 누구냐고 묻기에 내가 오늘부터 정말 사귀고 싶은 사람이니, 티나지 않게 밀어달라고 말했다.

그렇게 친구들을 만났다. 너는 내일 비행이 있을지 없을지 모르는 상태여서 술은 적당히 마시기로 했다. 너에게 안주를 챙겨주고, 국이 멀리 있을 때는 그릇을 따로 받아 너를 위해 따로 국을 떠주었다. 건배를 할 때마다 이번엔 쉬어, 라는 말을 해주었다. 그리고 비어가는 너의 물 잔에 물을 항상 채워주었다. 불편할 수도 있는 이 자리에 흔쾌히 함께 있어준 너에게 미안하고 고마웠다.

친구가 나를 밀어준다고, 나를 착한 남자라고 얼마나 설명을 하던지, 이놈아. 내가 티나지 않게 밀어달라고 했지, 그렇게 티를 내면 어떡하냐. 괜히 네가 더 불편해할까 봐, 나는 걱정이 되기 시작했다. 그리고 나는 친구가 생각하고 말하는 느낌의 착한 남자가 되고 싶은 마음 또한 전혀 없었다. 너와 내가 함께하는 시간 동안 최선을 다해 너에게 다정하겠지만, 그 안에서도 나름의 기준을 가지고 아닌 건 아니다 표현하며, 우리의 관계를 반듯하게, 오래도록 좋은 인연으로 지켜내고 싶으니까.

내가 철저한 기준을 가지고 선을 지켜야만, 좋은 관계를 오래도록 유지할 수 있다고, 나는 믿는다. 내가 마냥 잘해주고, 네가 선을 넘을 때에도 웃으며 받아준다면 그건 나와 함께하는 너를 좋지 않은 사람으로 물들이는 거라고 생각한다. 한 번, 두 번 계산을 했는데 이제는 내가 사주는 것을 당연하게 여기는 너에게 늘 그랬듯 내가 계산을 하는 것이 착하고 다정한 것일까. 아니면 너에게 말을 하고 네가 계산을 하게 하는 것이 다정한 것일까. 처음에는 반듯했던 너를 나의 우유부단함으로 그렇지 않은 네가 되도록 유혹한 내가 너에게 좋은 사람이라고 할 수 있을까.

아무튼 친구에게는 더 이상 인위적인 분위기를 만들어선 안 되겠다며, 내 생각을 기분 나쁘지 않게 잘 전했다. 무언가, 너에게 미안한 마음이 들었다. 어쩌면 내일 비행을 떠나게 될지도 모르는 네가, 내가 보기에는 사람이 많은 자리보다는 둘이 있는 걸 좋아해 보이는 네가, 그 모든 불편함을 감수하고 이 자리에 함께하고 있는데, 그렇게 다정하고 좋은 너인데, 고작 나는 너와 잘 해보기 위해 친구에게 밀어달라는 부탁이나 하며 너의 이 자리를 더 불편하게 만들었다는 생각에 미안하고 마음이 아팠다.

친구와 잠시 이야기를 하고 오는 동안, 친구의 동생은 너에게 비행기를 탈 때 이럴 때도 마일리지가 쌓여요? 하는 등의 질문을 하고 있었고, 너는 성실히 답해주고 있었다. 그런 모습 하나하나가,

참 고맙고 예뻤다.

사람과 사람의 관계는

어떻게 길들이고 길들여지냐에 따라 달라진다.

그래서 반듯한 기준을 가지고

서운한 일이 생겼을 때에는

그걸 다정하고 차분하게 표현할 줄 알아야 하고

그렇게 관계 안의 내 마음을,

그리고 변하지 말아야 할 너의 마음을 지켜줘야 하는 것.

사람들은 그걸 표현하지 못해서 끙끙 앓다가

점점 쉽게 선을 넘는 너를 나쁜 사람이라며 미워한다.

내가 용기가 부족해 표현하지 못했을 뿐이고,

그렇게 된 뒤의 책임을 너에게 미룬 탓이다.

사실은, 이 관계가 그렇게 되도록 이끌어온 것은 나인데.

그러니 소중하다면
나는 이런 것에 서운한 사람이다,
이런 것에는 상처를 받는 사람이고
적어도 나와의 관계에서는
네가 이런 것은 지켜줬으면 좋겠다,
표현하는 것에 주저해서는 안 되는 거예요.

정말 소중하다면.

친구.

이놈의 친구라는 존재는
내가 인생을 살아가는 데 있어서 도움을 주는 법이 없는데
그럼에도 늘 마음을 나누고 의지하게 되니
세상에 이렇게 사심이 없는 순수한 관계가 또 있을까.
연인끼리 몇 년을 보지 못하면 남이 된 것이지만
일터에서는 잘하지 못하면 잘리게 되는 것이지만
서로 바쁘다는 핑계로 몇 년을 보지 못해도
늘 피해만 주고 도움 주는 거 하나가 없어도
친구는 여전히 친구로 남는 것이니
이 가장 흔하고 편안한 관계는
알고 보면 가장 비정상적이고 계산적이지 못한 관계.
그래서 세상에 지친 순간이면
늘 친구라는 품 안으로 도망가게 되나 보다.

아무리 좋은 책이라도

누군가에 의해 펼쳐지고 넘겨지지 않는다면

그 의미와 가치를 전할 수 없는 것처럼

사람과 사람이 마주하는 일도 같은 거 아닐까.

나를 알리려는 노력 없이

누군가에게 읽혀지려는 노력 없이

그저 말하지 않아도 읽혀지길 바라고

알아주길 바라는 건 나만의 이기심이 아닐까.

나는, 내 안의 내용까지는 아니어도

나라는 사람의 표지와 제목만큼은

먼저 표현할 줄 아는 사람이 되어야지.

그렇게 나라는 책이 누군가에 의해 펼쳐졌을 때

오래도록 곁에 머무르고 싶은,

반듯하고 예쁜 마음이어야지. 따듯함이어야지.

나는 너에게 어떤 책일까.

너와 함께한 오늘은 어떤 문장일까.

너의 마음에 적힌 나의 글씨는 어떻게 생겼을까.

부디 오래도록 곁에 두고 읽고 싶은

그런 책이었으면 좋겠다.

꽃처럼 예쁜 의미를 가진 문장이었으면 좋겠다.

서툴러서 삐뚤삐뚤하더라도,

진심이 담긴 한 글자 한 글자이기를.

10.

처 음 이 었 다

술자리가 길어졌다. 그러던 중에, 너의 내일 비행은 대기 상태에서 가지 않는 상태(이걸 뭐라고 했더라.)로 바뀌었다. 다행이다, 생각했다. 그리고 기뻤다. 이 자리로 오고 있다던, 친구 동생의 여자친구가 갑자기 교통사고가 나서, 친구의 동생은 그곳에 갔다. 그리고 함께 있던 민수 형도 내일 출근을 해야 한다며, 집으로 갔다. 친구와 나, 친구의 여자친구와 나의 여자친구, 였으면 정말 좋겠을, 너, 이렇게 넷이 남아 노래방으로 갔다.

나는 노래를 아주 못 부르지만, 그래도 노래방에 가면 늘 가장 먼저 마이크를 잡는다. 잘 부르지 못하기 때문에 용기라도 보여주고자 노력한다. 여기, 용기 점수 10점이요. 그렇게 못 부르는 노래를 한 곡 부르고, 너의 주 종목이라는 토닉워터와 소주를 함께 섞어 마셨다. 솔직히 무슨 맛인지는 모르겠지만, 네가 만들어준 거라 마냥 귀엽고 맛있게 느껴졌다. 제가 진짜 잘 타거든요, 하던 네 모습이 얼마나 사랑스럽던지. 지금이 순간에도, 그때의 너를 떠올리니 너라는 예쁨과 사랑스러움이 내 심장 안에서 거대한 해일이 되어 몰려오는 것만 같다.

어느새 너는 친구의 여자친구와도 제법 가까워져 있었다. 내성적인 것 같은데 친화력이 좋구나, 생각했다. 기특하고 예뻤다. 그러다 네가 화장실을 간 사이, 친구의 여자친구는 나에게 너를 어떻게 생각하는지 물었다. 좋아해요. 자꾸만 손이 잡고 싶고, 귀여울 땐 머리를 쓰다듬어주고 싶을 만큼 좋아해요. 그런데 너는 친구의 여자친구에게 너는 내가 좋은데 내 마음이 어떤지는 잘 모르겠다, 말했다고.

네가 좋아서, 너를 자꾸만 바라보게 되고
너의 작고 예쁜 손을 잡고 싶게 되고
너의 볼에, 입술에 뽀뽀를 하고 싶은데
우리 사이가 아무런 사이도 아니라서
아무것도 하지 못할 때
그 허락과 자격을 구하기 위해
나는 너와 사귀고 싶다, 라고 생각하게 된다.
하지만 너를 좋아하는 내 감정이 아니라
내가 좋아할 '너'라는 사람에게 확신이 없을 때에는
확신이 생길 때까지
애써 그 마음들을 참아내야 하는 것.
때로, 너를 좋아하는 것과
좋은 너를 만나는 것은 다른 일이 되기도 하기에
너와 결국 사귀게 되었을 때의

내 감정에 책임을 다하기 위해서는
내가 좋아하는 네가 좋은 너인지
먼저 알아가고 확인할 시간이 필요하기에.
그래서 너를 좋아하는 것과
좋아함을 책임지는 일은 이렇게나 달라서 어려운 일.
네가 내게 예쁨이고 사랑일 때는 더더욱.

처음이었다. 누군가가 이렇게 빨리 내 마음에 거대한 감정으로 맺히게 된 것은. 누군가를 좋아하게 된다는 게 나에겐 늘 어려운 일이었고, 마음을 여는 일에는 언제나 더디고 서투른 나였는데, 나는 벌써부터 너를 좋아하고 있었고 언제부턴가 너 또한 나를 좋아하길 욕망하고 있었고 그런 일이 일어나길 간절히 소원하고 있었다.

긴 시간 동안, 연애를 하지 않았다. 많은 사람을 스쳐지나갔고 다가오는 많은 이들을 밀어내었다. 나의 사소함을 나누고 싶었던 적이 없었다. 같이 있는 시간이 가치 있다는 생각이 들지 않아 머무르는 동안 권태를 느꼈다. 많은 이야기를 나누었지만 마음이 닿는다는 느낌을 받은 적이 없었다. 누군가에게 나의 아픔에 대해 털어놓은 적이 있었고, 그 누군가는 내 아픔에 대해 성의가 없었다. 내가 긴 시간 동안 아파왔던 일을 그 자리에서 바로 판단하며 결론을 내리는 태도는 차가웠고, 나는 그 앞에서 외로워해야만 했다. 그런 말을 하는 그 누군가의 감정에는 진심보다 가식이 묻어났고, 나의 아픔이 이 사람에게는 나, 이만큼 똑똑해, 라고. 그저 자신을 피력할 기회일 뿐이라는 사실에 또한 예민해져야만 했다. 그런 나라서

마음을 열고 마음을 다해 누군가를 좋아하는 일이 결코 쉽지 않았

다. 언제나, 문을 닫은 채 이 사람은 어떤 사람일까를 살피고 또 살피는 겁쟁이었고, 마음이 닿는 대화를 하는 것에 오르가즘을 느끼고, 그렇지 못할 때에는 권태로움에 그 자리를 버티지 못할 만큼 말랑말랑한 존재였으며, 누군가의 편견이나 판단 앞에 내가 정의되는 것에 버틸 수 없을 만큼의 갑갑함을 느끼는 자유인이었으니까.

너의 마음을 알게 된 나는 화장실에 갔다 온 너에게 잠시 바람을 쐬러 가자고 말했다. 너는 나를 멀뚱히 바라보았고, 나는 친구들에게 술기운 때문에 답답해서 잠시 걷고 싶다 말했다. 그리고 같이 가줄래? 너에게 한 번 더 물었고, 너는 고개를 끄덕였다. 밖으로 나와 걸었다. 나는 너의 손을 잡았고, 너는 나를 바라보았다. 그런 너에게 나는, 처음 봤는데 손잡는 거, 되게 빠른 거 아는데 왜인지 네 손은 잡아도 될 것 같아서, 라고 말했고, 너는 쑥스러운 듯 아주 작게 웃었다. 당장이라도

마음을 고백하고 싶었지만, 아직 너에게 하지 못한 말이 있다. 바로, 내가 보았던 사진에 대한 이야기. 아무리 네가 좋아도, 너에게 끌려도, 그 문제에 대한 답을 듣기 전까지 관계를 진전시킬 마음은 없었다. 네가 좋은 만큼 확실하게 시작하고 싶었다. 따뜻한 너의, 참 작고도 예쁜 손을 내 손에 포갠 채, 가을바람을 맞으며 우리는 걸었다. 걷고 또 걸었다. 그리고 나는 너에게 말을 꺼내었다.

그때, 내가 잠시 연락 안 했잖아. 그거 왜 그랬는지 알아? 너는 궁금했지만, 모르겠다고 말했다. 사실, 내가 페이스북에 너의 이름을 검색하다가, 네가 어떤 남자와 함께 있는 사진을 보았고, 그게 너의 남자친구라는 걸 알게 되었다고. 지금 나는 너의 손을 잡고 있지만, 이것에 대해 나는 알아야만 하고 너는 솔직하게 말해줘야 한다고.

꽃.

너라는 꽃은 참 예뻐서
멀리서 바라만 보기보다
꺾어다 내 품에 안은 채
닳도록 바라보고 사랑해 주고 싶다.
너라는 꽃은.

내내 예뻐해줄 테니 너는 그저, 피어만 나라.

아무리 예쁜 꽃이라도
꽃을 좋아하지 않는 사람에게는 가치가 없듯
예쁨이란, 소중함이란,
누군가 내게 주는 딱 그만큼의 가치가 아닐까.
처음부터 예뻐서 예쁜 꽃이 아니라
많은 이들이 예뻐하기에 예쁜 꽃이 되는 것처럼
나라는 사람의 가치도
누군가에 의해 예쁘고 소중히 새겨지는
그런 가치이기를.

어떤 너를 만났는데, 너는 내가 관심도 없는
너의 비싼 차와 비싼 집에 대해
자연스레 말을 꺼내어 늘어놓기 시작했고
그런 것에 가치를 둔 누군가는
그 이야기를 들으며
와, 하며 너를 더 멋지게 생각할지도 모르겠지만,
글쎄, 나는 그 이야기를 듣는 순간
예민해져서 너와 같이 머물러 있기가 싫더라고.
더 이상 너를 알아가고 싶지가 않더라고.
나는 네가 가진 것보다
네가 어떤 꿈을 가진 사람인지가 궁금하고
네가 어떤 꿈을 가진 사람인지보다
네가 어떤 태도로 삶을 마주하고 있는지가 궁금하거든.
네가 가진 것으로 너를 정의하지 않았으면 좋겠어.
너는 그것보다 더 고귀하고 위대할 수 있는 사람이니까.

가치가 다를 때
같이는 힘든 거니까.

꽃처럼 예쁜 너를 만나기 위해
꽃처럼 예쁜 향기를 지닌 사람이어야겠다.

11

잡 았 던 손 을 놓 지 않 았 다

너는 미안하다고 말했다. 숨기려고 한 건 아니었다고, 그저 내가 아는 게 싫어서 말하지 않았다고. 그 사람과는 헤어졌는데, 아직 사진 정리를 하지 않은 거라고. 그 이유 때문이었구나, 어쩐지 조금 차갑게 군다고 했더니, 정말 몰랐다, 조금 민망하네. 그리고 미안해.

너의 말을 듣고 나는 답했다. 나는 원래 헤어진 지 얼마 되지 않은 사람은 절대 만나지 않는다고. 이별의 아픔이라는 것이 할 때는 실감나지 않다가 시간이 지나 갑자기 나를 찾아오기도 하는 것이고, 아파하는 너를 보듬으며 그 이별을 잘 딛을 수 있게 함께해줄 수는 있겠지만, 나 또한 그런 너를 보고 아파야만 하는 거라고. 사랑한 만큼 아픔은 무조건 찾아오게 되어있는 거라고. 지금 네가 아프지 않으면 나를 만나는 동안 그 아픔이 찾아오게 될 거라고. 세상에 아프지 않은 이별은 없는 거

라고. 사랑이었다면, 그 사랑을 내게서 떼어내는 일이 어떻게 아프지 않을 수가 있겠냐고. 무엇보다

나는, 이별의 아픔은 피해서는 안 되는 거라고 믿는다고. 아파 죽을 것만 같아도, 사랑에 대한 책임이 있듯 이별에 대한 책임 또한 있는 것이기에 그걸 감내하는 것이 내게 주어진 몫이고, 그렇게 이별을 지나며 다시 온전한 하나가 되어가는 과정 속에서 사람은, 사랑은 성장하는 거라고. 그걸 느끼지 못한 채 늘 도망만 쳤던 사람의 사랑은, 늘 그 자리에 머물러 있는 사랑이라고. 그래서 네가 아프다면, 너는 홀로 그 아픔을 감당해내야 하는 거라고. 다른 사람에 기대어 그 아픔을 이겨낼 수도 없는 것이고, 다시 그전의 사람에게 돌아가 아픔으로부터 도망쳐서도 안 되는 거라고. 그러니

너는 너의 책임을 다해야 하는 것이고, 나는 너에게 주어진 이별의 완성과 그에 따른 책임과 몫을 너에게서 빼앗을 생각이 없다고. 이별은 고스란히 이별을 한 자의 몫이고, 그것을 홀로 감당해야만 그때의 사랑을, 그리고 그 사랑의 끝을 오롯이 완성해낼 수 있는 거니까. 그때야 비로소 너의 사랑과 이별이 끝내 찬란할 테니까.

너는 나의 이야기를 듣고만 있었다. 그러다 입을 열었다. 내 이야기를 제대로 들은 건지 아닌지 모르겠지만, 그래도 자신은 사랑을 끝냈고, 미련도 없다고. 그리고 내가 좋다고. 그러니 그런 게 다 무슨 소용이냐고. 지금 이렇게 손을 잡고 있고, 지금 이렇게 서로를 좋아하고 있는데, 그런 게 다 무슨 소용이냐고. 마주 잡은 두 손이 더욱 따뜻해졌다. 그리고 그날, 너의 걸음은 빠르지 않았다.

나는 신경 쓰지 않을 테니, 그것에 대해 이야기하지 않을 테니 사진도, 그 사람도 알아서 정리를 하라고 말했다. 나는 네가 좋으니, 너와 함께할 것이다. 하지만 너에게 정리를 강요하진 않을 것이다. 그건 너의 일이고, 네가 알아서 해야 할 너의 몫이다. 너에게 아무런 말도 하지 않을 테지만, 분명 신경은 쓰고 있을 것이고 지켜보고는 있을 것이다, 라고. 그리고 그날 밤,

우리는 잡았던 손을 다시 놓지 않았다.

이별했는데, 당연히 아프지.

늘 나를 바라보던 너의 눈빛과

내 손을 잡았던 네 손의 온기와

사랑한다, 말해주었던 속삭임이

갑자기 사라졌는데 당연히 아프지.

늘 곁에 있어서 몰랐지만,

그럼에도 너는 사랑이었구나, 하고

알게 되는 시간인데 당연히 아프지.

벅찬 사랑을 받다가 나를 사랑해주던 그 모든 눈빛과

온기와 속삭임이 한순간에 사라져버렸는데

허전할 수밖에. 적응이 안 되고 감당이 안 될 수밖에.

그럼에도 이별했다면

그 모든 것을 각오한 이별인 것.

이별의 이유가 무엇이든,

평생을 함께할 사람은 아니라는 생각에 이별을 선택한 것.

그러니 아픔 앞에서 도망쳐선 안 되는 것.

사랑에 대한 책임과

이별에 대한 책임은 같아야 하기에.

정해진 크기.

이별에는 정해진 아픔의 크기가 있는 거 같아요. 그만큼은 꼭 아파야만
하는 거죠. 그 아픔이 싫어 외면한 채 다른 사람과의 사랑을 시작할 수도
있고 아픔을 잊기 위해 흥청망청 놀 수도 있겠지만 정해진 아픔의 크기만
큼 아파하기 전에는 그 아픔은 결코 사라지지 않는 거죠. 그래서 괜찮다
고 믿어왔는데 예기치 않은 순간에 문득 아픔이 찾아와요. 그때 만약 내
가 다른 사람과 함께라면 그 사람에게는 그게 얼마나 큰 아픔일까요. 이
미 나를 좋아하게 되었는데, 내가 이전 사랑 때문에 아파하고 그때의 사
랑을 그리워하고 있다면, 비록 그것이 원망을 하는 사랑이라 하더라도 그
걸 지켜보는 사람에겐 얼마나 큰 아픔일까요. 그래서 오롯이 아파야만 하
는 거예요. 쪼개어졌던, 나누어졌던, 물들었던 나의 조각과 나의 색과 향
을 되찾아 다시 온전한 하나가 되어야만 하는 거예요. 이별을 완성하지
않은 채 도망간다면, 그건 아픔을 미루는 게 될 뿐이고, 아파야만 하는 시
간을 연장시키는 일이 될 뿐이니까. 그러니 오롯이 마주해요. 죽고 싶을
만큼 아프겠지만, 끝내는 찬란할 거예요. 더 깊고 짙은 향이 나는 내가 되
어 다음 사랑은 분명 더 예쁜 꽃을 피울 거예요.

관계가 오롯이 정리되는 순간은,

그 관계 안에 있던 모두가

서로를 떠나보내고 난 뒤라고 믿는다.

한쪽이 정리를 했다고 해서

그 관계가 정리된 것이 아닌 이유는,

남이라고 하기에

아직 한쪽은 너에게 닿기 위해 노력하고 있기 때문인데,

사람에 따라 이별의 방식이 다르겠지만

마음이 약하고 여린 사람에게

그래도 사랑이었던 사람을 차갑게 밀어내기란

참 쉽지가 않으며,

그래서 얼마간의 시간 동안 그 관계에 휘둘릴 수밖에 없는 것.

아직 혼자인 사람에게

그러한 시간을 갖는 것은 자유이지만

이미 새로운 관계를 시작했다면

새로운 관계에 대한 예의로서

이전의 관계를 오롯이 정리할 필요가 있는 것.

이전 사랑과의 이별에 대한 나의 모호함이

지금 곁에 있는 새로운 사람과 사랑에게

얼마나 큰 아픔과 서운함이며 상처가 될지를

단 한 번이라도 깊이 생각한 적이 있다면.

오늘도 네가 씩씩하게 예뻤으면 해.
넌 언제나 예쁜 꽃이니
너 스스로 그걸 잊지만 않으면 돼.
꽃이 꽃인데 무슨 이유가 있겠어.
어떤 순간에도 네가 잊지만 않으면
넌 예쁜 향기가 나는 예쁜 사람이야.
너라는 꽃은.

오늘따라 날씨가 좋은 것도
하늘이 참 예쁜 것도
달과 별이 황홀한 것도 아니었어.
이 모든 게 다 너 때문이야.
너를 내 마음에 담아서
세계가 예쁨으로 물드는 거야.
그래서 모든 게 예뻐지는 거야.
네가 내 눈과 마음에,
내 머릿속에 온통 가득 차있어서
그래서 세상이 이렇게 예뻐져.
네가, 이 모든 예쁨의 유일한 이유야.

너라는 예쁨.

오늘 하루, 예쁜 것만 보고 예쁜 것만 듣고 예쁜 일만 생기길 바란다는 너를 보며 너와 하루 종일 함께 있어야겠다고 생각했어. 너만 바라보고 있으면 되고 네 목소리만 듣고 있으면 되고 그렇게 오늘 하루 일어나는 모든 일을 너와 함께한다면, 그게 내겐 가장 예쁜 하루니까. 그러니 예쁜 하루 보내라는 말은 네가 나와 함께 있어줘야 한다는 말이니 책임지지 못할 거라면 함부로 말하지 말아. 예쁜 밤 보내라는 말은 너와 함께 밤을 보내며 밤새 너를 바라보고 아껴주고 예뻐해줘야 한다는 야한 말이니 더욱 함부로 말하지 말아. 그럼에도 네가 내게 꼭 그 말을 해야겠다면 나는 닳도록 너를 아껴주고 사랑할게. 나의 하루가 너라는 예쁨으로 물들어 이토록 예뻐질 수 있게 해준 너의 하루 또한 충분히 사랑스러울 수 있게.

12.

단둘이 있고 싶어서

그날 밤, 우리는 잡았던 손을 다시 놓지 않았다. 다시 노래방으로 들어갔고, 문 앞에서 나는 너의 입술에 내 입술을 포개었다. 쪽, 하고 소리가 났다. 너는 얼굴이 빨개진 채 나를 바라보았고, 나는 그런 너의 머리를 쓰다듬었다. 잠깐 손을 놓았고, 문을 열고 방으로 들어갔다. 자리에 앉았다. 나는 겉옷을 벗어 너의 다리를 덮어주었다. 네가 추워 보여서가 아니라, 너의 손을 잡기 위해서. 그렇게 우리는 테이블 아래로, 나의 겉옷 아래로, 다시 손을 잡았다.

타내고 싶지 않았다. 우리 사귀기로 했어요. 그런 말을 굳이 친구들(친구와 친구의 여자친구)에게 하고 싶지 않았다. 우리 둘이 사귀기로 한 것이고, 잠시 나갔다 온 사이에 손을 잡기까지 우리가 함께한 이야기와, 우리가 해왔던 연락과 서로에게 느껴온 감정을 아는 건 우리 둘밖에 없으니까. 사람은 한 장면에 이르기까지의 시간을 바라보기보다 그 장면 하나만을 보고 판단하는 일이 잦아서, 굳이 우리의 예쁜 장면을 다른 사람들이 마음껏 판단하도록 내버려두고 싶지가 않았다.

　　　타인을 판단하는 것은 편견일 때가 많다.
　　　사람은 자기 마음 안에 있는 것만을
　　　세상으로부터 볼 수 있는 것이고
　　　그 잣대로만 세상을 판단할 수 있다.
　　　마음에 있지 않은 것을
　　　어떻게 바라보고 느낄 수 있을까.
　　　그래서 모든 판단은 오해다.
　　　순간의 단편을 보고
　　　그 사람의 길고 긴 장편을 정의 내리는 거
　　　감히 오만이고, 결국 오해다.
　　　판단은 우리의 몫이 절대 아니니
　　　신께 맡기면 되는 것이고
　　　우리는 가장 편견 없는, 맑은 눈과 마음으로
　　　세상을 느끼고 살아가면 되는 것.
　　　타인을 심판하고자 하는 안대를 벗고
　　　세상을 바라볼 때,
　　　그게 진짜 살아 숨 쉬는 세계이니.

　　하지만 어쩌면 결국, 친구들에게도 티가 났을 것이다. 어떻게 생각하든, 그건 그들의 자유고 우리는 타인의 시선에 신경을 쓰기보다 우리에게 주어진 사랑에 최선을 다하면 되는 것. 즐거운 시간이었지만, 너에게는 아쉬운 시간이었나 보다. 친구들은 조금 더 함께 머무르고 싶어 했지만, 너는 이제 집에 가고 싶다고 말했다. 피곤했을 텐데 여기까지 함께 머물러준 네가 참 고마웠다. 돈이 제법 나왔는데, 네가 계산을 했다. 고맙고 멋있다, 라는 생각보다는

미웠다. 왜 네가 계산을 해. 손을 잡기 전이었으면 너를 이런 자리에서 계산도 할 줄 아는 사람이라는 생각에 더 멋지고 예쁘게 보았겠지만, 손을 잡은 뒤에는 네가 무리하는 것 같아 속상했다. 그렇게 우리는, 연인이 되었다.

계산을 한 뒤 친구들과 헤어졌다. 나는 너를 바래다주기 위해 너의 곁에 남았다. 새벽바람은 조금은 차갑게 우리를 끌어안았고, 따뜻했던 너의 손은 언제부턴가 식어있었다. 나는 투박한 나의 두 손으로 작고 예쁜 너의 손을 비비고 감쌌다. 나는 네가 추울까, 걱정이 되었고 너는 그런 내가 고마운지 빤히 쳐다보았다. 친구들이 저만치 멀어지는 것을 보고 너는 나에게 말했다. 사실은, 피곤해서 집에 가고 싶다고 말한 거 아니었어. 오빠랑 단둘이 더 있고 싶어서 그랬어.

편견.

나는 네가 타인의 시선에 너무 연연하지 않았으면 좋겠어. 네가 바라보고 싶은 세상, 네가 살아가고 싶은 세상을 접어둔 채 누군가의 시선에 갇혀 네가 원하는 삶이 아닌, 타인들이 바르고 옳다고 믿는 삶을 살아가기에 네게 주어진 순간은 한 번뿐이고, 그건 너무 소중하니까. 세상에 많은 편견이 있다면, 넌 네가 가고자 하는 길에서 행복한 사람이 되면 돼. 그때 너의 얼굴에 피어있는 행복한 미소가 세상을 둘러싼 많은 편견을 깨트리게 될 테니까. 아, 저래서 저 사람은 행복했구나. 나는 왜 나만의 삶을 살아가지 못했던 걸까, 하고. 그러니 나는 네가 꿋꿋이 소중했으면 해.

어릴 때에는

노래를 부르며 홀로 걷는 사람들이 부끄러웠는데

어른이 되어보니 멋있다는 생각이 들더라.

저렇게 할 수 있다는 게

얼마나 어렵고 용기가 필요한 일인지 아니까.

그런 그들을 이상하다고 판단하기에

나는 나의 감정에 과연 얼마나 충실해왔을까.

여전히 타인의 행동을 판단하며

내 마음의 그릇을 어느 틀에 규정하고 있으며

타인의 시선에 쉽게 휩쓸리며

내가 살아가고 싶은 삶을 가두어두는

그런 인생을 살아가고 있는 것은 아닌지.

어떤 사람이 누가 보아도 잘못인 행동을 했을 때

사람들은 그를 미워하고 비난하지만

내가 굳이 그러지 않는 이유는,

그 사람의 행동을 감히 비난할 자격이

내게 없다고 믿기 때문이기도 하지만,

그런 선택을 당연한 듯 하고

그것에 대해 부끄러워할 줄 모르는 것,

그것 자체가 그 사람이 받은 벌이라 믿으니까.

사람은 늘 주어진 순간에

최선을 다해 자신에게 행복이 되는 것을

자신이 행복이라 믿는 가치를 선택한다.

그게 행복이고 가치가 되었던 그 사람의 삶은

얼마나 불행이고, 얼마나 지옥일까.

사는 게 서툴러서

누구나 실수는 할 수 있어요.

우리 모두, 이 삶이 처음이잖아요.

그런데 중요한 건 말이에요,

실수를 하고 뉘우칠 줄 아는가, 하는 거예요.

같은 실수를 했는데

부끄러워할 줄 아는 것과 모르는 것은

그 차이가 너무나도 거대해서

삶을 살아가는 행복의 정도가 달라질 만큼이거든요.

실수를 하지 않을 순 없어요.

하지만 뻔뻔해선 안 돼요.

그건 정말 용서받기가 힘들거든요.

인정하고, 부끄러워할 줄만 알아도

세상은 나에게 관대해지는 거거든요.

그 힘든 일을 해낼 수 있게 해주세요.

당신을 미워하기보다

당신의 지난 실수를 제가 받아들일 수 있게요.

어떤 이들은 저에게 여린 사람이라고 말해요.

하지만 저는 그렇게 생각하지 않아요.

억울하고 분한 일 앞에서

누군가를 벌주는 것이 강한 거라고 생각하지 않아요.

그보다 내려놓는 일이 더 힘든 거니까요.

내가 생각하는 삶의 가치는 그런 데에 있지 않아요.

옳고 그름을 따지고

좋지 않은 일에 끝없이 골몰한다면

내게 남아있는 살아갈 시간의 얼마 정도를

스스로 피폐하게 만드는 일이니까요.

그건 나를 저버리는 일이라고 생각해요.

그보다 중요한 건

앞으로 살아갈 시간이잖아요.

그것을 통해 배우고, 더욱 깊어지고

그 성장함으로 세상을 더욱 짙게 마주하는 것.

아마도 그게 어떤 원망이 나를 찾아온 이유라고 한다면

나는 그 의미를 찬란히 완성해내고

더 예쁘게 살아가면 되는 거예요. 그걸로 됐어요.

용서.

똑같은 일이 찾아왔을 때 사람마다의 반응은 천차만별인데 어떤 사람은
나치의 강제포로수용소에서도 나치의 간수들을 용서하기로 마음먹었으
며 그 경험 안에 숨겨진 선물을 찾아 감사했다고 해요. 그는 '인간에게서
모든 것을 빼앗으려 해도 빼앗을 수 없는 한 가지, 즉 인간의 마지막 자유
는 어떤 상황에서도 자신의 태도를 선택할 수 있는 자유, 자신만의 길을
택할 수 있는 자유다'라고 말했어요. 우리를 둘러싼 모든 상황 안에서 우
리는 우리의 태도를 선택할 수 있는 자유가 있어요. 비록, 용서할 수 없을
만큼 원망스러운 지금이지만 누군가는 이와 비슷한 상황에서도 분명 용
서를 택했고, 그로 인해 자유로워졌을 거예요. 용서는 한 번만 하면 되지
만 누군가를 미워할 때는 끊임없이 미워해야 하는 거니까요. 결국 그것
이 나를 더 아프게 하는 거니까요. 분명 의미가 있을 거예요. 지금은 너무
나도 괴로워서 잘 보이지 않지만, 시간이 지나 서서히 알게 되는 의미 또
한 있는 거예요. 그러니 더 이상은 세계를, 사람을 미워하며 나를 괴롭게
만들지 말아요. 누군가가 용서했다면 나 또한 용서할 수 있는 거예요. 그
자유가, 우리가 가질 수 있는 유일한 자유니까요. 감사하기에 충분한 의
미를 꼭 찾길 바라요. 끝내는 찬란했다, 라고 말할 수 있기를 바라요. 꼭
그렇게 될 거예요.

그래서 연애는
"알겠어, 그런 점 때문에 속상했구나, 미안해."
라고 말할 수 있는 사람과 해야 하는 거예요.
들을 자세가 되어있는 사람과.
지금이 완벽하지 않으니,
자신이 실수를 할 수도 있다는
겸손한 마음을 가지고 있는 사람과.

예쁜 너는
어쩜 마음까지 예쁘니.
그래서 너는
닳도록 사랑이고 소중함인가 봐.

13.

더 이상
두렵지 않았다

사실은 오빠랑 둘이 더 있고 싶어서. 너의 그 말을 듣고 심장이 또 한 번 쿵, 했다. 너의 손에서 미세한 악력이 전해졌다. 쑥스러움과 간절함이 섞인 듯한 마음이 너의 손으로부터 전해졌다. 짧은 시간이었지만 고민을 했던 거 같다. 시간이 늦어 다른 곳에 가기에는 그랬고, 너와 함께 자고 싶었지만 그것이 어떻게 받아들여질지에 대한 두려움이 살짝 있었다. 출판계에 있으며, 많은 일을 겪으며 마음을 돌볼 틈 한 번 없이 달려온 터라 혼자인 밤은 늘 무서웠고, 불면의 밤을 지내며 늘 사랑하는 이의 품에 안겨 자는 상상을 해왔다. 그건 얼마나 따뜻하고 예쁜 순간일까. 기적 같은 위로일까. 그리고

나는 너에게 물었다. 그럼 우리 집에 갈래? 가서 이야기하다가 같이 자고 일어나서 또 이야기하자. 맛있는 것도 먹고. 너는 나를 빤히 바라

보더니, 좋다고 말했다. 쉬운 남자처럼 보이고 싶지 않았고, 너는 쉬운 여자처럼 보이고 싶지 않았을 것이다. 만난 시간은 짧았지만, 우리는 서로가 그런 사람이 아니라는 것을 느껴왔다. 한 장면만을 보면 가벼워 보일 수 있는 그 말이 우리에게는 전혀 가볍지 않았다.

나는 너에게 굳이 너를 지켜주겠다는 말이나, 같이 잠만 자자는 약속은 하지 않았다. 처음부터 그런 생각을 하지는 않겠지만, 분위기에 따라 그런 일이 일어날 수도 있는 것이고, 나는 그 분위기와 마음의 흐름에 따라갈 것이니까. 성격이 예민한 탓에, 아무리 외로워도 마음이 맞지 않는 이성과 연애를 할 수도, 가벼운 마음으로 함께 밤을 보낼 수도 없었다. 마음이 닿지 않는 이야기를 주고받는 순간이면 그 시간들은 나를 더욱 외롭게 만들었고, 나에게는 늘 욕구보다는 감정이 더 중요했으니까. 가치 없는 같이는 싫었으니까.

스물넷, 첫사랑과 아픈 이별을 하고 너를 만나기까지 이 년이 넘는 시간 동안 나는 연애를 하지 않았다. 엄밀히 말해서, 연애를 하기는 했지만 일주일 이상을 넘긴 연애는 없었다. 좋아서 만났는데, 만나고 보니 대화가 잘 통하지 않는다거나, 나에 대한 구속이 심하다거나, 하는 등의 이유로 만남을 지속시킬 수가 없었다. 그 시간 동안 나는 꿈을 향해 치열하게 나아가고 있었으며, 때로는 그 꿈의 무게가 무거워 주저앉기도 했으며 휘청거리기도 했고, 내가 만난 사람들은 내가 작가라는 사실에 많은 부분을 의지하고 기대고 싶어 했지만, 그들은 내가 기댈 수 있는 틈을 전혀 내어주지 않았다.

그래서 나는 나의 아픔을 꺼낼 수 있는 사람을 만나고 싶었다. 꺼내었다 돌아오는 무성의, 혹은 차가움에 더 큰 아픔만을 더하게 하는 사람이 아니라 위로의 말을 해주지는 않아도, 편견 없이 나의 이야기를 들어주고 그 들어줌의 진정성에 내 안의 것들을 더욱 털어놓게 만들어주는 사람을. 그렇게, 위로받고 싶었다. 나만 의지가 되어주는 연애가 아니라, 나 또한 의지할 수 있는 그런 사람을 만나고 싶었고, 그런 사랑에 간절해져 있었다. 그런 생각에,

집으로 돌아가는 순간까지 막연한 두려움을 느꼈다. 너에 대한 감정이 다른 사람에게 느껴왔던 감정과 다르다는 확신이 있었지만, 만약에, 만약에 우리가 우리도 몰랐던 서로의 외로움에 의해 서로를 사랑하고 있다는 착각을 하고 있는 거라면, 그래서 서로의 본질을 놓친 채 서로의 좋은 점만을 보아왔고 그러한 감정에 불타 손을 잡고 있지만, 그 모든 것이 사실은 착각이었다면 우리는 앞으로 어떻게 되는 것일까, 하는. 그런 이야기들을,

나는 너에게 털어놓았고 너는 들어주었다. 너는, 정말 힘들었겠다, 라며 마주 잡고 있던 너의 손으로 나의 손을 쓰다듬어주었다. 그리고 나는 그 모든 것이, 더 이상 두렵지 않았다.

누군가를 간절히 만나고 싶었다.
지금 이 순간,
마주하고 있는 아픔의 무게에 짓눌려
혼자서는 안 될 것만 같았다.
그래서 연락처를 뒤적여 보았다.
연락할 사람은 많았지만
연락을 하고 싶은 사람은 없었다.
내 아픔을 털어놓고 싶은데,

누군가에게 간절히 의지하고 기대고 싶은데
그럴 수 있을 것 같지 않았다.
그렇게 혼자에 익숙해져왔다.
타인에게는 기댈 어깨를 내어주면서
나는 늘 아프지 않은 척, 괜찮은 척.
아픔을 나누는 것이
이렇게 두려운 일이 될 수도 있는 것인지.
그런 생각에, 한없이 슬펐다.

만날 사람은 많은데
만나고 싶은 사람이 없다는 것.
이야기할 사람은 많은데
이야기를 하고 싶은 사람이 없다는 것.
할 수는 있지만 하고 싶지 않다는 건
그래서 참 외롭고 슬픈 일.
누군가의 아픔 앞에서
쉽게 정의를 내리며 가벼이 판단을 하며
진심 없는 위로의 말들을 건네며
아픔을 나누기 위해 나를 찾아온
그 절실함을 함부로 짓밟은 적은 없는지.
나는 충분히 깊고 다정한 사람이었을까.

참 예쁜 너를 만났는데

내가 3개월을 밤낮으로 고민한 문제를

3초 만에 결론짓고

나, 이만큼 똑똑하고 깊은 사람이야, 하는 순간.

너는 나의 고민과 아픔보다

너의 자랑이 중요한 사람이라는 것을 알게 됐어.

그 순간부터

너라는 책의 다음 페이지가 궁금하지 않았어.

표지가 예뻐 펼쳤는데

내용이 별로여서 다시 덮어둔다는 것.

너를 하루 종일 읽으며 내 곁에 두기에

너라는 사람이 내게 그만한 가치가 없다는 것.

너를 알아간다는 건, 너를 바라본다는 건,

너의 이야기에 귀를 기울인다는 건

완성되어가고 있는 한 권의 책을 들여다보는 일.

처음엔 제목과 표지만으로

너에게 끌려 다가갔을지라도

너라는 이야기를 펼쳐 읽어보며

너라는 사람에, 너라는 사람이 살아온 삶에

깊게 빠져들어 손에서 놓을 수 없게 되는 일.

너만의 책에, 나만의 책에

서로의 이야기를 더해 하나의 책을 만들어가는 일.

그러니 나는

표지가 예뻐 곁에 두었다가

내용이 없어 책장에 꽂아두는

그런 사람이 되어서는 안 되겠다.

책은 펼쳐보아야

그 안에 담긴 종이의 향과

내용의 깊이와 마음을 이해할 수 있는 것.

나라는 책은, 문장은,

덮어지고 잊혀지는 문장일까

자꾸만 곱씹게 되는, 머무르게 되는 문장일까.

사람들이 매기는 나라는 가치가,

사람들이 바라보는 나라는 세계가

바깥에 있기보다는 내 안에 있기를 소원하며

마음과 마음이 닿는 사랑을 하기를.

힘들다.
누군가에게 기대고 싶은데
기대었다 돌아올 상처가 두려워
오늘도 혼자가 무서운 이 밤을 홀로 지새운다.
그저 들어주고 안아줬으면.
판단 받고 싶지 않아. 차갑고 아파.

14.

네가 좋아하는
모든 것이 되었다

너에게 지난 사랑이 있었던 것처럼, 내게도 또한 그런 사랑이 있었다. 그녀는 내게 처음으로 사랑이라는 감정을 알게 해주고, 처음으로 이별의 아픔을 알게 해준 사람이었다. 내가 살았던 그녀라는 계절은, 이 세상의 모든 온도였고 내가 살아가는 세상의 전부였다. 그녀와 함께한 모든 것이 내게 있어 처음이었고, 처음이었기에 함께하는 모든 순간이 설렘이었고 소중함이었다. 나는 나였지만,

그녀를 만난 뒤에는 우리가 되었고, 나라는 혼자가 가졌던 색과 향에 그녀의 색과 향이 더해졌다. 나는 내 모든 것을 다해 그녀를 사랑했고, 그렇게 그녀가 좋아하는 모든 것이 되었다. 그러니까 그녀라는 계절을 살아가는 동안의 나는 더 이상 내가 아니었다. 그녀가 사랑으로 바라보던 나는 그대로 두었지만, 그녀가 사랑으로 담지 못했던 나는 버렸다.

그녀에게 더 사랑받는 내가 되기 위해서 나는 나를 저버리면서까지, 그녀의 모든 것이 되었다. 그러니까 나는

네가 좋아하는 모든 것이 되었다. 나를 버리고서도 기꺼이 네가 좋아하는 내가 되었다. 누군가 그 사랑이 아프지 않냐고 물을 땐 사랑은 꿈이야. 그래서 아프지 않아, 라고 대답할 만큼 나는 나의 사랑을, 그리고 그 꿈을 사랑했다. 커피를 좋아하는 너를 만나기 전에는, 늘 커피를 미리 사서 너의 집 앞에서 기다렸고, 옥수수를 참 좋아하던 너를 위해 없는 옥수수를 애써 찾아 선물하곤 했다. 너의 웃음 하나면 모든 것이 보상되었던 그런 때가 있었다.

비가 오는 날이면 우산을 쓰고 찾아가 너를 기다리곤 했다. 한 손에는 커피를, 한 손에는 우산을. 비가 오는 날, 한 번이라도 내 모습이 안 보이면 너는 나를 찾아 헤매었고, 그 한 번이 어색할 만큼 나는 너에게 늘 그런 사람이었다. 나의 어깨는 젖어도, 너는 젖게 할 수 없다는 그 마음을 그때 이해하게 되었다. 사랑받기 위해 나의 색을 포기하던 그런 때가 있었다. 너는 나를 사랑했지만,

때로 나를 사랑하지 않기도 했고, 나는 네가 사랑으로 담았던 나만을 남긴 채, 네가 사랑으로 담지 않았던 나는 지워갔다. 나는 그 어떤 너조차 너라서 좋아했지만, 너는 때로 나에게 더 많은 것을 바랐고, 나는 너의 기대를 충족시키기 위하여 너의 이상에 맞춰 변해가는, 그런 사랑을 했다. 서운했지만, 마음이 아픈 순간도 많았지만, 그럼에도 그 모든 것이 가능했던 건, 그보다 너를 향한 사랑이 더 거대해서, 라는 생각이 드는, 그런 사랑을 했다.

태어나 처음으로 질투라는 것을 해보았다. 네가 다른 남자를 향해 웃는 사소한 일 하나에도 가슴이 찢어질 만큼 아프고 시렸던, 그런 때가 있었다. 너와 떨어져 여행을 갈 때에도, 나는 너와 떨어지지 못했다. 모든 정경을 담아 너에게 보내주었고, 너에게 예쁠 것 같은 모든 것을 너에게 선물하고 싶었다. 멀리 떨어져 있어도 내 머릿속엔 오직 너만이 가득 차있었다. 나를 위한 삶이 어느덧 너를 위한 삶으로 바뀌어가는, 그런 사랑을 했다.

일분일초를 더 함께하자고 졸라대곤 했다. 너의 잠을 빼앗아 나의 눈에 너를 채우고 싶었던, 너의 눈에 나를 담아주고 싶었던, 그런 때가 있었다. 너를 만날 때면 양말의 색마저도 무엇이 더 예쁠지 한참을 고민했고, 그렇게 몇 번을 갈아 신곤 했다. 그러나 난 너의 부스스한 모습마저도 가슴 터질 듯 열렬히 사랑했다. 함께 여행을 가던 날이면,

모든 짐을 나의 어깨에 짊어지고 너의 인생을 평생 책임질 무게에 비하면 이건 아무것도 아니라며 멋진 척을 하기도 했고, 내가 많이 힘들어도 넌 조금도 안 힘들었으면 좋겠다, 이런 진심으로 너를 사랑했다. 사랑은 결국 변한다던 너의 말에 무척이나 화를 내곤 했다. 그래, 사랑은 변해. 왜냐면 난 널 앞으로도 계속 더 사랑할 테니까. 내 사랑은 시들어가는 게 아니라 더 커져가는 거니까. 이렇게 울컥할 만큼, 처절하게 너를 사랑했고, 그런 나를 보며 웃으며 뽀뽀하던 너의 모습에 언제 울컥했냐는 듯 이내 녹아버릴 만큼, 심장이 터질 듯 벅차게 너를 사랑했다.

널 영원히 사랑하겠다고 고백하곤 했다. 쫓아다니며 우리, 결혼하자고 노래를 부르곤 했고, 평생 네 곁에서 잠들고 네 곁에서 일어나고 싶다고 말하곤 했다. 만남이 길어져도 심장의 설렘이 멈추는 날은 단 한

번도, 정말 단 한 번도 없었던 그런 사랑을 했다. 그렇게 꿈같던, 마법 같던 사랑을 했다. 나의 세상은 온통 너로 물들어갔고, 그렇게 둘이서 하나의 세상을 살아가는 그런 사랑을 했다. 네가 해외에 있을 때에도 네가 좋아했던 음식들을 잔뜩 사서 먼 나라에서도 네가 나를 느낄 수 있도록 너의 냉장고를 채워주곤 했다. 혹여나 네가 날 잊을까,

조바심이 나서 우리의 사진들을 인화하고, 우리의 상징이었던 인형에 손 편지를 담아 먼 나라로 보내곤 했다. 하지만 그럼에도 넌 날 지워갔다. 나의 모든 것이었던 너에게 나는 그저 작은 일부분에 불과했음을, 너무나도 아프게 알아가곤 했다. 너만 생각하면 가슴이 미어져 죽을 것만 같던 그런 사랑을 했고, 그런 이별을 했다. 사랑은 이토록 짧고 망각의 시간은 이리도 길다, 라고. 네루다는 말했고, 나는 그 말의 의미를 비로소 이해하게 되었다. 너를 잊어야 했던 그 시간들 앞에서조차 나는 너를 사랑했으니까. 우리는 이별했지만,

나는 여전히 너와 이별하지 못한 채 너를 이토록 그리고 사랑하고 있으니까.

파블로 네루다는 썼다.

사랑은 이렇게나 짧고, 망각의 시간은 이토록 길다고.

나에게 또한 사랑보다 이별이 길었던 시간이 있었다.

이별한 순간,

너와 헤어진 것이라 생각했었는데,

진짜 이별은 이별을 한 뒤부터라는 것을.

이별을 한 뒤에야

나는 네가 나를 사랑으로 담았던 눈빛과

네가 나를 쓰다듬던 부드러운 손길과

네가 나에게 사랑한다고 말해주던 그 다정함과

그 모든 흔적의 너와 이별하기 시작했으니까.

나의 반을 넘어 거의 전부가 되었던 너를

나에게서 떼어내는 것은 이리도 길고 아프다.

그래서 사랑은 이렇게나 짧고, 망각은 이리도 길다.

망각의 절망 앞에서

그 모든 찬란함을 새로 쌓아가는 일이

도무지 엄두가 나지 않을 만큼, 두려워 주저하게 될 만큼.

이별하는 일.

하나 되었던 너를
다시 내게서 떼어내는 일
그래서 찢어지게 아픈 일.
함께했던 많은 추억들을,
그 아름답고 예쁜 우리만의 일들을
이제는 가슴에 묻어둬야만 하는 일.
그래서 그리움에 사무치는 일.
여전히 사랑이지만
더 이상 사랑을 말하지 못하게 되는 일.
그래서 미어지게 외로운 일.
내게 전부였던 네가
이제는 아무것도 아니게 되는 일.
그렇게 이제는, 이별하는 일.

15.

이별은 늘
이별한 뒤부터

우리가 서로에게 이별을 말한 순간, 나는 우리가 헤어진 거라 생각했다. 이제는 서로가 서로에게 사랑한다 말할 자격을 잃었으며 이유 없이 보고 싶다 연락할 수 없게 되었으며 너와 마주쳐 너를 바라보다 너의 작고 예쁜 손을 잡아줄 수도 없게 되었으니까. 이제 우리, 더는 사귀는 사이가 아니었으니까.

하지만 네가 없는 동안에도 나는 네가 그리웠다. 이제는 해서는 안 되는 사랑한다는 말, 여전히 가슴까지 차올랐고 보고 싶다는 말, 쓰다 지웠다를 수도 없이 반복했으니까. 너의 손, 그 따뜻하고 자그마한 온기가 남은 그 자리가 너무나 그리워 우두커니 남은 나의 손을 바라보다 한숨을 쉬게 되었으니까.

너와는 헤어졌지만 여전히 너와 헤어지는 중이다. 네가 나를 바라보던 눈빛과 헤어지는 중이고, 너와 함께 거닐던 수많은 추억들의 잔상과도 헤어지는 중이다. 가끔은 깊은 잠에서 깨어나 눈을 뜨면 늘 그랬듯 네 생각이 나고 너를 찾고 너에게 연락을 하던 나의 습관과도 헤어지는 중이다.

너와 헤어지면 그저 모든 것과 헤어지는 줄만 알았다. 하지만 헤어질 것이 이리도 많다. 헤어진다는 것은 네가 내게 남긴 너의 모든 흔적들을 말끔히 지워내는 일이니까. 그래서 헤어짐은, 이별은 늘 네가 떠난 뒤부터다.

앞으로도 많이 힘들 것 같다. 네가 너무 그립고 보고 싶을 것만 같다. 다시 사귀자, 울고불고 매달리고 싶을 것만 같다. 하지만 미련보다 아픔이 커졌던, 너와 사랑했던 시간들의 기억이 나를 붙잡아 세운다. 그리고 다시, 너와 헤어지는 중이다.

언제까지 이별하게 될지 모르겠지만 조금씩 너의 흔적은 지워져가고 잃었던 나의 색은 짙어지고 나를 덮었던 너의 향, 더 이상 맡을 수 없을 만큼 나만의 향이 그윽해지는 걸 보니, 하루에도 몇 번씩 쏟아지던 눈물이 이따금 쏟아지는 걸 보니 어쩌면 이 이별이란 것에도 매듭은 있나 보다.

영원히 다시 사랑하지 못할 거라 생각했는데, 문득 오늘 만난 새로운 네가 머릿속에 떠오르는 걸 보니, 아픔보다 설렘이 가슴에 강하게 자리잡는 것을 보니 너를 잊을 수 있겠다. 나, 다시 사랑할 수 있겠다. 네가 아닌 다른 너를 가슴에 품고 열렬히 사랑할 수도 있겠다. 너와의 사

랑에 끝이 찾아왔듯,

너와의 이별에도 끝은 존재하나 보다.

끔찍이도 아픈 시간들을 보내었다.

이 아픔에도 끝이라는 것이 있을까, 라고 생각했다.

그러다가 문득

내가 다음에 하게 될 사랑은 어떤 사랑일까,

나는 어떤 사람을 만나게 될까,

나는 그 사람에게 어떤 내가 되어줄까,

이따금씩 그런 상상을 하고 있는 나를 바라보며

이제는 너를 잊을 수도 있겠구나,

어쩌면 새로운 사랑을 할 수도 있겠구나,

하고 생각하게 된다.

결국 끝이 없을 것만 같던

이 이별에도 끝은 있는 거구나.

이제는 너를 아픔이 아니라

찬란함으로,

한때 내 청춘을 함께했던 아름다움으로

추억하고 있는 나를 바라보며

결국 끝이 없을 것만 같던

이 이별에도 끝은 있는 거구나. 하고.

사무치면 다시 꽃이 핀다.

영원히 사랑이고 예쁨일 줄 알았던 너는 끝내 그리움이고 아픔이 되어 내게 맺혔고 나는 사무치는 슬픔이 된 네가 저미고 애달파서 길을 잃었다. 내 마음 안에서 들끓는 사랑으로 살아 숨 쉬던 네가 없는 세계는 더 없는 외로움이고 절망이며 지독히도 검정이었다. 여전히 가득 찬 사랑을 더 이상 너에게 건네지 못해 삭여야만 했으니까. 그래서 다른 곳을 바라보기도 했다. 너를 향하던 사랑을 다른 곳에 쏟아보려고도 했다. 하지만 끝내 사랑에 빠질 수가 없었다. 네가 아니었으니까. 네가 아닌 다른 누군가에게서 자꾸만 너를 찾게 되었으니. 나는 여전히 너의 계절을 살아가며 그리워하고 있었으니까. 모든 것이 나에게도, 그 누군가에게도 상처고 아픔이었다. 하여 더욱 혼자가 되어야만 했다. 그렇게 홀로 너를 딛고 일어선다. 너를 찢어내고 도려낸다. 끔찍이도 아픈 시간들을 지나 다시 나를 사랑한다. 사랑해낸다. 너에게 전부를 주었던 내 마음을 다시 내게 쏟는다. 쏟아낸다. 그렇게 네가 되었던 나는 다시 나인 채로, 영원한 그리움이 될 줄 알았던 너는 한때의 찬란함으로, 멈추었던 계절은 돌고 돌아 다시 꽃을 피우고, 꽃을 떨어뜨리고, 눈이 되어 내리고, 그렇게 나는 너의 계절을 지나간다. 그리고 다시, 사랑한다. 너를 담으며 커졌던 내 마음 안에서, 이제는 너를 비우고 그 넓이로 더욱 거대함이고 예쁨인 새로운 계절을 살아간다. 이제는 영원을 믿지는 않지만, 더욱 영원에 가까운 사랑을 하며, 너를 살아가던 그 모든 이유를 그렇게 완성해내며, 사무치면 다시 꽃이 핀다는 그 말을 이제는 이해하며, 그 꽃이 너이길 한때는 소원했지만 이제는 너를 지나 새로운 계절 안에서 새로운 꽃을 피워낸다. 부디 그 꽃은 내 품안에서 흐드러지게 향기롭기를, 닳도록 사랑이기를, 소원하며.

16.

그 때 , 그 계 절

그렇게 끝내는 내게 주어진 이별을 완성하고, 그 찬란한 의미를 간직하며 내가 알게 된 것들. 결국 지난 사랑 안에는 내가 없었고, 그로 인해 이 사랑이 끝나게 되었다는 것을. 나는 우리가 되었다고 믿었지만 사실은 네가 되었던 것이고, 그래서 이 관계 안에는 너밖에 존재하지 않았다는 것을. 그러니까 너의 색과 너의 향과 너의 의사와 너의 좋아함과 싫어함과 너의 온도만이 있는, 그런 관계였기에 이 사랑은 온전하지 않음으로 인해 끝날 수밖에 없던 사랑이었음을. 나는 그녀를

사랑했지만, 그녀를 사랑하는 '나'는 존재하지 않았고, 우리가 된 적이 없었던 이 사랑을 끝내는 일이 그녀에게 이토록 쉬웠던 것은 그녀는 언제나처럼 그녀로서 존재하고 살아가면 되었기 때문이 아니었을까. 그녀는 가끔씩 내게

너는 내가 왜 좋아? 라고 묻고는 했었는데, 나는 늘 그녀에게 세상에서 가장 예쁘고 달콤한 말들을 해주었지만, 그녀는 그러한 것을 딱히 좋아하지 않았다. 그때는 그런 그녀를 이해할 수 없어 서운해했지만, 지금에 와서는 그 이유를 알 것 같다. 그녀가 왜 내게 그러한 것을 묻곤 했는지. 나는 그녀를 정말 사랑한다고 생각했고, 이것이 정말 사랑이라고 믿었지만, 사실 나는 그녀를 사랑하는 내 감정을 사랑했던 것이고, 그녀를 사랑하고 있던 내 모습을 사랑했던 것뿐이라는 걸. 그래서

그녀는 나와 함께하는 동안 외로웠던 것이다. 큰 사랑을 받는다는 것을 알고 있었지만, 그 사랑이 향한 곳에는 목적지가 없었으니까. 그러니까 나는 그녀를 사랑했지만, 동시에 그녀를 잘 몰랐으니까. 그녀가 어떤 생각으로 하루를 살아가고, 그 하루에는 무엇을 했으며, 친구들과 함께한 날에는 어떤 시간을 보냈는지, 그러한 것들을

나는 궁금해한 적이 없었고, 그래서 그녀에 대해 아는 것 또한 없었으니까. 사랑한다는 말을 하기에 바빴고, 그녀를 예뻐하기에 바빴으니까. 그녀가 친구와 함께 놀 때면, 질투를 하기에 바빴으니까. 내가 아닌, 다른 사람과 함께한다는 게 무척이나 싫었으니까. 이따금씩, 내가 궁금해하지 않았던 그녀의 하루를, 그녀는 내게 설명하곤 했었는데, 그때 그녀가 무슨 생각으로 그러한 것들을 먼저 말했는지, 그때 그녀가 느꼈던 감정이 무엇일지 이제는 헤아릴 수 있을 거 같다. 그리고 또한

그녀의 사소함에 대해 관심이 없었던 내게서 느꼈던 그녀의 외로움을... 이제는 이해할 수 있을 것 같다. 하지만 그녀는 내게 말하고 싶지 않았던 것이다. 그저, 내가 그런 사람이길 바랐던 것이고, 끝내 그런 사람이 되어주지 못한 나와 헤어지기로 한 것이다. 말한 적은 없었지만 그

녀는 내게 늘 그러한 원함을 표현해 왔었으니까. 조금만 더 사소했더라면 알 수 있었던 그녀의 언어를, 그녀를 향한 거대한 감정에 치우쳤던 내가 봐주지 못한 것이고, 알아차리지 못했던 거니까. 나는 그녀와 헤어진 이유가, 해외로 간 그녀의 마음이 변했기 때문이라 믿었고, 그런 그녀를 원망했었다. 원망했지만,

내 원망과는 다르게, 그녀는 늘 혼자였고, 꽤 오랜 시간 혼자였다. 나는 그녀가 내가 없는 시간이 외로워서 헤어진 거라 믿었지만, 사실은 나와 함께하는 시간이 외로워서 나와 헤어진 것이라는 걸 알게 되었다. 혼자인 그녀는 나와 함께하는 순간보다 행복해 보였고, 결국 사랑은 큰 것이 아니라 아주 사소하고도 사소한 것이라는 것을, 그 사소함을 나누고 그 사소함에 기대고, 그렇게 사랑이라는 감정이 아니라 그 감정 뒤에 있는 사람과 사람이 만나 서로의 하루를 나누고 기대는 것이라는 걸 알게 되었다.

나는 그녀와 헤어졌지만, 또한 헤어지지 못했던 시간들이 있었고, 그러니까 내게 그러한 사람이었던 그녀를 늘 그리워했고, 그녀에게 그런 사람이 되어주지 못한 그 시간들을 참 오랜 시간 동안 후회했고, 이별의 아픔을 사람으로 극복하고 이겨내기 위해

다른 사람을 만나기도 했지만, 사랑에 빠질 수 없었다. 내가 사랑하는 건 여전히 그녀였기에 나는 다른 사람에게서 자꾸만 그녀를 찾으려고 노력했으니까. 그것이 다른 사람을 아프게 했고, 나 또한 그것을 알아서, 다른 사랑을 시작할 수가 없었다. 그 시간의 나는 혼자였지만, 동시에 혼자가 아니었으니까. 여전히 내게 묻어있던 그녀의 향과 함께였고, 부족했던 나를 이끌어주었던 그녀의 색으로 세상을 바라보고 있었

으니까. 그 모든 것을 깨닫고,

　나는 온전한 내가 되기 전까지, 그러니까 주어진 이별을 오롯이 완
성해내기 전까지는, 그러니까 나로서 사랑하고, 나로서 사랑받을 수 있
기 전까지는 새로운 사랑을 해서는 안 되겠다고 마음먹었고, 너를 만나
기 전의 이 년이라는 시간 동안 그 이별을 완성해내고, 혼자인 것이 더
이상 외롭지 않은 사람이 되기 위해 세상을 담아내고 느끼고, 그렇게 지
내며, 끝내는 끝이 나지 않을 것만 같았던, 영원한 쉼표로 존재할 거라
믿었던 이 이별의 끝에,

　마침표를 찍었다.

이별한 뒤는 그 어느 때보다 외롭고 아팠다.
사랑을 잃었다.
반쪽짜리 내가 되었다.
나에게 묻어있던 너의 향과
서로에게 섞인 채 스몄던 우리의 색을
떼어내는데
나도 너와 한 이별이 처음이라
그 방법을 모르겠다.
너를 향해 주었던 사랑을
다시 내게로 가져와야만 했는데,
나를 아끼고 사랑하는 시간이 되어야만 했는데
늘 너에게 주느라 나에게 주는 법을 잊었다.
그래서 사랑은 그 자리에 두고, 사람을 바꿨다.
다른 사람의 손을 잡았다.
나는 온전한 사랑을 할 수가 없었고
결국 그 사랑은 상처만을 남긴 채 끝이 났다.

헤어지는 데 당연히 아프죠. 아파서 늘 눈물이 나오고 가슴은 시리고 잠도 잘 못 자고 그렇게 아프죠. 하지만 그럼에도 한 번뿐인 삶을 이 사람과 평생 함께할 수가 없어서, 그러기엔 내가, 내 삶이 너무 아까워서, 그 모든 것을 각오하고 이별하는 거예요. 아프지만, 그래서 다시 돌아가고 싶고 자꾸만 흔들리지만, 그럼에도 나의 선택에 오롯이 책임지는 것이 이별이에요. 사랑에 책임이 있듯 이별에도 책임이 있는 거예요. 아프지 말라고 안 해요. 당연히 아플 것이고, 이별하고 아무렇지 않은 것보다 아파하고 슬퍼하는 게 더 아름다운 거니까. 그만큼 깊이 사랑했다는 증거니까. 그러니 마음껏 아파요. 그 아픔을 꿋꿋이 이겨내어 온전한 내가 되었을 때, 그때는 더 찬란히 행복한 내가 되어, 더욱 그윽하고 짙은 향이 나는 내가 되어 더 좋은 사람과 더 예쁜 연애하게 될 테니.

떨어지고 다시 피어나겠지.

네가 떠났고, 새로운 누군가를 맞이하게 될 나처럼.

계절은 한 바퀴를 돌아 다시 내게 찾아왔고

그 영원한 반복 앞에서 나는 무력했지만,

그럼에도 내가 알게 된 것들.

계절은 다시 돌아오겠지만

그 계절을 살아가는 나는 전과 다르며

그 계절의 의미와 색 또한 달라진다는 것.

그러니까 너라는 계절을

영원한 아픔이고 그리움이고 미련이라 믿었지만

끝내는 찬란함으로 내 마음에 받아들이게 된 것처럼

나는 다른 의미의 계절을 살아가게 되겠지.

그리고 그 계절은 더 이상 네가 아니겠지.

너를 지나며 배웠던 모든 찬란함을 더하여

새로 맞이하게 될 계절의 온도는 더욱 봄이며

그 바람은 더욱 사랑이고 따스함이겠지.

그 색은 더욱 짙은 무지개가 되어 피어나겠지.

그 아름다움에서 피어날 너라는 예쁜 꽃은.

17.

참 예쁜 너를 만났다

더 이상은, 그녀의 안부가 궁금하지 않았다. 가끔씩 그녀를 생각하긴 했지만, 그것이 나를 아프게 하지는 않았다. 그저, 하나의 추억으로서 존재했고, 그 추억은 찬란했다. 이별을 완성하고, 전보다 나는 나를 더 사랑하게 되었다. 그래서 혼자가 외롭지 않았고, 누군가를 만나야겠다는 생각 또한 크게 생기지 않았다. 세상에 많은 사람들 중 그 누구여도 된다는 외로움보다는 꼭 너여야만 한다는 간절함이 생긴다면, 그때, 새로운 사랑을 시작하고 싶었다.

많은 사람들과 우연히 닿기도 했지만 스쳐지나갔다. 내 마음에 닿는 사람이 없었다. 그녀를 만나기 전에는, 내 마음 안에 가득 찬 외로움으로, 그 누구라도 사랑할 수 있을 것만 같았는데 이제는 쉽게 사랑에 빠지지 않게 되었다. 겉모습만을 보고 사랑에 빠지던 시절이 있었지만, 그건 사랑이 아니라 외로움일 뿐이었고, 누군가를 예뻐하고 사랑하고 있다는 내 마음 안의 그 감정을 사랑하는 것이지, 내가 마주하고 있는 그 사람을 사랑하는 일은 아니라는 것을 알게 되었다. 그게 지난 사랑이 내게 준 찬란한 의미였다.

나는 그때부터 마음의 결이 예쁜 사람을 만나고 싶었다. 이야기가 잘 통하는 사람을 만나고 싶었고, 살아가는 가치가 예쁘고 아름다운 사람을 만나고 싶었다. 서로의 사소함을 나눌 수 있는 사람을 만나고 싶었고, 뜨겁기보다는 잔잔하게, 오래도록 서로를 알아가며 서로에게 기댈 수 있는, 그런 사람을 만나고 싶었다. 그런 마음이 생기고부터는,

혼자인 시간이 더욱이 길어졌다. 왜냐면 세상엔 생각보다 가치가 예쁘고 반듯한 사람이 더 드물었기 때문에. 하지만 나는 운명이라는 낭만을 믿었고, 내가 예쁜 가치를 가진 사람이 되면 그 향에 이끌려 누군가 나에게 다가오리라는 것을 의심하지 않았다. 나도 모르게, 너도 모르게 서로가 서로에게 이끌려 먼 길을 오가고 있으며, 마침내 이름 모를 너를 만나게 되겠지. 그리고 그 순간, 우리는 서로를 알아볼 것이고 사랑에 빠지게 되겠지. 그렇게 생각했다.

그래서 조급해하지 않았다. 꿈에 닿아가는 시간들을 보내며 지치고 힘든 순간 또한 많았지만, 그럴 때면, 문득 내가 사랑하게 될 누군가의 품에 안겨 이 모든 것을 칭얼거리며 나누는 따스함은 얼마나 예쁠까, 하고 상상하는 시간들이 있었지만 나는 전보다 강했고, 꿈에 닿아가는 시간 동안 나를 짓눌러오는 그 무거운 무게 앞에서 도망가기보다 온전히 감당해내는 사람이고 싶었으니까. 힘든 날이 없었다면 거짓말이겠지만, 나는 그 모든 아픔 앞에서 치열하게 적응해나가고 있었고,

끝내는 무거웠던 공기가 더 이상 무겁게 느껴지지 않을 만큼, 더 단단한 사람으로 자라가고 있었다. 그렇게 조금씩 꿈에 닿아가며, 어쩌면 나의 또 다른 꿈이 될 누군가를 기다리는 시간을 보내며, 혼자이지만 가득 행복한 시간들을 보내고 있었다. 홍대의 작은 자취방에서, 그렇게 나의 꿈과 나는 함께 자라나고 있었다. 그렇게 지내왔던 수많은 날들 안의 어느 날 밤에

오랜만에 고향에 살던 친구에게서 연락이 왔고, 지금 서울에 왔는데 내려가기 전에 얼굴은 보고 내려가야 하지 않겠냐고 물었다. 새로운 책을 준비하느라 바쁘다는 핑계로 늘 카페에서 혼자 작업을 하고 있던 나는 그 말이 참 반가워서, 나는 작업을 할 때 사람을 만나지 않기에 평소 같았으면 반가울 리 없겠지만 이상하게도 그날에는 참 반가워서 친구와 만났고, 그렇게 술을 마시고 집으로 가던 중

너를 보았고, 왜인지 알 수는 없지만 너에게 끌렸고, 태어나 처음으로 누군가의 연락처를 물어보았고, 어색하고 서툴렀지만 용기를 내어 너에게 닿았고, 닿았다가 한 번 끊어졌지만 끝내 다시 닿았고, 그렇게 우리는 다시 서로의 얼굴을 마주하게 되었고, 서로의 끌림을 확인하는 설레는 시간을 보내다가,

지금은 두 손을 함께 맞잡고 있으며, 그렇게 나는 참 예쁜 너를 만났다.

성숙한 연애란 그런 것.

네가 없음에도 나는 여전히 행복하다.

하지만 네가 있음으로 인해 조금 더 완전해졌다.

너의 다른 무엇 때문이 아니라

그저 너라는 존재와 함께한다는 것 자체가

내겐 선물이고 기쁨이기에 어떤 순간에도 난 행복하다.

이렇게 말할 수 있어야 하는 것.

내가 먼저 행복한 사람이 되어야만 하는 것.

행복해지기 위한 조건이 네가 되는 것이 아니라

이미 행복한 둘의 행복을 나누는 일이 되어야 하는 것.

너와의 만남이 외로움에서 비롯된 것이 아니라

너라는 존재를 향한 온전한 사랑으로 시작되어야 하는 것.

너에게 간절해져버렸다. 무수히 많은 별 사이를 헤집으며 거닐다 반짝이는 너라는 별 앞에서 멈추어버렸다. 수많은 행성들 가득한 우주에서 수많은 별들 중 너와 내가 아니라 오직 단 하나의 인연으로 연결되고 싶다, 그런 생각이 들어버렸다. 어쩌면 가슴속 지독히 울려 퍼지는 사랑한다는 말, 이제는 삭이지 않고 너에게 토해내고 싶어져버렸다. 너를 좋아한다는 확신이 생겨버렸다. 문득 찾아와 앉았다 다시 제 갈 길 가버리는 나비의 초연함이 아닌 너에게 머무르다 그 안에 갇혀버리는, 너의 달콤함에 매혹되어 헤어나오질 못하는 꿀벌의 절박함으로 너를 사랑하고 싶어져버렸다. 그렇게 너에게 맺혀 영원히 굳어졌으면 좋겠다, 우리라는 관계가 그리고 함께라는 시간이 아주 거대한 이 우주의 자그마한 먼지에 불과할지라도 너에게 난, 나에게 넌 이 우주의 전부가 되어버렸으면 좋겠다, 그런 생각을 하게 되어버렸다.

그러니 너에게 사랑한다 말해야겠다. 밤하늘에 맺힌 별의 반짝임으로 피어난 너라는 꽃을 내가 끌어안아야겠다. 다른 이들에게 더 이상 너의 반짝임이 보이지 않도록 내가 꼭 끌어안아야겠다. 그렇게 너를 소유해야겠다. 하지만 너를 나라는 우주에 가두지는 않을 것이다. 나라는 우주에 뿌리를 내리고 더 찬란히 반짝일 수 있게, 아름다이 빛날 수 있게 그저 너를, 너라는 사소함을 아끼고 사랑해줘야겠다. 내 전부가 되어버린 별의 꽃에게 꼭 말해줘야겠다. 사랑한다, 고. 다른 누구도 아니라 너라서, 너를 이토록 사랑하게 되었다, 고.

간절함.

행복한 연애의 시작은
외로움이 아니라 간절함으로부터 비롯되는 것.
외로워서, 수많은 사람들 중
한 사람이 너였고 네가 아니어도
또 다른 사람을 향해 나아가는 가벼움이 아니라
꼭 너여야만 한다는,
네가 아니면 안 된다는 그 간절함으로부터.
그러니
서로가 서로에게 간절한 우리가 되길.

외로워서 아무나 덥석 사귀어놓고
울고불고 원망하고 후회하는 거,
예쁘지 않아.
같이 있는 시간이 가치 있을 수 있게
많은 사람들 중 한 사람이 너인 가벼움이,
외로움이 아니라
꼭 너여야만 한다는 간절함으로
서로가 서로를 향하는 연애를 했으면 해.
그게 널 더 소중하게 예쁘게 피어나게 할 테니.
무엇보다 서로가 서로에게 기쁨이 되어줄 테니.

같이의 가치.

먼저 좋은 사람이 되어야
좋은 사람에게 끌리게 되는 것.
먼저 좋은 사람이 되어야
좋은 사람이 나에게 끌리게 되는 것.
수많은 사람들 중 한 사람이 너와 내가 아닌
꼭 너여야만 한다는,
그 간절함으로 서로에게 향할 때
비로소 그 사랑은,
운명을 걸만한 가치 있는 같이가 되는 것.
그러니 그 같이의 가치를 완성하기 위해
외로움에 무너지기보다
나를 먼저 아끼고 사랑할 것.
그 향으로 서로를 가득 덮을 것.

18.

그 냥 , 그 런 느 낌 이 들 었 다

집 앞에서부터 엘리베이터를 타고 현관문 앞에 서기까지 우리는 침묵했고, 조금의 어색함이 맴돌았다. 나쁘지 않은 공기였다. 문을 열고 집에 들어서자, 어색함은 약간의 뜨거움으로 바뀌었고, 불편한 듯 서있는 너에게 나는 편한 옷을 건넸다. 먼저 씻을래? 라고 물었고, 너는 그러겠다고 했다. 네가 샤워를 하는 동안 매트리스 위에 앉아 낯선 뜨거움을 마시고 뱉으며 떨리는 심장을 진정시켰다. 왜 이렇게 떨리는 건지. 너는 내가 준 옷을 입은 채 쑥스러운 듯 나왔고, 나는 그 모습이 귀여워 또 한번 심장이 크게 떨렸지만 너를 빤히 바라보지는 않았다. 부끄럽기도 했고, 부끄러워하는 너를 위한 배려이기도 했다. 샤워를 하니, 조금은 뜨거웠던 술기운과 설렘이 진정되었다.

우리는 한 침대에 누웠다. 나는 너의 작은 머리를 둘러 팔베개를 해주었다. 어쩌나 사랑스럽던지, 팔베개만으로는 내 마음에 가득 찬 이 감정을 표현할 수가 없어 답답했다. 나는 몸을 돌려 너를 내 품으로 당겼다. 너는 내 품 안에서 새근새근 숨을 쉬었고, 나는 그 모습이 꼭 아기 같아서 너의 볼을 꼬집었다. 너는 또다시 나를 빤히 바라보았고, 나는 그런 너를 끌어안은 채 머리를 쓰다듬어주었다. 사랑이 내 맘 구석구석에서 올라오는 것 같았다.

함께 누워 머리를 쓰다듬는 것으로 지금 내 가슴에서 차올라 목 밑까지 들끓는 이 감정을 해소할 수가 없어서 너를 내 품에 더욱 강하게 끌어당겨 안았다. 그럼에도 답답하고 너무 답답해서 너에게 키스를 했다. 서로의 입에서 서로의 혀가 구르고 있었고, 나는 너를 더욱 강하게 안았다. 너는 떨었고, 나는 뜨거웠다. 그럼에도 답답함은 여전히 가시지 않고 남았다. 가슴에 가득 차 소용돌이치고 있는 사랑이라는 감정이 그 무엇으로도 표현되지 않아 가슴이 답답했다. 사랑해, 사랑해, 사랑해.

사랑해서,

너와 하나가 되고 싶었다. 단순한 욕구가 아니라 사랑의 표현으로서 우리는 섞였다. 동의를 구한다거나, 머리를 굴린다거나, 그런 것은 없었다. 어느 한쪽의 주저함도 없이 아주 자연스럽게, 당연한 것처럼, 몇 년을 함께해온 사람들처럼, 그렇게 섞이고 섞였다. 절절히 아름다웠고, 가슴 벅찬 사랑이었다. 뜨거우면서 부드러웠다. 내 안에 있는 너를, 네 안에 있는 나를, 우리는 뜨겁게 마주하며 거친 숨을 마시고 뱉으면서 서로를 담은 눈으로 끝없이 말했다. 사랑해.

가슴에 있던 모든 사랑을 표출하고 나서야 답답함이 진정되었다. 너를 안고 있다가 문득, 눈물 한 방울이 떨어졌다. 이유를 알 수 없는 이 눈물을, 나는 간절함이라고, 너라는 거대한 기적을 내 마음에 담아두기에, 내 눈에 담아두기에 너무나 벅차서 흘러넘쳐버린 간절함이라고 생각했다. 너는 처음 만났는데 꼭 결혼을 하고 오랜 시간 함께 살아온 것처럼 익숙하고 편하다고 말했다. 그런 말을 하고는 피곤함이 몰려왔는지 이내 잠들었고, 나는 네가 자는 모습을 한참 동안 바라보았다. 이불을 걷어차고 아주 멋진 자세로 새근새근 내 품에 안겨 자는 모습이 너무 귀엽고 예뻐서 나는 잠들 수가 없었다. 아무래도, 나는 너를 지금보다 더 깊게 사랑하게 될 것만 같았다. 그냥 그런 느낌이 들었다.

한참을 지켜봤어.
드라마도 아니고 영화도 아니었는데
피곤함도 잊은 채
그저 네가 자는 그 모습을 한참을 봤어.
아주 예쁜 풍경을 보다가
잠깐 멈추어서 멍하니 보게 되는 것처럼
너는 나에게 그런 예쁨이었을까.
세상의 그 어떤 예쁨보다
너라는 예쁨이 내게 가장 예뻐서
나는 그 예쁜 순간들을 놓치고 싶지가 않아.
그래서 자꾸만 바라보게 돼.
네가 예쁜데 무슨 이유가 필요하겠어.
그냥 나의 너라서 예쁜 거고
그래서 너의 모든 게 다 예쁜데.
나는 너의 모든 것이 예뻤어. 너라서.

꾸밈없이 사랑할 것.

지금도 충분히 예쁜 나라는 것을 잊지 말 것.

잘 보이기 위해

더 예쁜 나를 연기해야 한다면

그건 너의 운명이 아니었던 것이니 떠나보낼 것.

어색한 침묵을 이겨내기 위해

자꾸만 어떤 말을 지어내야만 하는

그런 만남 안에서 억지로 존재하지 말 것.

그저 가장 나답게 사랑하고

그런 나로서 사랑받을 것.

가장 나다운 나로서 존재할 것.

마음을 꾸미고 억지를 부리기에

인생은 짧고 나는 소중하니까.

인연이라면 결국 닿는 것임을.

가장 편하게 나로서 존재할 수 있는 사람,

그 사람이 내가 그토록 기다리던 내 운명이었음을.

애쓸 필요가 없는 사람.

그게 중요한 거야. 억지가 아니라는 것.

억지로 애쓰지 않아도

너무 좋아서 만나게 되는 사람.

침묵의 공기가 어색해서

억지로 무슨 말을 건네지 않아도 편안한 사람.

그런 사람을 만났다면

부디 소중히 생각하고 놓치지 마.

그런 만남을 '운명'이라고 부르거든.

나를 허물없이 사랑해주는 사람.
내 실수나 결점도 인간적이기에
이해하고 존중해주는 사람.
바라고 기대하는 것보다
지금 곁에 서로가 함께 있다는
그 사실 하나에 행복해할 줄 아는 사람
그런 사람이고 싶고, 그런 사람을 만나고 싶다.
사소하게, 반듯하고 예쁘게, 오래도록 다정하게.

어쩌면.

어쩌면 우리는 약속을 지키기 위해 서로의 앞에 서게 되었던 걸지도 몰라. 망각의 강을 건너며, 우리가 했던 약속을 잊게 되었지만 그럼에도 그약속을 지키기 위해 먼 길을 돌고 돌아 서로를 찾아왔고, 마침내 서로에게 닿았던 걸지도. 아주 먼 옛날, 우리는 서로를 너무 사랑해서, 하나의 생만으로는 그 사랑이 부족해서 다음 생에도 다시 만나 서로에게 사랑에 빠지자고 새끼손가락을 걸고 약속을 했던 걸지도. 그게 아니라면 우리의 만남을 어떻게 설명할 수 있을까. 무수히 많은 사람들 사이에서 서로를 마주한 채 알 수 없는 이유들로 이토록 깊게 사랑하게 되어버린 것을. 수많은 사람들을 스쳐 보내고, 수많은 사람들이 오가는 시간들 안에서 오직너에게 닿게 되어버린 것을. 그렇게 깊어져버린 것을. 어쩌면 우리의 만남은 처음이 아니었을지도 몰라. 어쩌면, 어쩌면.

19.

첫 사 랑 이 었 다

　너를 더 사랑하게 될 것 같았던 그 느낌은 느낌에서 그치지 않았다. 함께하는 시간을 더해가며, 너를 더욱 알아가며 나는 너를 더욱 깊이 사랑하게 되었다. 우리가 사귀게 된 날, 함께 밤을 보내고 다음날 집으로 가는 너에게 나는 작은 곰인형(너는 그 인형을 '훈이'라고 불렀다.)을 선물해 주었는데, 너는 너의 캐리어에 그 인형을 달고서는 늘 그 인형을 데리고 다녔다. 네가 해외에 비행을 갈 때면, 나를 대신해서 너는 늘 그 인형을 품에 안고 잤으며, 늘 인형과 함께 찍은 예쁜 너와 예쁜 풍경 사진들을 내게 보내주었다. 멀리 떨어져 있을 때에도,

　늘 함께 있다는 느낌이 들게 해주는 너는 어쩜 이렇게 예쁠까. 누군가, 사랑은 서로가 멀리 떨어져있을 때, 그때에도 변하지 않는 마음을 보여주고 서로의 마음을 안심시켜주는 것이라고 했다. 그리고 우리는,

떨어져 있는 순간에도 함께였다. 네가 내게 보내온 사진들과 메시지를 확인하고 답장을 하며, 바로바로 답장을 하지는 못했지만 어쨌든 답장을 하며, 가끔은, 가끔이라기에 아주 자주 음성 메시지로 너에게 사랑한다는 말을 전해주기도 하고, 네가 잠들기 전에는 너와 전화를 하며 너의 비행이 오늘은 어땠는지, 그곳의 날씨는 어떤지, 함께 비행을 간 사람들과는 잘 맞는지, 하는 사소함에 대해

나는 늘 물어보았고, 그렇게 네가 그곳에 있는 동안 너의 모든 사소함이, 그러니까 그곳의 날씨와 너의 감정과 네가 함께하고 있는 사람들과 머무는 동안의 네 마음의 온도가 너에게 따스함이고 기쁨이었다는 것을 확인한 뒤에야 나는 비로소 마음을 놓을 수 있었다. 그리고 너는 나에게 너의 사소함을 털어놓으며 위로를 받았다.

너는 늘 너의 마음에 맺힌 사랑이라는 거대한 감정을 내게 표현하기 위해 노력했는데, 그게 잘 안 되는지 답답하다는 표정을 지으며 아기처럼 애를 쓰곤 했다. 그런 너의 모습들을 보는 순간들이 내게 또한 너와 같은 마음을 가져다주었다. 그러다가 너는 문득, 기발한 아이디어가 떠올랐다는 듯 사랑한다는 말을 특이하게 표현하기 시작했는데, 이 세상에 있는 모든 물고기의 눈들을 모은 크기만큼 오빠를 사랑해, 지금 샤워를 하는 모든 사람들의 비누거품만큼 오빠를 사랑해, 하는 식의 표현들을 하기 시작했고, 그럼에도 너는

답답함이 풀리지 않는지 답답해했고, 나는 너의 그 어떤 표현보다 네가 표현하고자 하는 그 마음과 그것에서 느끼는 답답함에서 이미 너의 마음에 가득 고여 있는 사랑을 전달받았다. 너는 아이처럼 귀엽고 순수한 사랑을 내게 주었고, 어쩌면 나는 그보다는 조금 더 어른스러

운 관심을 너에게 주었다. 표현의 방식과 주고받는 사랑의 형태는 달랐지만, 우리의 마음 안에 맺혀있는 이 감정은 같다고, 나는 생각했다. 한 번도 느껴보지 못했던, 거대한 예쁨과 사랑과 그러한 모든 감정들이 내 마음 안에서 일렁였고, 나는, 우리는, 그로 인해 행복했다. 나는 너를 사랑하다가,

온 세상과 사랑에 빠졌다. 예쁜 너는 내 마음까지 예쁘게 물들였다. 여기서도, 저기서도 예뻤다. 예민해지는 순간이 잦았던 나는 이따금씩 세상을 삐딱하게 바라보기도 했고, 가끔은 신경질적이기도 했다. 누군가의 단점을 찾아 그것에 골몰하기도 했다. 그렇게 누군가를 미워하기도 했고, 혼자가 되기도 했다. 하지만 너를 만나 모든 것이 변했다. 너는 나에게 세상과 사랑에 빠지는 법을 가르쳐준, 온유함과 다정함으로 삶과 세상을 마주하는 법을 가르쳐준, 가장 예쁘고 거대한 의미였다.

지나가는 모든 생명과 무생물에게 친절해졌다. 사소한 일에도 가끔은 심통이 나 짜증을 부리던 내 마음은 여유로워졌으며 차분해졌다. 자주 웃게 되었다. 나를 사랑하지 못해 예민했던 지난 삶의 태도를 벗고, 나를 더욱 사랑하게 되었다. 너를 사랑하다가, 내 온 마음이 너라는 예쁨으로 가득 차 내 마음 밖의 모든 곳을 향해 흘러넘쳤다. 이곳에서도, 저곳에서도 나는 행복했다. 첫, 사랑이었다.

첫사랑은
누구를 언제 만났는지가 기준이 되는 것이 아니라
어떻게,
얼마나 사랑했느냐가 기준이 되어야 하는 거 아닐까.
너를 만난 뒤에

지금까지의 사랑은 사랑이 아니었음을 알게 된다면
그게 바로 첫사랑이 아닐까.
사랑이라는,
이 세상의 가장 거대한 의미를 가르쳐주고
그 의미로 내 마음에 닿은 사람.
바로 너였다.

너를 만나고 난 뒤에는, 그전에 했던 사랑은 사랑이 아니었음을 깨닫게 되었다. 사랑이 무엇인지, 사람마다의 정의가 다르겠지만 적어도 나의 정의는 너였다. 이전에는 너를 사랑하는 게, 그저 너에게 불타오르고, 너에게 질투를 하고, 오직 너만을 바라보고, 그렇게 모든 삶의 이유가 네가 되는 것이라 믿었지만 지금은

그 사랑이라는 감정 뒤에 있는 너를 알아가는 사소함이 사랑이라는 걸 알게 되었다. 사랑은 같은 곳을 바라보고, 그곳을 향해 함께 나아가는 거라고 믿었는데, 사랑은 함께 손을 잡고 삶이라는 여정을 걸어가는 모든 순간의 소중함과 사소함을 지금 옆에 있는 너와 나누는 것이라는 걸, 그러니까 옆에 있는 서로를 마주하는 일이라는 걸 알게 되었다. 그리고 너라는 예쁨은 마주할수록, 알아갈수록 예쁘고 또,

예.뻤.다.

너를 만나

모든 세상을 향해 내 마음의 다정함을 키워갔다.

너라는 예쁨이 내 마음에 스며

이곳에서도, 저곳에서도 예뻤다.

내 마음에 있는

너라는 예쁜 씨앗은 그렇게 자라나

세상을 향해 예쁜 꽃을 피웠고

우리는 그렇게 우리라는 이름의

예쁘고 다정한 정원을 가꾸어갔다.

내 마음 안에 있는,

나도 몰랐던 다정함과 사랑을 마주하게 되었다.

그게,

너라는 예쁨이 내게 준 가장 예쁜 선물이었다.

사랑이었다.

첫사랑.

사랑에 있어 모든 기준점이 되는 사람. 너라는 잣대를 내 마음에 품은 채
세상과 사람을 바라보게 하는 사람. 이 사람은 이런 점이 너보다 좋았고,
이런 점은 너보다 좋지 않았다, 라는 하나의 틀을 만들게 하는 사람. 너와
함께한 모든 사랑이 내가 처음 경험해 본 사랑이었으며, 하여 사랑에 대
한 정의를 가지게 해주는 사람. 그래서 그 정의를 변화시켜주는 사랑을
하기 전까지 오래도록 유일한 사랑으로 남아있는 사람. 너보다 좋지 않은
사람을 만났을 때에는 너라는 그리움이 사랑을 방해하기에, 결국엔 다음
사랑과 그 정의가 더욱 성장일 수밖에 없도록 나를 지켜주는, 그런 사람
이자 사랑. 돌이켜 찬란한 선물이었던 나의 첫사랑에게, 고마워.

세상에 사랑을 하고 있는 모든 이들의 네가

서로에게 첫사랑이 되기를.

쉽게 깨지지 않는 좋은 틀을 가지게 하며

그 기준으로 오래도록 마음에 남아

사랑이 끝난 뒤에도 너라는 사랑을 지켜주기를.

그러니까

오래도록 서로의 기억에 소중함으로 남을

그런 사랑을 하기를.

좋은 영향력으로 함께 성장해가는 사랑이기를.

또한,

되도록이면 첫사랑이자, 마지막 사랑이 될 수 있기를.

세상의 모든 것들 중에

제자리에 머물러 있는 것은 아무것도 없다.

사랑도, 사람도 마찬가지로 변해간다.

어제의 나와 오늘의 내가 다른 것은

내 얼굴의 생김새가 달라져서가 아니라

그 하루 동안 내가 경험한 무수히 많은 사소함이

내 마음에 닿고 담겼기에

내 마음의 그릇에 아주 작은 변화가 생겼기 때문이 아닐까.

그렇게 시간과 마음이 함께 흐르고 쌓이며

내가 중요하게 생각하는 세상의 가치는 변해가고

그에 따라 사랑의 의미 또한 변하게 되는 것.

내가 세월과 함께 담아온 마음의 기준이

부디 성장함이었으면, 다정한 변화였으면,

예쁘고 반듯한 의미였으면 좋겠다고 바라본다.

그래야 나의 새로운 사랑은 전보다 찬란할 테니까.

놓치고 싶지 않은 마지막 사랑이 되어줄 테니까.

내게 기준이 된 많은 사랑들을 지나며

기준을 깨트리고 새로 세우는 사랑들을 해오며

그렇게 먼 길을 돌아 오늘, 너에게 닿았다.

그 모든 여정이 너를 만나기 위한 여정이었길

내 사랑의 마지막 기준이 너라는 의미이길

나는 바라고 바랐다.

20.

너 를   그 렸 다

그리고 나는, 너와 함께하며 내게 주어진 삶의 일들을 사랑하는 데에도 게을리하지 않았다. 나는 그렇게 생각했다. 사랑에 빠졌다고 해서 내게 주어진 순간의 소중함과 살아가는 행복을 무너뜨린다면, 그렇게 오롯한 나의 중심을 저버린 채 모든 것을 사랑에게 양보한다면 온전하지 못함으로 인해 사랑 또한 시들어가는 순간이 올 거라고. 나와 내 삶에 대한 사랑의 끈 또한 놓치지 않는 것. 그 흔들리지 않는 중심이 우리의 사랑을 더욱 두텁게 만들어나가는 거라고. 한순간의 감정이 아니라 진정한 사랑을 주고받는 것은 나 자신을 사랑할 줄 아는 사람만이 할 수 있는 일이니까.

나는 그림을 그리고 포토샵을 배우는 일도 전과 같이 열심히 했다. 달라진 것이 있다면, 너의 그림을 그리기도 했다는 것과 포토샵으로 너에게 예쁜 글귀를 만들어서 보내주기도 했다는 것. 그러니까 내가 해왔던 일들을 하면서도 너를 생각했다는 것. 나는 그림을 좋아했지만, 잘 그리지는 못해서 아이가 그린 것처럼 아주 삐뚤삐뚤하고 유치한 그림을 그리곤 했는데, 그림 선생님은 내가 스킬적인 부분에서 실력이 느는 것을 원치 않았다. 이유는, 선생님은 나와 같이 그리고 싶어도 이제는 그릴 수 없다는 것이었는데, 요즈음에는 이러한 그림들이 개성이 있어서 더 인정을 많이 받는다나 뭐라나. 여하튼 그렇게 말씀을 하셨고,

나는 인정받기 위해 그림을 그린다기보다는, 내가 좋아서 그림을 그리는 것이기에, 그러니까 그림은 내게 취미로서 충족되는 일이었기에 그저 내가 그리고 싶은 그림을 그렸다. 아무리 그림이 서툰 나라도, 그림을 그릴 때면 사물을 깊게 바라봐야 했다. 평소에는 자세히 보지 못했던 무엇인가를 곰곰이 바라보다 보면, 여태 몰랐던 예쁨과 아름다움이 선명하게 드러나기 마련인데, 나는 그러한 것에서 작가로서의 감수성 또한 풍부해진다고 느꼈고, 그것이 내가 그림을 배우는 가장 첫 번째 이유였다. 그리고 나는,

너를 그렸다. 너의 얼굴을 늘 바라봤지만, 너의 얼굴을 그리자니 하나하나의 예쁨과 아름다움이 드러나기 시작했다. 너의 눈, 쌍꺼풀, 입술, 코, 그 모든 하나하나가 너무나도 아름다웠다. 얼굴 곳곳에 찍혀있는 작은 점들까지도. 그림을 그리는 내내 심장이 떨렸다. 그림 선생님은 내게 누구냐고 물었고, 나는 여자친구라고 대답했다. 여자친구분께서 진짜 정말 미인이시네요, 라고 말씀하셨고, 나는 진짜 정말 완전 너무, 그러니까

진짜 정말 완전 너무 예뻐요. 이게 사진으로 보아도 예쁘지만 실제

로 표정과 목소리와 하는 행동과 감정과 성향까지 함께 바라보면 더 예뻐요. 가끔은 심장이 멎을 것만 같은데 이렇게 살아있는 게 신기하다니까요. 오래 살아야, 오래도록 이 예쁨을 바라볼 수 있을 텐데, 이 예쁨을 계속 보다 보면 꼭 죽을 것 같은 순간이 온다니까요.

내 이야기를 듣던 선생님은 웃었고, 나는 내가 완성한 그림을 보고 웃었다. 정말 예쁜 너를, 나는 하나도 예쁘지 않게 그렸다. 너에게 웃는 사진을 보내달라고 했던 나는, 뭘 해도 예쁜 너는 웃을 때가 제일 예뻐, 라는 글을 함께 써서 너에게 보내주었다. 명색이 작가가 글씨까지 악필이어서, 글과 그림 모두 유치원을 다니는 아이가 자신의 옆에 앉아 있는 짝꿍에게 사랑을 고백하기 위해 그린 그림과 글 같다고 해야 할까. 하지만

그 무엇보다 서툰 것이 가장 진심으로 닿는 법이기에 너는 세상에서 가장 행복한 사람이라도 된 듯이 좋아해주었다. 집에 있던 너는 나를 안 보고는 못 배길 것 같다며 내 수업이 끝나길 기다렸다는 듯이 냉큼 내 곁으로 왔고, 눈물을 글썽이며 보고 싶었다니, 사랑한다니, 뽀뽀를 하며 나를 안아주었다. 네가 자꾸 이렇게 예쁘면 나는 너를 가만히 둘 수가 없어서, 도무지 그런 방법을 몰라서 우리는 제법 야한 시간을 보냈다. 그리고는 영화를 보러 갔다.

사랑은, 그런 거 아닐까.

서로 다른 삶을 살아가는 둘이서

그 다름을 나누고 공유하는 것.

하루의 일상을 서로에게 나누며

그것으로부터 위로를 받는 것.

사람은,

그저 하루를 나누는 것만으로도

삶에 있어서 큰 위로를 받으니까.

꼭 이래서 힘들었어, 저래서 힘들었어,

이런 말을 하지 않아도

누군가 내 곁에 있다는 것 하나로도

서로에게 서로의 하루를 나누고 있다는 것 하나로도

모든 힘듦을 잊게 되는 게 사람이니까.

가장 일상적이고 사소한 것들을

나누고 들어줄 수 있는 곁이 되어주는 것.

그게 사랑이 아닐까.

하루를 기댈 수 있는 사람을 만나고 싶다.

꼭 매일이 이벤트처럼 설레지 않아도,

맛있는 거, 예쁜 곳을 보러 다니지 않아도 좋으니

그저 함께 있는 시간 동안 서로의 일상을 나누고,

귀를 기울이고, 시선을 집중한 채 기댈 수 있는,

대화가 잘 통하는 사람을 만나고 싶다.

감정은 뜨겁게 타오르다 식기 마련이고

끝내는 사람과 사람만이 남는 것이 연애니까.

그래서 나는 좋은 사람, 마음이 반듯하고 예쁜 사람,

네가 너의 하루를 나에게 털어놓았을 때

귀를 기울여주는 사람이고 싶고, 그런 사람을 만나고 싶다.

세상은 때로 거칠고 차가워서 마음이 나약해질 땐

쉽게 병들기 쉬운 게 삶이니까.

그 삶을 사랑하는 사람과 함께 나아가고 치유할 수 있다면,

그게 행복이니까.

서툰 너라서 좋아. 표현이 서툰 너의 작은 미소는 다른 사람들의 함박웃음보다 내게 더 소중하게 다가오니까. 네가 나에게 좋아한다는 말을 할 때 몇 번을 고민하고 삼키고 했을지 다 보이니까. 그래서 너의 말 한마디 한마디에 담긴 진심과 그 말을 건네기 위한, 어떤 행동을 하기 위한 용기에 참 감사한 나니까. 어릴 땐 몰랐는데 살아가다 보니 서툰 사람이 더 와닿아서, 더 많은 진심을 나눌 수 있어서 좋더라. 진심이 없는 건 사람이든 뭐든 나를 외롭게만 할 뿐이라는 걸 점점 알아가게 되더라. 그러니까 서툴러서 표현 많이 못해준다, 미안해하지 않아도 돼. 난 그런 너라서

네가 참 좋은 거야.

뭘 해도 예쁜 너는
웃을 때가 가장 예쁘다.
그러니까 나는
너에게 기쁨을 선물해주는 사람이고 싶다.
너의 미소는
내게 또한 기쁨이 되어 피어나니까.
그래서 너와 함께하는 순간이면
나는 늘,
오늘 하루는 너를 어떻게 웃게 해줄까.
그걸 생각하게 되나 보다.
부디 나와 함께하는 너의 하루가 미소이기를.
그렇게 너는 내 곁에서 내내,
어여쁘기를.

예쁜 하루 보내.
예쁜 생각 많이 하고
예쁜 풍경 많이 담고.
나는 네 생각을 더 자주 하고
널 더 많이 바라볼게.
그게 내겐 가장 예쁜 하루니까.

21.

너 라 는 영 화

    나는 영화를 보는 걸 좋아해서, 혼자서도 자주 영화관에서 영화를 보는 편이다. 친구들과 함께 영화관에 갈 때에는 상업 영화나 흥행 영화를 보았지만, 혼자서 영화관에 갈 때는 독립 영화를 주로 봤다. 그 안에 담긴 잔잔한 의미들이 참 아름답고 예뻤다. 다른 사람의 가장 현실적이고도 치열한 삶에 대해 바라볼 수 있었고, 그것에서 많은 것들을 느낄 수 있었다. 배우들의 과장되지 않은 연기를 바라보며, 그 목소리와 표정과 대사들을 음미하며, 영화의 풍경과 음악을 듣고 보는 시간이 참 좋았다. 너와 만난 뒤에는 당연히 너와 함께 영화를 보러 가게 되었는데,

    신기하게도 너 또한 영화를 보는 취향이 나와 비슷했다. 아마도 그랬다고 그때의 나는 생각했지만, 지금에 이르러서는 네가 나의 취향에 맞추어 영화를 본 것일지도 모르겠다는 생각이 든다. 너는 내게 그런

사람이자...

사랑이었으니까. 새벽에 너와 함께 영화를 보는 시간이 참 좋았다.
독립 영화를 보는 사람들은 이 세상에 그리 많지 않았고, 우리 둘이 영
화관에 갈 때면, 마치 우리 둘만을 위해 영화가 상영된다고 느껴질 만
큼 그곳에는 우리 둘밖에 없었다. 그럴 때면, 오빠가 어? 또 너랑 온다고
영화관을 통째로 빌려놨잖아, 라며 장난을 치곤 했고, 너는 킥킥 웃으며
오빠는 왜 이렇게 귀여워? 라며 내 볼을 꼬집곤 했다. 나는 머리를 긁적
이며, 그야, 내가 귀여운 것도 있지만, 네가 나를 사랑해서 그런 거 아닐
까? 라며 부끄럽게 대답하곤 했다.

그날, 그 새벽에도 우리는 그랬다. 팔 받침대를 올리고 너는 내 품
에 꼭 안긴 채 영화를 봤다. 그런 너를 나는 이따금씩 쓰다듬어주었고,
너는 나의 손을 어루만져주었다. 김승우, 이태란 주연의 두 번째 스물
이라는 영화였다. 대사 하나하나가 마치 소설 같다고, 참 아름답다고,
나는 생각했다. 그리고 영화를 보는 내내, 우리는 자주 눈이 마주쳤다.
이런 영화를 네가 지루해하진 않을까 눈치가 보여서 너의 표정을 살피
는 나였고, 너 또한 나와 같았을 것이다. 마치 서로가 서로에게 상영되
는 영화처럼,

우리는 영화를 보며 웃는 서로의 모습을 바라보며 웃었다. 나의 감
정과 기분보다는 너의 감정과 기분이 어떤지가 더 중요해진 우리 둘이
었다. 너의 기쁨이 나에게 또한 기쁨이었기에. 그렇게 영화가 끝나고 나
면, 우리는 영화에 대한 이야기를 한참 나누었다. 나는 남자와 여자의
첫사랑에 대해서, 그리고 대사 하나하나의 아름다움과 그 깊이에 대해
서 너에게 이야기했다. 사랑이 전부였던 이십대의 그들은 결국 전부가

되어버린 그 사랑 때문에 이별했지만,

　사십대가 되어 만난 그들은 서로가 젊어지고 있는 삶을 나누고, 취미와 일상을 공유하고, 그때는 사랑하느라 채 바라보지 못했던 서로를 바라보고 서로를 알아가고, 그렇게 그때는 몰랐던 서로를 이제야 이해하게 되고, 사랑이 아니라 사람과 사람으로 만나 전에는 느끼지 못했던 감정들을 느끼게 되고... 그러한 것들이 내게 크게 와닿았다고.

　　사랑은 소통이고,
　　평생 서로가 서로에게
　　가장 편안한 친구가 되어주는 거 아닐까.
　　네가 내 곁에 있다면
　　더 이상 다른 사람의 존재가 필요치 않을 만큼,
　　그 부재가 나를 외롭게 만들지 않을 만큼
　　그렇게 서로가 서로에게
　　가장 결이 잘 맞는 친구가 되어주는 거 아닐까.
　　결국 사람이 평생을 살아가는 데 있어
　　가장 중요한 숙명의 과제는
　　그 한 사람의 동반자를 찾는 일이고
　　그렇게 사랑한다면,
　　삶으로부터 더 이상 원할 것이 없지 않을까.
　　그저, 당신과 함께여서 나는 행복한 사람입니다, 라고
　　그렇게 말할 수 있게 되지 않을까.

　그리고 너는 내 말을 듣고는 말했다. 오빠는 예술을 하니까 에브리데이가 홀리데이인 백수 건달 양아치야. 나도 나중에 승무원 그만 두고 예술하면 우리 같이 에브리데이가 홀리데이인 백수 건달 양아치 하자. 그리고 평생 같이 자고 같이 일어나고 그러면 얼마나 행복할까?(극중 역할이 영화 조감독인 김승우에게 안과 의사인 이태란이 "에브리데이가 홀리데이인 백수 건달 양아치"라고 귀엽게 말하던 모습이 너에게 재미있게 닿았던 모양이다. 그 애교를, 사랑스러운 모습을 내게도 보여주고 싶었나 보다.) 그런 말을 하고는

팔짱을 꼭 끼며 나에게 기대었다. 바람이 찼지만, 너로 인해 추위를 느끼지는 않았다. 그리고 나는 너의 이마를 검지로 살포시 한 번 누르고는, 예술가들은 에브리데이가 홀리데이지만, 동시에 삼백육십오일 연중무휴야. 하루에 밥 먹고 자는 시간 빼고는 작품 생각, 꿈 생각밖에 없는 사람들이고. 정말 간절히 원하고 소원해서 이 일이 아니면 안 되겠어서 잘 될지 안 될지도 모르는 그 모든 막연함과 불안함을 딛고 나아가는 거야. 자유가 많아지는 만큼 책임도 무거워지는 거고. 얼마나 힘들고 무겁겠어. 그러니까

오빠 많이 힘들었지? 하고 꼭 안아줘. 나는 말했고, 너는 내가 귀여워 죽겠다는 표정으로 한 번 바라보더니 안아주었다. 이따금씩, 내가 말하지 않아도 네가 나의 이런 외로움과 불안함을 알아주고 위로해주길 바랐지만, 그렇게 되지 못할 때에는 내가 투정을 부리고 너에게 기대면 되는 거라고 생각했다. 너의 품은 따뜻했고, 너의 품에 안겨있는 동안, 나는 내 안에 쌓여있던 모든 걱정과 고단함을 잊을 수 있었다.

함께 영화를 보러 갔다.

네가 궁금해서 너를 바라보았다.

재미있는 장면을 보고 웃는 너.

슬픈 장면을 보고 눈시울이 붉어진 너.

그런 너를 보며 기뻐하다가

또 슬퍼하다가, 문득 알게 되었다.

너는 내게 한 편의 영화 같은 사람이라는 것을.

그러다 너와 눈이 마주쳤다.

기뻤다.

너에게도 내가 한 편의 영화 같은 사람인 거 같아서.

자신보다 서로의 감정, 서로의 표정이 중요해진

함께하는 사소함 속에서 행복이 가득 차는 것이 느껴졌다.

사소하다는 것은 그래서 참 소중한 것.

소소하고, 사소하게.

우리, 소소하게 함께해요. 그저 서로의 일상을 나누고 함께 있는 것만으로 서로에게 기쁨이 될 수 있게. 많은 것을 바라고 기대하지 말아요. 서로의 감정을 내세우지도 말아요. 이제는 부풀려진 감정들, 기대, 바람들 말고 나는 나 자신을, 당신은 당신 스스로를 보여주고 들려주고 바라봐주고 들어줘요. 당신을 알아가고 싶어요. 당신의 생각들, 당신의 하루, 당신의 어제, 당신의 내일. 그런 것들을 알아가며 함께하는, 그 사소함이 좋아서 당신이 좋아요. 당신과 더 오래 있고 싶어요. 내 감정 말고, 당신의 감정 말고 당신은 내가, 그리고 나는 당신이 좋아서 그러니까 서로가 서로의 있는 그대로가 좋아서 서로를 보여주고 서로를 바라봐요. 그러니까 고마워요, 당신의 사소함. 행복해요, 당신이 바라봐주는 나의 사소함. 나를 바라보며 미소 짓는, 때로는 지루한 표정으로 하품을 하는, 머리를 정돈하고 화장을 고치는, 그런 당신을 바라보는 나에게 그만 좀 보라며 부끄러워하는, 당신의 그 모든 사소함까지도.

함께하는 내내,

나를 너무 사랑해서 어쩔 줄 몰라 하는 사람.

너를 참 사랑한다,

나에게 넌 참 소중한 사람이다,

세상에서 네가 제일 예쁘다,

눈에 가득 담은 채 바라봐주는 사람.

그런 사람을 만나요.

영화를 보러 갔는데

가끔씩 내 표정을 살피는 사람.

영화를 보다 웃는 게 아니라

영화를 보다 웃는 내 모습을 보고 웃는 사람.

내가 한 편의 영화인 사람.

정말 나를 사랑한다면 나에게
더 이상 네가 원하는 이상에 맞추어 변하기를
바라거나 소원하지 말아.
있는 그대로의 내가 아니라면
네가 사랑하는 나도
너를 사랑하는 나도
내가 아니라서 사랑받는 나도
너를 사랑하는 나도 없기에
난 더 외로워지고 말 테니까.
그건 날 사랑하는 게 아니라
너의 바람과 상상을,
그 모든 기대를 사랑하는 것일 뿐이니까.
그러니 나에게 귀를 기울여줘.
나를 바라봐주고 나를 아껴줘.

연애의 끝이 아니라
연애의 과정이 결혼이 되도록
알콩달콩, 예쁘게 그렇게 평생 연애하고 싶다.
너를 사랑하는 것이 나를 사랑하는 게 되는
그러니까 너와 내가 아닌 우리가 되는
널 위한 모든 것이 날 위한 모든 것이 되는
그런 연애, 사랑을 하고 싶다.
다른 누군가가 아니라 꼭 너와 함께.

22.

너 라 는 꽃

    너는 해외에 비행을 갔다 오면, 삼일 정도 한국에 머물렀다. 그 시간 동안 우리는 내내 함께했다. 어느덧 우리 집에는, 너의 잠옷과 너의 화장품과 그리고 너의 많은 것들이 놓여있었다. 비행을 마치고 네가 돌아오는 날이면 우리는 오랫동안 서로의 품에서 서로에게 귀를 기울였다. 늘 그랬던 날들의 어느 하루에는 네가 우리 집에서 요리를 해주겠다고 해서 함께 장을 보러 갔는데, 너는 장을 보는 내내 우리 꼭 부부 같지 않냐며 좋아라 했다.

    너는 내게 먹고 싶은 것이 있냐고 물었고, 나는 카레가 먹고 싶다고 했다. 늘 비행을 다녀오느라 피곤한 네가 고생하는 걸 보고 싶지 않아서 내가 생각하기에 가장 간단한 메뉴(이게 실제로 간단한지는 잘 모르겠으나)를 말했다. 너는 카레용 고기와 야채와 카레, 그리고 딸기를 좋아한다던 나를 위해 딸기까지 바구니에 담았다. 스쳐지나가듯 말했던 것을 기억하고 챙겨준 너에게 고마웠다. 어쩜 예쁜 너는 이렇게 늘 예쁨이고 예쁨일까. 다시 우리는,

집으로 돌아왔다. 집에 도착하자, 너는 갑자기 청소를 하기 시작했다. 오빠 이건 여기에 놔두고, 이건 저기에 놔둘게. 그런 모습들이 너무 여보 같아서 나는 그날부터 너를 여보라고 불렀고, 너는 그 말을 참 좋아라 했다. 그리고 너는 나를 여보 오빠라고 불렀다. 여보 오빠, 카레 맛있게 해줄 테니까 조금만 기다려. 나는 그런 너를 뒤에서 꼭 껴안았고

너는 고개를 돌려 나에게 입을 맞추었다. 쪽. 너는 다시 요리를 시작했고, 나는 그 모습을 그저 바라보았다. 너라는 예쁨은, 기적은, 바라만 보고 있는 순간에도, 내 심장을 일렁이게 만들었다. 너를 바라보고 있는 순간에도, 나는 네가 보고 싶었다. 분명, 그랬다. 그랬는데... 그런 생각을 하다가 잠시 슬퍼졌지만, 다시.

그러니까 너는 사랑이고,

사랑이었으며 또 사랑이었고, 닳도록 사랑이었다. 카레 냄새가 방안에 퍼지기 시작했다. 배에서 꼬르륵, 소리가 났고 너는 그런 나의 배를 귀엽다며 쓰다듬었다. 그랬던 너의 손길이 여전히, 아직도, 고스란히 따스함으로 남아 내 배를 어루만지는 것 같다. 문득 나의 배를 바라본다. 그러고는 또다시 슬퍼졌지만, 그럼에도 다시.

짜잔, 카레 완성. 우리는 식탁에 앉아 밥을 먹기 시작했다. 너는 내가 한 입을 먹을 때마다 맛있냐고 물었고, 나는 맛있다며 너의 엉덩이를 팡

팡 두드려주었다. 너는 궁디팡팡을 좋아해서, 알아서 엉덩이를 내밀었다. 그 모습이 꼭 아기 같았다. 밥을 먹다 보니 배가 불러서 죽을 것 같았지만, 꾸역꾸역 맛있게 다 먹었다. 네가 해준 음식을, 그러니까 너의 다정함과 그 안에 담긴 사랑과 정성을 남길 수가 없었다. 너는 배가 부르면 그만 먹어도 된다고 말했지만, 나는 너무 맛있어서 계속 먹게 된다고 말했다. 너는 내 말을 듣고는 싱긋이 웃었다.

여자들이 꽃 선물을 좋아하는 이유는 그 꽃이 예쁘기도 예쁘지만 그보다 너라는 예쁨을 생각하며 네가 웃는 모습을 상상하며 너에게 기쁨이 되기 위해 꽃집에 들러 꽃을 고르는 정성과 그 마음의 다정함이 예뻐서가 아닐까. 그 선물 자체보다 선물에 담긴 예쁜 마음이 예뻐서, 사랑이어서, 닳도록 다정함이어서 그래서 예쁨이고 소중함이 되는 게 아닐까. 그래서 꽃병에 꽃을 꽂는 일은 꽃이 아닌 내 마음을 간직하는 일. 그것이 시들지 않기를 내내 바라는 일. 마음을 주지 않으면 금방이면 시들어버리는 꽃처럼 너라는 예쁨도, 너라는 사랑 또한 그렇기에 네가 꽃에 물을 주듯 나는 너에게 사랑을 줘야지. 그렇게 너라는 예쁨을 오래도록 내 마음이란 꽃병 안에 간직하고 지켜나가야지.

조금 뜬금없이 낭만적이긴 했지만 그런 생각을 했다. 어떻게 너의 사랑을, 사랑이 담긴 카레를 내가 남길 수 있을까. 밥을 다 먹고는, 설거지를 하려고 하는 너를 어렵게 말리고는 내가 설거지를 했다. 그동안 너는 씻었고, 네가 씻은 뒤에는 내가 씻으러 화장실에 들어갔다. 그러고는 문득 장난기가 발동하여 다시 나와서는 없는 냄새를 맡는 시늉을 하며 너를 놀렸다. 마음이 여렸던 너는,

눈물을 글썽이기 시작했다. 그렇게 나는 네 마음의 농도를 조금씩

알아갔다. 내게는 장난인 말과 행동이 누군가에게는 상처가 되기도 하며 때로 내게는 진심인 일을 누군가는 가볍게 여기기도 한다는 것을 나는 모르지 않았다. 사람의 마음에 있는 단단함과 말랑말랑함 사이에 존재하는 농도는 모두가 달랐고, 그것을 이해하고 맞추어갈 줄 아는 마음은 관계에 있어서 가장 중요한 거니까. 그렇게 나는 너를 마주하며, 너의 농도를 이해하고 알아가며 너를 조금씩 배려할 수 있게 되었다. 배려는,

너를 알아야만 할 수 있는 것이고, 그래서 세심하게 너를 바라보는 일은 늘 중요한 것. 이러한 마주함이 이전에 내가 했던 사랑과 지금 하고 있는 사랑의 차이였다. 나는, '너'를 마주했고, 너를 알아갔고, 그렇게 너를 알아가는 순간의 다정함이 좋았다. 그리고 앞으로도 너를 더 깊이 이해할 수 있다는 사실이 나를 행복하게 했다. 나는 미안해, 라며 너를 안아주었고,

너는 미안하면 뽀뽀를 해달라고 했다. 뽀뽀는 무제한인데 까짓거, 뭐. 그리고 사실은 내게 더 좋은 일인데 까짓거 뭐. 쪽. 사랑해, 여보. 응, 나도 사랑해 여보 오빠. 아무리 생각해도 너무 귀여운데, 진짜 너를 어떡하면 좋을까. 너를 달래주다가 도리어 내가 설레고는 샤워를 하고 다시 나왔다. 그런데 네가 보이지 않았다. 아무리 찾아봐도,

네가 보이지 않았다.

예쁜 너도 너지만, 그 안에서 지어지는 감정과 생각과 성향이 진짜 너라고 생각하는 나라서, 나는 진짜 너를 알아가고 싶다. 어떤 분위기를 좋아하는 사람인지, 때로 무엇에 힘들고 상처를 받는 사람인지, 그 아픔들을 무엇을 하며 치유하는 사람인지, 하는 너의 알맹이를. 겉모습이 예뻐서 다가갔다가 그 안에서 무언가를 느낄 수 없어 금방이면 시들어지는 만남은 아니었으면 좋겠으니까. 그래서 나는

마음에서 향기가 나는 사람이 좋다. 그 향기의 울림이 퍼질 때 나의 울림과 닿으면 어떤 소리가 날까, 그게 궁금하니까. 사람은 때로 세상을 오해해서, 화려하고 세련된 겉모습과 부유함에 현혹되어 그것들에 가치를 두고 그것이 나를 행복하게 해준다고 믿기도 하지만, 결국 마음이 없는 것은 가치가 없으며 시들어지기 마련이니까. 진심을 나누지 않는 마음은 공허라는 병에 걸려 아파하게 되는 거니까. 진정 아름다운 것은, 우리를 행복하게 하는 것은 눈에 보이지 않는 가치들의 소중함이니까. 무엇보다

이 삶이라는 예쁜 꽃밭에서 너라는 예쁜 꽃과 함께 피어나고 싶은 나니까. 내가 너를 사랑한다는 말이 진짜가 되는 순간은, 네 안에 있는 너를 알아가고도, 그렇게 진짜 너를 마주하고 난 뒤에도 네가 좋을 때, 바로 그 순간이라고 믿는 나니까. 마음을 나눌 수 있는 사람과 함께 세상을 바라보고 세상의 느낌을 이야기하고, 그렇게 두 손을 맞잡고 펼쳐진 이 길을 걸어가는 것만으로도, 가장 행복하다고 느끼는 나니까.

사람과 사람이 마주할 때

서로가 가진 울림과 분위기에 따라

각자는 전에 없었던 새로운 서로를 이끌어내는데,

누군가는 나를 편하게 해주어

있는 그대로의 나로서 존재하게 해주지만

또 다른 누군가는 애를 쓰게 하고

어떤 말을 해야 할지를 고민하게 하고

돌아오는 차가운 반응에 눈치를 보게 하기도 해.

나는 너에게 어떤 사람일까.

어떤 사람으로 기억되고 있을까.

지금 이 관계를 어떤 관계로 만들어가고 있는 걸까.

대화를 하는데 자꾸만 겉에서 도는 사람.

질문에는 대답만 하고 나에 대해서는 묻지 않는 사람.

어딘지 모르게 마음이 닿는 느낌이 없는 사람.

내가 느낀 하루의 기쁨과 힘듦에 대해 관심이 없는 사람.

그래서 함께하는 시간 동안 더 외로워지는 사람.

그런데도 내가 좋다고 말하는 사람.

나에 대해 아는 것 하나 없는데

네가 좋아하는 나는 도대체 어떤 나일까.

나를 좋아하는 네 감정 말고

나를 좋아해줘. 그 감정 뒤에 있는 진짜 나를.

좋은 관계.

좋은 관계란, 만남 자체가 목적이 될 수 있는 관계인 거 같다. 안부는 안부로 족하고 만남은 만남으로 채워지는 게 좋다. 그 뒤에 늘 다른 사심이나 목적이 따른다면 그 관계의 순수성은 이미 퇴색된 것이고, 그건 나를 늘 피곤하게 하니까. 그저 나랑 함께 있는 것이 좋아서 내 곁에 머물러주는 사람이 좋다. 서로가 서로에게 수많은 고민과 목적과 갑과 을의 시선과 차가움에서 잠시 벗어나 그저 편하게 쉬었다 갈 수 있는 따스함이었으면.

23.

서 로 에 게   서 로 가
처 음 이   아 니 라 는   것

나는 두리번거리며, 너를 찾기 시작했다. 너에게 전화를 걸었다. 벨 소리가 들리지 않았다. 네가 전화를 받지 않자 나는 방 구석구석을 살피기 시작했다. 너의 캐리어가 보이지 않았다. 걱정이 되기 시작했다. 심장이 철렁거렸다. 어디선가 미세한 웃음소리가 들려왔다. 아마도, 너의 웃음소리 같았다. 나는 그 소리를 따라갔다. 옷장 안이었다. 옷장의 문을 열자, 그곳에서 나를 놀래어줄 생각에 웅크리고 있던 너는 웃으며 두 팔을 벌려 나를 끌어안았다. 나는 뒤로 넘어졌고, 너는 나에게 연신 뽀뽀를 했고,

나는 고개를 돌렸다. 그러고는 앉아봐, 라며 너를 의자에 앉히고서 너의 눈을 또렷이 마주보며 말했다. 내가 얼마나 놀랐는지 알아? 진짜, 다시는 이런 장난치지 마. 알겠어, 모르겠어. 너는 꿍해진 채 고개를 끄

덕였다. 나는 편지지를 꺼내어 책상에 올려두었다. 그리고 다시는 하지 않겠다고 약속하고 반성문을 쓰라고 했다. 너는 알겠다며 반성문을 쓰기 시작했다. 속으로는

그런 네가 너무 귀여워서 심장이 두근두근 뛰었다. 진짜로 화가 났다거나, 반성문을 받고 싶어서 쓰라고 한 건 아니었다. 이랬던 우리 둘의 순간을 예쁘게 간직하고 싶어서 그랬다. 언젠가 이 반성문을 함께 읽으며, 이날의 너의 귀여움을 함께 나누는 설렘을 상상했다. 너 또한 그것을 알고 있었고, 그래서 더욱 애교스럽게 반성문을 썼다. 나는 반성문이라기보다는 참 예쁜 편지 한 통을 너에게서 받고서는 상자 안에 소중하게 넣어두었다. 그리고 너는

아직도 화났어? 라고 물었다. 나는 아니야, 그냥 조금 놀랐어, 라고 대답했다. 하지만 아직도 여전히 조금 꽁한 상태였고, 사실은 네 애교가 보고 싶어서 꽁한 척하는 상태였고, 그것을 알아챈 너는 나를 간지럽혔다. 나는 갈비뼈를 간질이는 것에 너무 약한데, 너는 그것을 어떻게 알았는지 간지럽혀댔고, 나는 방 구석구석 도망을 다녀야 했다. 꼼짝없이 구석에 몰렸다. 너는 계속 삐질 거야 말거야, 라며 내 위에 올라타서는 손가락을 지그시 들었다. 나는 울상을 지으며, 진짜 하지 마, 하고 부탁했다. 항복 선언. 하지만 너는 한 번 더

갈비뼈에 손을 댔다. 나는 데구루루, 구르며 또다시 도망을 가야만 했다. 너는 그런 내가 귀여워 죽겠다는 표정으로 쫓아왔다. 다시는 안 삐질게, 제발 여기만큼은 하지 마, 응? 나는 부탁했다. 너는 한 번만 봐준다며 간지럽히길 멈추었다. 빈틈 발견. 이때다 싶었다. 나는 너에게 복수를 하기 위해 너의 손을 잡아둔 채 너의 얼굴에 뽀뽀를 퍼붓기 시작했

다. 너는 하지 마, 좁쌀 여드름 나, 라며 나를 놀렸고, 나는 또다시 꿍해졌고, 너는 손가락을 들어 올렸고, 나는 그 손가락이 무서워서 언제 꿍해졌냐는 듯 미안하다며 웃었고

갑자기 분위기가 야해져서 야한 시간을 보냈다. 그날, 우리는 함께 침대에 누운 채, 서로의 품에 기댄 채 많은 이야기를 나누었다. 그러다 문득, 너는 너를 만나기 이전의 사랑에 대해 내게 물었고, 나는 네가 서운해할 것 같아서 말하고 싶지 않다고 했다. 하지만 너는 정말 서운해하지 않을 거라며 오빠는 어떤 사람이었고, 어떤 사랑을 했었는지가 궁금하다고 말했다. 그 말을 믿어서는 안 되는 거였는데, 순진해져서는 입을 열었다. 그저,

많이 사랑했던 사람이었지만, 모든 것이 처음이었고, 마지막 또한 함께하고 싶었던 사람이었지만, 그리고 꽤 오래 함께했던 사람이었지만, 돌이켜 많이 부족했던 내 서투름 때문에 아프게 이별을 했다고. 구체적인 이야기를 하지는 않았다. 내가 그녀를 상상하는 시간이 너에게는 아픔이 될 거라고 믿었기 때문에. 나의 지난 사랑이 궁금했던 너는,

내게서 이야기를 듣고는 고개를 돌린 채 눈물을 글썽였다. 그저 나에게 네가 처음이 아니라는 것 하나에도 마음이 아팠나 보다. 그래서 하릴없이 슬퍼했고, 조금은 화를 내기도 했고, 또한 네 마음에 맺힌 그 복합적인 감정들을 어찌할 줄 몰라 답답해했다. 그러고는, 복수를 하고 싶었는지, 네가 느끼는 그것을 내게 또한 느끼게 해주고 싶었는지, 너는 너의 과거에 대해 내게 말하기 시작했다.

과거는 지나간 것이고 인연은 앞으로가 중요한 것이라고 말하지만 나는 너에게 그럴 수 없었다. 네가 지나온 과거에 잔뜩 질투가 나고 자꾸만 서운하게 되었으니까. 이토록 예쁜 너를, 이렇게나 사랑인 너를 일찍 만나지 못했던 나를 원망하게 되었으니까. 너의 과거를 함께하지 못했던 지난 시간들에 아파하고 괴로워하게 되었으니까. 마음에 무거운 돌 하나를 얹어놓은 듯 무겁고 아팠으니까.

내가 너를 사랑하는 방식은 이렇듯 따뜻하다 못해 뜨겁기까지 한 것이었다. 그렇게 너를 닳도록 사랑했다. 너와 함께하고 있는 지금과 함께할 미래만으로는 부족해서 너의 과거까지 나였으면 좋겠다, 생각하며 가슴이 시려올 만큼. 그러다 문득

지난날의 너와 너의 사랑에게 감사하게 되었다. 네가 나에게 올 수 있도록 너를 놓아준 너의 지난 당신에게. 너를 가득 사랑하지 못해 내 사랑에 이토록 기뻐할 수 있는 너를 선물해준 당신에게. 만약 내가 소원하는 대로 내가 너의 처음이었다면, 어쩌면 너는 내가 너에게 쏟는 사랑의 크기를 헤아리지 못했을지도 모르는 거니까.

몇 번을 지나 내게 왔기에, 그 몇 번의 사랑보다 내 사랑이 더욱 소중히 닿았기에 너는 내 곁을 더욱 따뜻하다고 느낄 수 있는 거니까. 나를 사랑이라고 생각하게 된 거니까. 그러니 지난날의 당신에게 감사하며, 오늘의 너를 더욱 사랑하며, 내일은 그 사랑의 크기를 더욱 키워가며, 그렇게 너라는 소중함을 오래도록 아끼고 사랑할게.

만약 너에게 내가 처음이었다면
너는 내 마음의 차가움과 뜨거움을 이해하지 못했을 거야.

사랑은 질투를 하지 않는 것이라고 하지만
나는 너에게 질투할 것이다.
뜨겁고 절절한 방식으로 너를 사랑할 것이다.
너의 지난 사랑을 떠올리며 때로 괴로워하고
크게 아파하며 너의 지난날까지 사랑할 것이다.
너의 지난날에 없었던 나를 때때로 후회하며
조금 더 일찍 만나지 못했던 나의 걸음을 탓하며
한때 너에게 사랑으로 불렸던 그때의 사랑에 질투하며
그럼에도 이렇게 만나 맺어진 지금에,
무엇보다 너의 지금에 새겨진 나를
소중함과 간절함으로 간직할 수 있게 해준
지난날의 당신에게 감사하며, 그렇게, 그렇게.

왜 그런 거 있잖아. '사랑한다는' 말 말고 '사랑한다'를 보여주는 눈빛이나 행동 같은 거. 나와 함께 있는 시간 동안 자꾸 날 귀찮게 하는 거. 빤히 바라보는데 그게 그냥 바라보는 게 아니라 막 나를 사랑한다는 게 마구 느껴지는 거. 자꾸 손 좀 달라고 하면서 내 손을 하루 종일 잡고 있으려고 하는 거. 입에 뭐가 묻은 거 같아 부끄러워 죽겠는데 넌 자꾸 귀엽다면서 쓰다듬어주는 거. 내가 뭘 해도 예뻐해주는 거. 그렇게 하루 종일 사랑받는 기분을 느끼게 해주는 거. 그냥 나라서 무조건 예뻐해주는 그런 기분. 사람이 사람으로서, 사랑으로서 받을 수 있는 최고의 사랑, 가장 행복한 기분, 그런 연애. 그런 사랑이 하고 싶어.

좋은 사람 만나요. 함께하는 시간이 참 따뜻하고 소중해지는. 연애가 하고 싶어서 만난 사람, 헤어지기 불안해서 이어가는 만남이 아니라 정말 나를 행복하게 해줘서, 사랑받고 있다 느끼게 해줘서, 너무 소중한 사람이라는 걸 알게 해줘서 간절해지는, 그런 사람을 만나요. 더 이상, 감정 허투루 쓰지 말고 이제는 우리, 진짜, 사랑해요. 사랑은요, 너를 행복하게 해주는 거래요. 그러기 위해 한 행동들이 너에게 부담이 아니라 기쁨을 주면 그걸로 내가 행복해지는 게 사랑이래요. 그걸 혼자만 하는 게 아니라 서로가 서로에게 그럴 때, 그게 사랑이래요. 그러니까 우리, 이제는 사랑해요. 많은 사람들 중 한 명이 너인 그런 연애 말고 네가 아니면 안 되는 그런 사랑을 해요. 나에게 늘 다정하고 따뜻한 사람과.

늘 나를 사랑 가득 담은 눈빛으로 바라봐주는 사람.

나에게 미안하다는 말을 할 줄 아는 사람.

내게 진심이라는 것이 가득 느껴지는 사람.

함께하는 시간 동안 내가 참 예쁘고

소중한 사람이라는 것을 느끼게 해주는 사람.

표현하지 않아도 그 마음들이 눈빛으로 전해지는 사람.

늘 변화를 바라고 요구하기보다

있는 그대로의 나를 바라봐주고 아껴주기에

함께하는 시간 동안 눈치 보지 않아도 되는 편안한 사람.

가끔은 사소한 것에 질투하며 서운해할 줄도 아는 사람.

그러니까

정말 나를 사랑하고 있구나, 늘 느끼게 해주는 사람.

24.

너 의 그 때 , 그 계 절

너의 전 남자친구는, 그러니까 그는 운동선수였다. 당시, 대학생이
던 너는 친구와 함께 2:2로 소개팅을 한 적이 있었는데, 그때 너의 학교
에서는, 그러니까 항공과에서는 모 학교의 체육과와 소개팅을 하는 것
이 유행이었고, 그리하여 너와 너의 친구는 운동을 하는 남자들과 소개
팅을 하게 되었다. 너는 소개팅을 딱히 하고 싶지는 않았지만, 친구의
간절한 부탁으로 자리에 참석하게 되었는데, 친구는 이미 한 남자를 마
음에 두고 있었고, 너의 목적은 친구와 그 사람이 잘 될 수 있도록 분위
기를 만들어주는 것이었다. 그들은

태권도 선수였고, 해외에 자주 공연을 하러 다니며 태권도를 세계
에 더욱 알리는 활동을 하고 있었다. 친구와 친구의 그를 밀어주기 위
해 너는 그들과 같이 식사를 하고 카페에서 많은 이야기를 나누었다. 그

리고 그들은

커플이 되었다. 그 나이 때의 연애가 늘 그렇듯, 친구는 그의 외모가, 친구의 그는 친구의 외모가 마음에 들어서 눈이 맞은 것이라고 너는 말해주었다. 그러고는 잠깐 이야기를 멈추더니, 너는 내게 물었다. 그런데 정말 남자들에게는 평생 여자의 외적인 것이 사랑을 시작하는 데 있어 가장 중요한 기준인 거야?

나는 그 말을 듣고, 그건 어느 정도 비율이 존재하는 이야기라는 답을 해주었다. 어떤 부류의 남자들은 평생 여자를 외모로만 평가하기도 하지만, 나이가 들면서 점점 외모보다는 그 사람에게서 느껴지는 분위기와 성향에 끌리는 부류 또한 존재한다고. 물론, 모든 남자가 외모는 보는 것이고, 어릴 때는 무조건 외모가 우선이지만, 외모를 보는 시각이 변하는 순간이 오기도 하는 거 같다고. 그러니까

단순하게 예쁜 사람이라고 생각했던 그 외모의 기준은 식상함으로 바뀌고, 예전에는 그렇게 싫었던 덧니가 있는 사람이나 주근깨가 있는 사람이 좋아지기도 한다고. 단순히 그러한 외모의 특성이 좋아서 그 사람을 사랑하게 되었다기보다는, 만나고 보니 그 사람의 결이 좋아서 사랑에 빠지게 된 것이고, 사랑에 빠진 뒤에는 그 사람이 가진 모든 것이 예쁨이 되는 거니까.

얼굴이 예뻐서 만났는데, 얼굴이 예쁜 것이 다인 사람도 있고, 처음에는 별로였지만, 만날 때마다 예쁜 구석을 찾게 되는 사람도 있는 거니까. 그러니 웃을 때 보이는 덧니가 예뻤다든지, 햇볕 쨍쨍한 날 보이는 주근깨가 소녀 같아서 사랑스러웠다든지, 그러한 순간이 찾아오는

것은

  정말 덧나나 주근깨가 예뻐서라기보다는, 사람은 사랑에 빠지는 순간 그 사람의 모든 것을 예뻐하고 사랑하게 되기에, 누군가를 처음부터 사랑하지는 않았지만 마음이 잘 맞아서 서서히 사랑하게 되고, 마음에 피어난 그 사랑이라는 감정으로 인해 외적인 부분들까지도 예뻐하고 사랑하게 된 거라고. 외적인 것으로는 절대 사람의 안까지 채울 수 없는 것이고,

  그걸 알게 된 사람들은 끊임없이 안을 나눌 수 있는 사람과의 만남을 갈구하게 되는 거니까. 그 안에서 위로를 발견하게 되는 거니까. 오래도록 함께 머무를 수 있는 사람은 결국 마음이 잘 맞는 사람이라는 걸 알게 되는 거니까. 결국 눈에 보이는 것들보다는 눈에 보이지 않는 가치가 더욱 소중하고 아름다운 거니까.

  너는 나의 말을 듣고는, 실제로 들었는지 아닌지는 모르겠지만, 여하튼 듣고는, 말했다. 그럼 오빠한테 나는 어떤 경우야? 라고(아마도 이 질문이 네 가슴속에 떠오르고부터는 내 이야기를 듣지 않았겠지. 끝나는 순간만을 기다렸겠지). 나는 대답을 잘 해야겠다고 본능적으로 생각한 뒤에 너에게 말했다. 하늘에 있는 별을 다 따서 너의 품에 안겨주겠다는 말처럼 온갖 예쁜 거짓말들을 잔뜩 해주고 싶지만 진심을 듣고 싶다면 머리를 긁적이며 한참을 고민해야 돼. 그러다 고작 해준다는 말은

  그냥 너라서 네가 좋은 거 같아.

  이게 다인 거 같아. 정말로 이게 다니까. 솔직히 말해서, 나는 너를

그림을 그리는 사람이라고 생각했거든. 그래서 네가 승무원인 걸 알게 되고 조금 실망하기도 했었어. 그런데도 지금 우리가 이렇게 같이 누워서 서로의 품에 기댄 채 이런 이야기들을 나누고 있다는 건, 그리고 오랫동안 연애를 하지 않았던 오빠에게 네가 이토록 큰 사랑으로, 예쁨으로 맺혀졌다는 건,

그만큼 네가 오빠한테 거대한 의미고 예쁨이고 사랑이라는 거 아닐까. 너를 좋아하게 된 일에 이유라는 게 있을까. 그 모든 이유는 사실 만들어낸 것일 뿐인데. 너를 좋아한 뒤에야 찾게 된 환상일 뿐인데. 오빠는 그 모든 이유가 사라지더라도, 너를 좋아하게 되었을 거라고 생각해. 너는 내 답변이 만족스러웠는지,

얼굴에 미소를 피운 채 좋은 티를 숨기지 못했고, 다시 내가 질투를 하는 모습이 보고 싶다는 생각이 들었는지 이야기를 이어가기 시작했다. 아무튼, 내 친구랑 남자친구는 그렇게 연애를 시작했는데, 오랜 시간을 만나지는 못했고, 끝내는 이별하게 됐어. 그런데 오빠, 신기한 게 뭐냐면...

친구와 친구의 남자친구는 헤어졌지만, 그 무렵 즈음에 너와 남은 둘 중 한 명의 남자는 연애를 시작하게 되었다. 그가 처음부터 마음에 들었던 건 아니었다. 처음 소개팅을 하던 날 보았던 그는 딱히 말을 잘하는 사람도 아니었고, 얼굴도 그닥 너의 스타일은 아니었다. 그런데 그날 헤어지기 전에, 그는 조용히 너에게 다가와 너의 번호를 물어보았고,

너는 거절하기가 불편해서, 친구가 밀어달라고 했던 사람의 친구이기도 하고, 그래서 일단 번호를 줬지만, 그에게 호감이 있었던 건 전혀

아니었다. 그날 밤 그에게서 연락이 왔고, 너는 너의 마음을 티내기 위해 짧고 단호하게 답장을 했고, 하지만 그는 계속해서 너에게 연락을 했다. 보통의 여자들이었으면, 그런 그가 귀찮아서 차단을 할 수도 있었겠지만, 너는 너만 바라볼 것 같은, 너만 사랑해줄 것 같고 너에게 한없이 다정할 것 같은 그에게 서서히 마음을 열기 시작했다.

네가 정말 예뻐서 예쁘기도 하겠지만
그보다 내가 너를 사랑하는 마음이
너를 사랑으로 담은 내 마음이
너에게서 예쁜 구석을 찾게 하는 거 아닐까.
오랜 시간 콤플렉스였던 나의 어떤 것을
이 세상에 너만큼은 사랑으로, 예쁨으로 담아주어서
그것을 극복할 수 있게 해주었으며
하여 누구보다 내가 소중한 사람이라는 것을
예쁜 사람이라는 것을 깨닫게 해주었으며
그렇게, 나는 나의 어떠함에도 불구하고
사랑받기에 충분한 존재였다는 것을 알게 해줌으로써
전에 없던 용기와 힘을 보태어주었으니까.
그게 나를 예쁨으로, 사랑으로 담았던
너의 눈빛이 내게 선물해준 찬란함이었다.
나는 그 어떤 순간보다
너의 눈빛 앞에서 가장 예쁜 사람이었다.

예쁨이란, 소중함이란

처음부터 가지고 있는 게 아니라

누군가

나도 몰랐던 나의 어떤 면들을

예쁨으로 이해해 주고

소중하다고 여겨줄 때

그때부터 생겨나는 거 아닐까.

너만이 바라보는 나의 예쁨,

너만이 그렇게 생각해주는 내 소중함,

그곳에서부터 사랑이 자라나는 거 아닐까.

원래부터 예뻐서,

소중해서 너를 사랑하는 게 아니라

너를 사랑함으로써

내게 예쁜 사람으로, 소중한 사람으로

만들어가는 거, 그게 사랑이 아닐까.

너를 사랑함으로써, 그렇게, 그렇게.

예쁜 옷을 입고

매혹적인 향수를 뿌리고

거울 앞에 선다.

오늘 좀 예쁘네.

그런데 참 예쁜 오늘의 나보다

별로 예쁘게 꾸미지도 않은 그때의 나를

참 예쁘다, 소중하다, 사랑스럽다,

그 말을 눈에 가득 담고 바라봐주었던 그 사람 앞에서

나는 가장 찬란했으며, 또한 예뻤다.

나를 예쁘게 만들어주는 것은

예쁜 옷도, 향도, 내 얼굴을 덮은 화장도 아니라

누군가가 나에게 쏟는 진심이라는 것을 알게 되는 순간.

25.

상 처

　그와 너는 자주 만났고, 서로의 사랑을 확인하기도 했고, 때로는 손을 잡기도 했는데, 사귀자는 말은 하지 않았다. 그래서 너는 그에게 물었다. 우리 엄마가 그러는데, 사람은 확실해야 한다고 했어. 너는 나랑 손도 잡고, 맨날 만나고 데이트도 하는데 왜 사귀자는 말은 안 해? 나가지고 노는 거야?

　여기서 잠깐. 나는 너의 이야기를 듣다가 역시 너다워서 웃음이 터졌다. 너는 그때도 여전히 귀여움이었고, 사랑이었네. 그러다 문득 너를 바라봤다. 그때를 떠올리는 너의 눈빛에는 여전히 아련함과 사랑이 담겨있었다. 그저 한때가 아니라, 그때는 그랬다, 정도가 아니라 그때의 나는 그리고 그때의 너는, 우리는 참 사랑스러웠다, 하는 감정이 너의 눈에 담겨있었다. 나는 너의 과거에 질투를 느끼지는 않았지만,

그러니까 나도 나의 처음인 누군가에게 내가 처음이 아니라는 상실감 앞에서 가슴에 이는 슬픔을 움켜잡았던 적도 있었지만, 그래서 누군가의 처음이 되고 싶었던 적도 있었지만, 언제부터인가 처음인 사람보다는 경험이 많은 사람을 만나고 싶었다. 많은 사람들을 만나봐서, 나의 온도와 다정함과 내가 귀를 기울이는 진솔함을 다르다고 느낄 수 있는 사람을 만나고 싶었고, 감정에 불타기보다 나를 바라봐주고 나를 헤아려주는, 그러니까 나를 깊이 이해해주는 사람을 만나고 싶어졌으니까. 그래서 나는 내가 너의 처음이 아니라는 것에서 상실감을 느끼거나, 너의 과거에 질투를 느끼지는 않았다. 하지만

　　그때를 상상하는 너의 눈빛 앞에서 서운함을 느꼈다. 그래서 고개를 돌렸고, 그만 이야기하라고 말했다. 여전히 그때를 사랑으로 담는 너는 나를 배려하지 않는 거라고 생각했다. 나와 함께하는 사랑에 대한 예의에 어긋난 것이라고 생각했다. 나는 내가 과거를 상상하는 모습에 네가 혹여나 아파하진 않을까 싶어 배려했지만 너는 그러지 않는다는 것에서 답답함을 느꼈다. 하지만 너는 나의 그 모습을 질투라고 생각했고, 그 모습이 귀엽다는 듯이, 그래서 더 보고 싶다는 듯이 계속해서 말을 이어갔다. 그게 아니라...

　　혹시나 거절당할까 봐 겁이 나서 말을 못 했다고. 그는 말했고, 너는 그 말을 듣고는 답답함에 화가 나서 먼저 사귀자고 말했다. 그렇게 둘은 연애를 하게 되었지만, 연애를 시작한 뒤에는 하루에도 몇 번씩 싸웠다. 다정할 것 같았던 그는 소심한 사람이었고, 그게 너를 답답하게 만들었다. 하지만 그럼에도 그는 너의 처음이었고, 처음이라는 것은 처음 자체로 위대한 힘을 가지고 있기에 너는 그러한 감정들을 참아내었다.

하지만 그는 운동선수였고, 심지어는 해외에서 머무는 시간 또한 잦고 길었기에 너는 거의 그와 함께 있질 못했다. 그럼에도 처음이라는 것의 힘은 참 대단해서 너는 그러한 모든 것을 참아내었지만, 학교에 가면 친구가 있고, 집으로 돌아오면 언니가 있었기에 딱히 외로움을 느끼지도 않았지만, 네가 회사에 다니게 되며 정말 마음이 무너지고 힘든 순간마다 그는 너의 곁에 있어주지 못했고, 심지어는 입대를 하게 되었고,

그래서 너와 그는 이별하게 되었다. 물론 이별이 쉬웠던 건 아니었다. 어쩌면 이미 끝난 사랑을, 미련 때문에 너무 오래 끌어왔던 걸지도 모르겠다고 너는 생각했지만, 두려웠다. 이 사람이 없는 세상이 두려웠다. 처음 손을 잡았고, 처음 키스를 했고, 처음 섹스를 했고, 모든 것이 처음이었던 이 사람은 그만큼 너의 모든 것이었으니까. 두 번, 세 번이 되기 전에 사람에게 처음은, 전부가 되어버리니까. 하지만 결국에는 이 사람을 잃는 아픔과 두려움보다, 이 사람과 함께하는 아픔이 더 커져버렸고, 그때는 이별이 어렵지 않았다. 결국 사람은,

이별할 수 있을 때 이별하는 거니까. 이별을 할 수 없을 때에는 이별을 해야 할 온갖 이유 앞에서도, 결국 이별할 수 없는 게 사람이니까. 그래서 더 빨리 헤어질걸, 이라는 후회는 무의미한 것. 내가 헤어진 지금이 결국 내가 할 수 있는 가장 빠른 헤어짐인 거니까.

이렇게 외롭고 힘든데, 네가 가장 의지하고 싶은 남자친구라는 사람은 곁에 있지 않았고, 통화조차 하기 힘들었고, 얼굴을 보고 목소리를 들으며 이야기를 나누고 싶은데, 그럴 수가 없다는 생각에 너는 이 연애를 끝내야겠다고 마음먹었다. 이 년의 시간 동안 장거리 연애를 하며, 제대로 얼굴을 본 시간이 손에 꼽을 정도인데, 이제 입대를 한다니.

그의 입대가 헤어짐의 원인이 됐던 건 아니라고, 너는 말했다. 결국엔 내가 그를 더 이상 사랑하지 않아서 헤어진 것이다. 그 어떤 이유도, 헤어짐의 이유가 되지는 못한다. 헤어짐의 유일한 이유는 사랑하지 않음이다. 너는 그렇게 말했다. 그러고는

나의 표정을 살폈다. 내가 질투하는 모습을 보이지 않자, 너는 도리어 질투가 났는지 답답해했다. 눈물을 글썽인 채 억울해했다. 내가 온전히 존재하는 것이 너에게는...

늘 상처로 닿았다.

너를 향한 내 소중함이 얼마나 간절한지

내가 너에게 쏟는 사랑이 얼마나 진심인지

네가 아픈 사랑을 지나지 않았다면 몰랐을 거야.

그래서 너의 과거는 질투와 원망의 대상이 아니라

너에게 내 마음의 온도와 간절함이 닿을 수 있게 해준

고마운 선물이 아닐까.

조금은 슬픈 말이 될지도 모르겠지만,

결국 사람에게는 모든 것이 상대적이며

하여 무엇인가와 비교하지 않는다면

높고 낮음과 차가움과 뜨거움과

밝음과 어두움을 느낄 수 없는 거니까.

그래서 늘 처음은 이루어지기 힘든 것이고

그 모든 것을 지나 지금의 소중함을,

또한 그때의 소중함을 알게 되는 것이 사람이니까.

부디, 나는 너에게 최선의 소중함으로 닿기를.

너와 함께하는 순간의 내 모습이

내가 보아도 좋을 때

너와 함께하는 순간의 내 모습이

가장 예쁘고 소중한 내가 된다고 느껴질 때

서로가 서로에게 그런 사람이 되어줄 때

우리는 그 만남을 인연이라고,

또는 기적, 혹은 운명이라고 쓰고 부른다.

나는 너에게 그런 사람이었을까.

그런 사람이기 위해 최선의 노력을 다하였을까.

너라는 예쁜 꽃이

나라는 정원에서 더욱 피어나기보다

시들어지게 하는 아픈 사랑은 아니었을까.

미련.

내가 사랑하는 사람이
지금 내 앞에 서 있는 사람이 아니라
나의 추억 속에서만 존재할 뿐인
그래서 이미 사라져버린 사람과의 연애.
외적인 모든 것은 그 사람과 같지만
내적인 많은 것이 달라졌기에
그때의 그 사람과 지금의 이 사람은 다르며
그래서 내가 사랑하고 있는 지금은
내 추억 안에서 만들어진 오해의 잔상인 것임을.
나를 향해 웃어주던 그 사람이 지금 이 사람이라는 오해.
나를 걱정해 주고 나를 위해서라면 무엇이든 할 것 같던
그때의 그 사람이 지금 내 옆에 서 있는 사람이라는 오해.
하지만 그 사람의 마음은 이미 존재하지 않으며
그래서 이 사람은 이제 그때의 그 사람이 아니기에
나는 사랑이 아니라 그때를 그리워하는 것일 뿐이고
내가 붙들고 있는 지금은 사랑이 아니라
미련이라는 이름의 오해.
이별은 언제나 아프지만 미련 앞에서 미련하진 말 것.

26.

끝 나 지 않 을 계 절

　그래, 너는 질투를 참 많이 했었다. 아까는 하늘색이더니 지금은 검
정으로 물든 하늘을 바라본다. 왜 나는 그때, 너의 마음을 몰라줬던 걸
까, 하는 생각에 슬퍼진 내 마음처럼 검정이다. 어리고, 여렸던 너를...
조금 더 이해해 주고 헤아려줄 수는 없었던 걸까. 너는 내가 너에게 말
하지 않았던 나의 과거까지 애써 상상하며 질투를 하고는 했었다. 메모
장에 남겨진 모든 글들을 옮길 수가 없어서

　버리지 않았던 전에 쓰던 폰의 패턴을 어떻게 풀었는지, 너는 그것
을 푸는 내 앞에서 화를 내고, 또 슬픔에 사무쳐서 그대로 주저앉은 채
엉엉 울고는 했었다. 그 폰에 담겨있던 어떤 여자의 사진을 보고, 그러
니까 나의 전 여자친구의 사진을 보고. 의미가 있어서 남겨둔 것은 아니
었고, 아무런 의미가 없어서 딱히 신경을 쓰지 않아 그대로 남겨져 있던,

그 사진을 보고는 나의 과거까지 네가 물들이지 못했다는 그 아픔에 사무쳐서 하릴없이 울고는 했었다. 나는 그런 너를 어떻게 달래줄지를 몰라서, 그러니까 너의 그 거대한 감정에 어떻게 닿을 수 있을까를 가늠할 수가 없어서 전 여자친구의 안 좋은 이야기를 지어내서라도 너에게 쏟아내며, 너를 끌어안은 채 함께 슬퍼해주고는 했었다. 그때는 참 애를 먹었는데,

지금 생각해보니 그때에도 너는 사랑이었고, 그 거대한 사랑을 받은 나는 다시는 받을 수 없는 기적을 선물 받은 사람이었다. 그렇게 하늘을 날고 있는 비행기 안에서, 내가 사랑했던 너를, 내가 살았던 너라는 계절을 생각하다가, 쏟아지는 별처럼 눈물을 흘리다가 그럼에도 네가 사무쳐서 이 어찌할 수 없는 슬픔 앞에서 한없는 무력함을 느끼며 문득

나의 시야에 들어온 승무원을 바라본다. 너는 여전히 네가 있는 그곳에서 많이 힘들겠다. 몇 십 시간을 비행하고, 그곳에서 쓰러져 잠을 자다가 겨우 그곳의 시차에 적응을 하면 다시 몇 십 시간을 비행해서 한국으로 돌아와서 또다시 바뀐 시차에 적응을 하며, 여전히 많이 힘들겠다. 때로는 웃을 수 없을 만큼 이 삶이 무거워 아파하고 있는 순간에도, 타인들을 향해 웃으며 그들의 안전과 편안함을 위해 너는 너의 감정을 포기해야만 할 것이고,

그런 일이 쌓이고 쌓여서 무너질 것만큼 버겁고 힘이 들겠다. 가끔은 불만 레터를 받기도 할 것이고, 하지만 그때보다는 조금 덜 심각하게 그것을 마주하겠지. 너는 너에게 주어진 이 삶을 살아가며 너에게 찾아온 많은 일들을 맞닥뜨리며 최선을 다해 마주하고 딛고 일어서며, 그렇게 치열하게 나아가며 성장하고 있겠지. 지금 너는 아마도

더 예쁨이고 사랑이고 짙은 향기겠지.

진토닉 한 잔 더 주시겠어요? 나는 너와 함께 자주 마셨던 진토닉을 마시고 있었다. 언제나처럼 너를 생각하며... 네가 묻어있던 모든 색과 향들을 여전히 그리워하며... 여전히, 사무치게 추억하며... 그리고... 네가 내 마음 안에서 올라온다. 그렇게 네가 차오른다. 네가, 떠오른다. 네가... 이어폰에서는 김광석의 노래가 흘러나오고 있다. 잊어야 한다는 마음으로. 그 노래가 흘러나오기 시작하고, 진토닉이 나오고, 승무원은 친절하게 웃고, 하지만 나는 그 미소에서 너의 고생을 생각하며 한 번 더

슬퍼지고, 그 모든 감정과 함께 이곳에서 너를 떠올린다. 기상이 안좋은지 비행기가 흔들리더니, 자리에 앉아서 안전벨트를 매달라는 방송이 흘러나온다. 그러거나 말거나 김광석은 노래를 부른다. "밤하늘에 빛나는 수많은 별들, 저마다 아름답지만 내 맘속에 빛나는 별 하나, 오직 너만 있을 뿐이야. 창틈에 기다리던 새벽이 오면 어제보다 커진 내 방 안의, 하얗게 밝아온 유리창에 썼다 지운다, 널 사랑해. 썼다 지운다, 널 사랑해."

왜 썼다가 지워야만 했을까. 나는 생각한다. 쓰인 채로 남을 수 있었던 사랑은 내게도 없었고, 나 또한 누군가를 내 마음 안에서 지워야만 했다. 썼다가 지우기를 반복했지만, 끝내는 지워야만 했던, 그렇게 지워진 줄 알았지만 끝내는 다시 써야만 했던, 영원함을 꿈꿨지만, 끝내 영원으로 굳어지지 못했던, 하지만 여전히 영원이길 바라는, 그때의 그 사랑을 생각한다. 아팠지만,

그 아픔은 아련함으로, 어느 날에는 찬란하고 예뻤던 수많은 추억들

중 하나로, 그렇게, 잊을 수 없을 것만 같았던 너를 끝내는 잊게 될 것이다. 너는, 조금씩 흐려져 갈 것이다. 아마도, 부디, 흐려져 갈 것이다. 결국 머무르지 못한 기억들은 희미해져가는 거니까. 그때의 의미와 순간의 소중함을 상실하지는 않겠지만, 그때와 같은 간절함으로 새겨지지는 않는 거니까. 너를 만났던 계절이 가을이었는데,

벌써 몇 번의 계절이 바뀌고 또 한 번의 가을이 찾아왔고, 그리고 다시 그 계절이 지나 뜨거운 여름이 되었다. 어찌되었든, 시간은 흐르고 계절은 변하고 그 계절을 살아가는 너와 나 또한 변한다. 그것이 이 세상에 변하지 않는 단 하나의 계절이라고, 그런 생각을 하며 다시 그때를 떠올린다. 내가 머물렀던 그때의 계절을, 어쩌면 여전히 머무르고 있는 지금의 이 계절을. 그러니까 너라는

계절을.

계절은 돌고 돌아
끊임없이 주어진 순환을 반복하고
나는 언제나처럼 그 앞에서 무력했다.
붙잡을 수 있는,
영원히 굳어질 수 있는 세월은 없었고
나이테는 계속해서 더해질 것이다.
그리고 그 안에서
나 또한 나아갈 것이다.
때로는 멈추어있겠지만,
굳어져 머무르기를 소원하겠지만
끝내는 나아갈 것이고
내가 바라보는 풍경은 달라질 것이다.
그리고 내 마음에 담을 수 있는
색과 향 또한 그 생김새가 달라지겠지.
그 모든 것을 알게 되었을 때,
사람은 멈추어있는 것에
머물러 있는 것에 비로소 간절해진다.
변화는 있어도, 변함은 없기를.
지난 시간을 돌이켜
흘러가는 모든 순간 앞에서 후회는 없기를.

지난 시간을 돌이켜 후회가 없을 수는 없겠지.
나는 늘 부족했고, 또한 서툴렀겠지.
하지만 그럼에도 모든 것을 다해 살아왔다고,
마음을 다해 사랑하고 마주했다고,
그렇게 목 놓아 울부짖을 만큼
적어도 마음만큼은 그 무엇보다 전부였기를.
너를 향해 쏟았던 내 마음만큼은.

27.

너 라 는 계 절

아마도 내가 살았던 너라는 계절은 그칠 줄을 모르는 폭우, 혹은 폭설이었다. 나는 그에 비해 소나기 같은 것이었을까. 그러니까 나 또한 너에게 질투를 했지만 너의 것에 비해서는 작은 것이었다. 시간을 더해 가며 나라는 비는 서서히 그치기 시작했고, 하여 서서히 떠오르는 따스한 태양의 햇볕 같은 것으로 너에게 머물렀다면,

너는 나에게 끊임없이 쏟아져 내렸다. 그렇게 우리의 계절은 다른 것이 되었고, 살아가는 계절이 달라 곁에 머무르는 온도 또한 달라져야만 했다. 누군가는 추웠고, 누군가는 뜨거웠다. 누군가는 빨랐고, 누군가는 느렸다. 서로가 서로에게 주고 있는 것을 사랑이라고 생각했고, 서로가 받고 있는 사랑은 사랑이 아니라고 감히 정의를 내렸다. 그래서

우리는 함께하는 순간에, 서로 다른 이유로 외로워했다. 너는 시간이 지나 내가 너를 향해 기울이는 감정이 작아질수록 더욱 아파해야만 했다. 나는 감정이 작아질수록 더욱 온전한 나인 채로 오롯이 너를 마주할 수 있었고, 그것을 사랑이라고 믿었지만 너는 내 사랑을 식어가는 것으로 바라봤다. 너라는 계절에서 쏟아지는 폭우는 내 안의 소나기가 그치자, 더욱 거세졌고

그로 인해 나는 비에 흠뻑 젖어야만 했다. 바람을 맞고 휘청거려야만 했다. 너는 나와 함께하며 시들어져갔고, 나는 너와 함께하는 시간이 외로웠다. 너는 나에게 처절했고, 나는 너에게 오롯했다. 너에 비해 나는 너에게 덜 처절했고, 너는 나에게 덜 오롯했다. 나는 너에게 내 안의 것을 드러내지 않았고, 너는 나에게 너의 것을 절절하게 표현했다. 나는 너를 이해하기에 바빴고, 너는 너의 감정을 앞세우기에 바빴다. 서로가 주는 것을, 서로는 받지 못했다. 네가 나에게 주었던 사랑을 바라보며

나는 자꾸만 한때의 나를 바라보게 되었고, 그로 인해 네가 주는 사랑 앞에서 마냥 기뻐할 수가 없어서 또한 슬픔으로 너를 마주해야만 했다. 나는 너로 인해 그때의 그녀를 이해하게 되었고, 그녀의 외로움을 헤아리게 되었다. 그녀를... 그녀를 생각한다. 나는 그녀를 사랑했고, 그 누구보다 사랑했고, 하지만...

나는 그녀에 대해 아는 것이 아무것도 없었다. 그녀와 함께했던 모든 추억이 여전히 선명하게 떠오르고, 그때의 내 감정과 미세한 떨림까지도 여전히 그 계절을 살아가던 그때의 나처럼 고스란히 느껴지는데, 그녀에 대해 아는 것이 없었다. 나는 그녀를 향해 거침없이 쏟아지는, 그칠 줄 모르는 우기였고, 그러니까 그녀를 그 거대함으로 사랑했지만

내가 사랑하는 그녀가 어떤 사람이었는지, 기억이 나질 않는다. 그러니까 그녀의 직업이라든지, 그녀가 좋아하는 옷이라든지 하는 것들은 추억하면 마치 그때의 나인 것처럼 금방 떠오르는데, 그녀가 무슨 생각을 하며 하루하루를 보내왔는지, 그녀의 가치와 그녀의 내면과 그녀의 세계와 그녀가 그려갈 앞으로의 의미에 대해서는 떠오르지가 않는다. 그러니까 내 추억 안에는 그녀가 없었다. 내가 기울였던 사랑만이, 그것을 나누던 그 장면만이 사진처럼 저장되어 있을 뿐이다.

허망한 기분이 들었다. 내가 그렇게나 사랑했던 사람이, 전부를 주어도 모자라다고 믿었던 그 사랑이 어떤 사람인지조차 모르고 있었다는 생각에. 그녀가 내게 했던 말들이 자꾸만 내 귀를 맴도는 것만 같다. 이어폰을 타고 흐르는 음악 소리처럼 자꾸만 맴돌며 자신의 소리를 내게 쏟는다. 너는 네가 나를 사랑하는 네 모습과 네 감정을 사랑했던 것이지, 나를 사랑한 게 아니야. 그때는 이해하지 못했던 그녀의 언어들을

슬프게도, 너를 만난 뒤에야 이해하게 되었다. 그래서 그녀는 외로웠던 것이다. 나와 함께하는 시간이 혼자일 때보다 더 외로웠던 것이다. 사람은 누군가와 함께하고 있는 그 순간에 함께한다는 느낌을 받지 못할 때 가장 외로워지는 거니까. 시들어지는 거니까. 나는 그녀에게 그런 사람이었고, 아마도 너는

그때의 나와 같았다. 그래서 나는 자꾸만 네 안에서 그때의 나를 마주했고, 너를 통해 그녀를 알아가고 이해했다. 그런 내가 미웠고, 너에게 미안했고, 또한 슬퍼졌고, 하여 나는 늘 바라야만 했다. 내가 너를 이해할 수 있기를... 하고. 그때 그녀가 주지 않았던 이해를 내가 너에게 줄 수 있기를. 그녀가 나를 떠났듯, 내가 너를 떠나기보다, 너를 끌어안아

줄 수 있기를. 내가 완성했다고 믿었던 이별이

사실은 진행형이었으며, 그 이별행 기차는 나를 태운 채 완성이란 종착역을 향해 여전히 나아가고 있으며, 그 완성을 향해 꼭 거쳐가야만 하는 역이 네가 아니었기를... 하고. 나는 너를 사랑했으니까. 어쩌면

그녀보다 너를 더 사랑했고, 아니, 분명히 너를 더 사랑했고, 가장 사랑했으니까. 지금 그녀는 내게 아무런 감정도, 의미도 불러일으키지 않지만 너는 여전히 내게 예쁨이고 사랑이며, 그리움이며 간절함이니까. 그리고 여전히, 이것이 부질없다는 것을 알면서도 너를 기다리게 되니까. 내가 너에게 쏟아졌던 비의 크기는 작아졌어도, 내가 보고 있는 건 네 눈 안에 비친 내가 아니라 바로 너였으니까. 그러니까 나는, 너를,

사랑했으니까. 하지만 끝내

이해로 닿지 못했던 지난 시간들의 아픔들... 그리고 진토닉. 그리고 음악. 그리고 너, 그때의 나, 그때의 너, 그보다 더 오래전의 나, 그보다 더 오래전의 그녀. 그 모든 것과 함께 쏟아지는 슬픔의 덩어리들... 그리고 창밖의 어둠과 흔들리는 비행기... 그리고 언제나처럼

다시 너.

애쓰고 싶지 않아.

애써 너에게 잘 보이려고 노력하고 싶지도 않고,

억지를 부려가며 너의 마음을 얻고 싶지도 않아.

그냥 나는 나대로 피어나있을 테니,

내가 마음에 들면 네가 내 곁에 머무르면 되는 거야.

편안하게, 나는 나인 채 꾸밈없는 관계를 만들어가고 싶어.

결국 억지를 부리고 가면을 쓴다면,

그 관계 안에 나는 더 이상 존재하지 않는 거잖아.

좋은 인연은,

서로의 꾸밈없는 모습조차

예쁨과 사랑으로 담게 되는 거라고 믿는 나니까.

그러니 그 안에 가식이나

억지로 가공된 화려함을 섞고 싶지는 않아.

내가 좋아야 하는 너고,

너를 좋아하는 것도 나여야 하니까.

순간의 소중함.

우리가 함께 누워서 이야기를 하던 중에, 너는 너의 두 손바닥으로 나의
눈꼬리를 일그러뜨린 적이 있었다. 이렇게 하면 아무리 잘생긴 사람도 가
장 못생겨진다며. 그리고 그런 나의 얼굴을 보며 웃음보가 터진 적이 있
었다. 나는 내가 못생겨진 것보다, 우리 둘이 이런 사소함을 함께 나누고
있다는 것이 행복해서 함께 웃었다. 그렇게 얼마간 서로의 품에 안겨 웃
다가 나 또한 너의 얼굴을 일그러뜨렸는데, 그 모습이 어떤 관점에서는
예쁘지 않기도 했지만, 그럼에도 너는 나에게 예쁨이며 사랑이었고, 여
하튼 그 모습을 보고 나는 아까의 너와 같이 웃었다. 그 순간, 너는 나에
게 화를 내었다. 어떻게 여자친구의 얼굴을 보고 그렇게 웃을 수가 있냐
고. 나는 우리가 함께하는 순간의 예쁨을 보았고, 그 순간의 소중함을 사
랑했지만, 너는 그보다 너라는 사람이 두르고 있는 겉옷을 바라보는 내
눈에 담긴 예쁨과 사랑에서 사랑을 느꼈다. 나는 함께하는 순간의 편안함
에서 사랑을 느꼈고, 너는 사랑이라는 감정에 대한 표현에서 사랑을 느꼈
다. 그것에서 우리는 달랐고, 그 사소한 다름이 어느새 커지기 시작하더
니 우리 둘을 갈라놓았다.

28.

쌓여만 가는
미안함과 슬픔들

　나는 네가 꼭 여행을 가고 싶어 했던 그 나라와, 그 나라를 생각하며 설레어하던 너를 기억하고 있다. 하지만 우리가 만난 지 일 년이 다 되어가는 이틀 전까지도, 너에게서 여행을 간다는 말이 없기에 나는 너에게 그때 가려고 했던 여행은 어떻게 되었냐고 물어보았다. 그리고 너는 그때 그 티켓, 취소했었어. 여행 갈 시간에 오빠랑 같이 있는 게 더 좋아서 그랬어. 다음에 오빠랑 같이 가려고 했는데 해외여행을 가기에는 오빠가 많이 바쁜 거 같아서 미루고 미루다 보니 벌써 시간이 이렇게 지났네. 오빠 여유 생기면, 그때 오빠 손 꼭 잡고 같이 갈래.

　나는 너의 머리를 쓰다듬고, 싶었지만 네가 해외에 있어서 쓰다듬지는 못했고, 안 예쁜 거 없이 이렇게 다 예쁜 것도 특기다, 그치? 라고 말했다. 너는 고개를 숙인 채 조금은 부끄러운 듯 빨갛게 미소를 짓고 있

는 너의 얼굴을, 내게 보여주지는 못해서 그러한 이모티콘을 내게 보냈다. 그리고 나는 너에게

미안하다고 말했다. 미안하다고...

네가 내게 주는 마음과 사랑 앞에서 나는 늘 고마웠다. 하지만 그 사랑의 벅참을 또한 알아서 자주 미안함을 느끼기도 했다. 그것에 비해 나의 것이 작은 것이라면, 네가 아파할 거라는 것을 모르지 않았다. 그럼에도 내게 주어진 일들을 뒤로한 채 너에게 모든 것을 쏟는다면, 이 사랑이 오래가지 못할 거라는 것을 또한 알았다. 그래서 나는 꿈과 사랑 앞에서 늘 어려워져야만 했다. 일 년에 한 번 있는 원고의 마감 기한이라는 것이 내게 닥쳐오면 나는

밤낮없이 글을 봐야만 했다. 많은 사람들이 내 글에 담긴 결을 읽기 위해 오래도록 기다리고 기다리는 그 마음에 보답해야 한다고 생각했다. 최선의 진심을 다 쏟고 싶었다. 그래서 이 시간이 되면 나는, 사람을 만나지 않았다. 사람과 나누는 모든 감정과 사소함을 아끼고 아껴서 오로지 모든 것을 글에 담고 싶었으니까. 밤낮없이 글을 봤다. 보고 또 봤고, 자는 시간을 제외하고는 원고만을 봤다. 밥을 먹을 때에도 나의 눈은 원고를 향했고, 이따금씩

눈이 흐려져 오는 순간에는 이러다가 눈을 잃을까 하는 걱정이 들기도 했지만, 그럼에도 원고를 봤다. 이따금씩 이 꿈이라는 것에 닿아가며 감당하기 힘든 일들을 마주하기도 했다. 그 앞에서 휘청거리기도 했다. 하지만 그것을 나누지는 못했다. 공감받을 수 없는 슬픔 앞에서 차가워져야만 했고, 그로 인해 나는 더 무거워져야만 했다. 홀로 감당해야

만 한다고 생각했다. 그럼에도 불구하고 그 모든 무게를 감당해내는 사람이고 싶었고, 최선의 간절함으로 나의 꿈을 끌어안고 싶었다. 하지만 지금은 너와 함께하고 있고,

하여 나는 꿈을 향한 내 마음과 너를 향한 내 마음을 저울질해야만 했다. 너에게도, 꿈에게도 최선이고 싶었다. 어느 한쪽에 소홀해지고 싶지 않았다. 그것이 힘들더라도, 노력하고 극복하며 적응해내고 싶었다. 그것을... 해내고 싶었다. 쉴 틈 없이 바쁜 날들이었지만,

너와 함께하는 동안 만큼은 최선을 다해 너에게 귀를 기울이고 너에게 시선을 두고 너의 사소함에 머무르고 싶었다. 다행히도(슬프게도, 가 되어야 하는 것이 다행히도가 되어버렸으니, 나는 얼마나 너에게 부족하고 모자란 사람이었을까.) 너는 일주일의 반 정도를 해외에 머물러 있었기에

나는 네가 해외에 있는 시간 동안, 시간과 분과 초를 쪼개고 쪼개어 단 한순간의 늘어짐 없이 최선을 다해 작업을 했고, 네가 한국에 있는 동안은, 그러니까 네가 내 곁에서, 나의 품 안에서 머물러 있는 동안은 너에게 모든 것을 쏟고자 노력했다. 힘들었다. 정말 많이 힘들었다. 자는 시간을 줄여야 했고, 시간 앞에서 늘 부담스러워해야만 했고, 하지만... 나는 너에게 소홀하고 싶지 않았다. 너를 사랑했고, 너를 사랑하는 이 감정에 책임을 다하고 싶었으니까.

나의 이 노력들이, 몸과 마음을 다해 최선을 다하고자 하는 이 노력들이 너에게 사랑으로 이해되길 바랐다. 오빠가 나를 위해서 힘들고 바쁜 와중에도 이만큼의 최선을 다해주고 있구나, 하는 마음으로 너에게 닿을 수 있기를 바랐다. 하지만 절대적인 의미에서는 한없이 부족한 사

랑일 수도 있을 거라는 생각에, 상대적으로도 너의 사랑에 비해 나의 것이 작을 수도 있을 거라는 생각에

너에게 늘 미안했다. 그리고 점점... 너를 사랑인 동시에 슬픔으로 마주해야만 했다. 너에게 해주지 못하는 슬픔과... 너에게 닿지 못하는 슬픔과... 네가 내 곁에서 서운해하고 아파하는 것을 지켜봐야 하는 슬픔과... 그럼에도 나는 최선을 다했지만, 그 최선은 늘 나만의 것이 되어야만 했던 슬픔... 그러니까 그 슬픔들로 너를

마주해야만 했다. 너는 늘 괜찮다고 말했지만, 너의 눈과 표정에서 느껴지는 서운함을... 나는 읽을 수 있었다. 그래서 마음을 먹었다. 이번 원고 작업이 끝나면 너와 함께 네가 꼭 가고 싶어 했던 그 나라에 가야겠다고.(이 말을 너에게 하지는 않았지만, 서프라이즈 선물로 티켓을 구매하려고 했었지만, 그렇게 너에게 더 큰 기쁨을 선물하고자 했었지만, 그러지 않은 것이 이렇게 후회스러울 줄 알았다면 그냥 말할 걸 그랬을까.) 그리고 우리의 일 년에는 너와 함께 펜션에 가서 하루 종일 같이 있어야겠다고. 다른 모든 것들은 접어두고 온전히 너의 곁에 머물러야겠다고. 바다를 함께 거닐며, 사진도 찍고 손을 잡은 채 해변을 걷기도 하고 요리를 해서 밥도 먹고 그렇게... 너와 함께해야겠다고. 나는 너에게 어떤지 물었고,

너는 1초의 망설임도 없이, 좋아 죽겠다는 이모티콘과 함께 알겠다고, 내게 말했다.

어떤 의미에서 나는

남들보다 일찍 성공했고

그것이 그렇게 찬란하기만 한 것은 아니었다.

하루하루 찾아오는 삶의 시련과 그 무게는

내가 감당하기에 버거울 만큼 무겁게

나의 지금을 짓눌러왔고 나는 휘청거려야만 했다.

또래와 함께 이것을 나누기에

또래와 나의 고민은 달랐고

나는 자연스레 이러한 고민들을

나보다 나이가 한참 많은 사람들과 나누게 되었다.

친구이면서, 연인이면서

동시에 비슷한 고민을 겪고 있거나

비슷한 고민을 겪어본 사람은 드물었다.

그 고독 앞에서 때때로 나는 외로워했고

끝내는 그 외로움을 감당해내야만 했다.

그러한 시간을 지나며 나는 더욱 성숙해갔고

세상의 차가움과 어둠을 일찍 알게 되었으며

그럴수록 점점 더 혼자가 되는 기분이 들었다.

어떤 의미에서 나는

남들보다 일찍 성공을 했고

그것이 그렇게 찬란하기만 한 것은 아니었다.

많은 시간을 살아오며 그 시간 안에서 최선을 다해 꿈에 닿아왔습니다. 늘 하루가 짧다고 느꼈고, 그 하루의 분과 초를 나누어 최선의 집중을 했습니다. 아주 시끄러운 곳에서도 저는 어떤 소음도 느끼지 못할 만큼 꿈에 집중을 했고, 꿈 앞에서 최선을 다했습니다. 그러한 노력이 세상이 말하는 성공에 닿을 수 있게 해주었고, 그 성공은 때때로 외로운 것이었습니다. 사람들은 빛나고 있는 저에게 멋있다, 존경한다, 라는 말을 해주었지만 저는 저와 같이 빛나는 사람들을 바라보며 참 많이 힘들었겠구나, 라는 생각을 하게 될 만큼 꿈에 닿아가는 과정은, 그리고 제게 주어진 성공이라는 것은 아주 무겁고 외로운 것이었으니까요. 또래보다 일찍 성공했고, 그리하여 저의 주변에는 저와 비슷한 고민을 하는 사람이 많지 않았으니까요. 늘 무거운 고민들을 홀로 마주해야만 했고, 그러한 고민을 딛고 일어서며 저는 강해져야만 했습니다. 더욱이 자라나고 앞으로 나아갈수록, 마주하는 세상의 무게 또한 더욱 무거워졌습니다. 그러한 모든 것이 꿈에 닿는 것과 성공하는 것이 그리 찬란하기만 한 것은 아니구나, 하고 깨닫게 해주었습니다. 그래서 아마도, 제게 연애 또한 힘든 것이겠죠. 이러한 외로움을 홀로 감당해온 저에게, 연인에게 기대하는 이해는 컸고, 사실은 그 이해를 충족해줄 사람은 이 세상에 없으니까요. 그저 함께하는 것만으로도 위로받아왔던 저인데, 어느새 생겨난 그 기대로 인해 저는 슬퍼해야만 했습니다. 기대하기보다, 그저 기대었어야 했는데, 그러지 못한 지난날들이 참 많이 후회가 됩니다. 네가 부족했던 것이 아니라, 내가 못났었다는 것을 지금에야 가슴에 새긴 채 오늘도 아파합니다. 그리고 일찍이 성공한 많은 이들에게, 저는 우와, 라는 감탄사보다는, 많이 힘들었지? 라는 말을 꼭 전해주고 싶습니다. 당신의 빛보다는 당신이 홀로 감당해온 어둠들을 바라봐주는 사람이고 싶습니다. 그래야, 당신이 사는 세계가 무한히 외롭지만은 않을 테니까요.

나도 처음이잖아.

그렇게도 간절히 바라던 꿈 앞에서

그 꿈이라는 공기를 마주한 것도,

꿈이라는 것에 닿아가며

누군가를 또한 사랑하게 된 것도

내게는 처음이잖아.

그래서 나도 어렵고 서툴렀어.

꿈과 너를 동시에 담으며

그 둘에게 모두 소홀하지 않으려면

어떤 기준으로 저울질을 해야 하는 것인지

그게 너무 어려워서 힘들었어.

늘 꿈 앞에서는 부족하다는 생각에 무거웠고

네 앞에서는 소홀했다는 생각에 아팠어.

한없이 미안해야만 했어.

두 가지의 무게를 모두 어깨에 짊어지는 게

나도 처음이라서 자꾸만 무너질 것 같았어.

그런 나를 조금만 기다려주지. 이해해주지.

나 정말 많이 외롭고 힘들었는데

그래도 너를 포기하고 싶지가 않아서

정말 많이 노력하고 무엇보다 너를 사랑했는데.

정말 그랬는데...

소질.

누군가를 사랑할 때 소질이 필요하지 않은 것처럼 무언가를 하기 위해 꼭 재능이 있어야 하는 건 아니다. 소질이란, 결국 잘하고 못하는 것이 기준이 되는 게 아니라 좋아하느냐, 좋아하지 않느냐가 기준이 되는 것. 좋아하기 때문에 자꾸만 바라보게 되고, 이 길을 걸어가고자 마음먹게 되니까. 그러니 다른 누군가가 느껴보지 못한, 이 일에 대한 끌림이 바로 소질이 아닐까. 사랑을 잘하고 소질이 있어서 누군가를 사랑하는 게 아니라 그저 사랑하고 있는 것처럼 나는 내가 하고자 하는 이 일을 그저 사랑하고 있는 것뿐이다. 사랑에 빠지는 데엔 이유가 없고, 사랑에 빠지는 데에 소질이 필요치 않은 것처럼 나에게 나의 꿈 또한 그런 것. 간절히 좋아하고, 늘 바라보게 되고, 자꾸만 생각이 나는 일이 있다면 그 일이 바로 당신이 가진 재능이고 당신이 사랑할 당신의 꿈이다.

29. 거 짓 말 처 럼

눈이 내리고 있었다. 그리고 나는... 카페를 향해 걷고 있다. 벚꽃이 폈다 지는 날, 거리는 온통 분홍이었는데 여름이 되어 붉은 장미가 피어 났다. 너를 만난 계절에는 붉은 단풍과 노란 낙엽이 예쁜 별처럼 떨어지 곤 했는데, 어느덧 세상이 하얗다. 두 번째, 겨울이었다. 거짓말처럼, 또 다시 봄은 찾아올 것이고 우리는 거짓말처럼, 다른 색과 향을 맞이할 것 이다. 그것을 거스를 수는 없다. 그 모든 변화 안에서도

내 마음은 변함이 없기를. 그리고

우리는 여전히 함께이기를. 하고 나는 바랐다. 내리막길을 걷다가, 쌓인 눈앞에서 미끄러질 뻔하고는, 조금은 걸음의 보폭을 줄여서 천천 히 걷기 시작했다. 그러다 멈추어 섰다. 손가락과 쌓인 눈이 맞닿아 차

가웠다. 그리고 나는,

너의 이름을 썼다. 그리고 사랑해. 라고. 폰을 꺼내어 눈 위에 쓴 삐뚤삐뚤한 글씨를 찍어서 너에게 보내주었다. 너에게서 바로 답장이 오지는 않을 것이다. 지금쯤 너는 한국으로 돌아올 준비를 하느라 바쁠 테니까. 그리고... 얼마간 슬픔에 빠졌다. 눈이 내렸고, 거리에는 그 하얀색이 쌓여가고 있었다. 그리고 너는, 오늘도 고생이구나. 많이 힘들겠구나. 내가 너에게 쓰고 있는 작은 마음들이, 너에게 닿아 예쁜 미소를 피울 수 있었으면 좋겠다... 그렇게 바랐다.

하얀 눈 위로 발자국들을 찍으며 카페에 닿았다. 내가 작업을 하는 카페의 1층은 꽃집이었고, 나는 그곳에서 예쁜 꽃을 예쁘게 포장해서 예쁜 편지지와 함께 구입했다. 카페에 들어갔다. 그리고 노트북을 열기 전에, 너에게 편지를 썼다. 지난 일 년을 만나오며 너와 함께했던 시간들과 너에게 고마웠던 일들과 그리고... 밖의 눈처럼 쌓이고 쌓였던 미안함들에 대해서. 그렇게 편지를 쓰다가...

얼마간 눈물을 쏟았다. 너를 만나고부터 우리가 함께하고 있는 오늘까지의 일들이 스쳐지나갔고, 나는 너에게 기쁨과 행복을 주는 사람이었을까. 너에게 난, 나에게 넌, 어떤 단어가 되어가고 있을까. 너에게 나는 사랑이며 동시에 아픔으로, 나에게 너는 사랑이며 동시에 슬픔이 되어가고 있는 건 아닐까. 가을의 낙엽이 겨울의 눈이 된 것처럼 그렇게 변해가고 있는 건 아닐까, 하는 그런 생각들...

그리고 마음이... 아팠다. 몇 장의 편지지에 많은 이야기를 썼다. 너에게는 전하지 않게 될 거 같지만. 분홍색 편지 봉투에 내 마음을 접어서 담았다. 하트 모양의 스티커를 붙여 편지 봉투를 봉했다. 세상에서 가장 사랑하는 나의 너에게.

- 전하려고 했지만, 미처 전하지 못할 말.

너의 내가.

너를 사랑해.

계절이 지나가고

새로운 색이 여기저기에서 피어나고

그렇게 모든 것이 변해가고

새로운 것을 맞이하지만

여전히 나는 너를 사랑해.

거짓말처럼,

나는 너를 사랑해.

그리고 오래된 꿈처럼

너도 나를 사랑해.

그 모든 게 기적 같아.

내가 누리고 있는 이 모든 과분함이

자고 일어나면 사라질 꿈처럼,

어렴풋한 기억만을 남긴 채

내 곁을 떠나갈 잔상처럼,

누군가 나를 두고 만들어낸 거짓말처럼

내가 사랑하는 네가

나를 사랑하고 있는 이 기적이 찬란해.

거짓말.

모든 게 다 거짓말 같아. 한여름에 눈이 쏟아진다는 말처럼, 밤에 태양이 뜬다는 말처럼, 구름을 타고 하늘을 날 수 있다는 말처럼, 산타 할아버지가 루돌프를 타고 내게 선물을 준다는 말처럼, 빨간색을 하얀색이라고 부르는 말처럼, 바다의 색이 초록이고 숲의 색이 파랑이라는 말처럼, 비가 땅에서 하늘을 향해 내린다는 말처럼, 그리고 내가 사랑하는 네가 나를 사랑하는 기적이 일어났다는 말처럼 모든 게 다 거짓말 같아. 그만큼 너는 일어날 수 없는 기적의 파도였어. 나는 그 파도를 타고 너에게 닿아 사랑을 말했고, 우리는 함께 하늘을 날다가 구름에 누워 쉬었다 가곤 했어. 그만큼 너는 거짓말이고 기적이었어. 너라는 벅참이 내 곁에 머무는 일은 내 생에 다시는 일어나지 않을 거짓말이고 꿈이며 기적이었어. 너에게 사랑한다는 말을 할 수 있고 너의 손을 잡고 너의 미소를 내 눈에 담을 수 있다는 그 모든 꿈 말이야. 그러니까 눈을 뜨고 일어나면 사라질지도 모르는 너라는 소중함에게 나는 닳도록 말할게. 사랑해. 사랑해. 그리고 또 사랑해...

30.

세 상 에 서   가 장
향 기 로 운   슬 픔

여보, 안녕. 나야. 비행하느라 오늘도 참 많이 힘들었겠다. 자기 전에 설정해둔 셀 수 없을 만큼 많은 알람들. 하지만 또 밤새 뒤척였지? 겨우 잠에 들었는데, 미운 소리를 내며 알람이 울리고, 그 순간에는 모든 것을 내려놓고 또 포기하고 싶을 만큼 많이 힘들었을 거 같아. 그럼에도 여보는 일어나서 여보의 제복을 입었을 거고, 그렇게 비행기를 탔을 거야. 아직 막내라서 무서운 선배님들의 눈치를 봐야할 거고, 그래서 몸도 마음도 쉴 틈 없이 바쁘고 또... 아프고. 그런데도 여보는...

늘 우리 집으로 와. 나는 여보 집에 거의 가본 적이 없는데 늘 우리 집으로 와. 그러고는 무언가를 한가득 내 품에 안겨줘. 한 번을 빠지지 않고 늘... 그리고 한 아름씩... 여보한테 늘 많이 고마워. 그리고 많이 미안해. 나는 늘 내가 먼저잖아. 글을 써야 하고, 원고를 마감해야 하고, 늘 내가 먼저잖아. 그런데 여보는 여보보다 나를 더 생각하고 챙기잖아. 그게 고마운데... 고마우면서 자꾸만 마음이 아프고 슬펐어...

나는... 여보와 함께하는 모든 사소하고도 사소한 순간과 그 순간의 다정함을 나누는 시간을 사랑했어. 그래서 우리의 연애 안에는 특별할 만한 것이 없었지만 그래서 특별하다고 생각했어. 만나서 함께 손을 잡은 채 걷고... 분위기가 좋은 카페에서 커피를 마시며 서로에 대해 알아가고... 함께 영화를 보고... 함께 누워서 서로에게 안긴 채 또 이야기를 나누고... 그러니까

무엇인가를 하기보다는... 그저 서로의 곁에서 서로에게 귀를 기울이는 시간들... 나는 그게 좋았어. 여보를 알아가고... 귀를 기울이고... 나의 것을 꺼내어 보여주고... 그렇게 서로에게 깊어지는 시간들... 그저 서로가 서로의 곁에서 사소하게 머무르는 따뜻함... 특별할 게 없지만, 그래서 가장 어렵고 특별한 연애를 하고 있다고 생각했어... 그래서 소중했는데...

하지만 아마도 여보의 마음 안에는 지금 내리는 눈처럼 서운함이 쌓이고 있었나 봐... 내가 너무 내 생각만 했던 거 같아 미안해... 정말 많이 미안해.

여보는... 해외에서 돌아올 때마다 내가 좋아할 만한 것들을 한가득 사오곤 했잖아... 한 번을 거르지 않고 늘... 가끔씩 내가 여보에게 주는 예쁨에 비해 내가 받는 것은 늘이었고 거대했고 또한 한 아름이었어... 나는 여보의 마음이 무엇인지 잘 알 것 같았어... 그러니까 너무... 알 것 같았어... 여보의... 그 마음을. 그러니까 여보는

나를 늘 생각하고 있는 거야. 해외에 있어서 우리의 몸이 떨어지는 날에도 여보는 머릿속에서 나를 붙들고 늘 나와 함께하고 있는 거야. 그곳에서 길을 걸으며 여보의 눈 안에 들어오는 모든 풍경 안에서 나를 생각하고, 나에게 기쁨이 될 것을 생각하고, 그러니까 여보보다 나를 더욱 생각하고 있는 거야...

늘 사진을 찍어서 여보가 바라보는 풍경을 내게 보내주곤 했어... 여보가 보고 있는 모든 것을 내게도 보여주고 싶다며... 그리고 그 모든 곳을 거닐며 보이는 옷과 잠옷과 먹을거리와... 그러한 것들을 내게 선물했어... 늘 피곤하고 지쳐있었을 텐데... 그래서 쉬고 싶었을 텐데... 늘 여보한테는 내가 먼저였던 거야... 나의 기쁨을... 내게 기쁨이 될 것들을... 생각했던 거야... 늘... 그래서 여보의 선물은 늘 다양했고 한 아름이었던 거야...

여보가 사준 선물들...

내가 좋아하는 초콜릿... 여보가 좋아하는 과자... 그리고 우리 둘 다 한 번도 먹어보지 못한 음식들... 아마도 여보는 내가 좋아하는 초콜릿을 그곳에서 사오면 내게 얼마나 기쁨일까, 여보가 좋아하는 과자를 내가 먹으면, 그리고 나 또한 그게 좋으면 얼마나 설렘일까, 우리 모두 한 번도 먹어보지 못한 음식들을 먹으며 그 맛에 대해 토론하는 것은, 서로에게 처음인 추억을 만드는 것은, 얼마나 소중함이고 간절함일까... 그랬을 거 같아... 모두 다른 곳에서

그것들을 샀을 것이고, 여보는 어디를 가든지 내게 기쁨이 될 만한 것들을 찾아다녔던 거야. 그렇게 피곤하고 힘든 일정을 소화하고도 여

보는... 너는... 너보다 내 생각을 한 거야. 늘 내가 먼저였고, 네가 살아가는 세계는 어느덧 너의 것보다 나의 것으로 가득해지고 있었고, 그런

네 마음이...

무엇인지 너무나도 잘 알 것 같아서, 이해할 수 있을 거 같아서, 나는 늘 기쁘고 고마웠어. 이런 사랑을 받고 있다는 기적에, 그리고 그런 너를 만났다는 찬란함에, 소중함에 감사했어. 하지만 동시에 먹먹한 거 있지... 때로는 아픔이고 슬픔인 거 있지... 내게도 이런 사랑을 경험했던 적이 있었는데, 그때의 나도 지금의 너처럼 이러했었는데, 하지만 내 마음이 그녀에게는 사랑으로 닿지 않기도 했었는데, 이렇게나 크게 사랑했는데, 결국 그 사랑의 끝은 그렇게나 절망이고 아픔이었는데, 하는 생각에...

자꾸만 너를 슬픔으로 마주해야만 했어.

너는 내가 너에게 선물해준 작은 곰인형 하나를 너의 캐리어에 늘 달고 다니며, 함께 사진을 찍으며, 훈이가 없을 때에는 나는 인형 훈이랑 늘 함께 데이트하지롱, 하며 좋아라 했고, 내가 너에게 선물해줬던 꽃들은 너의 책상 위의, 몇 번을 고민하고 또 고민해서 고른 너의 눈에 가장 예뻐 보이는 꽃병 안에 꽂힌 채, 오래도록 시들지 않았으면 좋겠다는 너의 무한한 정성 안에서 피어있을 것이고, 너는 자기 전마다 그 꽃을 보고는 행복한 미소를 지은 채 잠에 들었을 것이고... 그러니까 나의 작은 마음 하나에도

이렇게 거대하게 행복해하는 너의 모습들이 내게는 기쁨인 동시에

슬픔으로 닿기도 해서 나는 아파야만 했어... 아마도... 너는 나와 함께하고 싶은 것들이 너의 머릿속에, 그리고 너의 마음 안에 산더미처럼 쌓여 있겠지만, 내가 글을 쓰는 데 방해가 될까 봐, 너의 마음 안에 묻어두고 있는 거잖아... 그렇게 네가 나를 사랑하는 만큼 나에게 조심하고 있는 거잖아... 너의 마음에 비해 나의 마음은 작았고, 그래서 너에게 나는 더욱 거대한 사람이었을 것이고, 그래서... 너는 나의 작은 눈빛 앞에서도 크게 기뻐하기도 슬퍼하기도 했을 것이고,

그러니까 너는 나의 눈치를 살폈을 것이고, 그 사랑의 거대함을 너무나도 잘 알 것 같아서 나는... 너를 내 마음 안에서 점점... 아픔으로 담아야만 했어. 그런 내 모습을 스스로 바라보며... 나는 정말 못난 사람이구나, 하는 생각에 자괴감을 느껴야만 했어. 네가 나에게 쏟고 있는 모든 것이... 한때 내가 그녀에게 주었던 모든 것과 너무나도 닮아서... 그 안에서 내가 그때의 나를 보게 된다는 것과 그때의 그녀를 이해하게 된다는 것과 지금 내 심정이

그때, 그녀의 심정이었을까, 하는 생각들 때문에

너의 사랑 앞에서 마냥 기뻐할 수가 없었어. 너는... 나와 함께 누워 있다가, 내게서 속이 안 좋다는 말을 들을 때면 벌떡 일어나 약국에서 약을 사다 줄 만큼 너보다 내가 먼저였으니까... 속이 아픈 것보다 약을 사러 가는 게 귀찮아서 그냥 아프고 말지, 하는 나보다 너는... 나를 더 생각했으니까... 그래서 네가 약을 사오는 것이 내게 기쁨이기보다는 아픔이고 미안함이 될 거 같아서 너를 말렸지만,

너는 끝내 옷을 갈아입고 약을 사 와서는 그제야 안심이 된다는 듯

잠들곤 했었고... 네가 나에게 해주는 사랑에 반의반만큼이라도 너에게 주고 있지 않다는 생각에, 나는 늘 마음이 많이 무겁고 아팠어... 그리고 그때 신촌에서... 네가 그렇게 많은 선물을 사주고 또 나에게 무언가를 해주려고 할 때... 그때는 정말 마음이 미어지는 것 같았어. 네가...

자꾸만 아팠어... 너를... 자꾸만 슬퍼하게 돼...

세상에서 가장 향기로운 슬픔.

머리가 굴러가는 소리가 들리지 않는 마음만큼 예쁜 향기가 나는 마음
이 있을까. 가장 순수한 단어로 나에게 향했던 너만큼의 사랑을 나는 아
마 두 번 다시는 받지 못할 거야. 너는 내게 있어 다시는 일어나지 않을
기적이었으니까. 너는 계산하지 않았고, 이것과 저것을 비교하지도, 무엇
인가를 재고 따지며 너와 나의 것을 판단하지도 않았어. 그렇게 맑은 꽃
을, 나는 본 적이 없었어. 그래서 너는 내게 있어 다시는 쓰지 못할 예쁨
이고 사랑인가 봐. 너를 사랑했어. 하지만 너에 비해 나는 때문었고, 그래
서 너를 바라보는 게 자꾸만 아픔이고 슬픔이었어. 네가 나에게 닿고자
하는 마음들을 나는 계산하곤 했으니까. 나의 것과 너의 것의 크기를 재
고 그 앞에서 자주 무너지곤 했으니까. 하지만 너에겐 그런 게 중요한 게
아니었던 거 같아. 너에게는... 나를 사랑하는 게 중요했던 거고, 너의 손
을 잡고 있는 나를 바라봐주고 닳도록 아껴주고 그렇게... 그저 사랑하는
게 중요했던 거야. 그래서 나는 너를 품을 자격이 없는 사람이었어. 세상
에서 가장 예쁜 향기가 나는 너는, 내게 있어 가장 향기로운 슬픔이 되어
버렸으니까. 네가 내 곁에서 피어날 때면 너는... 예쁨이 아니라 슬픔으로
맡아져야 했으니까.

그럼에도 네가 나를 믿어준다면.

그럼에도 네가 나를 믿어준다면, 나는 너를 사랑했어. 네가 사랑이어서 아팠고, 네가 사랑이어서 저몄어. 내가 너에게 더욱 기쁨이었으면, 더욱 행복이고 소중함이었으면, 하고 나는 늘 소원하고 바랐으니까. 그래서 자꾸만 눈물을 흘렸던 거야. 아마도 너에게, 내게 가장 사랑인 너에게 그런 사랑이 되어주지 못한 것 같아서. 비록 아픔이고 슬픔이기도 했지만 나는 진실로 너를 사랑했어. 단지 너에게 닿기에 내가 많이 못났고 부족했던 거야. 하지만 내가 줄 수 있는 전부를 다해 나는 너를 사랑했어. 많이 모자랐겠지만, 성에 차지 않았겠지만, 지금의 나도 자꾸만 후회하게 되지만, 그때는 그게 내 전부였어. 그게 내 사랑이었어. 그래서 더 많이 아파. 그때의 전부가 고작 그게 다였다는 생각에, 너에게 늘 모자랐다는 생각에 자꾸만 아파. 그럼에도 네가 나를 믿어준다면, 나는 너를 사랑했어.

31.

신 촌 에 서

　그렇게... 계절이 변했다. 너를 만났던 계절과 지금의 이 계절 사이에, 그 몇 번의 계절 사이에 무엇이 새로 생기고 무엇이 사라졌는지, 나는 알 수 없었다. 기온은 더욱 낮아졌고, 사람들의 옷은 더욱 두꺼워졌다. 서로의 체온으로 그 추위를 달래는 사람들과, 여전히 사랑이 두려워 혼자인 사람들... 사랑을 하고 싶지만 사랑이 찾아오지 않는 사람들과, 그래서 외로움에 허덕이는 사람들... 함께하지만 서로를 녹이기엔 이미 마음이 멀어진 사람들... 그래서 끝내 이별했지만, 찾아오는 후회와 미련에 사무치게 아파하는 사람들... 때로는 그 아픔을 이기지 못해 곧장 새로운 사랑을 시작하는 사람들과... 혹은 뉘우치고 다시 서로의 품으로 돌아간 사람들... 그런,

　계절이었다. 우리는 그 넓은 농도 사이의 어느 지점에 있는 것일까,

하고 곱씹어 보았지만 결론을 내릴 수 없었던 시간들과 그럼에도 여전히 함께였던, 함께였지만 때로 외로웠던, 외로웠지만 그럼에도

서로를 사랑한다고 믿었던, 그 마음만큼은 의심해본 적이 없었던 너와 나였다고 추측할 수 있을 뿐이었다. 시간이 지나 바뀌는 계절처럼, 하지만 또다시 되돌아오는 계절처럼, 그럼에도 전과는 결코 같을 수 없는 그 계절처럼 많은 것이 제자리에 머물렀고, 또한 많은 것이 사라지거나 변했고, 그렇게 많은 것이 그대로지만 또한 달라졌다고... 나는 생각했다. 나는 여전히 사랑에 서툴렀고, 하여 달라진 이 계절에 어떻게 적응을 해야 하는지 잘 몰라서 헤매었다는 생각이다. 그렇게 조금은 어려워졌지만,

그럼에도 우리는 서로의 곁에서 서로를 사랑했다. 사랑과 혼란 사이를 자주 오갔지만, 여전히 사랑인 시간이 더 잦았고 길었다. 시간과 함께 서로에게 느끼는 많은 감정들이 생겨났지만, 그럼에도 시간과 함께 깊어졌다. 분명 깊어졌다고,

나는 생각했다. 편지 봉투를 가방에 넣고 노트북을 꺼냈다. 노트북의 전원을 켜고 원고 파일을 열었다. 타자기에 손을 올리기 전에 잠시, 그때 내가 느꼈던 슬픔과... 그리고 그때의 너를 회상했다. 편지에 썼던 그때 그 신촌에서 함께했던 우리와... 네가... 네가 차올라서 원고를 쓸 수 없을 것만 같았다. 그날

해외에서 돌아온 너는, 참 많은 선물을 내게 안겨주고서는 하나하나 설명을 했었다. 이건 이렇게 입고 이건 이렇게 먹고 저건 저래서 샀고 저건 이렇게 쓰는 거야. 조금은, 네가 무리를 하는 건 아닐까 싶어 미안했

지만 너의 손짓과 표정과 눈빛과 언어의 다정함에서 나는 그러한 마음을 내려놓았다. 내려놓기로... 했다. 너의 투명한 마음을 내 미안함으로 때묻게 하고 싶지 않았다. 그저 그 마음 그대로 고스란히 간직하고 싶었다. 더없는 소중함으로. 날이 추웠지만,

신촌에는 여전히 사람이 많았다. 그리고 우리는 자전거를 빌려서 함께 그 일대를 누볐다. 한 손으로는 자전거를 이끌며 남은 한 손으로는 뒤쫓아 오는 너의 사진을 찍었고, 사진에 찍힌 너는... 해맑게 웃고 있었다. 오락실에서 농구공을 던지기도 했고, 인형 뽑기를 하기도 했다. 나는 너를 닮은 다람쥐 인형을 뽑아서 너의 가방에 걸어주었고, 너는 그 인형이 마음에 들었는지 하루 종일 인형이 너무 예쁘다는 말을 내게 했다. 그리고 너는 그 인형을, 네가 없는 동안 너를 그리워하라며 우리 집의 현관문에 걸어두었다.

손을 잡고 걸었다. 옷가게에도 들러보고, 예쁜 카페에도 들러보고, 꽃집에도, 공방에도 들러보고, 그렇게 많은 것들을 담으며 걸었다. 너는 쉼 없이, 오빠, 우리 저기도 가보자, 했고 그런 너의 천진난만한 모습에 문득 심장이 두근거렸다. 설렘이었다. 그리고... 이렇게 너의 손을 잡고 함께 걷는 게 조금 오랜만인 거 같다는 생각에, 이렇게 사소한 시간들 앞에서도 크게 행복해하며 한껏 들뜨는 너를 바라보며, 그런 너의 미소와 행복을 바라보며

가슴에 사무치는 미안함을 느꼈다. 아팠다. 아팠지만,

애써 기쁨과 설렘만을 간직하기 위해 노력했다. 오빠, 여기 가보자. 너는 나의 손을 잡아당겼다. 앤틱한 느낌의 생활용품을 팔고 있는 소

품가게였다. 그곳에서 너는, 우리 집에 놓을 세탁 바구니하며, 예쁜 그릇, 수저, 젓가락 같은 것들을 사주고 싶다며 눈물을 글썽였고, 나는 그런 너를 겨우 말리고는 그곳에서 나왔다. 너는 서운해했지만... 네 것이 없었다. 네가 담고자 하는 모든 것이 늘 내 것이었다. 그게 나를 아프게 했고,

그 아픔을 더 이상 견딜 수가 없었다. 견뎌서는 안 되는 거라고

생각했다. 네가 내게 주고자 하는 마음을 이해하지 못하는 게 아니었다. 사랑이었고, 사랑이었기에 자꾸만 무엇인가를 해주고 싶어 했으니까. 내게도 그런 사랑이 있었고, 그런 사랑을 해보았기에 네 마음을 누구보다 잘 아는 나였다. 그리고 그 아픔과 슬픔에 대해서도. 그래서 나에게 네가 점점 아픔으로 맺혀가는 거라고 생각했다. 내가 했던 한때의 사랑과 너무나 닮아있는 너의 사랑이었으니까. 그때의 그녀와

나는 다르다고 믿었고, 다를 수 있다고 확신했고, 하여 너를 그런 감정 안에 내버려두고 싶지 않았다. 그 거대한 감정을 나에게 주었다가, 너보다 나의 것이 작다는 서운함을 네가 느끼도록 내버려두고 싶지 않았다. 이 사랑 안에서 나는 이기적인 사람이고, 사랑에 헌신하지 않고 받는 것에만 익숙해지는 사람으로 비추어지고 싶지 않았다. 이런 사랑이 있듯, 저런 사랑도 있는 거라고 가르쳐주고 싶었다. 너는 나를 충분히 사랑하는데, 너의 사랑을 나는 사랑으로 바라보지 않고, 나 또한 너를 충분히 사랑하는데, 너는 나의 사랑을 사랑으로 바라보지 않는,

그런 아픔과 비극을 또다시 경험하고 싶지 않았다.

내가 그녀에게 했던 원망을 네가 나에게 쏟는 것을 나는 견딜 수 없을 거라고 생각했다. 내가 너에게 쏟는 사랑이... 사랑이 아닌 것으로 오해될 때 나는 그 아픔을 견딜 수 없을 거라고... 그렇게 생각했다. 나는 너를 진심으로 사랑했으니까. 늘 사랑이 어려운 나에게, 누군가를 마음에 담는 것이 어려운 나에게 너는 나도 누군가를 사랑할 수 있고, 누군가를 내 마음에 담을 수 있다는 것을 가르쳐준 사람이었으니까. 내게는 너밖에 없었으니까. 그런 간절함으로 너를 사랑하고 있었으니까. 네가 아니면, 어쩌면 영원히, 다시는 누군가를 사랑하지 못할 나라고 생각했으니까. 하지만 지금의 너에게

나는 자주 아픔으로, 나에게 넌 슬픔으로 맺혔고.

사랑한다고 말을 하는 것은 쉽지만
사랑한다는 말에 담는 진심의 무게는 천차만별이야.
사람은 그 진심의 무게를 묘하게 느낄 수가 있어서
아무리 사랑한다는 말을 해줘도
진심으로 닿지 않으면
함께하는 순간에도 외로움을 느끼기 마련이고.
꼭 사랑한다는 말을 하지 않아도
함께하는 모든 순간에 사랑을 담는다면,
너를 담는 눈빛과, 너에게 말하는 언어의 다정함과
너의 손을 잡는 순간의 간절함과
너의 모든 사소함에 귀를 기울이는 따듯함이 있다면,
같이 있는 시간이 참 가치가 있어서
그 모든 순간들이 너무나 소중하고 예뻐서
함께 있는 동안 마음이 가득 찼다고 느끼는 게 사람이니까.
부디 우리가 서로를 사랑하는 마음은
주고받는 것에 치우치기보다
함께하는 그 순간의 소중함 자체에
한없이 깊어지는 진실한 간절함의 무게이기를.

좋은 인연이란,

너를 너무 좋아해서

내 마음 끌리는 대로 꾸밈없이

너에게 다가가는 것.

그런 내가 너에게도 좋은 것.

너에게 기쁨이 되기 위해 하는 행동들이

너에게 또한 부담이 아닌 기쁨으로 닿는 것.

하여, 애써 나를 꾸미거나

너에게 잘 보이기 위해 가릴 게 없는 것.

있는 그대로의 내가

너에게도 참 소중하고 좋은 것.

32.

너 와 나

그렇게 얼마간 슬픔에 빠졌지만, 그럼에도 노트북을 열었다. 그리고 글을 썼다. 너와 펜션 여행에 가서는... 그저 너에게 내 모든 것을 기울이고 싶었다. 그래서 최선을 다해 글을 썼다. 창밖에는 여전히 눈이 내리고 있었다. 지금쯤 너는 비행기를 탔을 것이고, 비행기에서 내리면 내가 찍어서 보낸 사진을 받고 기뻐하겠지. 그리고 나는

너의 곁에 나른하게 머물러야지. 너만을 내 눈과 마음에 담고, 오롯이 너의 나여야지. 언젠가... 너는 내게 이런 말을 한 적이 있었다. 오빠는 늘 열심히 사니까, 나중에 더 성공하면 엄청 성공한 사람 만나서 나를 떠날 거 같아, 라는 말, 그리고 오빠는 오빠의 꿈이 좋아, 내가 좋아, 이런 질문들. 하지만 나는 전혀 그렇지가 않았다. 나는 나의 빛보다는

슬픔과 어둠을 바라봐주는 사람과 함께이고 싶으니까. 또한 그 시간들을 함께해준 사람이 가장 소중하다고 생각하는 나니까. 그러니까 나는 네가, 좋으니까. 너를, 사랑하니까. 하지만 너는 그렇게, 나의 꿈에도 질투를 하곤 했었다. 너는 나와 함께하는 동안 내가 네가 아닌 다른 것을 더 거대하게 담을까 싶어서 늘 불안해했다. 그런 너를 바라보는 게 내게는 얼마나 아픔이었을까. 그렇게 나는 자주 길을 잃어버리곤 했다. 너에게 기쁨이고 싶고, 사랑이고 싶은데 자꾸만 너에게 서운함이고 아픔이 되는 거 같아서.

네가 한국에 돌아왔다. 너는 한국에 도착하자마자 우리 집에 왔고, 나를 보고 싶었다며, 냉큼 끌어안았다. 나는 그런 너를 얼마간 안아주고는 고생 많았지? 라며 쓰다듬어주었다. 그리고 네가 돌아오기 전에 샀던 꽃을, 그리고 편지, 는 전하지 않았지만, 너의 품에 안겨주었다. 너는 눈물을 글썽였다.

그리고 잠시, 그때의 그 장면을 떠올리며 슬픔에 빠진다. 비행기는 여전히 하늘을 날고 있고, 나는 여전히 너라는 계절을 그리워하며 그리고 있다. 한 아이가 얼마간 눈물을 흘리고, 엄마는 그 아이를 달래주고 있다. 아이의 울음소리가 많은 사람들을 깨운다. 엄마는 죄송합니다, 하고 사과를 한다. 만약에 내가

저 아이처럼 아주 순수할 수 있다면, 타인의 시선에 연연하지 않은 채 가장 나인 채 나로서 존재할 수 있는 사람이라면 나 또한 저 아이처럼 여기에 있는 많은 사람들을 깨웠을 거라고. 그러니까 나도 저렇게 엉엉, 소리를 내며 울었을 거라고. 내 마음 안에서 파도치는 이 슬픔이라는 바다를 느끼며 나는 그런 생각을 한다. 그리고...

다시 그때의 그 장면을 바라본다. 만약에 지금의 내가 그곳에 서 있을 수 있다면 나는 너에게 이 말을 했을 거 같다. 오빠도 너무 보고 싶었어. 정말, 많이 보고 싶었어. 네가 없는 이 시간들이 너무 고독하고 힘들었어. 그러니까 내가 너에게 조금 소홀했더라도, 너는 나를 떠나가지 마. 오빠가 최선을 다할게. 조금만 기다려줘. 꼭 적응해낼게. 감당해낼게. 그리고 너에게 또한 최고의 기쁨이 되어줄게. 라는 말을... 다시 네가 내 품에 안긴다면, 내게 기회와 자격이라는 것이, 그러니까 너라는 기적을 마주하는 순간이 만약에, 만약에 다시 한 번 주어진다면 그 말을 너에게 꼭 해주고 싶다고 생각한다.

그저 네가 내 곁에 머물렀던 모든 순간들이, 곁에 없더라도 멀리서라도 함께하고 있던 그 모든 순간들이 내게 위로였고 안정이었다는 것을. 분명 그랬는데, 너와 함께하는 시간 동안 나는 때로 너를 아픔으로, 부담으로 바라봤다는 것을. 무엇을 해줘서, 네가 나에게 무엇을 해줘서 네가 위로고 위로가 아닌 것이 아니라 너는 그저 너의 존재만으로 내게 위로였다는 것을.

우리는 그날 함께 누워서, 정확히 기억이 나지는 않지만 많은 이야기를 나누었다. 너는, 비행을 하는데 조금 불편한 승객을 만났다는 이야기를 내게 해주었다. 그 이야기를 들으면서... 나는 마음 한구석이 저려오는 것을 느꼈다. 너에게 참 무례한 승객이었는데, 너는 그러한 모든 것들을 참으며 미소로 그 승객을 대해야만 했다. 그것이 너의 일이었고, 나는 너의 마음고생이 얼마나 심할지를 생각했다.

이야기를 듣는 내내 가슴이 쓰라렸다. 그리고 그 승객이 미웠다. 그래서 나는 내 마음에 있는 그 미운 감정을 표현했고, 너는 그 승객을 감쌌지만 동시에 나의 마음으로부터 위로를 얻었다. 그리고는 내 품에 꼭 안겨왔다. 나는 그런 너를 안아준 채 네가 곤히 잠들 수 있도록 재워주 었다. 아기처럼 내 품에 안겨서 새근새근 자고 있는 너를 내 눈에 담고 있자니 눈물 한 방울이 떨어졌다. 너를 내 마음에, 내 눈에 담아두기에

너는 내게 너무 크고 거대해서 그렇게 자주 넘쳐서 눈물이 되어 흐 르곤 했다. 누군가에게 이렇게 사랑을 받을 수 있다는 게, 누군가가 나 를 이렇게나 사랑해 주고 있다는 기적이 내겐 벅찼다. 그리고 그날의 눈 물은... 한 방울에서 멈추지 않았다는 생각이다. 마치 마음에 쌓아둔 댐 하나가 고장나버린 듯 끝없이 범람했고, 자고 있는 네가 혹여나 깰까봐 자리를 피해야만 했다. 많은 장면들이 스쳐지나갔다.

네가 나에게 사랑받기 위해 부리던 애교 앞에서 네가 왜 그러는지 이해할 수 없다는 표정으로 너를 바라봤던 나, 그런 나에게 서운해서 때 로 악을 쓰기도 했던 너, 그런 너를 안아주기보다 더욱 차갑게 대하기 도 했던 나, 원고를 쓰는 나를 배려하기 위해 내가 좋아하는 빵을 한가 득 사서 집에 있던 나에게 전해주고는 그대로 집으로 가던 너, 그리고 그런 너를 붙잡고 잠시라도 이야기를 나누지 못한 나, 내 마음에 하루의 힘듦과 속상함이 쌓일 때 그것에 관심을 기울여주지 않던 너, 그래서 너 와 함께하는 시간에도 때로 외로움을 느끼던 나, 나에게 너의 하루하루 를 털어놓고는 앙탈을 부리던 너, 그런 너의 이야기를 내 모든 감정을 기울여 들어줬던 나, 하지만

너를 쓰다듬어주고 너를 예뻐해 주고 사랑한다는 말을 해주는 데에 는 내 모든 것을 기울이지 않았던 나, 그렇게

시들어가던 너, 그 시들어가는 모습을 지켜보며 가슴에 사무치는 아픔을 느껴야만 했던 나, 내가 때로 너를 답답함으로 바라볼 때 그 모든 눈빛들을 쓸어 담으며 가슴이 미어지는 아픔을 움켜잡았을 너, 때로 결혼하자는 말을 하곤 하던 너, 그 말에 대답을 해주지 못한 나, 사랑에 대한 확신을 결혼에서 받는 너, 와 확신보다는 책임이 중요했던 나, 여자인 너, 남자인 나, 그랬던

우리, 그리고 하릴없이 쏟아지는 눈물과 방법을 몰라 길을 잃었던, 그것 외에 다른 길은 생각하지도 못했던 참 많이 서툴고 부족했던

나, 그때의 나.

그런 연애를 하고 싶다.

뜨겁게 불타는 연애도 좋지만

그것보다 따뜻하고 편안한 연애.

같이 있는 시간이 포근해서 위로가 되고

서로의 하루를 나누며 잔잔하게 웃을 수 있는,

같이 밥을 먹고 카페에 앉아 이야기를 하다가

헤어짐이 너무 아쉬워서,

서로의 하루와 사소함을 더 알아가고 싶어서

팔베개를 하고 밤새 이야기를 하다가 일어난

서로의 못난 모습을 보고 귀엽다, 사랑스럽다,

생각하며 웃음 지을 수 있는.

너무 설레지 않아도 좋으니

이 사람은 무조건 내 편이라는 생각이 드는

내 모든 것을 나누고 기댈 수 있는, 그런 연애.

뜨겁진 않아도 잔잔하게, 닳도록 아낌없이.

"오늘 뭐 하고 보냈어요?"
함께 보내지 않은 오늘이지만
너의 오늘이 어땠는지 아는 것.
오늘 하루를
너에 대해 궁금했던 것을 물어보고
알아가는 것으로 마무리하는 것.
너를 좋아한다는 것은
너의 사소함이 궁금하다는 것.
사소하게, 소중하게, 오래도록 사랑스럽게.

너를 사랑한다는 말은

너의 사소함을 알아가고 싶다는 말과 동의어.

네가 좋아서,

자꾸만 너의 사소함이 궁금해지고

너의 사소하고도 사소한 것까지 알아가고 싶어지는 것.

오늘은 뭘 먹었는지

비가 오는데 우산은 챙겨갔는지

어제처럼 양말을 거꾸로 신지는 않았는지

하는 사소하고도 사소한 것에서부터

오늘은 목소리에 왜 이렇게 힘이 없는지

꿈 앞에서 갈팡질팡하던 마음은 좀 괜찮아졌는지

사이가 멀어졌던 친구와는 잘 화해했는지

하는 너의 마음속 깊은 이야기에 이르기까지

네가 좋아서, 너의 사소함이 궁금해지는 것.

그러니까 늘 예쁜 너는,

오늘 하루는 뭐 하면서 예뻤는데?

33.

겨 울 바 다

목적지는 대부도. 이용 시간당 가격을 책정하는 차를 홍익대학교의 지하에서 빌렸다. 그리고 출발. 배에서 꼬르륵, 소리가 났다. 그 소리를 들은 너는 네가 제일 좋아하는 빵집이 있는데 거기서 빵이랑 우유를 사서 먹으면서 가자고 했다. 그거 참 좋은 생각이다. 한 손에는 핸들을, 한 손에는 너의 손을 잡은 채 빵집으로 향했다. 그리고 도착. 너는 빵을 한가득 사 왔다. 정말 한가득. 왜 이렇게 많이 샀냐고 묻는 나에게, 모자라다는 말만 하지 마세요, 라고 너는 웃으며 대답했다. 그리고 나는 왜인지... 아팠다.

너는 빵을 조금씩 뜯어서 내 입에 먹여주었고, 내가 빵을 삼키고 나면 빨대를 꽂은 우유를 내 입에 가져다주었다. 나는 제대로 먹지도 못한 채 자꾸만 나를 먹이는 네가 아팠다. 그런 너를 보는 것이 내 마음을 아프게 했다. 너는 오빠가 맛있게 먹는 모습을 보는 게 더 배가 부르다며 예쁘게 말을 했지만, 그 예쁨은 내게 닿으며 슬픔으로 맺혀졌다. 너에게... 자꾸만 너보다 내가 먼저고 사랑이고 거대함이 되는 거 같아서 가슴 한구석이 아려왔다.

운전을 하며, 펜션을 향해 가는 동안 너는 또다시 나의 이전 사랑에 대해 물어보았고... 나는 사실은 예전에 만난 사람이 있다는 거 거짓말이었어. 네가 내게 처음이야. 지금까지 내가 한 번도 연애를 안 해봤다고 하면 네가 이상하게 볼 것 같아서, 그래서 거짓말을 했어. 그렇게 말했다. 더 이상은... 너를 아프게 하고 싶지 않았다. 내 말을 들은 너는 내 손을 수줍게 만졌다.

너는 나의 과거에 대해 자꾸만 궁금해했지만, 나는 너와 함께하고 있는 지금 이 순간이 소중했고, 우리가 함께할 내일이 궁금했다. 너에게 질투심을 유발하고 싶은 마음도 없었다. 네가 마음 아파하는 모습을 보고 싶지 않았으니까. 하지만 너는 또다시 너의 과거를 내게 이야기하기 시작했다. 아마도 너의 마음은

내가 질투를 하는지 하지 않는지 확인해보고 싶은 거라고. 그리고 그 마음에서 사랑에 대한 답을 얻고 싶은 거라고. 그러니까 너는 지금 아마도 혼란스럽고, 내 사랑을 의심하고 있고, 너만 나를 사랑하고 있고, 나는 그게 아니라는 생각에 홀로 아파하고 있는 거라고... 그렇게 생각했다. 그건 정말 오해인데. 그저, 서로가 생각하는 사랑의 생김새와 정의가, 그 색과 향이 조금 다른 것일 뿐인데.

곁눈질로 너의 얼굴을 바라봤다. 너는 나의 대답을 기다리고 있었

고, 너의 표정에는 왜인지 모를 간절함이... 그리고 아픔이 묻어있었다. 너의 이야기를 듣고 있던 나는 질투를 하기 시작했다. 너에게 티가 났을지는 모르겠지만, 너에게 그것이 기쁨이고, 질투를 하지 않는 내가 아픔이라면 나는 너에게 기쁨을 선물해 주고 싶었다. 더 이상은 내 온전함을 지키기 위해 너를 아픔으로 내몰아서는 안 되겠다고 다짐했다. 그리고 너는... 기뻐했다.

창밖으로 바다가 보이기 시작했다. 그리고 점차 길이 좁아지는 것을 보니, 이제 거의 도착했나 보다, 하고 생각했다. 여기저기 예쁜 꽃들이 다채로이 피어있었다. 나는 그것을 눈에 담아두었다. 출발한 지 한 시간이 더 지났을까. 드디어 예약했던 펜션에 도착했다. 키를 받아 문을 열고 들어섰다. 너는 방을 확인하더니 아기처럼 폴짝폴짝 뛰며 방 여기저기를 구경하기 시작했고, 여기, 너무 좋아, 라며 신나했다. 우리는 짐을 풀었고,

일단은 침대에 누웠다. 그리고 너는 대자로 누워있는 나의 옆에 기어들어 와서는 팔베개를 한 채 애교를 부리기 시작했고, 그날... 나는 너를 안아주지 못했다. 자꾸만... 가슴 안에서 차오르는 알 수 없는 슬픔들로 인해 무너질 것만 같았다. 그런 내 마음을 느꼈는지, 너도 잠잠해졌다. 잠깐의 어색함이 감돌았고, 하지만 나는 분위기를 망치지 않기 위해 노력했다. 바다를 보기 위해 밖으로 나왔다.

겨울 바다는 왜인지 모르게 슬퍼 보였다. 사람은 우리 둘밖에 없었고, 가끔씩 들리는 갈매기 소리가 전부인 이곳에서, 우리는 손을 잡은 채 얼마간을 걸었다. 너의 손을 잡은 채, 그곳을 거닐며 내가 무슨 생각을 하였는지, 기억이 나지는 않는다. 아마도... 대체적으로 슬픈 생각이

었을 것이고, 조금은 메마른 생각이었지 않을까, 하고 추측할 수 있을 뿐이다. 하지만 분명한 건,

너로 인해 슬픔에 깊숙이 빠져들지는 않았다는 것. 너는 사진을 찍자고 하는, 필름 카메라를 꺼내었다. 너는 필름 카메라로 사진을 찍는 것을 좋아했는데, 사진을 찍은 뒤에 바로 확인할 수 없다는 것에서, 내가 찍은 사진이 어떻게 찍혔을까, 하는 그 궁금함에서, 필름이 다 감기고 난 뒤에 사진관에서 네가 찍은 사진들을 기다리는 그 기다림에서 설렘을 느낀다고 말했다.

인스턴트가 많아졌고, 사람들은 그것에 익숙해지기 시작했고, 더욱 빠른 것에 갈증을 느끼기까지 하는 이 세상에서 너는 그러한 기다림에 설렘을 느낄 줄 아는 사람이었고, 나는 너의 그러한 면이 참 멋지다는 생각을 했다. 예쁘고 귀여운 줄만 알았는데, 이렇게 멋진 면까지 가지고 있었네. 그런 생각과 함께 너를 빤히 바라보았다. 너는 그런 내 눈빛이 부끄러웠는지, 왜 그렇게 쳐다봐, 라며 수줍어했다.

그렇게 바다를 거닐며... 너라는 예쁨을 담은 채 너의 손을 마주 잡은 채 이따금씩은 그런 우리들을 사진에 담은 채 우리는 함께 걸었다. 너와 함께 걷는 이 시간이 참 좋았다. 너의 손은 다른 누구의 손보다 다정했고, 너의 걸음걸이는 그 누구의 것보다 귀여웠고, 이따금씩 생각에 잠긴 듯한 너의 표정은 아름다웠다. 너는, 예뻤다. 그리고 오빠, 오빠 하며 나를 부르며 이런저런 이야기를 하는 너는

내게 있어 사랑이었고, 또 사랑이었으며,

사랑이었다.

겨울바람이 우리를 에워쌌다. 추위에 빨개진 너의 볼과 귀를 보고는 마음이 아파졌다. 두 손을 비벼 따뜻이 데운 뒤 너의 귀를 감싼 채 호호, 하며 입김을 불어주었다. 그러면서 우리는 다시 펜션으로 돌아왔다. 펜션에서 무엇을 먹을지 고민을 하는 동안 너의 폰에서 알람이 울렸고, 너는 너에게 온 문자를 확인하더니,

이내 표정이 굳어졌다.

세상에 인스턴트가 너무 많아졌어요.

가끔은 정류장까지 걸어서 버스를 기다리고,

버스를 타고 한 번도 가보지 못한 곳에 내려

새로운 예쁨을 찾아다니며

사진도 찍고, 예쁜 카페도 찾아다녀 보고,

그렇게 하루 정도는 조금 번거롭더라도

삶에 여유를 가지는 것도 참 좋은 거 같아요.

행복은,

진심에서 찾을 수 있는 것이고

진심은 시간과 정성이 많이 들지만

그만큼 예쁘고 가치 있는 소중함이니까요.

역설이란 이름의 오해.

너는 내게 자주 역설이었어. 예쁨인 동시에 아픔이었고 기쁨인 동시에 슬픔이었고 아름다움인 동시에 아련함이었으니까. 밤하늘의 별처럼 너는 자주 진실이면서 오해였어. 내 눈에는 분명 빛나는 별이 보이고 그것이 진실 같아서 나는 별이라는 꿈을 믿고 싶지만, 사실은 별은 이미 사라진 거잖아. 별은 이미 죽었고, 그 별의 잔상이 아주 긴 시간을 거슬러 내게 닿기까지의 시간을, 그 과거를 나는 마주하고 있는 거뿐이잖아. 그 진실을 깨닫고 나는 아파야만 했어. 어쩌면... 어쩌면 너도 내게 그런 오해였을까. 어쩌면 나는 준비가 되지 않았던 걸까. 나라는 정원은 여전히 어떤 꽃을 피워내기에 조금은 메마른 기후였고 혹독한 대지였을까. 그럼에도 나는 너를 욕심내었던 것이고, 그래서 이렇게 네가 자꾸만 내게 역설이란 이름의 오해로 닿아오는 걸까. 하늘의 별처럼 아름다운 빛이지만, 사실은 나는 그 모든 오해의 잔상을 마주하고 꿈꿔왔던 걸까. 그래서... 자꾸만 예쁨인 네가 내게는 아픔이며 한없는 기쁨인 네가 슬픔이 되어 닿고 더없는 아름다움인 너는 이렇게나 미어질 만큼의 아련함인 걸까.

34.

불 만 레 터

너는 심각한 표정을 지으며, 나를 불렀다. 오빠, 이런 일이 있었는데 지금 이렇게 됐어. 나 어떡해. 너는 일본 비행을 하던 중에, 되게 깐깐한 승객을 만나 신경이 쓰였다는 이야기를 내게 했었는데, 그러니까 그때 그 무례한 승객이 결국은 너에게 불만 레터를 썼고, 그로 인해 너는 회사에 그 일에 대한 정황과 앞으로는 그러지 않도록 주의하겠다는 다짐을 쓴 문서를 작성해서 제출을 해야 한다고. 이게 잘못되면 나중에 승진하는 데 불리하게 작용할 수가 있다고. 너는 심각하게 걱정했고, 그 모습을 지켜본 나 또한 함께 심각해졌다. 오빠 미안해 정말...

나는 괜찮다고 말했다. 너는 너로 인해 이 여행을 망쳤다고 생각을 했는지 눈물을 글썽거렸고, 나는 네가 그런 생각을 하지 않도록 너를 안심시켜주었다. 나에게 중요한 것은, 우리가 어디서, 무엇을 하는지가 아니라 그저 너와 함께 머물러 있는 시간이니 걱정하지 말라고. 네가 심각한 문제를 겪고 있을 때 내가 네 곁에 이렇게 있어서, 지금 너의 문제를 들어주고 함께하는 사람이 다른 사람이 아니라 나라서, 나는 참 행복하다고. 그러니 걱정하지 말고, 다른 생각은 하지 말고, 우리 같이 이 일을 해결하자고. 그렇게 말했다.

모든 문제의 심각함에
높낮이라는 것은 존재하지 않는 거라고 믿어요.
사람마다 중요하게 생각하는 가치가 다르며
그 가치에 따라
내게는 심각하지 않은 일이
어떤 사람에게는 심각한 일이 될 수도 있는 거니까.
그래서 심각함은 내 기준이 되어서는 안 되는 것이고
위로 또한 내 기준이 되어서는 안 되는 거라 믿어요.
위로는 철저히 상대방의 기준이어야 하고
때로 그 모든 것이 나의 기준이 될 때
그 위로는 따뜻함의 온도로 머물지 못한 채
차가움과 아픔으로 닿는 순간이 많으니까요.

그리고 우리는 의자에 앉아서 함께 글을 쓰기 시작했다. 나는 너의 글에서 맞춤법과 표기를 봐주었고, 너무 감정적인 부분은 절제될 수 있도록 고쳐주었다. 그리고 너는 회사의 팀장님에게 전화를 해서 조언을 구했고, 몇 시간에 걸쳐 우리는 문서를 완성했다. 요리를 해서 먹기에는 네 마음이 너무 바쁠 거 같아서 나는 그동안, 냉장고에 붙어있던 음식점에 전화를 걸어 치킨과 피자를 주문했다. 너는 여전히 걱정이 되는지,

심각한 얼굴이었고 나는 그런 너를 침대로 불러 안은 채 위로를 건넸다. 지금은, 내가 무슨 말을 해주어도 너는 고민이 되고 심각할 거야. 그런데 오빠는 고민하고 있는 너의 지금이 네가 성장해왔다는 증거라 믿어. 몇 년 전의 너는, 학교를 자퇴했지만, 승무원이 되고자 하는 꿈을 위해 항공과 입학을 준비했고, 그때는 항공과에 입학만 하면 얼마나 좋을까, 라고 생각했을 것이고, 그로부터 이 년 뒤에 너는 승무원을 준비하며 승무원이 되기만 한다면 얼마나 좋을까, 라고 생각했을 것이고, 지금은 그토록 간절히 바랐던 꿈에 닿아 승무원이 되었으니, 그때는 불만 레터를 받아보고 싶어도 승무원이 되지 못해 받지 못했는데, 지금은 그 꿈에 닿아 불만 레터에 대한 고민을 하고 있으니, 몇 년 사이에 꿈에 닿았고 또 얼마나 많은 성장을 이루어온 거야. 그러니까 오빠는,

네가 참 기특하고 예뻐. 비록 이렇게 고민이 되고 심란한 지금이지만, 그럼에도 오빠는 네가 너 스스로에 대한 소중함과 기특한 마음을 잃지는 않았으면 좋겠어. 지금 받은 불만 레터를 계기로 너는 조금 더 너의 직업에 대해 너의 마음과 태도를 가다듬게 될 것이고, 그렇게 더 멋지고 예쁜 승무원이 될 거니까. 그러니까 예쁘고 사랑해, 라고. 그렇게 말해주며 너의 볼에 뽀뽀를 했고,

너는, 오빠 말처럼 여전히 심란하지만 이렇게 말해주는 오빠가 있어서 너무 기쁘고 행복해, 라며 내 볼에 뽀뽀를 했다. 그러다가 문득 지금의 우리가 너무 귀엽고 사랑스러워서, 또다시 우리는 킥킥대며 웃었다. 그렇게 누워서 뽀뽀를 하며 서로에게 앙탈을 부리고 있는 동안 치킨과 피자가 도착했다. 너의 기분이 풀린 것 같아 참 다행이라 생각했다. 너는 혹시 내가 계산을 할까 싶어서 침대에서 벌떡 일어나 카드를 들고 나갔고, 한 손에는 피자를, 다른 한 손에는 치킨을 들고 들어왔다.

지금 내 마음속에 있는 모든 고민들이

나를 심각하고 예민하게 만들기도 하지만

돌이켜 생각해보면

내가 하고 있는 모든 고민들은

내가 지나온 시간 안에서

내가 성장해왔다는 찬란한 발자취였다.

내 글을 출판해주는 출판사가 있기만 하면

그건 얼마나 행복일까, 하고 고민했었고

그 고민을 해결하기 위해 최선을 다해 나아왔고

지금은 어떤 출판사와 계약을 할지가 고민이 되었으니

일 년 사이에 나는 참 많이도 나아왔다.

그러니 고민 앞에서 심각해질 필요는 없다는 것을.

고민을 해결하기 위해 최선을 다하겠지만

고민 앞에서 내가 닿아왔던 노력과 찬란함을

가슴에 새겨둔 채 감사하는 마음 또한 잊어서는 안 되겠다.

지금 하고 있는 모든 고민은,

내가 그토록 간절히 바라던 내 꿈의 발자취였다.

힘이 들 때
굳이 아픔에 대해 말하지 않아도
너랑 함께 있으면 기분이 좋아져.
너에게서 살아갈 힘을 얻어.
힘들 때는 꼭 기대어달라고 말하는
기특한 너에게 꼭 말해주고 싶었어.
나는 너와 함께하는 내내
너에게 기대지 않았던 적이 없었다고.
너라는 예쁨이, 사랑이
그 자체로 내겐 늘 위로였으며
내 삶에서 내가 받을 수 있는
최고의 기적이자 선물이었다고.
늘 고맙다고.

그저 너와 함께하는 모든 시간들이
너의 곁에 머물렀던 그 모든 순간들이
내게 있어
다시는 받지 못할
예쁨이었고, 사랑이었고, 위로였다.

너무 너 자신에게
모질지 않았으면 좋겠어.
가끔은 안아주고 잘하고 있다고,
괜찮다고 말해줘.
넌 충분히 소중한 사람이니.

너는 예쁘고
또한 더없이 소중하지.
너라는 꽃은.

35.

슬 픔 과 사 랑 사 이 에 서

다음 날 아침, 나는 너보다 한참 일찍 일어나, 어제 봐두었던 예쁜 꽃들이 피어있는 곳을 향해 걸었다. 그리고 그 꽃들을 따서 고무줄로 묶어 너의 머리맡에 두었다. 너를 꼭 닮은 예쁜 니트 장갑과 함께. 너는 일어나 그 꽃과 장갑을 보고는, 너무 예쁘다며 오빠 정말 뭐야, 라며 좋아했고, 하루 종일 그 꽃을 가지고 다녔다. 장갑은 왜 안 끼냐고 묻는 나에게, 오빠 손의 온도를 못 느낄 거 같아서, 오빠가 내 손 못 잡아줄 때만 낄 거야, 라고. 그런 네가 사랑스러웠다. 나는 너의 손을 조금 더 꽉 잡았다. 그러면서도 여전히,

해소되지 않은 슬픔이 내 마음속에 맺혀있었다. 어젯밤에는 바다였지만, 오늘 오전에는 갯벌인 바다를 보러 갔다. 갯벌에서 옆으로 기어다니는 꽃게가 귀여워서 나는 한참을 바라보았고, 너는 그것에 또 질투

를 했고, 나는 그런 너에게 뽀뽀를 했고, 너는, 치, 꽃게한테나 뽀뽀하시지, 왜, 라며 앙탈을 부렸다. 갯벌 위에 놓인 다리를 걸으면서도 우리는 사랑스러웠고, 그 다리의 끝에 닿아서도 우리는 사랑스러웠다.

너를 뒤에서 안았다. 날씨가 차가워 얼어붙은 너의 몸을 데워주기 위해 나의 외투로 너를 감쌌다. 그리고 지퍼를 올렸다. 엄마 캥거루가 아기 캥거루를 담고 있듯 너를 내 품에 담았다. 이렇게 시간이 멈추었으면, 화석처럼 영원히 너와 함께 굳어졌으면, 하고 나는 바랐다. 삶의 많은 시련과 나아감의 무게와 그 안에 담긴 나의 욕심들을 내려놓은 채 그저... 너와 이렇게 단둘이 굳어질 수 있겠냐고 누군가 내게 묻는다면, 나는 아마도 네, 라고 대답했을 것이다. 하지만 시간은 우리를 거슬러 흘러갔고,

그 시간의 흐름에 따라 우리는 또한 나아갈 것이다. 다시, 차로 돌아왔다. 나는 자꾸만 나를 향해 엄습해오는 이 막연한 슬픔들을 숨긴 채 네 앞에서 웃기 위해 노력했다. 점심을 먹을 만한 곳을 찾아다녔다. 너에게 먹고 싶은 것이 있냐고 물었고, 너는 오는 길에 백숙 집을 많이 봤다고, 백숙을 먹고 싶다고 했다. 그리고 목적지로 가는 길에 너는 잠들었고,

나는 그 모습을... 얼마간 바라보았다. 아마, 네가 깨어있었다면 못난 모습을 왜 자꾸 보냐고 부끄러워했겠지만, 예쁜 모습만 보여주고 싶다며 앙탈을 부렸겠지만 너의 어떤 모습도 내게는 예쁨이었다. 더 예쁘고 덜 예쁜 너는 내게 존재하지 않았다. 목적지에 도착한 뒤 네가 깨지 않도록 조용히 내렸다. 늘 비행을 하느라, 그리고 승객들에게 최선을 다하느라 지치고 피곤했을 너를 생각하니 마음이 아팠다. 음식을 주문해 두고, 곤히 자고 있는 너를 조금 더 지켜봤다. 왜인지 아렸다. 그 마음에

이는 아픔을 움켜잡은 채 나는

　너를 깨웠다. 너는 왜 안 깨웠어, 라고 물었고, 곤히 자는 네 모습이 너무 예뻐서, 그 모습을 조금 더 보고 싶어서 깨우지 않았다고... 나는... 그렇게 말했다. 너는 치, 뭐야, 말을 왜 이렇게 예쁘게 해, 라며 내 볼에 뽀뽀를 했다.

　닭이 나왔고, 젓가락으로 닭을 잘게 뜯었다. 너에게, 조금 뜨거우니 조심해서 먹어, 라고 말한 뒤에 닭을 입에 넣었다. 앗, 뜨거. 너는 그 모습이 웃겼는지 한참을 웃어댔다. 오빠나 조심해. 그리고 나는 머리를 긁적였다. 음식이 식기를 기다리는 동안 우리는 사진을 찍었다. 너는 네 모습이 예쁘게 나오지 않았다며, 몇 번을 다시 찍자고 했고, 나는 네가 못났다고 생각하는 사진들을, 그래서 내게 지우라고 말했던 사진들을 하나도 지우지 않은 채 모두 예쁨으로 간직했다.

　밥을 다 먹은 뒤 근처에서 감을 샀다. 우리는 그 감이 홍시가 될 때까지 기다렸다가 먹을 셈이었다. 그리고 다시 차로 돌아왔다. 열린 차창으로 바닷바람이 들어왔다. 잠시 환기를 시킨 뒤 창문을 올렸다. 먼 하늘에서는 갈매기들이 날고 있었고, 그 아래에는 넓은 바다가 펼쳐져 있었다. 그러한 풍경들이 왜인지 적막하게 느껴졌다. 유난히 추운 날씨였다. 집으로 돌아가는 길에 근처의 카페에 잠시 들렀다. 배가 아파서 잠시 화장실에 들렀다 갈 생각이었다. 그리고 너에게 물었다. 너는 배 안 아파? 그 말을 들은 너는, 그게 뭐야? 나는 그런 거 모르는데? 아마도 너는...

　내 앞에서 배가 아픈 것이 부끄러웠나 보다. 그러고 보니 나는 네가 화장실에 가는 것을 보지 못했던 거 같다. 나는 괜찮으니, 혹시라도 배가 아프면 편히 다녀오라고 말했고, 너는 나는 이슬만 먹고 사는 사람이에요, 라며 한 번 더 내숭을 부렸다. 너의 그런 모습이 왜인지 모르게 안쓰러웠다. 너무 애쓰지 않아도 되는데... 나는 네가 조금 더 나와 함께하는 시간 앞에서 편해졌으면 좋겠다고 생각했다. 네가 애쓰는 모습을 지켜보는 것이 마음이 아팠다.

너의 서툴고 부족한 모습을

삐딱하게 바라보고 나무라기보다는

그 모습조차 내게는 사랑이고 예쁨이어서

다정함과 사랑으로 마주하게 되는 것을.

그러니 나는 네가

조금 더 편해지기를 바라고 소원했다.

너의 부끄러움까지도 내게는 예쁨이었지만

네가 불편함을 느끼는 순간에는

내 마음이 동시에 아리고 아프기도 하니까.

철없는 어린 시절을 지나

마주한 삶 앞에서 최선을 다해 살아왔고

그 시간들을 보내며

내 마음 안에 깃든 절대적 사랑 또한 커져왔으니까.

마음에 사랑이 많은 사람은

사람의 실수를 책하기보다는

사랑으로 바라보고 품어줄 수 있게 되니까.

그러니 너는 서툴러도, 부족해도 괜찮다.

그래서 우리는 인간적이며

더욱 진심으로 서로에게 닿으며,

가장 거대한 사랑으로 서로에게 맺어질 테니까.

우리 집에서는 어릴 적부터 강아지를 키웠는데, 나는 강아지를 그렇게 좋아하진 않았었어요. 그런데 언제부터일까요. 삶을 살아가며 조금씩 무너지기도 하고, 그렇게 크고 작은 성장을 거듭하며 강아지를 사랑하는 마음이 점점 커져갔어요. 너무 귀엽고 예뻐서 하루 종일 같이 뛰어놀며 강아지를 쓰다듬어주고, 맛있는 게 있으면 챙겨주게 되고, 강아지가 밖에서 뛰어노는데, 내가 아무리 바빠도 강아지를 다시 묶어두면 강아지가 외로울까 봐, 조금만 더, 조금만 더, 하며 강아지와 더 머무르게 되는 거 있죠. 뿐만이 아니라, 사람에 대한 사랑도, 식물과 모든 생명과 무생물에 대한 사랑까지도 자라났어요. 그렇게 조금 더 다정한 어른이 되어가는 걸까요. 연애를 할 때에도, 상대방을 숨 막히게 하고 눈치를 보게 하는 성격이었는데, 어느 순간이 되니까 편안하게 해주기 위해 늘 노력하고, 최선을 다해 다정하게 너를 마주하게 되는 거 있죠. 그래서 나는 아픔이 많은 사람이 좋아요. 아파왔던 만큼 삶을 더욱 그윽하게 마주하게 되고, 더욱 진실하게, 진심으로 살아가고 사랑하게 되니까요. 너무 완벽하지 않아도, 예쁜 모습만 보여주지 않아도 괜찮아요. 그 어떤 모습조차 당신이라면, 당신이라서 예쁜 거예요. 이 세상에 당신과 같은 사람은 당신밖에 없는 거니까. 그러니 당신인 채로 충분히 소중해요. 내가 너에게 그런 마음이듯, 당신 또한 당신과 당신의 너에게 그러한 사랑이길 소원해요. 사랑한다면, 서로에게 가장 다정하고 예쁜 사람으로 맺어지길 바라요. 그 사람이 부족해서가 아니에요. 아직, 내가 부족해서 그런 너를 사랑으로 담지 못하는 거뿐이에요. 그러니 최선을 다해 삶을 살아가고 사랑하며, 반듯하고 예쁘게 삶과 사랑을 마주해요. 전에 없던 행복과 가치를 꼭 깨닫게 될 거예요. 꼭.

자꾸만 나를 통제하는 사람.

자신만의 울타리에 가두려고 하는 사람.

자신이 좋아하는 나만을 좋아하고

그렇지 않은 나는 좋아해주지 않는 사람.

그래서 눈치를 보게 되는 사람.

그런 사람은

나를 좋아하는 게 아니라

자신의 이상향을 좋아하는 것일 뿐이기에

나를 시들어가게 하는 사람.

나를 아껴주는 게 아니라

자신의 이기심만이 중요한 사람.

나는 너에게 그런 사람이 되어서는 안 되겠다.

늘 다정하고 따뜻한 사람이어야겠다.

사랑한다면
있는 그대로의 나를 바라봐줘.
네가 좋아하는 나만 좋아하고
네가 좋아하는 나만 바라보려 하지 말고
나를 좋아해 주고 아껴줘.
정말 내가 너에게 사랑이라면.

편안한 사람이 좋다.

침묵이 어색해서 애써 무언가를 물어보거나

어떤 말을 해야 하는 사람보다

침묵은 침묵대로 편안한 사람.

같이 손을 잡고 걷는 게 좋은 사람.

가장 나다운 나로서 존재하게 해주는 사람.

그 모습 그대로를 예뻐해 주고 사랑해줘서

있는 그대로의 내가 참 소중하다고 느끼게 해주는 사람.

함께라는 편안함은, 언제나 내게 다정한 위로가 되니까.

그러니 함께 있을 때 편해지는 사람을 만나요.

자꾸만 눈치 보게 만드는 사람 말고.

실수를 한 건 아닌가 걱정 들게 하는 사람 말고.

나를 아껴주고 사랑하는 마음이 한가득 느껴지는

내가 참 소중하고 예쁜 사람이구나, 하고 알게 해주는

그래서 자꾸만 더 사랑스러운 내가 되게 해주는 사람.

늘 사랑 가득 담은 채 바라봐주고 예뻐해주는 사람.

그러니까 나의 있는 그대로를 아껴주는 다정한 사람.

36.

끝 내 처 절 하 지 못 했 고

돌아오는 길의 차 안에서, 오빠는 내 과거에 대해 질투가 안 나? 라고 너는 물었다. 나는 창문을 잠시 내린 채 먼 곳을 바라봤다. 바람이 차가웠다. 그리고... 너를 바라봤다. 너의 눈빛이 사뭇 진지해서, 나는 찰나의 시간 동안 고민을 하다가 솔직하게 말해야겠다는 결론에 이르렀다. 그리고 대답했다. 솔직히 오빠는 크게 질투가 생기거나 하지는 않아. 왜냐면 그 사람은 그 사람이고,

나는 나니까. 나와 그는 다른 사람이고, 나는 나의 삶에, 그리고 나라는 사람에 자신이 있고, 그와는 다른 것들을 네가 나와 함께하는 동안 나눌 수 있을 거라고 생각하니까. 나에게는 나만의 색과 결과 향이 있는 것이고, 그것은 이 세상에서

나만이 가지고 있는 유일함이니까. 그런 생각에 어느 순간부터 나는 다른 사람과 나를 비교하며 질투를 하지는 않는다고. 내 말을 들은 너는 질문을 바꾸어 물었다. 그럼 오빠는 나 만나기 전에 만났던 그 언니한테도 질투를 안 했어? 라고. 신호가 바뀌었고, 나는 창문을 다시 올리고 엑셀에 발을 올렸다. 너의 눈빛과 자동차의 엔진 소리와 그리고 나의 숨소리 외에는 모든 세상이 침묵하고 있는 듯 고요했다. 나는 마른침을 삼켰다. 그리고 조심스럽게 말했다. 첫사랑을 할 때에는

물론 질투를 했었다고. 그때는 나조차 나에 대해 잘 몰랐던 시절이었고, 그로부터 이 년, 삼 년이라는 시간이 지났고, 그 시간 동안 나는 주어진 하루하루를 대충 살지 않았고, 최선을 다해 살아가고 느껴오며 나에 대해 알아왔고, 그렇게 나라는 세계는 성숙해왔으니까, 더 단단히 자라왔으니까. 그때처럼 질투를 하지는 않지만 오빠는 그때의 그 사람보다 너를 훨씬 더 깊이 사랑하고 있는 걸. 하지만 역시 그 대답은, 그러니까 나의 솔직함은 너에게

상처로 닿았다. 아마도

질투를 하지 않는 나의 사랑이 너의 것에 비해 작다고 생각했을 것이고, 너를 사랑한다는 말보다 너는 질투를 하는 내 모습에서 사랑을 느꼈을 것이다. 하지만 내 마음은 분명했다. 질투를 하던 그때보다, 질투를 하지 않는 지금,

너를 더 사랑했다. 그때의 나보다 온전한 나인 채로 오롯이 너를 마주할 수 있었으니까. 하지만 내가 무슨 말을 해도, 내 마음은 절실하거나 처절해 보이지는 않았기에 너는, 그때의 나처럼 그 모습에서 사랑을

느끼지 못했고 아마도 그래서 내 사랑은 너에게 더없는 부족함으로 닿았고 하여 너는 아파해야만 했고, 그러한 너를 지켜보며 나는

슬픔을 느껴야만 했다.

이유가 있겠지

이 세상에 단 하나의 형태와

목소리와 지문을 가지고

단 하나의 색과 향을 지닌 채

유일함으로 살아가는 우리 모두에게

존재의 이유가 있겠지.

그리고 그 이유는

아마도 아름다움일 것이고

단 하나의 예쁨일 것이고

또한 찬란함일 것이고

소중함이기도 할 것이며

무엇보다 또 소중함이겠지.

그러니까 나는, 나라서 아름답다.

나라서.

같다는 건 모두가 가질 수 있는 것이지만
다르다는 건
오직 나 하나만이 가질 수 있는 것이기에
그래서 더 귀하고 소중한 것.
그저 존재하고 살아가는 이유 하나만으로도
너는 너의 생각보다
더 고귀하고 소중한 존재이니
너인 것에 늘 감사하고,
너로서 살아가는 기적에 소중할 것.
너는
이 세상에 단 하나밖에 없는
소중함이며, 또 소중함이며 소중함이니까.

37.

서 로 다 른 이 유 로
아 파 야 만   했 다

너에 비해 나는 덜 처절했고, 덜 뜨거웠다. 그것이 너를 점점 시들어 가게 했다. 나는 감정 위에 있는 나로서 너를 사랑했고, 너는 무거운 감정 아래에 놓인 채 나를 사랑했다. 그 온도의 차이와 감정의 차이와 자아의 차이가 언제부터인가 우리가 우리의 사랑을 보는 시선과 색과 날씨를 다르게 보이게 만들었고, 우리는 그것을 극복하기 위해 노력했지만 끝내 그러질 못했다.

무엇이 더욱 사랑이고, 더욱 사랑이 아닌지, 나는 결론을 내리지 못할 만큼 너의 사랑도, 나의 사랑도 사랑이었다. 다만 그 사랑의 생김새가 달라서, 그때, 그 순간에 놓인 우리는 서로의 사랑을 사랑이 아니라고 생각했지만, 단지 주는 사랑의 형태와 받고자 하는 사랑의 형태가 달랐을 뿐이다. 하지만 그때의 우리는 그걸 이해하기에 각자의 감정과 서

로가 생각하는 사랑의 정의에 단단히 메여있었고,

너는 아파해야만 했다. 너의 아픔을 지켜보는 나 또한... 그렇게... 아파해야만 했다. 너는 그곳의 차 안에서, 내 품에 기댄 채 마음에 쌓여있던 수많은 이야기와 함께 눈물을 쏟아내었고, 나는 그런 너를 안아주며 그렇게... 함께 울어야만 했다. 하지만 그럼에도 그때의 우리는, 서로를 이해하지 못했다. 서로 다른 이유로 울어야만 했고, 서로 다른 이유로 아파해야만 했던 우리였으니까.

돌아오는 길은 그곳으로 향하던 길보다 더욱 길게 느껴졌다. 시간의 흐름은 왜곡이 일어난 듯 느려졌다. 그렇게 우리는 숨 막히는 침묵을 유지하며 집으로 돌아왔다. 그리고 애써... 서로의 감정은 덮어둔 채 다른 이야기를 했다. 가슴 안에서 들끓는 복잡하고 혼란스러운 감정들 때문에 서로의 이야기에 집중할 수 없었지만 그럼에도 계속 이야기를 했다. 처음으로... 함께하는 침묵이 위태롭게 느껴졌다. 그럼에도 우리는 솔직하지 않기를 선택했다. 해소할 수 없는 감정들을 털어놓으며

서로를 다치게 하고 싶지 않았다. 그날, 우리는 많은 이야기를 나누었지만 그 이야기들은 대체로 우리의 마음 안에서 가장 멀리 있는 것들에 관한 것이었다. 우리는 서로의 안에서 터질 것만 같이 부풀어 오르고 있는 답답함이라는 풍선에 바람을 더하기보다, 터질 듯 말 듯 위태로이 부풀어 있는 그 풍선을 바라보며 불안해하기보다, 그저 다른 곳을 바라봤다. 그리고

나의 폰에 메시지 한 통이 도착했다.

돌이켜 사랑이었던 너를

사랑이 아니라고 믿었던 때가 있었다.

연애를 시작하며

누군가 더 사랑하는 순간

그것에 익숙해지는 사람이 생기기 마련이고

더 주는 사람은

덜 주는 사람에게 서운해하기 마련이니까.

하지만

지금의 내가 너를 사랑하는 것처럼

그 사람 또한 나를 사랑했고

사랑이었다는 것을 지금에 와서야 깨닫는다.

단지,

내가 주고 있는 것들에 취해서

내가 받고 있는 것들은 보려하지 않았던 것뿐이라는 것을.

감정의 크기가 달랐던 것이지

사랑의 크기가 달랐던 것은 아니었다는 것을.

순간을 소중히.

마주한 불행 하나에, 삶 전체가 무너져버린 듯 아파하곤 했었다. 그 불행
만을 생각하고 곱씹고 되뇌이고, 그 불행에만 감정을 더하고 몰두를 하곤
했었다. 그런데 가만히 생각해보니 내게 주어진 소중함이 너무 많더라.
그 하나의 불행에 무너진 듯 아파하기에는 나를 둘러싼 다정함과 소중함
과 행복들이 너무나도 많더라. 하나의 아픔 앞에서 그 모든 것을 저버린
채 슬퍼하고 절망하기에는 아직도, 여전히, 나는, 내 삶은 소중하고 찬란
한 것 투성이더라. 하늘의 별처럼 반짝이고 있는 그 소중함을 그 작은 불
행 하나에 놓쳐서는 안 되겠다. 그럼에도 나는 주어진 것들을 세어보고
간직할 줄 아는 사람이어야겠다, 다짐하며, 순간을 소중히.

연애를 하면서도 그래.

상대방의 단점 하나에 몰두하다가

그 사람의 전체를 오해하곤 하지.

하지만 생각해봐.

내가 그 사람을 왜 사랑하게 됐는지,

그 사람이 왜 지금 내 곁에 있는지를.

기대하고 바라느라 놓쳤던

그 사람의 소중함들을 한 번 새겨봐.

미운 점은 한 두 개인데

좋은 점은 수십 가지가 넘지.

근데 사람이 그래.

그 하나의 미운 점에만 시선을 둔 채

수십, 수백 가지의 소중함은 놓쳐버리는 거야.

그렇게 놓쳐놓고선 나중에는 울고불고 후회하는 거야.

그러니까 순간을 소중히.

익숙함에 속아 소중함을 잃지 말 것.

바라보지 못해 놓쳤던 소중함을

뒤늦게 후회하는 어리석음을 반복하지 말 것.

부디, 그럴 것. 꿋꿋이 소중할 것.

바라기보다 서로를 바라볼 것.
기대하기보다 서로에게 기댈 것.
그렇게 내내 아껴주고
의지하고 닳도록 사랑할 것.
사랑을 지켜가고 키워가는 것은
큰 것이 아니라, 멀리 있는 것이 아니라
서로의 지금을 바라봐주고
기댈 수 있는 어깨를 내어주는,
그 사소함에 있다는 것을 잊지 말 것.
사소하게, 사랑스럽게, 닳도록 아낌없이.

참 소중한 너라서.

소중한 너는 꿋꿋이 소중하자.
너의 지금이 어떻든 간에
너라서 참 소중한 너니까
너의 오늘이 참 소중했으면 해.
소중한 너의 오늘이니
소중하지 않은 이유는 하나도 없으며
소중해야 할 이유는 많기도 많아서
일일이 나열하기도 참 벅차고 복잡하지만
그저 너라는 이유만으로
너는 소중하고
너의 지금은 참 소중하니까.
소중하다 못해 넘치게 예쁘고 찬란하니까.
그러니 소중한 너와 너의 오늘이
소중했으면 해, 소중할 수 있게, 내내 소중하게.

38.

짙 어 지 는 외 로 움

메시지가 도착했다. 예전에 나의 책에 그림을 그렸던 사람인데, 자신의 그림으로 인해 책이 잘 되었으니 돈을 더 달라는, 그러지 않으면 고소를 하겠다는. 아무리 심각하지 않은 문제도, 어느 한쪽이 심각해지기 시작하면 그 문제는 결국 심각해지기 마련이라는 것을 나는 잘 알아서, 어느 정도 귀찮은 감정 싸움이 시작되겠구나, 하고 예상을 했다. 이미 약정한 금액의 돈을 지불했고, 그림을 새로 그린 것도 아닌데 돈을 더 달라고 하는 그 사람의 마음을 나는 이해할 수 없었고, 사람에 대한 기본적인 존중을 갖추지 않은 그 사람의 언어와 언어에 담긴 마음 앞에서 또한 예민해져야만 했다. 나의 답을 받고는 자꾸만 거짓말을 하는 그 사람을 마주하는 것이 답답하고 부끄러웠다. 그래서 마음이 불편해졌다. 무슨 일이냐고 너는 물었고, 나는 그러한 이야기를 너에게 털어놓았다. 그리고 너는... 뭐 그런 걸로 그렇게 신경을 쓰고 그래, 라고. 그렇게 말하고는 이 것과는 관계가 없는 다른 이야기들을 하기 시작했다. 너의 마음과 내 마음 사이에 거대한 벽 하나가 우리를 막아선 듯 나는 답답했다. 마음속에서 일어나는 이 답답함을 더 이상은 참을 수가 없었다. 아니, 참고 싶지 않았다. 내가 이렇게 신경 쓰이고 심각해졌는데, 너는 왜 아무렇지도 않아, 나는 네가 같이 심각해 해줬으면 좋겠는데, 그러면 정말 힘이 될 거 같은데, 네 그 무관심한 태도가 너무 차가워서 나를 자꾸 답답하게 만들어.

나도 심각해, 근데 내가 어떻게 해야 심각해지는 건데, 나는 지금 심각한데 오빠는 아니라고 생각하니까 내가 어떻게 해야 오빠한테는 심각해지는 건지 말 좀 해줘 봐.

사람마다 추구하는 가치가 다를 수는 있겠지만, 중요한 것은 마음에 닿고 닿지 않느냐라고 생각한다. 누군가, 내가 생각하는 가치와 다른 가치를 내세웠다고 해서 나는 그 사람과 마음이 닿지 않았다고 여겨지는 않는다. 옳고 그름은 달라도, 서로의 이야기에 얼마만큼 집중하고 있고, 얼마만큼 귀를 기울이고 있고, 또 공감하기 위해 얼마나 많은 노력과 정성을 기울이고 있느냐 하는 그 태도에서 나는 위로를 받으니까. 그 사람과 마음이 잘 맞다고 생각하게 되니까. 하지만 너에게서는

그런 느낌을 받지 못했다. 이따금씩, 어쩌면 자주 그런 느낌을 받지 못했다. 그로 인해 너와 함께하는 시간이 외로워졌다. 하지만 나는 신이 아니기에 너의 마음속까지 알 수는 없으며, 이내 사과를 했다. 내가 너무 예민해져서 그런 것 같아, 미안해. 라고. 그러나 여전히 마음 안의 답

답답이 채 가시질 않았고, 너는 답답함을 눈에 담은 채 너를 마주하고 있는 나에게서 상처를 받아야만 했다. 나는 네가 나의 감정에 닿지 못한 다는 것이 슬펐고, 너는 지금 이 순간 내가 너를 예뻐하지 않는다는 것에 슬퍼했다. 그리고 끝내 우리는

부풀어 오르는 풍선을 터뜨렸다.

같은 거절이어도,

같은 조언과 같은 충고여도

어떻게 말을 하느냐에 따라

듣는 사람의 기분은 천차만별이 되는데

말 한마디에

하루 온종일 기분이 좋아지기도

나빠지기도 하는 것이 사람이라서

늘 말을 할 때에는

상대방을 무시한다거나,

감정적으로 깎아내리지 않도록 조심해야 한다.

똑같은 말을 해도 굳이,

기분이 나빠지게 말을 하는 사람이 있는데

결국 스스로의 마음과 그 향기를,

살아온 삶과 그 깊이를 깎아내리는 것이고

무엇보다, 자기 자신을 외롭게 하는 것이니

어찌 보면 참 불행한 사람이라고 할 수 있겠다.

한 사람이 건네는 말에는

그 사람이 살아온 삶과

그 삶을 짊어온 무게와

그 삶을 마주하는 향기와

그 모든 진심이 담기기에

말은

그 사람을 대변하는 일.

그래서 말을 하는 것은

나라는 삶과 나를 보여주는 일.

그러니 나의 말에는

반듯하고 예쁜 향기가 가득하기를.

그로 인해

곁에 머무르는 사람들에게

따스함과 다정함을 전해줄 수 있기를.

인상을 찌푸리게 만드는

가벼움과 삐딱함은 아니기를.

내가 어떤 태도로

삶과 사람을 마주하느냐 하는 것은

내가 살아온 인생의 깊이와 그 향기를 전해주는 일.

살아온 지난날들을 일일이 설명할 수는 없겠지만

적어도, 지금 나에게 묻어나는 분위기가

그것을 다른 사람으로 하여금 느끼게 해주는 것.

내가 뱉은 사소한 말 하나까지도

얼마나 책임을 지려고 하느냐 하는 것이

말에 대한 나의 무게를 대변해주는 것처럼

한 사람이 살아온 인생의 결은

그 사람의 행동 하나하나에서 느낄 수 있는 것.

나의 그릇에 담아낼 내 인생의 찬란함을 위하여

나는, 주어진 하루하루를 최선을 다해 진심으로 마주해야겠다.

그 진심이 내 삶의 결을 바꾸어놓는 것이며

그 결이 내가 살아갈 인생을,

그 인생에 묻어나는 나라는 사람의 향기를 결정하는 거니까.

진심을 다해 하루를 보낸 사람과

그저 대충 시간을 때우며 하루를 보낸 사람의

하루는 그 차이가 크지 않겠지만

그 하루하루가 쌓인 한 사람의 인생은

서서히 그 차이를 드러내기 시작하며

어느 순간이 되면 전혀 다른 삶을 살아가게 하는 것.

거짓말이 습관이 되어버린 사람은

단 한 번이라도 최선을 다해

진실을 선택하겠다는 노력을 해보지 않은 것이며

너무나도 쉽게 이해를 바라는 사람은

자신의 말을 지키기 위해

단 한 번의 최선을 다해보지 않은 사람.

단 한 번이라도 최선이었던 적이 있다면

사람은 그 최선을 기억하는 법이니까.

잊지 않은 채 그 최선을 기준으로 삼는 법이니까.

이해를 구하는 것이

얼마나 죄송스럽고 어려운 일인지

지키기 위해 노력해본 사람은 아는 법이니까.

옳고 그름은 다를 수 있지만

그것과 마음이 닿는 대화는 별개라고 생각해요.

서로 다른 가치를 가지고 살아가는 것은

어찌 보면 당연한 것이니,

그것에 대해 얼마나 열린 마음을 가지고 있냐 하는 것이

다름에도 불구하고 서로를 이해할 수 있게 해주며

서로에게 닿는다는 '공감'이라는 위로를 전해주는 거라고 믿어요.

내가 옳다고 믿는 가치가

그저 내가 추구하는 하나의 가치이지

세상의 절대 진리는 아니라는 겸손한 마음으로

내가 믿는 가치가 편견이 되지 않도록,

끝까지 아름다운 삶의 태도로 남을 수 있도록 주의하며,

나는 오늘 얼마나 많은 사람들과 세상을

나의 가치로 잣대하며 판단해왔는지를 반성하며

똑같지 않은 다름으로 인해

이 세상은 다채롭고 아름답다는 것을,

그래서 나의 색 또한 찬란하다는 것을 기억하며

다른 믿음으로 서로가 서로를 통제하는 일은 일어나지 않기를.

진심의 꽃 한송이.

내 말에 깃든 향기는
부디 너의 마음 안에서 예쁜 향기 가득 피어나기를.
오래도록 간직하고 싶은 진심과 감동으로 남아주기를.
그 따스함을 전해주는 위로이기를.
입에서 나와 귀에서 곧장 생명을 잃는 가벼움이나
마음에 남아 가시를 돋는 뻐딱함으로 남지는 않기를.
그 상처와 아픔으로 기억되지 않기를.
마음에 오래도록 남아 울려 퍼지는
한 사람의 삶을 지탱하는 다정한 꽃이 되어 피어나기를.

39.

너는,
그렇게 쏟아졌다

언젠가 너와 말다툼을 한 적이 있다. 똑똑똑. 여느 때처럼 해외 비행에 다녀온 네가 우리 집으로 왔다. 다녀왔습니다, 인사를 하는 너를 나는 사랑으로 바라봤다. 그리고 그 눈빛 앞에서 너는 미소를 피웠다. 나는 빨래를 널고 있었고, 너는 간단히 짐을 풀고 나를 도왔다. 고생 많았지? 이번에는 어땠어? 나는 물었고,

너는 한숨을 쉬며 힘들었던 이야기들을 쏟아냈다. 나는 귀를 기울여 들었고, 너는 비행기 위에서, 그리고 네덜란드에 도착해서 있었던 많은 이야기를 내게 들려주었다. 창밖에는 비가 쏟아지고 있었다. 그리고 네가 이야기를 하는 도중에 나의 폰이 반짝(나의 폰은 일 년 삼백육십오일 무음이다.)였다. 아주 잠시,

나는 시선을 폰에게 빼앗겼다. 잠깐의 시간이었지만, 너의 이야기를 듣지 못했던 나는 너에게 그 부분부터 다시 이야기를 해달라고 했다. 너는 널고 있던 빨래를 건조대에 올려놓고는 나를 바라봤다. 그리고 짧은 시간의 고요가 스쳐지나갔고,

그 침묵 사이로 빗소리가 더욱 들려왔다. 제법 쏟아지는 비였다. 너는 나를 이해하지 못하겠다는 듯이, 나에게 너무 화가 난다는 듯이 나를 쏘아봤다. 그리고 나는 그런 너와 지금의 이 상황을 이해하지 못하겠다는 표정으로 너를 바라봤다. 아주 잠깐이지만, 너의 눈에는 경멸이 담겨 있었다. 나는 왜? 라고 물었고, 너는

내가 그 짓거리 제일 싫어하는 거 알지? 하고 답했다. 나는 어려서부터 누군가에게 받은, 나를 혐오한다거나 경멸한다거나 하는 눈빛은 사람의 마음에서 잊히지 않은 채 오래도록 상처로, 아픔으로 남는 거라고 생각한다. 그것을 내게 주는 사람이, 내가 사랑하는 사람일 때에는 더더욱 상처고 아픔으로 남는 것. 그 눈빛을,

지금 이 상황에 너에게 받고서 나는 너에게 무슨 말을, 어떻게 해야 할지 몰라 길을 잃었다. 누군가와 대화를 할 때, 최선을 다해 집중하고 귀를 기울이겠지만 때로 통제할 수 없는 잡념이 찾아오기도 하는 게 사람이라서, 스스로도 모르게 다른 생각을 하고 있기도 하는 게 사람이라서 나는 누군가의 이야기를 잠시 놓쳤을 때, 들은 척 넘어가기보다 다시 한 번 묻고, 놓쳤던 부분까지 최선을 다해 귀를 기울이고자 하는 마음가짐은 예쁨이고 반듯함이라고 생각해왔다. 나에게 화를 내고 있는 너에게,

나는 그러한 말을 했지만, 너는 가르치려 들지 말라며 더욱 화를 냈다. 너는 이따금씩 내가 너에게 하는 말들을 너를 가르치려 하는 것이라 여기고 짜증을 내곤 했고, 그것이 나에게 상처로 닿기도 했지만, 너에게 그렇게 닿았다면 내가 그러지 않으면 된다는 생각으로 더 이상 말을 하지 않았다. 더 말을 해봐야 너에게는 강요로 닿았을 것이고, 그 앞에서 나는 답답해야 했을 테니, 굳이 그러한 말다툼으로 우리가 함께하는 시간의 소중함을 퇴색시키고 싶지 않았다. 나는 너를 이해했고, 네 마음속 농도의 말랑말랑함과 단단함을 알아갔고, 그러니까 '너'를 알아갔지만,

너는 늘 나를 알아가고자 하지 않았고, 나를 이해하고자 노력하지 않았고, 그래서 자주 답답했지만, 끝내 포기해야만 했다. 과거의 그녀가, 왜 나에게 자신의 마음을 말하지 않았는지, 나는 조금씩 이해하게 되었다. 그저 이해가 일어나길 바랐던 것이고, 감정이 앞섰던 나는 그러한 그녀의 작은 속삭임을 바라보지 못했고, 그러니까 나는 그녀를 섬세하게 배려하지 못했고, 그래서 서서히 나에게 멀어지는 그녀를 익숙해지는 사람이라고, 이기적인 사람이라고, 그렇게 생각했으니까. 아마도

나의 한때처럼 너도 나를 그렇게 생각할까. 그런 생각에… 조금은 슬퍼졌다. 나는 그때의 그녀를 이기적인 사람이라고 생각했고, 나를 사랑해주지 않는 사람이라고 생각했지만, 그때의 그녀에게는 내가 이기적인 사람이었고, 그녀를 사랑해주지 않는 사람이었으니까. 그렇게 서로를 이해하지 못했고, 그때 이해하지 못했던 그녀의 감정을 너를 통해 알아가고 바라보게 되는 내가 미웠다. 너와 함께하는 시간의 사소함들이

위로와 행복이기보다 점점 답답함으로 느껴지기 시작했다. 나는 네가 힘들어하는 순간에 그 일 자체의 크기보다는 네 감정의 크기를 바라

보기 위해 노력했지만, 너는 내게 그러지 않았다. 그것이 나에게 외로움을 느끼게 했다. 여전히 비는 쏟아지고 있었고, 너 또한 나를 향해 거세게 쏟아지고 있었다. 나는 너를 또렷이 바라봤다. 나의 눈빛을 바라보는 너의 눈빛이 흔들렸다. 그리고 나는 말했다. 네가 지금 나를 바라보는 눈빛과 네가 내게 쏟았던 언어의 세기를 한 번 생각해 보라고. 그 말을 들은 너는

이내 미안하다고 사과했다. 하지만 그것이 아마도 너의 진심이었다기보다는 단호하게 너를 바라보며 차분하게 말을 하는 내가 무서워서, 그러니까 거기서 더 화를 내면 안 될 거 같아서 사과했다. 그러고는 침대에 이불을 뒤집어쓴 채 누웠다. 너는 내가 달래주기를 바라고 있었겠지만 나는 너를 달래주지 않았다. 그러고 싶지 않았다. 너의 한숨 소리가 들려왔지만, 나는 노트북을 열고 작업을 시작했다. 또다시 침묵. 그리고 빗소리. 가끔씩 들려오는 너의 한숨 소리. 그리고 그 모든 침묵을 깨고 네가 일어났다. 오빠, 나 산책 좀 다녀올게. 나는 너를 말리지 않았고, 너는 문을 열고 집을 나섰다.

창밖으로는 비가 쏟아지고 있었고, 밤이 늦었고, 너는 여전히 돌아오지 않고 있다. 너에게 양보하고 싶지 않았다. 가끔 네가 알 수 없는 일들로 상처를 주는 말들을 하고, 그 감정을 이겨내지 못해 나에게 쏟아지는 일들 앞에서 나는 너에게 양보하고 싶지 않았다. 그때마다 내가 먼저 너를 달래주고, 내가 이해할 수 없는 너의 원망들을 풀어준다면 그건 우리의 관계 안에서 너를 망가지도록 내버려두는 일이라고 생각했다. 그렇게... 생각은 했지만,

쏟아지는 비와 하늘을 물들인 어둠과 무엇보다 너를 사랑하는 마음

앞에서 나는 너에게 이기기를 포기했다. 너에게 전화를 걸었다. 너는 근처의 산책로에서 계속해서 걷고 있다고 말했고, 나는 이제 집으로 돌아오라고, 오빠가 많이 미안해, 라고 말했다. 무엇이 미안한지, 아직도 네가 왜 화가 났는지 이해할 수 없었지만

나는 옳고 그름을 따지며, 그렇게 서로의 감정을 낭비하며 우리에게 주어진 순간의 소중함을 놓치고 싶지가 않았다. 그보다 나눌 수 있는 예쁨과 다정함이 너무나 많으니까. 그러기에 너무나 아까운, 함께할 소중함이니까. 그래서 나는 바라야만 했다. 너의 마음이 또한 나의 마음과 같기를, 하고. 그리고 어둠이 깔린 하늘에서는 여전히

비가 내리고 있다. 그날의 빗소리는 왜인지 아픔이고 슬픔이었다.

너는 나를 바라보지 않았던 게 아니라
나라는 사람을 사랑해줬던 거야.
나라는 사람 자체를.
그래서 너에겐 그런 게 중요하지 않았던 거야.
내 하루나, 내 감정 같은 것들.
그럼에도 불구하고
나를 사랑하는, 사랑할 너였으니까.
그런 너에게 나는 기대를 한 거야.
변화를 바랐고.
그래서 아팠던 거야.
너도, 나도, 우리의 사랑도 아팠던 거야.
너는 늘 나를 바라봐주었고
그런 너의 시선을 지나친 건 나였어.
그 소중함을
기대로 인해 가린 채 놓쳐버린 것도,
너라는 위로를
위로가 아니라 감히 정의내린 것도,
그 모든 게 오만했던 내 탓이야.
넌 처음과 같았고
난 처음과 같지 않았으니까.

너에게 사랑이었던 나를
원망 가득 담은 눈빛으로 바라보기까지
너는 홀로 얼마나 외로웠을까.
나는,
그런 너의 눈빛 앞에서
아파할 자격이 있는 사람이었을까.
너를 시들어지게 하고
망가뜨린 건 나인데
그래서 내가 할 수 있는 거라곤
눈물을 흘리며
미안하다는 말을 전하는 것밖에
그것밖에 없었는데
나는 그런 너를 헤아리기보다
더욱 외롭고 아프게 만든
이기적이고 못난 사람이었다.

너는.

너는 얼마나 아팠을까. 나는 왜 너의 아픔을 바라봐주지 않았던 걸까. 내가 이따금씩 네가 부족하다는 눈빛으로, 네가 답답하다는 눈빛으로 너를 마주할 때 그 눈빛 앞에서 너는 얼마나 시들어져야 했을까. 가슴이 미어질 만큼 속상했겠지. 후벼파이는 것처럼 아팠겠지. 왜 나는 나보다 어렸던 너를 지금의 나로서 바라보려고 했던 걸까. 더 살아온 만큼 더 이해하고 헤아려주지 못했을까. 그때의 나는 너보다 더 모자라고 서툴렀던 사람이었을 텐데. 그 모든 후회를 쓸어 담으며 나는 결국 오만한 사람이었고 함부로 너의 감정을 가벼이 여기는 못난 사람이었고 사랑이었다는 것을 깨닫는다. 네가 부족한 게 아니라, 네가 답답한 게 아니라 그저 내가 못나고 너에게 부족한 사람이었을 뿐이고 너라는 기적을 담기에 한없이 작은 사람이었을 뿐이었다. 그리고 그 모든 것을 내가 너무 늦게 알게 되었던 탓이다.

기대하기보다 내가 받고 있는 사랑과 그 소중함을 간직할 줄 아는 우리이기를. 주어진 순간의 소중함을 바라보지 못해 사랑하는 사람에게 상처를 주는 어리석음을 선택하지는 않기를. 다른 무엇 때문이 아니라 함께하고 있다는 자체가 위로이고 소중함일 수 있는 우리가 되기를. 사랑이 깃든 모든 순간순간의 소중함을 바라볼 줄 아는 우리가 되기를. 변화는 있어도 변함은 없기를. 늘 처음을 잊지 않기를. 처음의 그 마음과 너에게 주고자 했던 마음들을 간직하기를. 어떤 시련이 찾아오더라도, 사랑의 위기가 찾아오더라도, 내게 가장 사랑인 사람은 지금 내 옆에서 내 손을 잡고 있는 이 사람이라는 것을 잊지 말기를. 정말 그렇다는 것을, 그랬다는 것을 놓치고 나서야 알게 되는 후회 속에 나를 가두지 말기를. 그저 사랑하기를. 때로 사랑이 아닌 순간에도 변함없이 사랑하기를. 닳도록 아낌없이 내내 사랑하고 사랑이기를. 그 따스함으로 서로의 곁에 머무르기를.

40.

만 약 에 , 만 약 에

비행기는 여전히 흔들리고 있다. 그리고 나는 너를 생각한다. 너는...
내가 너에게 잠시라도 시선을 두지 않는 것을 참지 못했다. 늘 나의 눈
에 너를 가득 담고 싶어 했으니까. 네가 내게 쏟는 감정이 너무 거대해
서 때로는 그 모든 것을 담기가 벅찼던 거 같다. 언제나처럼 나는 너를
사랑했고, 그 사랑의 표현으로 너의 사소함에 귀를 기울였다. 하지만 너
는 그보다는 내가 너에게 건네는 사랑의 표현과... 그러니까 사랑한다
는 말과 너를 사랑으로 담는 내 표정에서 사랑을 느꼈고... 내가 그러한
감정이 아닌

그저 나라는 사람이 지닌 온도로 너에게 머무는 순간에는 때로 아파
했고, 이따금씩은 악을 쓰기도 했다. 그리고 나는... 그 앞에서 자주 길을
잃어버렸다. 내 곁에 있는 네가 더 이상 행복해 보이지가 않았다. 네가

내 곁에서 시들어지고 있다는... 그런 생각에 아파야만 했다. 그래서 자주 길을 잃어버렸다. 하지만... 지금에 이르러서야 나는 너에게로 향하는 수많은 길들을 헤아리고... 또 이해할 수 있을 거 같다.

아마도 네가 아주 작은 일 앞에서도 화를 내고 미움 가득 담은 채 나를 바라봤던 것은 시들어짐의 표현이었을 거라고... 외로움... 그리고 나를 향한 원망과 답답함... 슬픔... 그 모든 것이 너의 마음에 맺혀있다 쏟아졌던 거라고... 그러니까 너는 지쳐있었던 거라고... 그래서 자주 한숨을 쉬었던 거라고... 그 모든 답답함을 이겨내지 못해 나에게 쏟아졌던 거라고... 순간의 그 일 때문이 아니라, 모든 함께함 속에서 쌓이고 쌓였던 무수히 많은 응어리의 조각들 때문에. 그때...

이유 없이 내게 화를 내고 거친 말들을 쏟는 너를... 나는 헤아리지 못했고... 또 이해하지 못했고... 하여 그런 너를 홀로 내버려두었지만... 너를 안아줬어야 했다. 그리고 너를 쓰다듬어주고 내가 할 수 있는 가장 거대한 다정함으로 너를 마주했어야 했다. 미안해, 정말 미안해, 그리고 사랑해... 이 말을... 무엇보다 진심을 다해... 꼭 해줬어야 했다. 너는 내 곁에서 시들어져갔고, 때로는 망가졌으며 너를 그렇게 만든 것은 결국 나였고... 그러니까 내가 생각하는 사랑이 무엇이든,

내가 어떤 사람이든, 그런 게 중요한 것이 아니라 지금 내 곁에 있는 너와 내가 함께 만들어갈 사랑이 중요한 것이기에 나는 고집을 부리기보다 네가 내게서 받고자 했던 것들에 대해 조금 더 생각하고, 그것을 주고자 더 노력했어야 했다. 중요한 건 너였고, 너의 예쁨과 소중함과 다정함과 사랑을 지켜가는 거였으니까. 그게, 사랑을 하고 있는 모든 이의 책임이자 의무며... 그러니까 만약에... 만약에

내가 너와 같이 너에게 쏟아졌다면 우리의 사랑은 어떻게 되었을까. 여전히 나는 너의 손을 잡고 있을까. 어쩌면 지금 내 옆의 빈 좌석에 앉아있는 사람은 너이며, 너는 내 손을 수줍게 만지고 있을까. 나는 너의 머리를 쓰다듬고 있고, 너는 나의 어깨에 기대어 새근새근 자고 있을까. 그리고 우리가 향하는 목적지는 그곳일까.

만약에 나 또한 너에게 그랬다면... 얼마간 그런 생각을 한다. 하지만... 우리는 결국 헤어졌을 것이다. 만약이라는 그 모든 가설 앞에서도 우리는 헤어졌을 것이다. 어떤 이유를 쌓고 허물든... 헤어짐에 이유라는 건 없으니까. 그저 헤어질 때가 되어서 헤어졌던 거니까. 그 모든 것을 알게 되었지만

그럼에도 나는... 끊임없이 가설을 쌓고 허물고, 다시 쌓고를 반복한다. 너와 헤어졌지만, 여전히 너를 그리워하고 있기에. 여전히 후회하고 있고, 미련 앞에서 아파하고 있기에. 만약에 그때 내가 그랬다면, 그때는 이랬다면, 지금 너는 내 손을 잡고 있을까. 우리가 향하는 곳은 네가 그토록 간절히 바라던, 하지만 나를 위해 포기했던

그곳일까...

미련.

사랑을 할 때는 내가 너에게 해준 것만을 생각했는데, 사랑이 끝나고 나니 너에게 못 해준 것만이 기억나. 내가 너를 사랑하고, 너를 아껴주고 너를 행복하게 해준 기억은 안개가 가득 낀 듯 흐려지는데 내가 너를 아프게 하고 너를 울게 만들었던 기억은 이렇게나 맑아져. 그래서 자꾸만 아파. 시간이 지날수록 좋았던 일들은 안개 뒤편 저 멀리 사라져 가는데 아픔이었던 기억은 내 곁으로 다가와. 그래서 자꾸만 후회하게 돼. 너를 기억 속이라도 붙잡아둔 채, 자꾸만 후회하게 돼. 그리고 그때로 돌아가 변명을 하게 돼. 미련이란 이름의 아픔이 자꾸만 내 가슴에 사무쳐서 슬퍼하게 돼. 그리고 너를 생각하게 돼. 만약에 내가 그랬다면, 만약에 내가 그랬다면, 그래도 너는 나를 떠나갔겠지? 만약에를 말하는 사람에게 사랑을 말할 자격은 없는 거니까. 그러니까 너는 나를 떠나갔겠지. 그래서 이제는 더 이상 떠올릴 변명도 없고, 되돌릴 수도 없는데 나는 자꾸만 아파. 네가 없는 지금이 너무 아파. 눈물이 나오고 가끔은 그 눈물에 떠밀려 세상을 등지게 돼. 이렇게 많이 아픈데 내가 할 수 있는 게 없어. 너는 지금 괜찮니? 나를 잃은 지금이 행복이니? 나는 멋지게 너의 행복을 빌어주지는 못할 거 같아. 네가 나처럼 아파하고 슬퍼했으면 좋겠어. 그만큼 나도, 만약에 그럴 자격이 있다면 나도 너에게 사랑으로 기억되고 추억되었으면 좋겠어. 하지만 그럼에도 결국 나는 네가 행복했으면 좋겠어. 네가 행복하지 않으면 다시 너의 손을 잡고 싶어질 것 같으니까. 차라리 나는 너의 행복을 보고 가슴이 찢어질게. 대신 너는 네가 있는 그곳에서 꼭 행복해야 돼.

마음을 더 많이 보여주고
그 모든 마음으로 사랑을 한 사람은
그러니까 더 많이 준 사람은
지나간 사랑을 원망이야 하겠지만
너를 만난 것에 대한 후회야 있겠지만
적어도 스스로에 대한 후회는 없겠지.
하지만 더 아껴서,
더 주지 못해 지금이 아픈 사람은
네가 아닌 스스로를 원망하게 되고
너에게 주지 못한 모든 것을 후회하게 되겠지.
그리고 내가 잊지 못하는 너에게
쉽게 잊혀지는 슬픔은 더욱 절망이겠지.
모든 것을 다해 내게 닿았던 너는
다시는 만나지 못할 기적이며 벅참이니까.
그래서 후비는 아쉬움이며 돌이킬 수 없는 후회겠지.
아쉬워할 자격도, 후회할 자격도 없으면서.

41.

버 킷 리 스 트

　우리가 서로를 바라보는 눈빛에 담긴 설렘과 사랑스러움이 다정함과 반가움, 그리고 편안함과 같은 것으로 변해갈 무렵에 나는 조금씩 외로움을 느끼기 시작했다. 네가 주었던 사랑의 크기는 거대했지만, 그러니까 너는 여전히 나를 사랑했지만, 그 사랑이라는 감정 뒤에 있는 나를 바라보지는 않았고, 그것이 너와 함께하는 시간 안에서도 서서히 외로움을 느끼게 만들었다. 그러니까 너는 내 곁에

　사랑으로, 나는 네 곁에 편안함으로 머물렀다. 그게 너와 내가 서로에게 머무르는 방식의 차이였다. 너는 나에게 자주 사랑한다는 말을 했고, 사랑을 표현하는 행동들을 내게 쏟았지만, 나는 너에게 그보다는 네가 마음을 쓰고 있는 일을 궁금해하고, 네가 보낸 너의 하루를 궁금해하고, 네가 닿고자 하는 미래는 무엇이고, 과거에 너는 어떤 가치를 가지

고 살았는지, 하는 '너'를 알아가는 것에 마음을 쏟았다. 나는 너에게 오늘 하루는 뭐했어, 오늘 하루는 어땠어,

라고 물었고, 너는 나에게 오늘은 왜 사랑한다는 말을 안 해, 라고 물었다. 문득, 지난 사랑이 내게 했던 말이 생각났다. 너는 나에 대해 궁금한 게 하나도 없잖아. 내가 오늘 하루는 뭘 했고, 무슨 생각으로 하루를 살아가는지에 대해 하나도 관심이 없잖아. 네가 나를 사랑하는 건 맞아. 하지만 동시에 나는 네가 나를 사랑하는지 모르겠어. 너는 나를 사랑하는 게 아니라, 나를 사랑하는 네 감정에 취해 있는 것이고, 나를 사랑하는 네 감정을 사랑하는 것뿐이야.

너는 나에게 출판사와의 미팅은 어땠는지, 그것에서 받은 스트레스는 잘 이겨내고 있는지, 지금 쓰고 있는 원고는 잘 완성되어 가고 있는지, 오늘 하루가 힘들지는 않았는지, 그러한 것들에 대해서는 관심을 기울이지 않았고, 그 앞에서 나는 자주 외로웠다. 이따금씩 너에게 나누려고 했지만, 그 순간마다 돌아오는 너의 무관심 앞에서 나는 답답함을 느껴야만 했다. 답답했지만...

그 앞에서 우리의 사랑을 포기하고 싶다는 생각을 한 적은 없었다. 극복하고 싶었다. 극복해내야 한다고 생각했다. 그 모든 감정 위에 너에 대한 사랑이 있었으니까. 무엇보다 너를, 사랑했으니까. 너와 하나, 둘 맞추어나가는 시간이 필요한 거라고 생각했다. 사랑한다면, 그 마음으로 서로를 향한다면, 그렇게 나아간다면 언젠가 지금의 시련으로 인해 우리의 사랑이 더욱 튼튼해져 있을 거라고, 그때, 우리 그랬는데 그때로 인해 지금의 우리가 더욱 찬란해졌다고, 그렇게 말할 수 있는 날이 올 거라고, 그렇게 믿었고 또한 소원했다.

너에게 버킷 리스트를 만들자고 했다. 잠시 여유를 가지고, 우리가 함께 왔던 길을 돌아보고, 함께 갈 길을 그려보는 시간이 필요하다고 생각했다. 우리는 함께 침대에 누운 채 공책을 펴 우리가 함께할, 서로가 서로에게 원하는 소원을 적어나가기 시작했다. 너는 나와 함께 여행 가기, 아침마다 망가진 모습으로 함께 사진 찍기 등의 것들을 적었고 나는 커플 통장 만들기, 한 달에 한 권씩 고전을 읽고 서로의 생각 나누기, 고전 영화를 보고 서로의 생각 나누기 등의 것들을 적었다.

고전을 읽으며, 그 안에 담긴 깊은 생각들을 이해하기 위해 노력하고, 서로의 생각을 나누는 과정 안에서 얼마간의 극복이 일어나지 않을까, 하고 생각했다. 너와 나라는 주제가 아닌, 다른 주제에 대해 이야기를 한다면 자연스레 열린 마음으로 대화를 나눌 수 있게 되고, 또한 좋은 주제를 통해 많은 가치와 세계를 배울 수 있을 거라고, 그렇게 함께 성장할 수 있을 거라고 생각했다.

사람은 주어진 하나의 삶을 살아가며
수많은 사랑을 쌓고 허문다.
그 사랑 중에 허물어지지 않고
영원으로 굳어지는 사랑은
단 하나의 사랑뿐이라고 나는 생각한다.
그리고 그 사랑은,
함께 성장해나가는 사랑이라고.
서로의 가치를 나누고
서로의 마음을 나누고
그 안에서 위로를 받으며
서로의 가치로부터 배워나가며

그렇게 함께 성장해나갈 수 있다면
그 사랑은 비로소 영원을 향해 나아가는 것.
제자리에 머무른 채
서로의 마음을 갉아먹으며
서로를 서로의 틀 안에 묶어둔다면
그 사랑의 끝은 언제나
아픔이고 절망일 수밖에 없는 거니까.
끝내 시들어질 수밖에 없는 거니까.

그렇게 우리는 서로의 버킷 리스트를 합친 뒤 벽에 걸어두었고, 나는 너에게 '데미안'이라는 고전을 선물했다. 이 책을 읽고 나서 서로의 감정을 나누고 서로가 느낀 것의 다름에 귀를 기울이고 또 이해하고자 하는 것에서부터 다시 시작하고 싶었다. 새로운 것들을 쌓아가고 싶었고 새로운 풍선에 새로운 예쁜 바람을 불어넣고 싶었다. 나의 답답함이나, 너의 서운함이 아닌 서로의 이해와 새로운 함께함과 그 예쁨과 가치라는 바람을. 무엇보다

함께 성장하고 있다는 기쁨을, 그 영원함을.

우리가 함께하는 순간들 앞에 찾아온

크고 작은 문제들 앞에서

이별을 생각한 적은 한 번도 없었다.

우리는 달랐고,

사람은 누구나 다를 수 있으니까.

서로 진득하게 싸우고 화해하고를 반복하다 보면

어느새 서로 다른 색은

새로운 하나의 찬란하고 예쁜 색이 되어있으리라 믿었으니까.

무엇보다,

너는 여전히 내게 사랑이었으며

사소한 순간들의 사소한 감정 다툼으로

너를 미워한 적이 내게는 단 한 번도 없었으니까.

너를 향한 거대한 사랑에 비하면

아주 작은 순간의 다툼이었을 뿐이라 생각했으니까.

나는 우리 앞에 찾아온 시련들을

너와 함께 손을 맞잡고 극복해나가고 싶었고

언젠가 지금의 문제들로 인해

우리가 서로를 조금 더 깊이 이해하게 되기를

더 깊이 사랑하게 되기를, 하고 바랐으니까.

서로 다른 둘이 만났는데 싸울 수도 있지. 평생을 다른 환경에서 다르게 자라왔으니까. 중요한 건, 서로 배려하고 양보할 마음이 있느냐 하는 거 아닐까. 어느 한쪽만이 양보하고 어느 한쪽은 자신의 색을 강요하기만 한다면 그건 사랑이 아니라고 생각해. 빨간색과 하얀색이 만나 분홍이 되는 건데 그대로 빨강이고 하얀색이라면 둘이 만나는 것에 어떤 의미가 있고 가치가 있겠어.

부디 너와 나의 만남은 새로운 하나의 예쁜 색이 되었으면 좋겠다. 우리가 만들 수 있는 색은 세상에 단 하나뿐인 예쁨이니 소중히 여기고 더 예뻐하고 가득 사랑해야지.

사과.

사과는 내가 했다고 끝나는 게 아니라 상대방의 마음이 괜찮아져야 끝나
는 것. 그러니 미안하다는 말을 했다고 사과를 했다고 생각하기보다 꼭
말이 아니어도 마음을 풀어줄 수 있는 정성을 들일 것.

너를 마주하는 일이란,

너의 마음을 알아가는 일.

나의 마음을 보여주는 일.

좋은 인연이란,

마음과 마음이 부딪혔을 때 울리는 소리가

예쁘고 반듯한 울림일 때를 일컫는 말.

그래서 나는 나로서 존재하는 일.

화려하게 꾸며낸 내 가면이 아니라

나를 보여주고 나인 채 너의 곁에 머무르는 일.

예쁜 너의 겉모습에 쉽게 현혹되기보다

그 안에 있는 너의 마음을 궁금해하고 알아가는 일.

너와 내가 함께하는 공간 안에

마음이 존재하지 않을 때 그건 외로움이며

공허함이며, 우리를 시들어가게 하는 것임을 아는 일.

하여 너를 오롯이 마주하는 일.

그 모든 일을 해내고도

우리가 맞닿은 소리가 예쁨일 때

그때야 비로소 너와 나는 우리가 될 테니까.

그 우리라는 인연이 더없이 소중하고 예쁠 테니까.

그렇게 사랑하고 싶다.

결국, 우리가 빠져들게 되는 건 예쁜 표지라는 꾸며진 겉이 아니라 우리의 모든 이야기가 담긴 수많은 페이지들이니까. 그래서 나는 너를 알아가고 싶다. 네가 어떤 생각을 가지고 하루를 살아가는 사람인지, 네가 어떤 가치로 세상을 마주하는 사람인지, 하는 너라는 책의 결과 그 안에 담긴 문장들을. 너라는 책이 슬픔이든, 아픔이든 그럼에도 나는 너를 읽어가는 사람이고 싶다. 그렇게 너의 곁에서 너를 알아가는 위로와 따스함을, 그 사랑을 가르쳐주고 그 행복으로 너의 곁에 머무르는 사람이고 싶다. 그렇게 마주한 네가 마음을 보여주고 마음을 읽는 행복을 아는 사람이라면 나는 네가 슬픔이든, 아픔이든 그럼에도 너의 곁에 머무른 채 행복이고 싶다. 아무리 예쁨만 가득한 책이어도 내게 보여주지 않으면 나는 그 예쁨을 알 수 없으며 나를 읽어주지 않으면 결국 나는 외로움에 시들어질 테니까. 사람이 사람에게 받을 수 있는 최고의 사랑은 누군가에게 나를 보여줬을 때 가장 편견 없는 이해로 읽혀지는 것. 그게 사랑이라 믿는 나니까. 그래서 나는 너를 알아가고 싶다. 그렇게 사랑하고 싶다.

42.

너 의 흔 들 림 , 그 리 고 슬 픔

함께 버킷 리스트를 만든 며칠 뒤, 카페에 앉아 나는 작업을 하고 있었고, 너는 옆에서 고전을 읽고 있었다. 나와 약속을 지키기 위해 노력하는 네가 기특했다. 그 무렵, 책이 거의 완성되어서 나는 책에 실릴 삽화를 확인하고 있었는데, 너는 몰랐겠지만 삽화의 남자는 나였고 여자는 너였다. 책이 나온 뒤에 확인하면 네가 더 기뻐하지 않을까 싶어서 숨기고 있었다(사랑하는 이를 위한 서프라이즈는 늘 참는 게 가장 어렵지). 그중 하나의 삽화, 그러니까 네가 내게 선물해준 커플 잠옷을 입고 우리가 서로의 품에 안긴 채 다정하게 이야기를 하고 있는 모습의 그림에 예쁜 글귀를 써서 너에게 보내주었다.

너는 나의 그 작은 마음 하나에도 눈물을 글썽이며, 오빠 진짜 뭐야, 라며 기뻐했다. 그리고 나는 너의 기쁨을 보며 미안함을 느꼈다. 주문했던 치즈 케이크가 나왔고, 나는 그것을 잘게 썰어 너의 입에 먹여주었다. 너는 오빠가 갑자기 왜 이러지, 하는 표정으로 나를 바라봤다. 그런 너를 쓰다듬어 주었다. 앞으로는 더 자주, 너를 기쁘게 해줘야지. 비록 네가 그것에 익숙해져서 어느 순간에는 무뎌지는 날이 오더라도, 그건 그때의 문제니 나는 지금에 충실해야지. 다음날 새벽부터 비행이 있는 너는,

일찍이 집으로 돌아갔고, 나는 집에서도 작업을 계속했다. 이제 원고 마감까지 이주일이 채 남지 않았다. 그런 생각에 의지를 불태웠다. 마감이 끝나자마자, 티켓을 예매해서 네가 꼭 가고 싶어 했던 그 나라에 가야겠다. 그 예쁜 곳에서 너라는 예쁨을 담으며, 너를 내내 예뻐해 주며, 그렇게 너의 서운함을 모두 기쁨으로 바꾸어줘야겠다. 다시 네가 예쁜 꽃이 되어 피어날 수 있게, 그동안 너에게 소홀했다면 소홀했던 그 모든 것을 쏟아야겠다. 그렇게...

마음을 먹었다. 그리고 그때는 몰랐다. 지금 이 순간이 아니면, 내일은 기약될 수 없다는 것을... 소중한 것이 있다면 그 순간에 최선을 다해야 한다는 것을... 한 번 시들어진 꽃은 다시는 처음과 같이 피어나지 않는다는 것을.

새벽이 되었고, 너에게서 메시지가 왔다. 오빠, 나 이제 일어나서 준비하고 있어. 잘 자고 있지. 고생 많이 했고, 다녀와서 보자. 나는 노트북의 전원을 끄고 택시를 잡았다. 그리고 너의 집으로 향했다. 가로수길을 밝히는 가로등의 불빛이 흔들리고 있었고, 새벽의 거리는 고요했다. 이따금씩 일찍이 출근을 준비하는 사람들, 혹은 아직도 잠에 들지 못한 사람들, 그런 사람들이 눈에 들어왔다. 너의 집 앞에 내려서, 나는 추위를

피해 편의점에 들어갔다. 너는 이 추위를 이겨내며 늘 출근을 하는구나. 이불 안은 더욱 따뜻함이며, 일어나기란 더욱 힘들겠다... 그런 생각에

　네가 좋아하는 귤과 따뜻한 음료와 초콜릿을 사들고는 너를 기다렸다. 캐리어 끄는 소리가 들려왔고, 나는 너의 집 뒤편에 숨어 있다가 너를 쫓아갔다. 그리고 뒤에서 너를 붙잡았다. 깜짝 놀란 너는 나를 보더니 주저앉은 채, 오빠 진짜 놀랐어, 라며 놀란 가슴을 진정시켰다. 나는 너에게 따뜻한 음료를 건네며, 많이 춥지, 오빠가 그동안 한 번도 네가 출근하는 걸 못 봐서 이렇게 왔어, 라고. 너는 정말이지, 세상 행복한 표정을 지으며 내내 상기된 채 나의 손을 잡고 걸었다. 버스 정류장에서 공항버스가 오기를 기다리며, 나는 너를 안아주었고 너는 내 품에 안긴 채 눈을 감고 얼마간 있었다. 너의 캐리어에는 훈이가 매달려있었다.

　오빠가 원고 마감이 끝나고 나면, 인천공항까지도 자주 데려다 줄게. 그동안 잘 못 챙겨줘서 정말 미안해... 나는 말했다. 너의 얼굴이 닿아있던 내 어깨가 축축해졌다. 그때 그 순간의 너는... 너의 눈물은... 기쁘면서도 슬퍼 보였다. 버스가 도착하자 너는 캐리어를 끌고 버스에 탔다. 나는 버스가 사라질 때까지 너에게 손을 흔들었고, 너는 내가 사라질 때까지 나에게 손을 흔들었다. 그리고 내가 너를 공항까지 데려다줄 기회는... 다시 나를 찾아오지 않았다. 아마도 영원히... 그럴 것이다. 그때 너에게서 읽었던 슬픔의 의미를

　나는 비로소 이해하게 되었다.

지나가는 꽃을 꺾어다가
너에게 선물하면
너는 그 작은 꽃에서조차
세계를, 우주를 선물 받았다고 여겼는데
작은 마음 하나에도
심장이 휘청거릴 만큼 떨려했던 너였는데
그게 여자의 마음이라는 거였는데
한없이 여리고 한없이 사소한 거였는데
그만큼,
사랑이 아닌 잠깐의 시간 앞에서조차
평생을 담은 채 아파하는
그런 마음이 여자였고 너였는데
나는 너에게 기쁨이었을까 아픔이었을까.

한 번 시들어진 꽃은

다시는 처음과 같은 색과 향으로 피어나지 않으며

지나간 계절은

같은 봄이고 가을로 불릴지라도

그 안의 온도와 풍경은 결코 전과 같을 수 없는 것.

그래서 내가 살아가는 지금은

다시는 되돌아오지 않을 소중함이며 간절함인 것.

내가 살아가는 너라는 계절을

나는 최선의 소중함과 간절함으로 마주했을까.

만약에 우리에게도 마지막이 있을 줄 알았다면

내가 너에게 쏟는 마음이 지금과 같았을까.

떠난 뒤에야 알게 되고

사라진 후에야 바라보게 되고

잃고 나서야 간절해지는 이 마음을

감히 사랑이라고 부를 수 있을까.

너라는 계절이 지나간 뒤에야

나는 비로소 너를 사랑하게 된 것일지도 모르겠다.

사랑 앞에서 사람의 품위와 같은 것들은

아무짝에도 쓸모없다는 것을 바보처럼,

너를 놓치고 나서야 깨닫는다.

함부로 사랑을, 사랑이라 불러서도 안 된다는 것도.

너에게 내 전부를 줄걸.

차라리 싸울걸. 사랑 앞에서 고상한 척하기보다 너에게 화를 낼걸. 그렇게 너에게 쏟아질걸. 그 거대함으로 너를 끌어안을걸. 네가 나에게 모든 서운함을 털어낼 기회를 만들어줄걸. 네가 화를 내는 것이 부끄러운 일이 아닐 수 있게 내가 더욱 진흙탕이 되어줄걸. 차분함으로 너에게 닿기보다 달아오르는 마음을 너에게 보여줄걸. 너는 나의 전부다, 그러니까 너는 나의 무엇에도 내 곁에 남아달라, 그렇게 눈물로 고백할걸. 더욱 찌질하고 더욱 처절할걸. 그 밑바닥으로 너에게 쏟아질걸. 더욱 진실할걸. 네가 없으면 나는 살지 못한다고, 가장 살아갈 수 없는 사람이 나라고, 그렇게 악을 쓸걸. 눈물과 콧물을 흘리며 세상 가장 못난 얼굴로 가장 예쁜 마음일걸. 그 마음을 주지 못했던 것이 이렇게 큰 아픔이고 잔인함일 줄 알았다면, 나는 너에게 내 전부를 줄걸.

43.

마 음 이   마 음 에   닿 는   일

해외에 있던 너에게서 연락이 왔다. 뭐해. 딱 두 글자였다. 너에게서 딱 두 글자의 연락을 받아본 적이 없어서 나는 그 메시지를 읽고서는 한참을 생각했다. 그리고 어쩌면... 그러한 가능성에 대해서도 생각을 했다. 어쩌면... 어쩌면 우리가 이별할 수도 있다는... 그러한 슬픈 가능성에 대해서. 그런 느낌이 들게 하는, 그런 분위기를 풍기는 그런 메시지였다. 그리고 너는

오빠, 나 사실은 얼마 전에, 전 남자친구를 만났어. 걔가 휴가를 나왔는데, 우리 집 앞에서 나를 기다렸다가 나를 보자마자 펑펑 울기 시작하는 거야... 그렇게 몇 시간을 울었어... 카페에서 걔의 이야기를 들어주며 진정시켜줬는데, 내가 얼마나 이기적이었는지, 나밖에 몰랐는지 그런 생각이 들더라. 그리고 그때부터 자꾸 걔 생각이 나. 오빠한테 숨기

려고 숨긴 건 아니었어. 말할 기회를 찾다가 계속 놓치게 돼서 시간이 조금 지나서 말하게 되네. 미안해.

그러한 말을 하는 너에게, 나는 내가 더 잘할게, 라는 말을 했다. 무슨 말을 해야 할지 모르겠다고 생각했다. 그리고 네가 나에게 헤어지자는 말을 먼저 해주기를 바라는 것인지, 그것에 대해서도 한참을 생각해야만 했다. 나의 답장을 읽은 너는,

오빠가 나한테 정말 잘해줬는데 나도 왜 이러는지 정말 모르겠다는 말을 했다. 그리고 나는... 더 이상 할 말이 없었다. 더 잘할게라는 말 같은 거 사실은 하고 싶지 않았다. 그 말이 너무 구차했으니까. 그런 말을 내가 가장 사랑하는 사람에게 해야 한다는 것도, 그리고 내가 가장 사랑하는 사람이 다른 사람에게 흔들리고 있다는 것도, 그 모두가... 내가 잘못해서 일어난 일이니까. 그리고 너는... 그래, 더 잘해줘, 가 아니었으니까. 그런데도 흔들리고 있다는 답장이었으니까. 그렇게 미안하면서도...

사실은 네가 조금 원망스러웠다.

하지만 감정이라는 것은, 마음이라는 것은 사람의 마음대로 어찌할 수 있는 것이 아닌 것임을... 이미 네가 나에게 약속을 했고, 그러한 것에 대한 약속을 받은 뒤에 시작한 연애라고 하지만, 지금에 와서 그걸 따지는 게 무슨 소용일까. 그래서 나는 너에게 그럼, 우리 시간을 조금 가지자고 말했다. 정말 많이 슬프고 아팠다. 많은 원망이 일어났고, 또 많은 후회가 일어났다. 하지만...

너의 감정에 나의 것을 강압할 마음은 없었다. 네가 나를 떠나간다

면, 너를 붙잡기보다 홀로 아파할 나였다. 네가 떠나면 죽을 것 같이 아파버리고 말 거야, 라는 식의 감정적인 압박으로 너를 내 곁에 두고 싶지 않았고, 너에게 화를 내며 죄책감을 가지게 하여 너를 내 곁에 둘 마음도 없었다. 네가 원해서 내 곁에 있지 않는 한, 너와 나는 이별하는 것이고, 그것이 얼마나 아픈 것이든 나는... 아마도 받아들일 것이다. 물론, 다시 사랑할 엄두가 나지 못할 만큼

처절하게 슬퍼하고 지독하게 아파하게 되겠지만.

마음.

한 사람의 마음을 붙잡는 일은 마음만이 할 수 있는 일. 하여 머무르기를 강요한다 해서 머물러질 수 없는 것이며 그렇게 머물러진 마음은 작은 것에도 무너지게 되어있는 것. 누군가를 사랑할 때 이유가 필요하지 않은 것처럼 그저 사랑하게 되어버린 것처럼 마음이 떠나가는 것 또한 그렇게 되어버린 것. 내가 바라고 소원하지 않아도 내 곁에 머무르고자 하는 마음만이 내가 붙들 수 있는 유일한 마음이고 그러한 것을 해낼 수 있는 건 내가 너에게 보여줬던 마음이라는 진심밖에 없는 것. 그 진심이 닿지 못할 때 내가 움직일 수 있는 건 아무것도 없으며 내가 할 수 있는 유일한 것은 후회하는 것, 슬퍼하는 것, 자책하는 것. 그리고 또 후회하고 슬퍼하는 것. 그렇게 아파하며 그럼에도 소원해보는 것.

결국에 너를 붙잡을 수 있는 자격은

내게 있는 것이 아니라

내가 썼던 내 마음과 네 마음에 있는 거니까.

그 기적을 일으킬 수 있는 것은

마음이 닿았던 마음만이 할 수 있는 거니까.

언젠가

내게 닿지 않았던 누군가의 마음이

돌이켜 기적처럼 닿아 이해로 맺어진 것처럼

그 시간이 제법 오래가 되고

때로는 영원처럼 길어질지라도

나는 그 기적이 일어나길 기다려봐야겠다.

그러기에

너의 마음은 내게 충분히 머물렀으니까.

벅차게 닿았고 넘치게 기적이었으니까.

44.

마음이 마음에게

언제부턴가 너에게 전화를 자주 하지 않게 되었었다. 일부러 그런 것은 아니었다. 너와 전화를 하는 시간이 언제부턴가 외롭게 느껴졌다. 나는 너의 사소함에 대하여 묻고 또 묻고 그 대답에 귀를 기울였지만, 늘 묻는 것은 나였고, 듣는 것도 나였다. 내가 묻지 않을 때면 우리는 침묵했고, 너는 그 침묵을 사랑으로 채우려고 했지만, 나는 그곳에서 외로움을 느껴야만 했다. 너는

나의 하루에 대해 궁금해하지 않았고, 나는 너와 함께하는 동안 내 안에 쌓여가는 하루의 감정들에 대해서 너에게 털어놓을 수 없었다. 이따금씩 네가 묻지 않아도, 내가 스스로 너에게 말할 때면 너는 무관심했고, 나는... 그런 너에게서 차가움과 답답함을 느껴야 했다. 그런 시간을 보내던 중에 예비군 훈련이 잡혀서 지방에 내려갔다가 다시 서울로

올라오는 날,

　너 또한 비행을 마치고 우리 집으로 왔다. 너는 나보다 몇 시간 정도 일찍 도착했고, 춥다는 이야기를 했다. 나는 너에게 보일러를 틀고 조금만 기다리면 곧 따뜻해질 거라고 이야기해주었다. 나는 단순히, 집이 춥다는 이야기인 줄 알았고, 네가 감기에 걸렸다거나 하는 생각은 하지 않았다. 서울역에 도착하자마자 택시를 탔다. 그렇게

　집에 도착했는데, 너의 몸이 불덩이였다. 이불을 덮은 채 부들부들 떨고 있었다. 나는 네가 걱정이 되어 안절부절못했다. 왜 이렇게 몸이 뜨겁냐고... 이렇게 감기에 심하게 걸렸는데 왜 내게 말을 하지 않았냐고...

　오빠가 전화 한 통을 하질 않는데, 내가 이만큼 아픈지 어떻게 알겠어. 내 목소리를 한 번이라도 들었다면, 내가 이렇게 아픈지 진작 알았을 거 아니야. 그리고 너는... 울기 시작했다. 하염없이... 울기 시작했다. 그리고 나는... 너의 눈물 앞에서 한마디의 말도 꺼내지 못했다. 할 수가 없었다. 나는 못난 사람이었고...

　이기적인 사람이었다. 어쩌면 사랑 앞에서 오만한 사람이었다. 내가 아는 사랑의 정의와 잣대로 너의 사랑을 평가했고, 그러면서 나는 너와 함께하는데도 외롭다며 너에게 소홀하게 굴었다. 하지만 결국에는 네가 주지 않는다며, 내가 주는 마음 또한 거두어들이는 못난 사람이었고, 그런 내 사랑 또한 못났다. 일부러가 아니었다는, 자연스럽게 그렇게 되었다는 변명은... 더 이상 할 수 없을 것 같다. 나에게도 사정이 있었고, 이러한 감정이 있었다는 그 모든 것이... 내 부족함과 오만함에 대한 변

명이 될 뿐이라는 걸 이제는 알게 되었으니까.

밤새 너를 곁에서 간호했다. 다음날 아침에 일어나자마자 죽을 포
장해왔다. 한 숟가락 한 숟가락... 호호 불어서 떠먹였다. 여전히 너는 뜨
거웠고, 그런 너를 내 눈에, 내 가슴에 담는 것이 너무 아프게 느껴졌다.
나는 너에게 너무나도 부족한 사람이라는 생각이 들어서 슬픔을 느껴
야만 했다. 지방에서 훈련을 받는 내내, 나는 마음을 먹었었다. 오늘은...

꼭 너와 함께 손을 잡고 데이트를 하러 가야지, 하고. 너는 언젠가 오
빠랑 손잡고 데이트해본 지가 언젠지, 라고 말하며 한숨을 쉰 적이 있었
다. 그리고 나는 그 말이 너무 아파서... 마음에 걸려서... 가슴이 미어지
는 거 같았다. 그리고 그렇게 마음을 먹은 날, 너는 이렇게 불덩이다. 나
는 너와 함께하면서 도대체 무엇을 해줬을까. 너는 나와 함께하면서 얼
마나... 얼마나 외로웠을까. 아마도 내가 느꼈던 외로움에 비해

너의 외로움은 너무나도 거대해서 내 외로움은 보잘 것 없는 것이
겠지. 너무나도 작은 것이겠지... 지난 시간들에 대한 후회와 미안한 감
정들이 몰려오더니 나를 삼켰다. 그리고 나는... 그 모든 감정에 젖은 채
울어야만 했다. 그 순간에는 우는 것 말고는 할 수 있는 게 없었다. 만약
에... 만약에 네가 나를 만나지 않고, 다른 사람을 만났다면... 적어도 이
런 사랑은 하지 않았을 것이다. 그러니까 아마도...

보통의 연애를 했다면 그 누구보다 사랑을 많이 받았을 것이고 그
누구보다 많은 사랑을 주며... 내내 예쁘게 피어났을 것이다. 네가 서운
함을 이야기할 때면 너의 손을 잡은 사람은 그 서운함에 가슴이 무너질
만큼 아파했을 것이다. 그리고 그 모든 너를 또한 사랑으로 담은 채 너

를 가득 사랑해줬을 것이다. 아마도 너는 네가 줄 수 있는 사랑보다 더 많은 사랑을 받았을 것이다. 너는 너보다 예쁜 사람이 잘 없을 만큼...

예뻤으니까. 그 예쁨만으로도... 사랑받기에 벅찼을 테니까. 나 따위의 사람을 만나지 않았다면, 그러니까 네가 보통의 사람을 만나 보통의 연애를 했다면... 너는 자주 싸우기도 했겠지만 적어도 후회 없이 사랑했을 것이다. 나처럼 자주 예민하고, 자주 외로워하고, 자주 슬픔에 갇히며, 자주 감정을 나누고 싶어 하는, 그런 특이한 사람이 아니라...

아주 보통의, 평범한 사람을 만났다면 너는 세상에서 가장 예쁜 꽃이 되어 피어났을 것이다. 하지만 나는 너에게 무엇을 줬을까. 나는 너에게 네가 주는 사랑보다 작은 사랑을 받고 있다는 서운함과... 나의 꿈 앞에서 너에게 소홀해지기도 하는 원망과... 내가 죽어라 질투를 해서 네가 질투할 틈을 주지 않아야 하는데 그러질 못한 여유 앞에서 너는 늘 처절해져야만 했고, 그 처절함에서 비롯된 질투와... 그러니까

나는 너에게 시들어짐을 줬네. 나는 아마도 네 손을 잡아서는 안 되었었나 봐... 너에게 사랑을 고백해서는 안 되었었나 봐... 사랑에 빠졌더라도, 너에게 닿아서는 안 되었었나 봐... 그 모든 것을 책임지지 못했으니까. 그 어떤 이유 앞에서도

곁에 있는 너를 예쁘게 피어나게 해주는 것이 사랑을 시작한 사람의 몫이니까. 그러지 못할 거라면... 그러지 못할 상황이라며 못난 변명을 할 거였다면... 네가 나에게 이래서 내가 이렇게 된 거라는 못난 변명을 할 거였다면... 그럴 거였다면...

너의 손을 잡아서는 안 되었던 거잖아. 그럼에도 시작했다면, 최선을 다했어야 했고, 주어진 사랑이 가장 먼저가 되었어야 했던 거잖아. 만약에 가장 먼저가 되었다면, 그 모든 것을 극복할 수도 있었던 거잖아. 결국엔 미룬 것이고, 그만큼 사랑에 대한 책임을 다하지 않은 것이고, 그만큼 이기적이었던 것이고, 사랑보다 더 많은 것을 마음에 담고 있었던 거니까. 그러니까 나는 너의 손을 잡았으면 안 되었던 건가 봐. 그러니까... 지금이라도 나는...

너를 놓아주는 게 맞나 봐...

너의 마음.

누군가에게는 벅찬 내가 너에게는 참 모자란 사람이었다. 너와 함께 하는 시간은 나에게 늘 편하지 못했던 거 같다. 애를 쓰며 앓고 또 앓으며 너의 맘을 붙들어왔던 거 같다. 분명 그때의 너에게는 지금의 내 모습이 사랑이었는데 오늘의 너에게 난 늘 못났고 모자란 사람 같다. 나를 참 벅차다 생각해줬던 너를 내 마음에 담기에 내가 넘치는 사람이라는 기분에 너에게 참 모질었던 기억밖에 없는데, 지금의 너에게는 내가 그렇다. 너는 내게 늘 넘쳤고, 나는 점점 작아졌다. 그렇게 홀로 속상해하다가 문득, 연애란 사랑하는 마음만으로는 참 부족한 거네, 라는 생각이 든다. 그 마음 말고도 너를 담아내기에 충분히 거대한 내가 되거나, 내 욕심을 비우거나. 그러다 맞아, 연애란 네가 너를 비워두고 그 안에 나를 담았듯 나 또한 그래야 하는 거였구나. 거대한 나는 이 세상에 존재하지 않으니까. 나는 늘 작고 여린 사람이니까. 거대한 가면을 쓸 수는 있겠지만 나라는 인간은 늘 그렇듯 그저 위로가 필요하고 따뜻이 날 바라보는 눈빛이 간절한 작고 여린 존재이니까. 그러니 나에게 자꾸만 거대한 가면을 쓰게 하는 지금의 넘치는 너를 떠나보내야겠다, 마음먹는다. 하나의 작은 사람으로서 작게 사랑하기 위해. 그 작은 그릇 안에 가득 담은 진심과 사랑을 배워나가기 위해.

작은 거인.

너는 아마도 작은 거인이었어.
너무 작아서 애를 써야만 보일 정도의
아주 작고 여린 존재였는데
그 작은 너의 마음 안에 나를 담아주었고
그러니까 너의 마음은 나로만 가득 찼고
그렇게,
너의 모든 것을 다해 나를 사랑해주었으니
너는 작지만 어쩌면 가장 거대한 존재였어.
나는 왜 작은 너의 거대함을 보지 못했을까.
그 안에 담긴 진심과 소중함의 힘을 놓치고 살았을까.
눈에 보이지 않는 것들의 소중함을, 그 사랑을.

45.

사 랑 하 는 데
헤 어 진 다 는   것 은

우리는 며칠 동안 연락을 하지 않았다. 이것이 너에 대한 나의 배려이자 기다림이었고, 너에게는 내가 너를 덜 사랑하는 것으로 닿았을 것이다. 그리고 오랜 시간 고민하는 너에게... 나는 이별을 고했다. 너는 오빠 정말 많이 생각하고 한 말이냐고 물었고, 나는 그 말을 듣고, 응이라고 말하면 정말로 너와는 끝이겠구나, 라는 생각에 몇 시간 동안 주저했지만... 끝내 온전하지 않음으로 인해 우리의 사랑은 휘청거리게 될 거라고... 그렇게... 생각했다. 마음을 굳게 먹었다. 무엇보다 내 곁에 있는 너는...

더 이상 행복해 보이지 않았으니까. 너는 알겠다고, 정말 미안하고, 오빠가 늘 행복하길 바란다는 말을 남겼다. 나는 나 또한 네가 행복하길 빈다고 말했고, 그리고 너는... 그때 그 그림 작가와의 문제가 잘 해결되었으면 좋겠다는 말을 내게 마지막으로 남겼다. 그 말을 들은 나는... 답장을 할 수가 없을 만큼 먹먹해졌다. 그때, 그 일을 너는 담아두고 있었구나... 그리고 네가 많이 부족했다는 생각을 했을 것이고... 그러한 생각에 마음 아파하고 있었구나... 그래서 마지막 말이 저 말이 되었구나...

눈물이 쏟아졌다. 여전히 너는 내게 있어 사랑이었고, 사랑하는데 헤어진다는 것은 언제나 아픈 것이니까. 아프다 못해 처절한 것이고, 처절하다 못해 지독하게 쓰라린 것이니까. 서로가 서로를 미워했고, 서로가 서로에게 지쳤고, 서로가 서로를 더 이상 사랑으로 담지 않을 때, 그 이별에는 후회가 없겠지만, 내 이별에는 참 많은 후회가 남았다. 이미 끝난 사랑 앞에서의 이별도 죽을 만큼 아픈 것이 이별이라는데, 나는 여전히 사랑하는 너와 이별을 해야만 했고, 그 아픔은 내게 있어 얼마나 절망이었을까.

사랑하는데 헤어진다는 것은
심장을 후벼파는 것만 같이
가슴이 미어질 것만 같이
살아가는 모든 세계가 흑백으로 바래지고
모든 찬란함이 슬픔으로 퇴색되어질 것만 같이
아프고 또 아프고 아픈 일이겠지만
그럼에도,
그 모든 것을 각오한 이별인 것.
그 모든 이별의 몫에 대해
오롯이, 온전히 책임을 다해야만 하는 것.
세계가 무너지고
다시 사랑할 엄두가 나지 않을 만큼

지독하게 슬퍼해야 할 내가 되겠지만

그럼에도 그 모든 것을 딛고

끝내는 찬란했다고 말할 수 있기를.

꼭 그런 날이 오기를.

아마도 너는... 내게 그 이야기를 꺼내기 전에 수없이 많은 고민을 했을 것이다. 이야기를 꺼내려고 하는데, 때마침 내가 너에게 꽃을 선물해줘서, 그런 내게 이야기하는 것이 미안해서 이야기를 못 했을 수도 있을 것이다. 아니면 그럼에도 나에게 사랑받고 있다는 생각 때문에 고민했을 수도 있을 것이다. 그럼에도 이야기를 하려고 하는데, 내가 너의 집 앞에 나타나 너에게 사랑을 말해서 또다시 묻어두어야 했을 것이다. 하지만 결국

말했다. 아마도, 네 앞에서 그렇게 처절한 그 사람의 사랑에 비해, 나의 것은 너무나도 작았을 것이고, 너를 놓쳤다는 후회에 하릴없이 무너져버리는, 그러니까 너에게 처절해질 줄 알고 네 앞에서 무너질 줄 아는 그 사람의 사랑은 끝내 자주 함께하지 못할지라도 너에게 더 큰 사랑이 되어 닿았던 거겠지. 어쩌면 나와 만나는 시간 동안 너는 여전히 이별하는 중이었고,

그때와 오롯이 이별하지 못한 채 나와 사랑을 시작한 것이니, 모든 것이 제자리로 돌아간 것일지도 모른다. 그 자리에서 다시 사랑을 하고, 그 사랑을 이어가든, 끝내 또다시 헤어지든, 결국에 너는 그 이별 앞에 주어진 너의 몫에 책임을 다해야 하는 거니까. 어쩌면 그 일을 위해 다시 그 자리로 돌아간 것일지도 모른다. 많은 이유가 있겠지만...

결국에 헤어짐의 이유는 사랑하지 않음이고, 덜 처절하고 덜 간절했기 때문이다. 만약에 우리가, 공기 하나 없는 우주 안에서 서로를 마셔야만 살 수 있는 공기였다면, 우리는 절대로 서로를 놓을 수 없었을 것이다. 네가 없으면 나는 결코 살아가지 못하고, 내가 없으면 너는 결코 살아가지 못할 테니까. 그러니까 결국에는 살아감의 이유가 되는 간절함과 처절함이 되지 못해서, 마지막 순간의 우리는 서로에게서 받지 못했던 사랑의 형태와 그것에서 오는 결핍을 떠올렸고, 그만큼 덜 사랑해서, 우리는 헤어졌다.

이별.

사랑이었던 너를 더 이상 사랑이라 부르지 못하고
더 이상 너의 손을 잡지도,
너의 이름을 다정하게 불러주지도 못하게 되는 것.
너에게서 얻었던 그 모든 자격을 박탈당하는 것.
한때는 나의 모든 것이었던 너를
이제는 아무것도 아닌 것으로 받아들여야 하는 것.
하루에도 몇 번을 그리고 생각하던 너를
그렇게 사랑으로 간직하던 너를
이제는 찢어내고 도려내야만 하는 것.
더 이상 보고 싶다는 말을 할 수도,
사소한 안부를 물을 수도 없게 되어버리는 것.
그렇게 너라는 세계를 허물어가는 것.
내게 묻었던 너의 향과 색을 지워가는 것.
모든 뜨거움과 차가움을 함께 나누었던 너와
이제는 그 어떤 작은 온도도 나눌 수 없게 되어버린 것.
이따금씩 습관적으로 너에게 연락을 하게 될까 싶어
너에게 연락할 수단을 모두 없애야만 하는 것.
다시 돌아올지도 모른다는 미련 앞에서도,
다시 돌아오더라도 너를 밀어낼 수 있을 만큼의
단단한 각오로 이별에 대한 책임을 다해야 하는 것.
그래서 늘 신중해야 하는 것.

결국에는 스쳐지나가는 사랑이 되었다.

긴 여정 속에서 잠깐을 만나 순간을 나누던 사랑이.

서로가 서로에게 스쳤을 때에는

영원할 것만 같았고, 그 영원함을 소원했지만

모든 것을 다해 서로가 서로의 서로였지만

끝내는 서로가 서로에게 아무것도 아니게 된 순간이 왔고

우리는 그것을 이별이라고 불렀다.

이별이 아파서

사랑의 시작이 두렵다는 말을 이해하게 되는 시간들.

사랑했던 사람과 결국은 남이 되어야 하는 순간의 아픔들.

결국은 영원이 되어가는 사랑은 한 번 뿐이고

나에게 닿았던 너는

그 사랑에 닿기 위한, 그 사랑이 되기 위한

무수히 많은 조각들 중

그저 하나의 조각에 불과했다는 것을 받아들여야만 하는

그 지독하고도 잔인한 감내의 시간들.

전부가 되길 바라고 바랐지만

결국에는 조각으로 찢어져야만 했던 슬픈 눈물들.

그렇게 우리는, 끝내 이별했다.

사랑하는데 사랑한다 말할 수 없고,

보고 싶은데 더 이상 보지 못하며

너의 온도를 느끼고 싶은데

더 이상 너의 곁에 머무를 수 없으며

나의 전부가 되었던 너라는 세계를

그럼에도 추억이라는 찬란함 안에서 지켜가지만

끝내는 허물어야 했던 가슴 아픈 시간들.

끊임없이 그리고 그리워하는데

그 모든 그리움이 그리움에서 그쳐야만 할 때

그 이루 말할 수 없는 슬픔을 어떻게 정의할 수 있을까.

세상의 그 어떤 단어로 설명할 수가 있을까.

결국에는 침묵한 채 아파하고 우는 일 말고는

이것을 표현할 방법도, 이것을 견뎌낼 방법도 없었다.

결국에는 침묵한 채 아파하고 우는 일 말고는.

그래서 사랑이라는 것을.

누군가 내게 놓였던 사랑과, 내가 지나갔던 이 계절의 페이지를 답답함으로 읽는다면, 나는 그래서 내가 걸었던 이 길이 사랑이었다고 말하고 싶다. 돌이켜 후회가 되는 선택들과 그 앞에서 내가 괴롭다면, 그래서 나는 사랑했다고, 사랑이었다고 말하고 싶다. 사랑은 이토록 답답한 것. 완벽하지 못해서 아름다운 것. 너머를 바라보지 못하는 서투름과 모자람으로 인해 찬란함으로 기억되는 것. 그래서 아련한 것. 미어질 만큼 아픔이지만 또다시 아름다움으로 쓰여질 수 있는 것. 그 모든 모자람과 부족함과 서투름으로 하나의 계절을 살아가고 끌어안는 것. 그래서 이렇게나 못나고 답답한 것. 그리고 끝내 그것들이 내게 주는 모든 후회 안에서, 다시는 누군가를 그렇게 사랑하지는 못할 거 같다고 깨닫게 되는 것. 그게, 지나고 있는 페이지에서 누군가를 사랑하는, 내가 아는 유일한 방법이었고 최선의 사랑이었다는 것을 결국에는 알게 되는 것. 언젠가 누군가의 페이지를 읽으며, 그가 계절을 살아가는 방법은 참 많이 서툴렀다고, 그래서 펼쳐보는 내내 답답했다고, 바보같이 미련했다고... 그렇게 정의를 내렸지만 그래서 그 계절이 그에게 그토록 사랑이었다는 것을 알게 되는 순간들. 모두가 그렇게 살아가고, 그렇게 사랑한다는 것을... 그래서 사랑이라는 것을...

세상에 완벽한 사랑은 없는 거라고.

다만 주어진 순간 앞에서

최선을 다해 사랑할 수 있을 뿐이라고.

그래서 후회가 없을 수는 없지만

그 모든 부족함과 미련과 모자람으로 인해

우리는 그 사랑을,

찬란했던 순간의 조각으로 기억하는 것이며

그래서 사랑이라고 이름 짓는다는 것을.

그래서 아련하고

그래서 아프고 저미지만

또한 그래서 아름답고 찬란한 것.

그래서 사랑인 것.

46.

너 라 는 꿈

너와 헤어진 지 이주일이 지난 날은 나의 생일이었다. 나의 생일에는 한 번 연락이 오지 않을까 싶어 너를 기다렸다. 하지만 그런 일은 일어나지 않았고, 새해에는 한 번 연락이 오지 않을까 기다렸다. 역시나 그런 일은 일어나지 않았고, 나는 조금씩 너와의 이별을 실감하기 시작했다. 길을 걷다가도 문득 네 생각에 무너져야만 했고, 샤워를 하다가도 떨어지는 물에 내 눈물을 보태야만 했다.

가끔씩, 나는 너의 꿈을 꾸었고, 그 꿈에서 나는 너에게 물었다. 결국에 넌 그 사람에게 돌아갔구나. 유치하지만, 내가 아픈 만큼 너도 아팠으면 좋겠어. 내가 너에게 연락을 하지 않아서, 너는 내가 너에게 가벼웠고, 너를 사랑하지 않았다고 생각할지 모르겠지만, 나는 전혀 그렇지가 않아. 이렇게 죽을 만큼 아파하고 있고, 너를 그리워하고 있으니까.

너처럼 돌아갈 품이 없는 나는 결국 이 모든 아픔을 고스란히 짊어져야만 하니까. 그런 내 말을 들은 너는 늘,

왜 내가 그 사람에게 돌아갔다고 생각해? 나는 오빠에게도 돌아가지 않았지만 그 사람에게도 돌아가지 않았어. 단지, 혼자가 되었을 뿐이야. 나도 오빠처럼 너무나 아파. 오빠 생각이 자꾸만 나고, 오빠와 함께했던 그 모든 순간들이 여전히 생생하게 내게 닿아서 자꾸만 울게 되는걸. 하지만 오빠가 그랬잖아. 찾아온 모든 아픔을 감당하는 게 이별이라고. 그리고 끝내 아프지 않은 온전함을 되찾는 게 이별을 완성하는 일이라고. 그렇게... 마주하고 감당해내는 게 이별에 대한 몫이라고. 그것을 미루지 않기로 했어. 오빠의 말처럼,

나는 아직 사랑을 할 자격이 없는 사람이었어. 오빠의 곁에 머무를 자격도, 그 사람에게 돌아갈 자격도 없는 사람이었어. 이별 앞에서 최선이지 못했고, 그래서 이렇게 아픈 거야. 그러니까 그런 생각하지 말아. 나 또한 오빠처럼 아프지만, 그 아픔을 이렇게 지독하게 견뎌내고 있을 뿐이야.

그런 꿈을 이따금씩 꿨고, 그 꿈은 너무나도 생생해서 꿈을 꾼 뒤의 며칠간은 정신이 몽롱했고, 가슴은 먹먹했고, 조금은 아물었던 심장의 틈이 다시 벌어져 아파해야만 했다. 이별이 처음은 아니었지만, 이별 앞에서 익숙해지는 법 따위는 존재하지 않았다. 그저 사랑했던 만큼, 늘 아픈 것이 이별이었고 그 앞에서 아파하는 것 말고는 내가 할 수 있는건 아무것도 없었다.

그 어떤 사랑보다, 너라는 사랑이 내게 더 커서 사랑을 시작했다고

생각한다. 만약에, 전에 만났던 사람에게 느꼈던 끌림 이상의 그 무엇을 너에게서 느끼지 못했다면, 나는 너와의 사랑을 시작하지 않았을 것이고, 아마도 너를 사랑하기보다, 너를 바라보며 전에 있었던 사랑의 의미를 더욱 되새김질하게 되었겠지. 그러니까 여태 있었던 사랑 중에 가장 사랑했던 사람이 너였고, 그래서 그 어떤 이별보다 지금의 이별이 가장 아픔으로 닿았다. 가장 사랑했던,

가장 거대한 의미였던 너를 내게서 떼어내는 일이니까. 심지어는 아직도 여전히 내게는 사랑인 너를 억지로 사랑이 아닌 너로 만들어야 하는 일이 되어버렸으니까. 어떻게 해야, 나는 너와 헤어질 수 있을까. 내가 사랑한 너는

너를 사랑하고 있는 내 감정이 아니라, '너'였는데.

아프기 싫어서 이별을 고했다. 아프지 않기 위해 이를 악물고 차가움과 따스함 사이의 모든 온도를 나누던 너와 헤어졌는데, 네가 없는 세상은 어떤 온도조차 존재하지 않는 허망한 잿빛이었다. 이렇게 아플 줄 알았다면, 차라리 만남의 아픔을 더해갈걸. 네가 이토록 그리울 줄 알았다면 차라리 그리움 없는 원망을 선택할걸. 그 모든 후회의 늪에 빠진 채 시간을 보낸다. 눈물을 흘렸다. 그리고 또 눈물을 흘린다. 혼자인 시간을 버티지 못해 친구들을 만나기도, 보지 않던 텔레비전을 켜보기도 하지만 짙어지는 그리움은 식을 줄을 모른다. 너에게 연락할까, 수없이 고민하지만 돌아올 차가움이 두려워 차마 닿을 수가 없다. 그 정처 없는 혼란의 시간 안에서 울다가 그리워하다가, 끝내는 너를 잊어야지 다짐하다가. 그 모든 감정들을 끝없이 되풀이하다가. 이 지긋한 순환의 연속 끝에 질려 무뎌질 때쯤 아마 나는 너를 놓겠지, 라는 기약 없는 기대를 가슴에 안은 채, 오늘도 나는 하릴없이 너를 그리며 무너지며 아파하며 그럼에도 너를 사랑하고 사랑했으며 또한 사랑하며.

생일.

어릴 때 생일을 맞이하면 반 친구들을 모두 초대해놓고 함께 피자와 치킨을 먹은 뒤에 피시방에 가서 게임을 한 시간씩 하고, 축구공을 가지고 운동장으로 나가서 밤이 될 때까지 축구를 하다가 우리 집에서 잘 친구, 집에 갈 친구를 구별해서 그렇게 마지막까지 남은 친구들과 하루를 넘어 이틀을 함께하기도 했었죠. 평소에 자주 말다툼을 하는 친구도 생일 때만큼은 나에게 양보를 해줬어요. 주인공이 된 기분이 들어 우쭐해지기도 하고, 마냥 행복을 느끼기도 했어요. 그런데 어느 순간 생일이 다가오면 그 며칠 전부터 저는 우울해지기 시작했어요. 생일 때 뭐해? 라는 연락들이 하나둘 오고 그것에 대해 답을 해야 할 무렵부터. 생일 때는 혼자 있는 게 좋아요. 생일 때만 찾아지는 사람이 되기가 싫고 내가 주인공이 된 기분이 싫어요. 그저 평소처럼 만나서 평소와 같은 이야기를 하며 늘 그렇듯 삼백육십오일 중의 어느 하루로 보내고 싶은데 생일이라서 나는 뭘 해야 하고, 생일이라서 너는 내게 뭘 해줘야 하고, 그러한 특별함 같은 게 마냥 기쁘기보다는 이제는 거추장스럽게 느껴지더라고요. 그런데 꾸준히 오래도록 평소와 같이 만나왔던 사람들, 그 사람들은 생일이 되어서도 보고 싶긴 하더군요. 내가 주인공이 되지 않아도 되며, 생일이 아니어도 늘 내 곁에, 자주 보지는 않았더라도, 꾸준히 머물러준 따스함이어서. 특별하고 꾸며진 거보다는, 그냥 있는 그대로, 소소하게, 수많은 오늘 중 하루의 오늘로, 나는 생일을, 특별하지만 사실은 가장 일상인 어느 날의 어느 하루를, 그렇게 맞이하고 보내고 싶어요.

특별한 날이어서

그날 하루의 특별함을 만끽하는 사람이기보다

그저 평범한 오늘 하루의 사소함을

가장 특별하다고 느끼며, 그렇게 오늘을 삽니다.

누군가들의 주인공이 되기보다

그저 평범한 현실 세계의 조연으로서

그렇게 묵묵히 주어진 오늘을 삽니다.

내 삶에 있어 가장 반짝이는 순간은

눈을 떠서 맞이한 새로운 오늘이라 믿으며

그렇게 오늘 하루가

다시는 되돌아오지 않을 오늘 하루가

후회가 없는 최선이 될 수 있도록

열심히, 그저, 오늘을 삽니다.

꿈.

꿈에서라도 네가 보고 싶은 나인데, 그게 미어질 만큼 아프더라도 그렇게라도 너를 느끼고 싶은 나인데 너는 그것조차 허락을 안 해. 아픔도, 그리움도 모두 나만의 것이야. 그 모든 걸 알게 되었을 때는 세계가 사라지고 전부가 무너져 끔찍한 절망밖에 남질 않는데 그래도 네가 놓아지질 않아. 그래도 내겐 너만이 보여. 네가 없는 나는 어떡해. 어떻게 살아. 이렇게 아프고 힘이 드는데 나는 정말 어떡해. 어떻게 살아. 나를 살려줄 사람은 너밖에 없는데, 그런 너를 잃은 나는 이제 어떡해. 어떻게 살아.

우리, 무너지지 말자. 나의 전부가 되었던 네가 사라져서 내 마음에 그 무엇도 남아있질 않아 살아갈 힘도, 나아갈 힘도 없지만 그럼에도 무너지진 말자. 꿋꿋이 소중하자. 아픈 만큼, 속상한 만큼, 찢어지게 시린 만큼 딛고 일어서야 하는 거잖아. 네가 없어졌다고, 너를 더 이상 사랑할 수 없고 너의 손을 잡을 수도, 너에게 닿을 수조차 없다고 해서 나까지 이렇게 시들어져선 안 되는 거잖아. 보란듯이 더 잘 살아야지, 행복해야지, 더 예쁜 향이 나는 꽃이 되어 피어나야지. 아플수록 더 보듬어주고 사랑해줘야 할 나니까. 그러니까 밥도 잘 챙겨먹고, 너를 만나느라 미루어두었던 내가 하고 싶었던 일들도 하면서, 카메라를 들고 예쁜 풍경을 담으러 떠나기도 하면서, 그렇게 잘 지내자. 더 예쁘고 멋진 내가 되어 나를 떠난 네가 언젠가 내가 아픈 거처럼 아파했으면 좋겠다고, 그런 유치한 맘이어도 좋으니 망가지기보다 차라리 유치해지자, 우리. 이를 악물고 주어진 길 안에서 더욱 반듯하게 자라나자. 그게, 이별을 이겨내는 유일한 방법이니까. 이 이별을 통해 배우고 후회한 만큼, 그렇게 자라나서 더욱 예쁘고 찬란한 계절을 맞이하자. 그리고 그 계절 안에서 새롭게 피어날 너라는 꽃을 다시는 놓치지 않게, 이런 아픔을 다시는 겪지 않게 더 멋지고 반듯한 내가 되어 아낌없이 사랑하자. 세상에서 가장 아름다운 꽃이 되어 그렇게 피어나자. 다시는 찢어지지 말고 영원히, 그렇게. 후회를 또다시 겪는 미련함보다 후회를 통해, 이 미어질 만큼 쓰라린 아픔을 통해 더욱 흐드러지게 피어나는 나라는 꽃이 되기를.

47.

이별한 뒤에야,
너를 더 사랑하게 되었다

　　나는 이별한 뒤에야, 너를 더 사랑하게 되었다. 너를 사랑했지만, 때
때로 사랑하지 않았던 순간도 있었고, 이따금씩 너를 사랑이 아닌 눈으
로 바라보기도 했다. 하지만 너와 이별한 뒤에야, 내게 남겨진 모든 너
를 사랑으로 다시 쓰고 사랑으로 기억하게 되었다. 그러니까 나는 이별
한 뒤에야, 너를 더 사랑하게 되었다. 지나가는 곳곳에서 너의 흔적을
찾으며, 그 흔적 안에 있던 너를 떠올렸으며

　　그러한 시간들 앞에서 때때로 주저앉은 채 울어야만 했다. 너에게
사랑이 되지 못했던 모든 시간들을 아픔으로 간직해야만 했고, 그것은
후회와 미련이 되어 내 심장을 후비고 파내기 시작했다. 너는 여전히 내
게 사랑이었지만, 동시에 아픔으로 존재했다. 너를 상상하는 순간에, 여
전히 사랑인 너를 떠올리며 나는 미소 지었지만, 이내 내 곁에 없는 너

를 실감한 채 아파해야만 했으니까.

기억상실증에 걸린 것처럼, 나는 너와 함께했던 순간에 너와 나누었던 많은 소중함을 잊고 있었고, 그 찬란했던 순간들을 간직하지 못했다. 기억상실증에 걸린 것처럼, 나는 너와 함께했지만 때때로 너와 함께하지 않았고, 너를 바라봤지만 때로 그 모든 예쁨이었던 너를 잊기도 했다. 그때는 몰랐지만, 이제는 내가 너에게 참 많이 부족한 사랑이었구나, 하고 깨닫게 되는 시간들.

네가 옷장에 숨어있었을 때, 그 사랑스러움을 왜 이제야 알게 되었을까. 네가 우리 집 앞에서 문을 두드리던 모습들을 왜 이제야 사랑으로 간직하게 되는 것일까. 이따금씩 그 모든 사랑을 사랑으로 바라보지 못했고, 왜 나는 너를 답답해하기까지 했을까. 후회의 파도가 첨벙, 나를 삼켰다 뱉는다.

후회가 되었다. 아주 지독하고 끈질기게 후회가 되었다. 왜 나는 네가 나에게 주었던 것처럼 너에게 큰 사랑이 되어주지 못했을까. 내 하루의 힘듦 앞에서 네가 성의 없었다고 생각한 채 네 앞에서 침묵하는 시간들이 잦아졌던 지난 시간들을 떠올리며, 왜 그저 네가 내 곁에 있는 것만으로도 내 힘듦은 나누어지는 것이고 그 모든 것이 위로였다는 걸 알지 못했을까. 내가 잠들 수 있도록 내내 나를 쓰다듬어주던 너와... 늘 바쁜 나를 배려하기 위해 우리 집에 와주었던 너를... 왜 나는 더 사랑해 주고 아껴주지 못했던 걸까.

왜, 나는... 너를 떠나보낸 뒤에야 이렇게 너의 소중함을 깨닫게 되는 것일까. 나는 익숙해지지 않는 사람이라고 믿어왔는데, 나는 결국 너에게 익숙해졌고, 그랬던 내 어리석음 앞에서 아파해야만 했다. 내가 너에게 바랐던 기대는... 내 욕심에 불과했다는 것을. 너는 너 자체로 내게 모든 소중함이었는데, 나는 왜 너에게 더 많은 것을 바랐을까. 그저 너에게 기댈 수 있었던 지난 시간의 위로를... 왜 기대로 가린 채 놓쳐왔을까. 그 모든 고마움이었던 너를...

나는 왜 원망하기까지 했을까. 부족하다고까지 생각했을까. 나처럼 예민하고 모자란 사람을 사랑으로 담아주었던 벅찬 너를... 끝까지 지키고 붙들었어야 할 너를... 나는 왜... 놓아줬을까. 내가 이 모든 것들을 그때 알았더라면... 나는 끝내 네 손을 놓지 않았겠지. 그러니까 나는... 정말이지 나는... 너에게 참 많이 모자라고 부족한 사람이었구나, 사랑이었구나. 너는...

다름 아닌 너여서 내게 위로고 사랑이었다는 것을... 네가 내 곁에 머물렀던 모든 순간이 사소했고, 그 사소함으로 인해 나는 행복했다는 것을... 그러니까 네가 나에게 무엇을 해주어서가 아니라, 그저 너 자체로 너는 내게 위로였고, 소중함이었고, 사소함이었고, 예쁨이었고, 무엇보다...

사랑이었다는 것을.

기억상실증에 걸린 것처럼 모든 것을 망각하고 있었지만, 끝내는 어렴풋이 기억났고, 나는 슬퍼했다. 기억은 늘 잃고 난 뒤에야 간절히 되돌아오는 것. 엎질러진 선택을 다시 주울 수는 없기에 하늘에 펼쳐진 어둠과 달과 떨어지는 별처럼 많은 변명을 하며 애써 내 선택을 미화해보지만 그것이 나를 위로해주지는 않는다는 걸 알게 되는 순간의 슬픔을 마주할 뿐이었고, 그저 잊기 위해 노력하고 발버둥치는 무의미한 노력이 될 뿐이라는 걸 실감해야만 했다. 그래서 온전히 마주한다. 너라는 찬란함과 소중함과 하늘의 별과 달과 태양과 결국에는 사랑이었던 그 모든 순간의 빛들을. 만약에 그때로 돌아간다면 다시는 주어진 순간들을 망각하지 않으리라, 똑같은 실수를 반복하지 않으리라, 다짐하며. 하지만 그런 날이 오지 않을 것임을 또한 알기에, 그때로 돌아가더라도 여전히 나는 그랬을 거라는 것을 알기에 하릴없이 슬퍼하며. 오늘도 하늘은 무심히도 맑다.

너에게 받았던 사랑이 가끔씩 생각이 나 먹먹해질 때.
그러다 무너져버릴 때.
그런데도 보고 싶다는
말조차 할 수 없는 사이가 되었음을 실감하게 될 때.
셀 수 없이 많은 시간을 그리워하다, 울고 후회하는데
너는 이미 나를 잊었고.

후회.

더 잘 해줄걸.
한 번 눈 감아볼걸.
왜 너를 놓기 전에는
알지 못했을까.
네가 내게 있어
얼마나 거대한 의미였는지를.

나, 다시 사랑할 수 있을까.
언젠가는 아무 일 없었다는 듯
그렇게 누군가를 향해 웃고 있을까.
이렇게 시리고 먹먹한데
미어질 것만 같이 아프고 쓰라린데
언젠가는 아무 일 없었다는 듯
그렇게 다시 누군가를 사랑하고 있을까.
잊고 잃었던 웃음을 다시 되찾고
너를 잘 보내줄 수 있을까.

마음이 미어질 만큼 보고 싶은데
이제는 보고 싶다는 말조차 할 수 없게 되어버린.

48.

너 라 는 위 로

벌거벗었던 나마저도 사랑으로 바라봐주었던 그 눈빛이 나를 찬란
하게 만들어줬다는 것을. 중요한 건, 내가 걸치고 있었던 수많은 겉옷이
아니라 그 어떤 것에도 불구하고 그 안에 있던 나를 바라봐주었던, 나
의 너와 너의 나라는 거였는데, 왜 나는 그걸 몰랐을까. 너를 놓치고 나
서야 알게 되었을까. 네가 가진 가치와 꿈과 사소함과 서투름과 같은 그
모든 예쁨을, 왜 나는 함부로 작게 여겼을까. 결국 나는 오만한 사람이
었고, 사랑 앞에 진실하지 못했던, 하지만 가장 진실하다 믿었던 비겁한
겁쟁이였고, 찰나의 감정 앞에 순수하지 못했던 거짓말쟁이였다. 가장
밑바닥의 처절함으로 너를 마주하지 못했던 나는 너라는 과분함을 붙
잡을 자격조차 없었던, 그럼에도 너를 곁에 두었던 행운아였고 욕심쟁
이였다. 눈물로 고백하지만 결코 용서받을 수 없었던 시간들.

사랑 앞에서 찌질할 수 없었던 나에게 사랑을 입에 담을 수 있는 자격을 허락한다면, 그럼에도 너를 사랑했고, 여전히 사랑하며, 앞으로도 사랑으로 추억하며, 너와 함께한, 모든 사랑이었고 사랑이 아닌 시간 동안, 나는 너를 사랑했고 그로 인해 찬란했었다고, 감히 너를 담을 수 있었던 기적 앞에서 고백하고 싶다.

너는 내가 작가라서 나를 좋아한 것도 아니고, 내가 이렇게 생겨 먹어서 나를 좋아한 것도 아니었다. 나의 다른 무엇 때문이 아니라 나라는 사람 자체를 좋아해주었던 것이고, 그 좋아함 자체가 내게 사랑이었고, 너와 함께 있는 모든 순간이 내게 위로였다는 것을. 네가 내 곁에 있을 때, 나는 너의 표정과 태도에서 위로받기보다 답답해했고, 그런 너에게 시들어져갔지만,

돌이켜 네가 내 곁에 있었던 모든 순간이 내게 위로였다는 것을. 그저 내 곁에서 나를 바라봐주던 시선과 내 곁에 머무르던 온도 자체가 내게는 간절함이었고, 그보다 더 큰 위로는 없었다는 것을. 그러니까 결국에 나는 오만한 사람이었다. 위로라는 것을, 사랑이라는 것을 감히 정의 내리며 너의 것을 함부로 판단했던 오만함. 그리고 네가 살아가는 가치와 나의 가치를 비교하며 너의 것을 폄하했던 오만함. 그 모든 오만함이 너를 다치게 만들었다는 것을. 그럼에도 내 곁에 머물렀던 너의 마음을 내가 감히 헤아릴 수 있을까.

너는 나라는 꽃을 사랑해서 자꾸만 나를 만지려고 했고, 나의 향을 맡으려고 했고, 내게 서슴없이 모든 애정을 다해주었는데, 하지만 내 마음에 돋아있던 가시는 너를 다치게 만들었고, 나는 너의 상처보다 내 마음에 돋은 가시의 뻐딱함으로, 그러니까 그 이기심으로 나를 챙기기에

바빴으니, 나에게 너라는 예쁨을 담을 자격이라는 게 있었을까. 너의 연락처를 물어보고, 너의 손을 잡고, 너에게 사랑을 말한 자격이... 나에게 있기는 했을까. 어쩌면. 나는. 너에게

닿아서는 안 되었다. 너를 내 안에 담고 품어서는 안 되었었다.

사랑 앞에 오만했던 시간들.

감히 이것을 사랑이라 정의하고

저것을 사랑이 아니라 함부로 잣대하며

그렇게 오만해졌던 시간들.

그래서 순수할 수 없었던 지난 시간들.

내가 했던 한 번의 사랑에는

그 한 번의 정의만이 남는 것이고

새로운 사랑 앞에서 그 정의는

모두 허물어지고 다시 쌓아져야 하는 것임을.

모든 사랑은 그저

순간의 정의에 머무르는 것이고

그래서 함부로 잣대할 수 없는 게 사랑이라는 것을.

그게 사랑의 유일한 정의라는 것을.

언젠가의 나는

너라는 정의를 통해 또다시 판단이라는 오만을 저지르며

순수하지 못하게 사랑을 마주하게 될 수도 있겠지만

적어도 너라는 정의는, 사랑은

내게 있어 가장 기적 같은 진심이었고 진실이었다.

허락할 수 있나요.

헤어진다는 것은 그 사람이 다른 사람의 품에 가는 것을 허락하는 일. 내게 주었던 눈빛과 사랑을 다른 사람에게 주고 나를 잡았던 손의 따스한 온기가 다른 사람의 손에 옮겨지는 그 모든 것을 각오하는 일. 그것이 미어질 만큼 아프더라도, 내게는 아무런 자격도 없기에 내가 할 수 있는 것이라고는 바라보고 아파하는 수밖에 없는 일. 바라보고 아파하는 수밖에는. 그 모든 것을 감당해낼 자신이 없다면, 최선을 다해 붙잡고 너를 지켜내야 하는 것. 적어도 최선을 다했다면, 그럼에도 붙잡아지지 않는 사랑이었다면 나와 같은 후회는 없겠지.

친구가 헤어졌을 때, 울고불고 전화가 왔을 때, 나는 친구에게 견뎌내라고, 그렇게 이별을 완성하고 더욱 찬란하고 온전한 네가 되어 더욱 예쁜 사랑을 하라고 말을 해주었는데, 친구는 내 말을 듣지 않았다. 그때까지만 해도 나는 친구가 어리석은 거라고 생각했다. 서울로 이사를 간 여자친구를 붙잡기 위해 본인도 서울로 이사를 가고, 그곳에서 직장을 구하고... 나는 그것이 친구의 온전함을 저버리는 일이라고 생각했다. 그렇게 몇 달간 여자친구에게 본인의 간절함과 진심을 보여주고 눈물로 매달리더니, 친구에게서 다시 사귄다고 연락이 왔다. 그래서 행복하냐고 물었고, 친구는 행복하다고 대답했다. 나는 그걸로 됐다고 생각했다. 그리고 얼마 전 그 친구에게서 결혼을 한다는 연락을 받았다. 그 이야기를 듣고 눈물이 왈칵 쏟아졌다. 친구는 사랑에도, 이별에도 최선을 다했고 나는 그러지 못했다는 생각에. 그리고 친구의 아픔 앞에서 함부로 이별을 말하던 나 자신의 지난날이 부끄러워서. 그리고 아름다웠다. 누가 뭐래도, 친구의 결혼은 아름다운 것이었다. 친구의 용기는 영원히 남이 될 뻔한 서로를, 영원한 곁으로 남는 서로로 지키게 만들었으니까. 사랑에 최선을 다하듯, 이별에도 최선을 다해야한다는 것을 놓아주는 것만이 최선이라 믿었던 나는 몰랐다. 그리고 그것을 해낸 친구가 부럽고 멋졌다. 진심으로 친구의 행복과 그 결혼의 축복을 소원했다.

용기.

이를 악물고 버티고 보내주는 것만이
이별이라고 생각했는데
울고불고 붙들고 잊지 못해 찾아 헤매고
그렇게 최선을 다해보는 게 이별이더라.
어차피 이별한 거
할 수 있는 거 다 해보고 헤어져도 늦지 않더라.
붙잡을 수 없는 마음이더라도
그런 뒤에야 진짜로 놓아주게 되더라.
최선을 다하지 못한 이별에는
최선을 다하지 못한 후회가 남더라.
여전히 사랑이라면
최선을 다해 그 사랑을 지켜나가기를.
그래도 지켜낼 수 없는 사랑이라면
그때에는 비로소 행복을 빌어주기를.

사랑에도 이별에도 최선을 다하기를.

돌이켜 하지 못한 것에 대한 후회는 없기를.

최선을 다했기에

내 모든 걸 다해 사랑했고

모든 걸 다해 붙잡았기에

이제는 정말 어쩔 수 없는 것이기에

너의 행복을 진심으로 바라줄 수 있기를.

못해줘서 아파하는 후회는 없기를.

붙잡지 못해 돌이키고 싶은 미련은 없기를.

모든 진심을 쏟아

사랑에도 이별에도 최선을 다하기를.

49.

너 와 같 은 사 람 은
이 세 상 에 너 밖 에 없 어 서

지독하게 아팠던, 미어질 만큼 쓰라렸던 이별 앞에서도, 원고를 보고 또 보았다. 책이 만들어지고 있었고, 디자인에 대한 의견을 출판사와 주고받으며, 나는 최선을 다했다. 이렇게 힘든 시간 앞에서도 자꾸만 일을 바라고, 조금의 최선을 더 요구하는 출판사가 밉기도 했지만, 그들은 내 사정을 알지 못했고, 나는 나의 이러한 아픔을 이해받고 싶지도, 나의 개인사 때문에 일정을 미루고 싶지도 않았다. 내게 주어진 책임을 다하기 위해 이를 악물었다.

이 책에는 너와 함께한 이야기들이 또한 몇 가지 담겨있었다. 책이 나온 뒤에는 너에게 그 페이지들을 보여주며 기쁨을 선물하고자 했었는데, 그 바람은 그저 바람인 채로 남겨졌다. 그렇게 책이 나왔다. 기쁘지만은 않았다. 이 책에 쏟았던 정성 때문에 너와 헤어졌던 것은 아니었을까, 하고 생각하기도 했으니까. 꿈과 너를 저울질했던 시간들이 있었다. 나는 그 일 앞에서 자주 길을 잃곤 했었고, 자주 혼란스럽기도 했었다. 하지만 만약에... 다시 내게 같은 고민을 할 자격이 주어진다면, 나는 꿈을 저버렸을 거 같다. 조금 더디더라도 너와 함께 모든 것을 해나가고 싶으니까. 그러니까 나는

너라는 꿈을 선택했을 것이다. 너를 잃기 전에는 그 어려웠던 일이 너를 잃고 나서는 아주 분명해졌다. 네가 없는 지금이 내게는 가장 큰 행복을 잃은 지금이니까. 여전히 글을 쓸 수 있고, 여전히 그 꿈에 닿아가고 있지만, 네가 없는 지금에 와서 그 모든 일은 바래졌다. 하지만 너를 잃기 전의 나는 결코 깨닫지 못했을 것이다. 지금도 만약 네가 내 곁에 있다면 나는 여전히 저울질을 하며 혼란스러워했을 것이다. 실수를 통해 배우고, 아픔을 통해 성장하는 게 사람으로 태어나 살아가는 모든 존재의 가련한 운명이니까.

내가 사는 원룸과 내가 평소에 거니는 거리를 너와 함께했기 때문에, 너를 잊는 일이 더 힘들었다. 자꾸만 너의 그림자가 나에게 속삭이는 것만 같았고, 내 손을 잡은 채 방긋 웃으며 오빠, 오빠, 하고 다정하게 불러주는 것만 같았다. 너와 함께 먹기 위해 감이 홍시가 되기를 기다렸고, 그 홍시들을 얼려서 먹기 위해 냉동고에 넣어두었는데, 아직도 고스란히 냉동고 안에는 그 홍시들이 그대로 있는데, 네가 없는 동안 너를 대신하라는 의미로 네가 현관 앞에 걸어두었던 다람쥐 인형이 여전히 내 눈에 보이는데, 네가 나에게 주었던 커플 잠옷을 나는 아직도 입고 있는데, 너의 잠옷은 아직 나의 옷장에 들어있는데, 네가 나에게 열심히 키우라고 선물해주었던 선인장은 여전히 잘 자라고 있는데, 네가 못났다며 지우라고 했던 사진과 네가 마음에 든다며 간직하라고 허락했던 사진과 그러니까 그 모든 예쁜 너의 모습이 담긴 사진들이 여전히

내 폰 안에 있는데, 그 모든 것을 함께해야만 했던 너는,

이제 내 곁에 없다.

　카메라를 샀다. 사진을 찍는 취미를 가져야겠다고 생각했다. 아픔 속에서만 머무를 수는 없는 노릇이니, 새로운 경험과 배움으로 지금을 이겨내야겠다고 마음먹었다. 그리고 더 반듯하고 예쁜 향이 나는 사람이 되어야지, 하고 생각했다. 아픔 앞에서 망가지기보다는 더 멋진 내가 되어야겠다고 생각했다. 그 모든 마음에는 보란 듯이, 더 멋지고 예쁜 향을 지닌 사람이 되어서 나를 떠나간 네가 언젠가 후회하는 날이 있었으면 좋겠다는 조금은 유치한 복수심 같은 것들도 있었다. 그렇게... 나는 너를 놓친 뒤에야 너에게 처절해지기 시작했다. 돌이켜 붙잡을 수 없는 지난 시간을 후회하며, 바보처럼.

　사진을 찍으러 돌아다니며, 사진에 대한 취미에 깊어지며, 나는 필름 카메라를 샀다. 새것은 더 이상 구할 수 없는, 오래되고 낡은 것만이 남아있는 필름 카메라. 네가 좋아했고, 늘 세상과 나를, 우리를 담았던, 필름 카메라. 사진을 찍고, 이 사진이 어떻게 찍혔을까, 어떻게 인화될까 궁금해서 늘 설렌다던 네가 내 눈앞에서 아른거렸다. 그리고 필름 카메라로 세상의 모든 예쁨과 슬픔을 담아내던 너는 분명히, 깊은 사람이었다고 생각했다.

　어느 순간부터, 나는 나와 너의 나이차를 잊었던 것 같다. 네가 담을 수 있는 세계와 이해와 마음이 나의 것과 다를 수도 있다는 것을 망각했던 것 같다. 나는 그것을 때로 생각했어야만 했다. 그게 조금 더 많은 삶을 마주하고 살아왔던 사람의 몫이니까. 나의 지금으로 너의 지금을 바

라보는 것은 늘 함부로일 수밖에 없는 것이고, 정말로 내가 세상을 진실로 마주한 채 최선을 다해 살아왔다면, 그러한 너의 부족함을 헤아리고 안아줬어야 하는 거니까. 나는 분명,

너의 나이 때, 너보다 다정하지도 못했고, 너보다 열심히 살아가지도 못했고, 너처럼 의젓하지도 못했고, 너처럼 누군가를 온 마음을 다해 담고 사랑하지도 못했다. 나의 그때는 너의 지금보다 한참 서툴렀고, 부족하고 모자랐고... 그러니까 나는 그 모든 것을 망각한 채 나의 지금으로만 너를 바라봤다. 함부로 오만했다. 아마도 너는 몇 년이 지나 지금의 내 나이에 이르렀을 때, 지금의 나 따위보다 당연히 더 멋지고 깊은 사람이 되어있을 거 같다. 그때까지 더 많은 것들을 담고 배울 것이고, 그렇게 보다 더 다정하고 예쁜 향이 나는 사람으로 자라날 거 같다. 너는, 너라는 꽃은.

아마도, 나는 너와 같은 사람은 다시는 만나지 못할 것이다. 너와 같은 사람은 이 세상에 너밖에 없어서, 너는 내게 두 번 다시 존재하지 못할 기적이었고, 다시는 바라보고 담을 수 없는 예쁨이었고 사랑이었다. 우리가 달랐고, 서로에게 모자랐고, 서로에게 부족했던 그 모든 지난 시간들조차 찬란했으며, 아름답다고 말할 수 있는 것은, 너와 내가 마주치고 닿은 채 우리가 되었던 그 모든 순간들은 이 세상에 더는 존재하지 않는 우리가 만들었던 유일하게 아름다운 사랑이었기 때문이니까.

너와 같은 사람은 너밖에 없어서.

끝내 보고 싶어도 보고 싶다는 말조차 하지 못하게 되어버린 너와 내가
되었고, 수없이 많이 아파했으며 울기도 많이 울었지만, 그럼에도 찬란했
다고 말할 수 있는 것은, 너와 만났던 모든 순간이 기적이었기 때문이다.
너와 같은 사람은 너밖에 없으니까. 그런 너와 함께 어떤 시간을 보냈든,
세상에 너와 나 같은 만남은 우리밖에 없었고, 그래서 찬란했던 거니까.
세상에 하나뿐인 내가 세상에 하나뿐인 너를 만나 세상에 하나뿐인 사랑
을 했다는 그 찬란한 기적에, 그리고 그 모든 것을 함께할 수 있도록 허락
해줬던 너라는 기적에 감사하며, 나는 오늘도 네가 보고 싶다.

사실은 네가 너무 그리웠어. 문득문득 잘 지낼까, 뭐하고 지낼까 생각이 나서 그동안 참아왔던 내 모든 마음들을 무너뜨리고 너에게 다시, 사랑한다고 말하고 싶었던 적도 셀 수 없이 많았어. 하지만 네 마음을 지켜주고 싶었어. 그리고 내 마음을 지켜내고 싶었어. 네가 불편해할까 봐, 부담스러워할까 봐, 그리고 내가 널 좋아하는 마음이 왜곡될까 봐. 그래서 참아냈어. 너는 모를 거야. 내가 참는 시간 동안 이미 내가 너를 잊었다고 생각했을지도 모르고, 너에게 다가간 내 마음의 무게가 가볍다고 여겼을지도 몰라. 네가 날 볼 수 없는 곳에서, 네가 나를 들을 수 없는 곳에서 이토록 견뎌내고 있었으니까. 그러니 내 마음이 진심이었다는 것만, 모든 것을 다한 절절함으로 너를 향했다는 것만, 나의 침묵과 인내 또한 너를 위한 헌신이었다는 것만, 내 마음 가는 대로 너를 좋아했다가 네가 힘들어진다면 그건 사랑이 아니라 생각했다는 것만, 그러니 이 모든 시간이 너를 향한 내 사랑이었다는 것만 알아줘. 그 알아줌 하나면 그걸로 나는 됐어. 솔직히는 아직도 욕심이 나고 네가 너무 그립고 좋아서, 너의 의미 없는 작은 반응 하나에도 지켜왔던 내 모든 마음이 무너져 너에게로 다시 향하게 될까 겁이 나서, 또다시 이 모든 걸 다시 쌓아야 하는 아픔을 지나게 될까 봐, 나는 그걸로 됐어.

이제는 안부조차 물을 수 없는 네가
그럼에도 잘 지내고 있기를, 하고
이따금씩 네 생각이 날 때면 소원했다.
너를 생각하는 일에만 그치지 않고
나는 늘 너의 행복을 빌어주었다.
앞으로도 가끔은 네 생각이 날 것 같다.
그 순간이 찾아올 때면
나는 늘 그래왔던 것처럼
네가 있는 그곳에서,
너는 행복하게 잘 지내, 하고 바랄 것이다.
네가 있는 그곳에서도
너는 늘 예쁨이고 소중함이며 사랑이길.

행복하길 바라주는 것.

한없이, 마음껏 후회하는 것.

때로는 닿을 수는 없지만

여전히 사랑하고 그리워하는 것.

너를 보고 싶어 하고

가끔은 너의 꿈을 꾸기도 하는 것.

너를 추억하는 것.

영원토록 너를 기억하는 것.

가끔은 원망도 해보는 것.

미련 앞에서 미련해지기도 하며

무의미한 기다림을 쌓아도 보는 것.

사랑의 자격을 상실한 이가 가질 수 있는

유일한 자격.

왜 나는

너와 함께 만들어가고 있는 이 책을,

그러니까 우리의 이야기와 우리의 추억과

간절함과 영원함을 담을 이 책을

또한 내 꿈이라 여기지 않았던 걸까.

그 꿈은 얼마나 예쁨이고 낭만이고

사랑이며 향기이며 짙은 색이었을까

왜 나는, 내가 하고 있는 사랑과

그 모든 문장 앞에서는 작가가 되지 못했던 걸까.

후회스럽다.

이제야 내 꿈이 되어버린

너와 함께하는 시간들이 아쉬워진다.

붙잡을 수가 없어서

아픔이고 슬픔이 되어버린

우리의 남겨진 이야기들 앞에서.

나의 꿈은

그저 너의 손을 잡고

우리에게 주어진 모든 순간의 다정함을 나누며

펼쳐진 삶의 여정을 바라보고 걸어가는 것.

그렇게 평생을 너와 함께 사는 것.

너를 평생 예쁨으로 소중함으로 간직하며

그 마음을 다해 닳도록 아끼고 사랑하는 것.

하루의 시작과 끝을

너에게 사랑한다는 말로 맞이하고 마무리하는 것.

그렇게 사랑하는 것.

50.

그렇게,
어른이 되가나 보다

일 년이라는 시간이 지났고, 지금의 나는 또 다른 원고를 준비하고 있다. 그 사이에, 전에 있었던 그림 작가와 합의를 할 것인지 검찰청에서 연락이 왔고, 형사조정이 열렸지만 나는 참석하지 않았다. 많은 일들을 겪어오며 더 이상은 온전하지 않은 사람들과 협상이라는 것을 하지 않겠다고 다짐했다. 옳고 그름을 따지는 것이 감정적으로 지치고 힘든 일이더라도, 그 모든 것을 감당하고 나는 나의 옳음을 지켜내야겠다고 생각했다. 떳떳하지 않은 사람들에게는 앞으로 절대 내 마음에 있는 온전함과 다정함을 나누지 않으리라 다짐했다. 하지만 그들을 또한 미워하지도 않으리라고.

어릴 적, 사파리에 사자를 보러 간 적이 있었다. 차 안에서 바라본 사자는 참 사랑스럽고 예뻤다. 사자를 사랑하지만, 그 사자에게 손을 내

미는 것이 위험하다는 것을 또한 알고 있었다. 그들에게 손을 내밀면 아마도 그들은 나의 손을 물지도 모른다. 사랑하는 것과 손을 내미는 것은 다른 일이며, 미워하지는 않되 여전히 사랑할 수 있다는 것을, 그렇게 배워간다.

끝내, 이 사건은 재판에 회부되지도 않을, 그러니까 판사의 판결을 받아볼 필요도 없는 명백한 무혐의로 결정 내려졌다. 마음이 한결 가벼워졌다거나 기뻤다거나 하는 감정을 나는 느끼지 못했다. 그저 그렇게 판단이 내려졌구나가 다였다. 앞으로는 이런 일을 지금보다 더 자주 마주하게 될지도 모르고, 지금보다 더 큰일들을 나는 감당하게 될지도 모르겠다. 하지만 그때의 나보다는 덜 휩쓸리고 덜 유약해질 수 있을 거라고, 그것이 지금 일어난 모든 일이 내게 남긴 선물이라고, 나는 생각했다.

너와 함께 갔던 바닷가에 갔다. 여전히 바다는 참 예뻤다. 너와 함께 갔던 바다는, 너를 보느라 바다의 예쁨을 담지 못했지만 혼자 보는 바다는 온전히 예뻤다. 가끔씩은 네 생각이 난다. 네가 내게 주었던 사랑이. 헤어진 이가 내게 남긴 가장 큰 선물은 아픔도, 그 안의 배움도 아니었다. 너처럼 좋은 사람을 만나 벅차게 사랑받은 기억과 그 기억으로 인해 너보다 더 좋지 않은 사람에게는 결코 사랑에 빠지게 않게 되는 기적, 그게 네가 내게 남긴 선물이다. 그렇게... 사랑은 걸어갈 때마다 깊어지는 것. 저 바다처럼, 언젠가는 끝이 없는 사랑을 하게 되길.

바람이 불었고, 파도가 일다 그치기를 반복했다. 그 오르내림을 바라보다가, 나는 생각했다. 모든 순간이 내게 있어 최선이었다고. 돌이켜 원망했던 지난날들은 찬란한 의미로 바뀌었고, 일어나지 않았어야 했다고 믿어왔던 일들은 꼭 일어나야만 했던 선물이 되어 내게 닿았다. 세월의 나이테를 더해가며, 순간의 판단을 아끼는 법을 배워간다. 좋은 일이 있다면 나쁜 일이 일어날 수도 있는 것이고, 올라감이 있으면 내려감 또한 있을 수 있다는 것을. 하지만 결국 나를 찾아온 모든 일에는 의미가 있는 것이고, 끝내 나는 그 의미를 찾게 되리라는 것을. 그렇게 찬란할 것이며, 더욱이 자라나리라는 것을. 이제는, 순간의 소중함을 조금 더 바라볼 수 있을 것만 같다. 그렇게 나는, 이렇게 나는, 어른이 되어가나 보다.

네가 없는 계절은 바래진 시간이었다. 많은 것을 그리워하고 또 후회했지만 그럼에도 너를 놓아야만 했던 이유에 대해 애써 생각해내며 혼자인 시간을 보냈다. 나는 혼자였지만, 어떤 면에서는 온전한 혼자는 아니었다. 너라는 그리움과 너라는 미련과 너라는 후회가 내 마음 한편에 늘 드리워져 있었으니까. 짧은 시간 안에 참 깊어도 졌나 보다. 하긴, 누군가를 좋아하는 일에 세월이 무슨 소용일까. 소용돌이에 휩쓸리듯 빠져들고, 이내 마음을 빼앗기게 되는 일인 것을. 언젠가는 너라는 계절 또한 지나가고 나는 다른 계절에서 살아가게 되겠지. 다만, 여름이 오면 겨울이 그립고 겨울이 오면 때로 여름이 그리워지는 것처럼, 나는 다른 계절 안에서도 가끔씩 너를 그리게 될까 봐, 그게 다른 계절을 받아들이기를 두렵게 만들고, 너라는 계절이 한 해가 지나 또다시 나의 시간을 찾아올 날이 올까 봐 빈자리를 채우는 것을 주저하게 되는 것이겠지. 이 모든 시간 안에서 나는 혼자였지만, 혼자는 아니었고 너를 기다리지만 또한 네가 지나가길 바라며, 그렇게 치열한 모순을 반복하며, 그렇게, 그렇게.

비록 우리가 헤어졌지만,

너는 헤어진 순간에도 내게 사랑이었다.

나는 너와의 이별을 극복하기 위해

내게 주어진 삶의 순간들을 더욱 열심히 살아나가며

그 안에서 새로운 가치를 배우며 자라나게 되었으니까.

새로운 사람을 만나려고 했지만

너보다 더 좋은 사람이 아니라는 생각에 포기했다.

아마도 나는

너보다 더 예쁜 향기가 나는 사람이 아니라면

결코 사랑에 빠지지 못하게 되었나 보다.

네가 나를, 그렇게 만들었나 보다.

그렇게 나는, 미안하게도, 그때의 너와 나보다

더 예쁜 사랑을 하게 될 것인가 보다.

그 모든 것이,

지난 네가 내게 남겨준 선물이었다.

헤어진 지금에도 네가 사랑으로 남는 의미였다.

반듯하게 다정하길. 지혜롭게 예쁘기를.

사람은 때로 다정함과 순진함을 오해하기도 한다. 사람을 미워해서는 안 된다는 의무감에 자신에게 해를 끼치는 관계를 속앓이를 하면서까지 이어가기도 하며, 때로는 그럼에도 그 사람을 미워하게 되는 자신의 모자람에 죄책감을 느끼기도 한다. 하지만 어린아이가 사파리를 보러 가서 사자를 사랑하되 그 사자에게 손을 내어주지는 않는 것처럼 우리는 사람을 미워하지 않고 사랑하되 특별한 관계에 놓이지는 않을 수 있다. 그것을 아마도, 지혜라고 부른다. 다정함은 지혜를 동반하고 순진함은 무지를 동반한다. 그러니 나는 당신이 다정하되 사자에게 손을 내미는 순진한 사람은 아니었으면 좋겠다. 늘 다른 사람을 깎아내리려고 하고 다른 사람이 잘되는 것에 질투를 하고 혹은 타인에게 진심을 나누는 것이 아니라 타인의 마음을 이용하고자 하는 목적을 두고 사람을 만나거나 오만하거나 불평불만이 가득한 사람, 호전적인 사람, 그리고 자기 연민에 빠진 채 신세한탄을 하며 동정을 구하는 사람들과는 거리를 두었으면 좋겠다. 그 사람은 아마도, 당신과 함께 머무는 동안 당신을 지치게 만들 것이고, 당신의 좋은 마음들을 갉아먹으려고 할 것이며, 당신 또한 그들의 온전하지 않음에 휩쓸려 지켜왔던 다정함을 잃게 될지도 모르는 것이니. 그러니 나는 당신이 좋은 마음, 좋은 생각을 가득 나누며 서로가 서로의 의식을 고쳐시켜주며 함께 손을 잡고 성장해나갈 수 있는 사람과 함께했으면 좋겠다. 당신의 성장에 해가 되는 사람들을 미워하지 않고 사랑하되 그 사람들과 함께하는 것에는 늘 신중하기를. 다정하되 결코 순진하지는 않기를.

선한 방향으로 나아가기를. 같은 곳을 향하지만 옆에 있는 너를 마주하는 일에도 소홀하지 않기를. 모든 지난날을 돌이켜, 그럼에도 찬란했다고 말할 수 있을 만큼, 내게 주어진 모든 순간 앞에서 부끄럽지 않기를. 최선을 다해 반듯하고 다정하길. 더없이 소중하고 예쁘길. 그럼에도 순진하지는 않기를. 늘 부드럽지만 때로는 무엇보다 단호할 줄 아는, 그런 내가 되기를.

지금은,

지금 이대로의 아름다움이 있는 것임을.

변해야 할 것은 없다는 것을.

모든 것이 완전을 향해 나아가는

완벽의 조각, 완벽의 순간이었다는 것을.

가슴이 미어질 만큼 괴롭고 분했지만

그 또한 언젠가의 찬란한 나를 있게 하는

소중하고 감사한 조각이었다는 것을.

모든 지난 일을 통해

나는 나아왔고, 배워왔으며

그렇게 지금의 내가 되어왔다는 것을.

앞으로도 끊임없이 그리할 거라는 것을.

그저 지나가는 배움의 순간들,

찬란한 경험의 조각들, 그리고 성장.

그 앞에서 괴로워할 필요가 없었다는 것을.

두려워할 이유 또한 없었다는 것을.

그저 감사하며 충분히 배울 수 있다면

그걸로 완성되어지는 '지금'의 의미라는 것을.

51.

보 통 의 연 애

　아마도 나는, 너를 사랑했지만 여전히 사랑을 몰랐고, 내가 할 수 있는 최선의 사랑을 했을 뿐, 그것이 분명한 사랑은 아니었다고 생각한다. 언젠가는 지금보다 더 나은 사랑을 누군가에게 주게 될 것이지만, 그 사랑 또한 분명한 사랑이었다고 말을 할 수 있게 될지는 모르겠다. 다만, 지금보다는 더 최선의 사랑일 거라고 믿을 수밖에 없고, 또한 언젠가는 조금 더 완성된 사랑을 할 수 있을 거라고 막연히 바랄 수밖에 없을 것이다.

　기적처럼 너를 만났고, 사랑에 빠지고 사랑했다. 동시에 가장 평범하게 사랑했고, 보통처럼 이별했다. 분명한 건 밤하늘에 수놓인 별처럼 많고도 많은 사람들 사이에서 서로가 서로를 마주한 채 서로를 알아보고 이내 마음에 담게 되는 일은, 쉽게 일어나지 않으며 또한 너와 함께하는 사랑은 두 번 다시는 일어나지 않는다는 것. 너와 함께했던, 가장 평범했던 보통의 모든 지난날들은 결국 너와 내가 치열하게도 만들어왔던 다시없을 순간들이며, 두 번은 이루어내지 못할 아름다움이었기에, 우리는, 우리의 사랑은, 그 안의 모든 추억의 조각과 찬란함은 기적이었다.

그래서 나는 너를 기적으로 기억할 것이고, 그 끝이 어떻게 되었든, 우리가 언젠가 다시 만나게 될지라도, 혹은 이렇게 영원히 서로를 잊은 채 두 번 다시는 마주치지 않게 되더라도, 나는 너를 내 운명이었다고 생각할 것 같다. 세상에 특별한 사랑은 없다는 것을 알게 되었다. 그저 모든 이들이 가장 보통의 연애를 하고, 가장 평범한 사랑과 이별을 한다. 그 안에 우리가 부여하는 의미가, 그것을 조금 더 특별하게 만들어주는 것일 뿐.

아마도 다음에 또다시 누군가를 사랑하게 된다면, 나는 지금의 아픔을 기억할 것이다. 또한 거대한 의미를 부여하며 그 사랑을 특별하게 믿기보다는, 모든 사랑에 처음과 끝이 있음을 기억하고, 끝이 나지 않는 사랑으로 만들어가기 위해 가장 평범하게 그 사람의 곁에 머무르고 싶다. 운명으로 인해 너를 만났든, 그저 그 모든 것이 운명을 투영한 우연이었든, 그 사랑을 이어가는 것은 만남이라는 운명 혹은 우연이 아니라 만남을 만들어가고 그 안에 내용을 써내려가는 가장 보통의 순간들이라는 것을 잊지 않을 것이다. 그리고 나는,

영원히 아파할 것이다. 그리고 그 아픔을 통해서 만약에 내가 다시 누군가를 사랑하게 된다면, 나는 조금 더 처절하게 사랑할 것이다. 나의 오만함과 자존심보다는 너라는 소중함을 더 간직할 것이며, 내가 사랑

하는 네가 나를 떠나고자 한다면 나는 울고불고 너를 붙잡아도 볼 것이다. 처절하지 못해서 너를 놓쳤던 지난 시간을 영원히 아픔으로 간직한 채, 그 아픔으로 인해 나는 처절할 것이다.

결국, 이 사랑 안의 나는 내가 살아온 삶의 틀과 그것을 믿는 오만과 그것을 지켜내고자 하는 자존심으로 너를 마주했고, 그것이 이별의 원인이 되었다는 것을 지금에 이르러서야 알 것 같다. 수없이 많은 변명 아래에 너와의 이별을 미화했지만, 이제는 진실로 마주한다. 결국에는 내게 있어 너를 향한 사랑보다 중요한 것이 많아서 너를 떠나보내었다는 것을. 결국 나는 단 한순간도 진실한 적이 없었다는 것을. 그러니 만약에 내가 다시 사랑하게 된다면, 이 모든 아픔을 기억하며

가장 처절하고도 진실한 방식으로 누군가를 사랑할 것이다. 너와의 이별과 네가 내게 주었던 모든 사랑이 헛되지 않게 나는, 다음에는 더 사랑하고 사랑일 것이다. 끝내 이 모든 것을 잊고 또다시 예전의 내가 되는 순간에도, 나는 지금 내 가슴에 맺힌 이 아픔을 기억할 것이다. 그렇게 조금 더 최선의 사랑을 할 것이며, 조금은 더 분명한 사랑에 닿아갈 것이다.

결국 우리의 헤어짐에 많은 이유가 있다고 믿었지만, 모든 헤어짐의 원인은 사랑하지 않음이라는 것을. 내가 덜 절실했고, 너에게 덜 처절했기에 우리는 헤어졌다는 것을. 결국 나는 너를 사랑한다고 믿었지만, 너보다 나를 더 사랑했고, 그래서 아프지 않기를 선택했다는 것을. 수많은 이유는 결국 사랑하지 않음에 대한 변명이었고, 사랑보다 나의 자존심과 나의 오만이, 그러니까 너보다 내가 더 중요했음이, 우리가 헤어진 유일한 이유였다는 것을 알게 되었다. 나는 아마도,

너와 헤어진 뒤에 너를 더 사랑하게 되었고, 더욱 큰 사랑을 알게 되었고, 가장 아픈 진실이 되겠지만, 네가 아닌 다른 사람에게 이 모든 사랑을 주게 될 것이다. 그게

지난 사랑이 내게 남겨준 가장 찬란하고도 유일한 의미였다.

결국 모든 이별의 원인은 하나였다.

사랑하지 않음.

덜 사랑했고, 덜 처절했기에

마주한 하나의 시련 앞에서도 부서져야만 했다.

만약,

네가 나에게 놓쳐서는 안 될

네가 아니면 살아갈 수 없을 의미였다면

나는 너를 놓지 않았을 것이다.

결국에는 덜 간절했고, 덜 절실했기 때문이고

너에 대한 간절함과 너라는 의미를

헤어진 다음에야 알게 되는 실수를,

사람은 계속해서 반복하고 있을 뿐이다.

다만,

사랑에서 아픔이 되었던,

아픔에서 찬란함이 되었던 너를 딛고

다음에는 조금 더 잘 사랑하게 될 뿐이다.

그럼에도 가장 완벽일 수는 없기에

그저 조금 더 잘 사랑하게 될 뿐이다.

어쩌면 나는

여전히 첫사랑과 이별을 하지 못했나 보다.

그래서 그녀의 눈으로 세상을 마주하고 있었나 보다.

어쩌면 이별했고,

하지만 그녀의 일부가 내가 되어버렸는지도.

나는 첫사랑의 결핍을 너에게서 해소하고자 했고

너 또한 너의 이전 사랑에 대한 결핍을

나에게서 해소하고 싶어 했다.

그렇게 우리는 어쩌면

이전의 결핍으로 서로를 마주했고

그때의 색안경으로 서로를 바라보았던 걸지도 모르겠다.

지금 너의 곁에서

너의 손을 잡고

너에게 사랑한다 말해주고 있는

그 사람이

놓쳐서는 안 될 너의 운명이야.

괜한 기대와 바람으로

주어진 소중함 놓치기보다

최선을 다해 사랑하고 아껴줘.

그 사람만한 사람 없었다,

라고 언젠가 후회하기보다

이 사람이 아니면 안될 거 같아서

평생을 이렇게 사랑하며 살고 있습니다.

라고 말할 수 있게.

52.

다 시 , 영 국

　누군가를 사랑하고, 그 누군가를 통해 배운 의미를 그 누군가가 아
니라 다른 이에게 쏟아야 하며 그것으로 너에게 부족했던 지난날을 용
서받고 사죄 받는다는 것이 사랑의 가장 큰 모순이 아닐까. 그래서 나는
너를 기다리고 있는 것인지도 모른다. 너에게 주었던 모든 부족함과 아
픔과 상처를, 너로 인해 깨닫게 되었던 이 사랑을 다른 이가 아니라 너
에게 주고 싶으니까. 그래서 자꾸만,

　너를 기다리게 되는 것인지도 모른다. 너를 기다리는 동안 내게 다
가온 누군가들이 있었고, 나는 그 누군가들을 내 안에 담지 않았다. 네
가 아니었으니까. 내가 기다리는 것은 너였고, 너니까. 앞으로도 너일
테니까. 아마도, 한동안 나는 그럴 것 같다. 그리고 비행기는 어느새 영
국에 착륙했고, 그러니까 나는 지금,

영국. 나는 내 가슴 안에서 울리는 설렘을 마주한다. 처음 오는 영국은 아니지만, 그때의 영국보다 지금의 영국이 더욱 설렘으로 내게 닿는다. 떨리는 심장을 바라보며, 아마도 오랜만에 오는 영국과 이곳에서 내가 담게 될 수많은 예쁨들로 인해 이렇게 설레는 것이리라, 하고 생각한다. 짐을 찾고, 길게 이어진 통로를 따라 공항의 입구를 향해 걸어가고 있는데

어디선가 익숙한 풍경이 눈 안에 들어온다. 어디선가 익숙한, 언젠가 느껴본 적이 있는 설렘. 저건 아마도, 훈인데, 하고 생각하지만 이상하게 그 생각에 깊게 빠져들지는 않는다. 뒤에서 훈이를 한참 동안 바라보며, 나는 걷는다. 무슨 생각인지 모르겠지만, 나는 걷는다. 바보처럼, 무엇인가에 홀린 것처럼, 그렇게 멍하니 걷는다. 그런데 잠깐.

훈이라고?

사랑의 가장 큰 모순은

한때는 나의 전부였던 사랑에게

이제는 안부조차 물을 수 없다는 것이고

가장 뜨겁고 아름다웠던 계절을

이제는 살아가지 못해 추억할 수밖에 없다는 것이고

여전히 그 계절에 머무르고 있더라도

그 계절의 이름은 더 이상 우리가 아니라는 것.

그리고 지난 계절을 살아가며

느끼고 배우고 깨달은 모든 의미를

그 계절이 아닌

다른 계절에게 쏟아야 한다는 것.

너에게 부족했다 여겨진 모든 후회와

너에게 해주지 못했던 모든 미련과

그것들로 인해 깨달은 새로운 정의와

용서받길 소원했던 그 모든 이해를

네가 아닌 다른 이에게 쏟으며

또한 바라야 한다는 것.

그리고 그 모든 불완전함과

그 모든 모순 앞에서도

가장 아름답고 완전한 것.

이라는 또 다른 모순. 끝없는 모순.

그래서 사람은

평생 사랑을 정의할 수 없고

사랑을 이해할 수 없고

그것에 공식을 세울 수 없는 것이니

그저 사랑할 것.

너무 많이 생각하지 말며

애써 이해하려 하지 말며

그저 닳도록 사랑할 것.

내 마음에서 네 마음에 닿는

가장 가까운 직선을 그으며

그렇게 가장 순수한 심장으로 사랑할 것.

그저 주어진 순간에
닳도록 아낌없이
너를 담고 사랑할 것.
결과를 미리 걱정하며
사랑의 크기를 재거나
애써 태연하지 말 것.
가장 순수한 마음으로
그저 사랑하고 사랑할 것.

53.

너 였 다

　훈이는 내가 너에게 준 곰인형이었고, 누군가의 캐리어 뒤에 훈이
가 매달려있다. 그리고 나는 걷는다. 이상하게 무슨 생각을 해야 할 것
같은데, 무릎을 딱 쳐야 할 만한 무엇인가가 있는 거 같은데, 그게 정확
히 무엇인지 몰라 바보처럼 걷는다. 그러다가 마침내 멈추어 선다. 그
래, 맞아, 저 곰인형, 영국에서 샀었지. 그러다가 그곳에서는 워낙 유명
한 인형이고, 또 귀엽다 보니 그럴 수도 있겠구나 생각하고는 다시 걷는
다. 그런데 자꾸만 눈물이 쏟아진다. 그리고 내

　심장.

　그러니까 아까부터 자꾸만 다르게 떨리고 있는 내 심장. 그때 너를
만났을 때, 너를 알아보았던 것처럼 떨리고 있는 내 심장. 이 심장으로

너를 알아보았고, 이 심장으로 너를 운명이라고 믿었던 그 떨림. 어디선가 바라본 적이 있었던 풍경, 그리고

어디선가 느껴보았던 이 심장의 떨림.

너였다.

너 였 다.

형에게 너와 함께했던 계절과 그 모든 사랑과 지난 후회를 털어놓은 적이 있다. 너는 내게 이런 사랑이었는데, 나는 너에게 이런 사랑밖에 되어주지 못했다고. 그 모든 말을 들은 형은 내게 말해주었다.

네가 아무리 부족했다고 생각해도, 그래서 후회가 되어도, 그 아이는 그 부족함조차 사랑했기에 네 곁에 머물렀던 거라고. 사랑하는 데에는 이유가 없고, 사랑 앞에서 좋은 사람과 나쁜 사람은 결코 기준될 수 없는 거라고.

내가 아는 내 동생은, 지금은 후회를 하고 있지만 분명 최선을 다해 다정했을 거라고. 다만 더 해주지 못했다는 그 마음에 계속해서 후회하고 있는 것뿐이라고. 그 아이 또한 분명 너를 벅찼던 사랑으로 기억하고 있을 거라고. 네가 이렇게 후회를 하고 있다는 거 자체가, 그만큼 그 사람을 사랑했다는 것이고, 그 사람에게 떳떳하고 싶었다는 것이고, 그러니까

그 자체로 이미 넌 다정함으로 머물렀을 거라고. 세상을 살아가면서 사람은 부끄러워할 줄 아는 사람과 부끄러워할 줄 모르는 사람으로 나뉘며, 사람이 완벽할 수는 없어서 부끄러워할 줄만 안다면 그 사람은 적어도 예쁜 향기가 나는 사람이라고.

그러니까 그만 후회하고, 그만 놓아주라고. 네가 많이 부족했다는 마음과 죄책감과 그 모든 미안함으로부터 자유로워지고, 이제는 그녀를 또한 보내주고, 그 모든 의미로 완성된 지금으로 또다시 사랑하고 또다시 후회하고 또다시 아파하라고. 그게, 한 명의 사람이 할 수 있는 가장 유일하고 아름다운, 계절을 살아가는 방법이며 사랑이라고.

너 였 고,

너 였 고,

너 였 다.

그리고 너는, 여전히 예뻤다. 너라는 꽃은.

　네가 추위를 탈 때면 나는 너에게 가디건을 입혀주었다. 내가 아끼는 가디건을, 그리고 나보다 너에게 잘 어울렸던 가디건을. 그리고 나는 네가 늘 그것을 가지고 다니며 여름에는 에어컨 바람이 추울 때, 겨울에는 그저 추울 때 입기를 바랐다. 하지만...

　너는 늘 그 가디건을 접어 나의 옷장에 다시 넣어두었다. 그렇게나 예쁘다며 좋아했던 가디건을... 너는 그런 사람이었다. 내게 한없이 많은 것을 주었지만, 내가 너에게 무엇인가를 줄 때면 그것에 당연해지지 않는 사람. 너와 이별을 하고 다른 누군가를 만나기도 했고, 사랑에 빠지고자 노력을 하기도 했지만 그것이 어려웠던 이유는...

　그 사람은 네, 가 아니었기 때문이었다. 너처럼 사람과 사람이 지켜야 할 당연하고도 분명한 선을 지켜나가는 사람이 세상에 그리 많지 않다는 것을, 나는 아주 선명하게 알고 있기에. 그래서 네가 여전히 그리운 것인지도 모르겠다. 앞으로도 의도치 않게 많은 사람들을 만나기도 할 것이고, 그 안에서 설렘을 느끼기도 할 테지만 그 사람이 너보다 좋은 사람이라는 생각이 들지 않는다면 나는 사랑에 빠지기보다 너를 그리워하는 쪽을 선택하게 될 거 같다. 그래서 새로운 사랑을 시작하는 것은 내게 이토록 어려운 일. 그게, 사랑을 했던 자들이 서로에게 남기는 마지막 선물이니까. 너보다 좋은 사람이 아니라면 절대 사랑에 빠지지 못하게 하는 선물, 그 순간이면 사랑이 아닌 그리움을 선택하게 하는 선물. 그렇게... 헤어지고 나서도 더 좋은 사람을 만나 행복할 수 있도록 그 마음으로 오래도록 남아주는

선물.

그 선물이자 축복이, 다른 누구도 아니라 너였다는 사실에 나는 감사한다. 그리고 아직은, 다른 사람이 아니라 너였으면 좋겠다고 생각한다. 다시 사랑하게 될 누군가. 언젠가 출판사와 이 원고에 대해 미팅을 했을 때, 에디터는 내게 말하곤 했다. 이 소설은, 이 상상 속의 이야기는, 하고. 그리고... 여전히 나는 답을 해주지 않고 있다. 앞으로도 그럴 것이다. 이 책에 담긴 이야기가 나에게 일어났던 일이든, 내 상상 안에서 일어났던 일이든, 그리고

이 이야기의 결말이

새로운 사람을 만난 결말이든, 이전의 사람을 다시 만나게 된 결말이든, 그에 대한 모든 상상은 읽는 분들의 몫으로 남기고 싶다. 에필로그 또한 리얼리티를 더하기 위해 만들어낸 이야기인지, 사랑했던 누군가에게 실제로 전하, 고 싶은 메시지인지, 그것 또한 열린 결말이라고 말해두고 싶다.

일 년마다 한 권의 책을 내는 것은 작가에게 있어 강행군이라는 말들을 한다. 아무리 빨라도 이 년 정도의 텀을 두는 것도 쉼이 필요하기 때문일 것이다. 하지만 내게 있어 글을 쓰고 출판을 하는 일이란 그렇지가 못했다. 일 년이 채 되기도 전에 신간을 내곤 했으니까. 출판사들이 나에게 물을 때마다 나는 그렇게 답한다.

독자분들이 제 새로운 책을 읽고 싶어 하셔서요.

작가란, 글을 읽어주는 사람으로 인해 존재하고 나라는 작가는 읽혀지는 행복으로 인해 글을 쓴다. 그래서 내게 있어 가장 중요한 것은 내 글을 읽는 사람을 향한 배려고, 그 마음에 보답하는 일이다. 비록 많이 부족한 책일지라도, 늘 나의 책을 기다려주시고 그 안에 담긴 '나'를 읽고 싶어 하시는 분들을 위해서 오늘도 나는 글을 쓴다. 그리고 내 글이 읽혀지는 한 앞으로도 그럴 것이다. 다만, 이번에는 조금 쉬었다 가고 싶다는 생각을 간절히 하기는 했다(앙탈).

그리하여 감사의 인사를 전하고 싶다. 늘 나의 글을 기다려주시고 또 한 페이지 한 페이지 포스트잇을 붙이며, 한 줄 한 줄 형광펜으로 줄을 그어가며 읽어주시는 독자분들께, 그 소중한 마음에. 그리고 다른 무엇이 아니라, 그 마음에 대한 보답이 나의 글이고, 그 글에 담긴 내 마음이길 바라며, 감사드립니다.

그리고 늘 진심으로 저라는 작가의 마음을, 저의 책을 살펴주시는 백지영 에디터에게 감사의 말을 전한다. 늘, 감사드립니다. 그리고 까탈스러운 저를 신뢰해주시고 지지해주시는 박정훈 부장님께도, 마음을 다해주셔서 정말 감사합니다. 그 외에도 저를 배려해주시고 응원해주신 이승아 팀장님, 긴 말이 필요하지 않은, 마음이 참 따뜻하신 박성인 상무님께도 특별히 감사의 말씀을 전하고 싶다. 감사합니다. 그리고 저의 두꺼운 감정들을 독자분들이 읽기 편하게, 예쁜 책으로 나올 수 있도록 해주신 정은경 디자이너님께도. 감사합니다. 가족들에게는 직접 만나 감사의 말을 전하고 싶다. 그리고 마지막으로...

너에게 인사를 전하고 싶다.

가끔씩 내가 너에게 내 책의 구절을 읽어줄 때 너는 이렇게 말하곤 했었 잖아. "어차피, 내 생각하면서 쓴 글도 아니면서." 그렇게 질투를 하기도 심술을 부리기도 했었어, 너는. 많이 늦었지만 지금에 와서야 너에게 선 물해. 오롯이 너를 생각하고 너만을 담고 너만을 기록한, 그러니까 오직 너를 위한 이 책을.

많이 고마워. 아니 고마웠어. 다시는 너와 같이 나를 사랑해주는 사람을
나는 만나지 못할 거야. 그러니까 나처럼 많이 부족하고 모자란 사람을
많이 사랑해 주고 늘 진심으로 내게 닿아줘서 고마워,

고마웠어.

그리고 몇 번의 계절이 또다시 돌고 돌아,

3 년 후, 여 름.
그 리 고 다 시,
너   와   나.

너라는 계절, 2주년 기념
미 삽 입 수 록 본

2-1.

그리고
그 후의 이야기

만약에 내가 그때로 돌아간다면 너를 잃지 않을 수 있었을까. 다시 너의 미소를 마주한 채 너의 손을 잡고 그 사랑스러움을 내 가슴에 품을 수 있다면 지금도 여전히 나, 너라는 계절 안에서 살아 숨 쉬고 있을까. 그런 생각을 참 오래도록 했다. 그리고 그 생각의 결론은 늘 하나였다. 그때로 돌아간다고 해도, 나는 너와의 이별을 선택했을 거라는 것.

미성숙한 나인 채로 너를 마주했다. 그렇게 너를 지나 나는 조금 더 익어버렸는지도 모른다. 너와의 이별 끝에 마주했던 수없이 많은 후회와 자책의 시간들 속에서 아파하며... 느끼며... 배우며... 또다시 후회하며... 그렇게 깨닫고 성숙하지 않았다면... 지금 네가 내 옆에 있다고 해도 내 가슴에 불타오르는 지금의 이 마음처럼 너를 사랑하지는 못했을 거라고... 나는 생각했다. 아마도 그게, 우리 사랑의 어쩔 수 없는 결론이라고...

누가 나에게 가장 잘 맞는 사람인지, 나에게 맞지 않는 사람인지, 우리는 경험이 부족해서 잘 알지 못한다. 그래서 헤어진 이후에 이 사람, 저 사람을 만나보고 나서야 그때 그 사람이 나와 정말 잘 맞았구나, 하고 깨닫게 되는 일이 많다. 지금 만났으면 함께 결혼을 하고 영원으로 굳어지는 사랑을 하게 되었을 만큼 잘 맞는 사람인데, 하필 그때 만나서, 그러니까 내가 그 사람의 좋은 면들을 바라보기에는 여전히 많이 어리고 미성숙했을 그때 그 사람을 만나서, 그래서 헤어지는 경우도 많고, 결혼을 할 시기가 다 되었고, 또 내가 어른이 되면서 이해심과 다정함이 더 많아져서, 그래서 그 시기에 내 옆에 있는 사람과 결혼을 하게 되기도 하는 것. 그게 사랑, 이라는 우리가 어찌하지 못하는 운명, 이 아닐까.

슬픈 말이지만, 그래서 지금 내 옆에 있는 사람이 나에게 가장 잘 맞는 사람인지는 결국 그 사람과 헤어져 봐야, 다음 사랑을 몇 차례 더 겪어봐야 알게 되는 것이다. 이별을 하고 오랜 시간이 지나서도 한 사람을 잊지 못하는 사람이 있다. 다른 사람과 연애를 하지 못하는 사람이 있다. 그건, 다른 사람을 만나면서 점점 더 그때의 네가 짙어지고 진해지는 경우다. 너만큼 나에게 잘 맞춰주고 나에게 큰 사랑을 주는 사람을 만나지 못해서 그런 것이다. 그래서

지난 사랑에 대해 모든 것이 아쉽고 또 그런 너의 사랑을 알아봐주지 못했던 것이 미어지게 아프다. 사랑은 그런 것이다. 우리 모두가 경험이 부족하고 서툴러서 때로 나에게 가장 좋은 사람을 놓치기도 하는 것. 그렇게 이 세상의 습도를 끌어올릴 만큼의 눈물을 흘리며 후회도 해보는 것. 결국 모든 것이 상대적이어서 경험을 더해보지 않으면 결코 알 수 없는 것들이, 지나가고 사라지고 나서야 알게 되는 것들이... 너무나도 많기 때문이다. 그러니 우리가 할 수 있는 가장 최선은,

언제나 마지막인 것처럼 사랑하는 것. 되도록이면 그래도 너에게 모든 것을 다했기에 후회는 없었다고 말할 수 있을 만큼, 최선을 다해 모든 마음으로 사랑하는 것. 아직 모든 것을 겪어보지 못한 우리의 사랑에 그럼에도 후회가 없을 수는 없겠지만, 그럼에도 최선을 다해 사랑하는 것. 그렇게 결국 마지막에 만난 사람에게, 그러니까 내 모든 경험을 더해 만난 너에게, 가장 성장한 사랑을 쏟는 것.

아마도 그게, 이 사랑이라는 계산할 수 없는 확률 앞에서 우리가 할 수 있는 모든 것일 것이다. 이 끝이 보이지 않는 사랑이라는 긴 강 앞에서, 그 막막함과 막연함 앞에서 그럼에도 그 끝에 닿기 위해 해볼 수 있는 유일한 노력이 될 것이다. 아마도 그게...

이 사랑이라는 영원한 후회이자 영원한 아름다움 앞에서 우리가 할 수 있는 가장 미약하고도 그럼에도 가장 거대한, 사랑, 일 것이다. 그때 그 사람이 결국 나와 마지막이 되지 못한 것도, 그리고 지금 이 사람과 평생을 사랑하게 된 것도, 모두가 어쩌면 운명인 것이니 나의 운명을 그저 온 마음을 다해 끌어안고 가장 최선의 노력으로 사랑하는 것. 이 모든 서투름과 부족함까지도 끌어안은 채 그럼에도 가장 성숙하고 반듯한 나인 채로,

너라는 이 우주의 모든 것이자 세계를 마주하고 내 작은 가슴 안에 품어보는 것. 그렇게 너라는 계절을 살아가는

것. 사.랑.하는

것.

미성숙.

내가 아직 성숙하지 못해
나도 모르는 채 상처 주는 말들을
함부로 가볍게 내뱉었던 날들이
지금에 와서야 미어질 만큼 후회가 된다.
지금의 나 또한 채 성숙하지 못해
누군가의 심장에 못을 박고 있는 건 아닌지.
지난날을 돌이켜 내게 가장 두려운 것은
다른 것이 아니라 나의 미성숙이었고
그 성숙하지 못한 마음이 누군가에게 주는
기억하고 싶지 않은 못난 기억들이었고
하여 오늘을 마주함에 있어 부끄럽지 않을 수 있기를.
지난날을 돌이켜
그럼에도 나, 최선을 다해 반듯했다고 말할 수 있기를.

나의 미성숙이

누군가의 마음에 오래도록 상처로 기록되지 않게

나는 늘 예쁜 마음이어야겠다.

그렇게 나, 예뻤던 한때로 추억되어야겠다.

꽃을 사랑하는 마음.

어떤 꽃은 물을 자주 줘야 예쁘게 자라지만, 어떤 꽃은 물을 자주 주게 되면 시들어버린다. 물을 자주 주면 안 되는 꽃에게 네가 너무 예쁘다며 물을 자주 줘버리면, 내가 꽃을 사랑하는 이 마음이 꽃에게는 사랑이 아니라 이기적인 마음이 되고, 상처가 되고, 아픔이 되는 것이다. 이렇듯, 사랑은 받는 이의 마음까지 배려하는 것. 하여 받는 이가 어떤 사람인지, 어떤 성향의 사람인지를 또한 알아가야 하는 것. 무조건 예뻐해주는 것보다 상대방을 알아가는 마음은 그래서 중요한 것이고, 그 알아줌만이 사랑의 예쁜 꽃을 피울 수 있는 것이니까. 내가 지금 하고 있는 사랑은, 사랑을 위장한 이기인지, 상대방을 진정 꽃 피우게 하는 다정함인지를 다시 한 번 돌아볼 것. 사랑한다면서 아프게 한다면, 그건 너를 사랑하는 게 아니라 너를 배려할 마음이 없을 만큼 내 마음의 욕망을 더 사랑하는 것이 아닐까. 내 마음의 욕망을 위해 너를 희생시키는 것이 아직도 누군가에게는 사랑이라면, 그 사랑은 아마도 오래도록 상대방의 마음속에 아물지 않는 상처를 남기게 될 것이고, 내가 성숙한 이후에 떠올리게 될 그 기억은 아마도 그보다 더 오랜 시간 동안 나를 아프게 하고 괴롭힐 것이며, 그러니까 내가 상대방에게 새긴 상처는 아무는 것이 아니라, 내게로 옮겨오는 것이다.

다정함.

마음에 사랑이 많은 사람이 좋다. 사람은 자신의 마음에 가득 차 있는 것
들로 세상을 바라보곤 하니까. 길을 걸으며 보이는 꽃과 나무와 강아지와
고양이를 바라보며 참 예쁘다, 하고 느낄 줄 아는 사람은 곁에 있는 나의
모습들 안에서도 예쁘고 소중한 면들을 바라보며 꺼내어주곤 하니까. 마
음에 화가 많은 사람은 무엇 하나에도 쉽게 화를 내고 또 불평불만을 털
어놓을 것이고, 마음에 자기연민이 많은 사람은 함께하는 동안 타인을 향
한 원망과 세상을 탓하는 이야기를 하느라 의미 있는 시간을 가지지 못한
채 나를 지치게 할 테니까. 그래서 나는 평소에 다정한 사람이 좋다. 사람
들과 모든 생명들을 존중할 줄 아는 사람. 하지만 나에게만큼은 야한 특
별한 사람. 그런 사람을 만나서 오래도록 서로에게 위로가 되어주며 평생
을 함께 서로의 곁에서 서로의 미소가 되어 고취시켜주는 관계. 나는 그
런 사랑을 하고 싶다.

성숙.

처음에는
내가 성숙했다는 것에 대해
말을 하고 싶었고
그 생각에 대해 존경을 받고 싶었습니다.
그러나 많은 삶의 시련과 경험을 지나며
진정한 성숙이란 말하지 않는 것이라는 걸 알게 되었고
말하지 않음에도 느끼게 해주는 것이라는 걸 배웠습니다.
말하지 않는 침묵은 깊고 고요합니다.
꽃은 자신이 꽃인 것에 대해서,
나무는 자신이 나무인 것에 대해서 설명하지 않지만
우리는 그것이 꽃이며 나무라는 것을 압니다.
스스로 아름답다고 말하지 않지만
우리는 꽃과 나무가 아름답다고 말합니다.
내가 나인 것에는 설명이 필요하지 않습니다.
그저 나는 나로서 존재할 뿐입니다.
그리고 그 자체로 아름다울 뿐입니다.
나는 나라서 아름답습니다.

2-2.

반 쪽 짜 리 기 억

　너와 헤어지는 것이 이렇게 힘들 줄 알았다면, 나는 너와 헤어지지 않았을 것이다. 무릎을 꿇고 두 손을 비벼가며 또 눈물을 흘려가며 너를 붙잡았을 것이다. 어쩌면 내 마음 한구석에는 오만함이 있었던 걸지도 모른다. 네가 아니어도 나는 더 좋은 사람을 만날 수 있을 거라는 오만, 금방이면 더 좋은 인연을 만날 수 있을 거라는 오만, 그리고 그 오만함이 나에게 더욱 큰 겸손함을 가르쳐줄 거라고는 생각하지 못했던 오만.

　너와 이별을 하고 한참의 시간이 지나, 나는 새로운 사랑을 하기 위해 얼마간의 노력을 기울였다. 그런데 그때마다 내가 깨달을 것은 이 사람은 네, 가 아니라는 것이었다. 그게 나를 더 아프게 했고, 너를 더 그립게 만들었다. 나의 밑바닥까지 보여줄 수 있는 사람은 너밖에 없었고, 그런 나마저도 사랑스럽게 바라봐주는 사람은 너밖에 없었다는 생각이 짙어질수록 나는 더욱 아파야만 했다.

여전히 네 꿈을 꿨고, 시간이 흐를수록 너에 대한 나의 미련과 그리움은 그 크기를 키워갔다. 너의 꿈을 꾸고 난 뒤에 숨을 못 쉴 만큼 심장이 미어져서 쓰러질 뻔한 적이 있었다. 이 년이라는 시간이 지났는데, 너라는 계절은 내 심장 안에서 더욱 꽃을 만개하고 더욱 태양은 강렬하며 더욱 초록색이며 더욱 노란색이며, 그렇게 모든 것이 더욱, 선명해지고 짙어져만 갔다.

다시 사랑할 엄두가 나질 않았고, 새롭게 누군가에게 익숙해지는 것이 낯설었고, 언젠가 또다시 이별을 하게 된다면 이 아픔을 반복해야 하는 것이 끔찍이도 두려웠다. 그래서 나는 여전히 너인가 보다. 네가 아니면 안 되나 보다. 꿈을 꾼 뒤에 찾아온 현기증과 두통 앞에서 겨우 정신을 차리고, 영국에 있는 형에게 전화를 걸었다.

형아, 진짜 나 너무 힘들다. 자꾸 눈물이 나네. 헤어지고 나서 시간이 이렇게나 많이 흘렀는데, 아직도 나는... 여전히 이렇게 힘들고 아파. 나, 다시 사랑이라는 걸 할 수는 있을까? 그런 생각에 또 두렵고... 내가 더 잘해주지 못한 게... 그리고 내가 받았던 수많은 것들이... 자꾸만 나를 아프게 해. 너무 그립고 슬프다. 그런데 다시 연락을 하고 붙잡을 생각을 하면 엄두가 안 나. 내가 이렇게 아파하고 힘들어하고 있다는 거 모르겠지. 유치하지만 알아줬으면 좋겠다. 그런데 전할 방법도 용기도 없네. 머리로는 이미 헤어졌고 다시 돌아갈 수 없다는 걸 누구보다 잘 아는데, 마음이 그게 잘 안 되나 봐. 그래서 이렇게 자꾸 아픈가 봐...

내가 가끔, 아니 자주 너의 꿈을 꾸고 그것 때문에 힘들어한다는 것을 알고 있던 형은 나의 이야기를 들어주었다. 그리고 얼마간 나에게 위로를 건네주다가 물었다. 근데, 훈아. 너는 왜 네가 해준 건 생각을 하지 않고 네가 받은 것만 생각하는 거야? 너는 왜 네가 받은 상처는 생각하지 않고 네가 준 상처만 생각하는 거야? 가끔 사랑하던 사람과 이별을 한 뒤에 미련에 빠져서 힘들어하는 사람들은 꼭 그래. 너처럼, 해준 건 다 잊고 받은 것만 기억하고, 자신이 받았던 상처는 다 잊고 자신이 준 상처만 기억하고. 그렇게 미련을 부추기고 더 크게 부풀려 가더라고. 그런데 그래선 안 되는 거잖아. 함께 사랑했던 소중한 기억을, 그렇게 일방적으로 조작해서는 안 되는 거잖아. 그게 좋은 쪽이든 나쁜 쪽이든, 오롯이 기억하고 추억할 줄 알아야 하는 거잖아. 그러니까

한번 잘 생각해봐. 그리고 기억해봐. 네가 했던 사랑의 추억이 온전히 지켜질 수 있게. 그게, 지금의 이별이 너에게 찾아온 몫이고 책임이니까. 네가 했던 사랑 안에는 그 친구만이 아니라 너 또한 숨 쉬고 살아 있었던 거야. 하지만 너는 그 추억 안에 있는 너 자신은 존재하지 않던 사람인 마냥 지워가고, 옅어지게 하고, 그러면서 자꾸 상대방만이 존재했던 사랑의 기억으로 만들어가고 있잖아. 그래선 안 되는 거잖아. 그러면 그 사랑 안에서 네가 배우고 느꼈던 모든 의미와 가치가 반쪽짜리로 남게 되어버리는 거잖아. 그렇게 모든 것이 반쪽짜리가 되었는데, 어떻게 너의 이별이 완성될 수가 있겠어. 그 사랑의 추억이 온전했다고 할 수 있겠어. 그러니까 이제는 그 추억의 조각을 온전히 찾고 완성해 봐. 또 네가 살았던 그 사랑과 이별이 오롯이 존재할 수 있게끔 잘 지켜내봐. 그게, 어쩌면 그 친구가 자꾸 꿈에 나오고 네가 이렇게 지금도 여전히 아파하고 있는 의미인 것 같네.

아픔은 언제나, 너에게 전하고 싶은 말이 있어서 찾아오는 거니까.

가슴 속에 미련이 많은 이는

자신이 못 해준 것만을 곱씹은 채 후회하고

자신이 받았던 것만을 기억하며 자책의 늪에 빠진다.

내가 상처 주었던 일들과

네가 나에게 예뻤던 것들만을 기억하는 것이다.

그렇게 자신이 잘해준 기억과

자신이 준 수많은 기쁨과 행복들,

그 사람에게 내가 받았던 아픔과 상처들은

그저 잊은 채 후회만을 늘려간다.

그러다 보면, 그 후회 안에서

그 사람은 다시는 만나지 못할 천사가 되어있고

나는 그런 천사를 모질게 대한 바보가 되어있다.

그리고 어느새 이 기억의 조작은 현실이 되어

우리를 미련의 늪에 더욱 깊게 빠지게 한다.

네가 상처받았던 일들과
네가 주었던 그 수많은 예쁨들은
왜 생각하질 않는 거니?

이제는 생각해봐.

생각보다 네가 아팠던 일도 많았고

생각보다 네가 선물한 기쁨도 많았어.

그래서 그 이별의 순간 앞에서

아프지만, 미어질 만큼 섭섭하지만

그럼에도 이별을 선택할 수 있었던 거야.

그 순간만큼은

너의 사랑과 그 사랑의 끝을 제대로 보고 있었기에.

그런데 왜 시간이 지날수록

그 주고받았던 예쁜 추억을

이토록이나 아프고 괴로운 기억으로 만들어버리는 거야.

왜.

후회.

내가 과거에 저질렀던 실수 앞에서 후회가 되어도 괜찮습니다. 후회가 된다는 건 우리가 스스로의 삶에 부여했던 주된 가치가 변화되었다는 것을 뜻합니다. 과거에는 최선을 다해 남에게 잘못을 덮어씌우는 것이 내가할 수 있는 최선이었던 겁니다. 그게 잘못된 일이고, 진실을 인정하고 마주하는 것이 옳은 일이라는 것을 그때 내가 알았다면, 우리는 그렇게 했을 것입니다. 그렇게 우리는 잘못을 하고, 그것이 잘못임을 깨닫고, 그것을 뉘우치고, 그렇게 스스로를 바로잡으며 성장하고 있는 것입니다. 저에게는 한때 제 직업적인 성취가 제 삶에 가장 중요한 가치였던 시절이 있었습니다. 그때 저에게는 정말 저를 아끼고 사랑해주던 여자친구가 있었고, 저 또한 그녀를 사랑했지만 저는 늘 열심히 일했습니다. 사랑은 언제나 상대적인 것이죠. 제가 사랑했다고 해서 그것이 상대방에게 또한 사랑이 되는 건 아닙니다. 그리고 제가 사랑한다고 했던 말 또한 제가 성장을 하며 그 의미가 변해갑니다. 그때 그건, 미성숙한 사랑이었어, 하고 말이죠. 어쨌든 저는 그때 당시에 제가 사랑이라 믿었던 사랑을 주고는 난 녀를 사랑한다고 말했습니다. 그리고는 그녀와 함께하는 시간보다 더 많은 시간을 일을 하는데 썼지요. 그렇게 그녀는 떠나갔습니다. 후회를 참많이 했고, 그 후회와 함께 제 삶의 주된 가치도 변했습니다. 정말 중요한것은 그때 일을 하는 것이 아니라 조금 더 그녀와 많은 대화를 하며 조금더 많은 시간 동안 그녀의 곁에 다정함으로 머무는 것이었다는 것을. 그렇게 후회와 함께 제가 중요하게 생각하는 가치가 변해가는 것이고, 후회와 함께 저의 사랑 또한 성장해가는 것입니다. 만약 제가 그때 이미 이런 사람이었다면 그때 그 선택 대신에 이 선택을 했을 것입니다. 하지만 그때는 제가 그런 사람이었던 거죠. 그러니 후회가 되어도 괜찮습니다. 최선을 다해 후회와 함께 성장한다면 그걸로 나를 찾아와 머물렀던 그때 그일은 모든 의미를 다한 것입니다. 그게 우리의 몫인 것입니다. 그러니 최선을 다해 후회하고, 최선을 다해 후회를 딛고 더 나은 가치관과 함께 행복하세요. 그렇게 지난 일을 털어버리는 겁니다. 그때 그 일로 인해 지금의 내가 더 찬란할 수 있는 거야, 그러니 내겐 없어선 안 될 선물이었어, 하고 깨닫는 순간 그 일이 우리에게 찾아온 모든 의미가 완성되는 것입니다. 그리고 그 순간이 되면 이렇게 말할 수 있게 되는 겁니다. 후회야, 죄책감아, 이제 넌 너의 몫을 다했어, 잘가, 하고 말이죠. 후회에 머무는 순간엔 절대로 놓을 수 없을 것만 같았던 죄의식이 후회를 딛고 일어서며 선물로 바뀌는 것입니다. 그게 우리가 성장하고 나아가는 방식입니다. 우리가 후회하는 이유입니다. 그러니 괜찮습니다. 성장할 수 있음에, 성장하고 있음에 감사하세요. 평생을 자신이 저지를 실수 앞에서 그것이 실수인지, 잘못인지조차 깨닫지 못하고 삶을 마감하는 사람도 있습니다. 그러니 지금 내가 후회하고 있다는 것은 일종의 축복이고 선물입니다. 그러니 잘하고 있고, 정말 괜찮습니다.

내게 이별을 말하는 너를 탓하고 싶지 않았어. 너에게 화를 내며 너를 내 곁에 두고 싶지도 않았고, 너에게 울고불며 동정심을 유발해서 너를 붙잡고 싶지도 않았어. 그런 마음으로 붙든 관계는 결국 금방 무너지게 되어 있으니까. 만약에 내가 너와 함께하는 동안 너를 더 많이 웃게 해주고 네가 더 소중한 사람이라고 느끼게 해줬더라면, 너는 이별을 더 많이 고민했을 것이고 그럼에도 헤어짐을 말하지는 않았을 테니까. 결국 아픈 기억을 더 많이 남겨줘서, 그렇게 네가 시들어가게 해버린 나라서 너는 마음을 먹었을 테니까. 만약에 너를 붙잡을 수 있다면, 그건 내가 너에게 머무르는 동안 쏟았던 내 마음만이 할 수 있는 일이니까. 그 마음이 너에게 닿지 못해서 미안해. 그리고 많이 아파. 그럴 자격도 없으면서 자꾸만 아프게 돼.

2-3.

젊 음 을
떠 나 보 내 는 일 이 란

그리고 또 일 년이라는 시간이 지났다. 시간은 수많은 것들을 붙들기도, 또 놓아버리기도 하며 때로는 무심했지만, 때로는 지겨우리만큼 아픈 것들을 내게 가져다주기도 했다. 너와 함께하고 또 함께하지 않았던, 함께하지 않았지만 그럼에도 함께했던 그 지난 몇 년의 시간 동안 참 많은 일들이 있었지만, 그럼에도 포기하지 않고 성숙해왔던, 나아가는 시간들을 보내왔던 나에게 고맙다는 말을 꼭 하고 싶다고... 나는 생각했다. 작가로서 쌓아온 어떤 것들을 포기하고 한 회사의 대표가 되어서 모든 것을 처음 시작하는 서툰 시간들을 보내며, 그렇게 새로운 탑을 쌓아가고 있었던 나였다.

여전히 밤은 길지만, 그 밤에는 새로운 사랑과 새로운 꿈에 대한 고민이 담겨 있기에 예전처럼 연약한 새벽은 아니다. 시간은 계속해서 흐를 것이고, 이 불안정 또한 안정을 찾아갈 시기가 올 것이기 때문이다. 적어도 나에게는 나의 젊음과 청춘을 내 꿈에 모두 쏟았다는 성취감과 그 성취에서 오는 자존감이 있다. 그리고 그 자존감이 나라는 자아를 지켜주고 있다. 그러니 그 어떤 사람과 그 어떤 삶의 순간을 마주하게 되더라도 쉽게 굴복하지 않을 수 있을 것이다. 아마도 그럴 거라고...

　나는 생각했다. 소란스러운 대화와... 의미가 부재한 외로움으로부터의 도피는 여전히 허락하지 않았다. 누군가 내게 외롭지 않냐고 물으면, 이게 원래 저라는 사람이에요. 라고 대답하게 되었다. 나는 여전히 낭만적이지만, 여전히 의미 없는 둘이 되는 것은 싫은 사람이었다. 연인으로서든, 친구로서든. 나의 성취를 부러워하는 많은 사람들이 생겨났다. 하지만 그 부러움 뒤에는 그들이 모르는 밤낮 없는 고민과 체력적인 한계에 부딪히는 노력이 있다. 하지만 사람들은... 여전히 그 껍데기의 안에 있는 것들은 바라보려 하지 않았다. 하지만 그것이 또한 이전처럼 나를 외롭게 만들지도 않았다. 다만, 나는 누군가의 빛을 바라볼 때 그 빛 뒤에 있는 어둠을 슬퍼해주는 사람으로 남기 위해 노력하고 있다. 그렇게 나는...

　외롭지만 더 이상 외롭지 않은 사람이 된 것 같다. 거짓말과 거짓말... 이기심과 이기심... 실리와 실리... 로 끝없이 생겨나고 소멸되는 사람들의 피곤한 욕망들... 그리고 그로 인한 상처들... 충분히 예쁠 수 있었지만, 그럼에도 예쁨을 선택하지 않는 사람들과의 지루한 싸움과... 소송... 그럼에도 나는 저 사람들처럼 부끄러운 사람이 되어서는 안 되겠다고 수없이 다짐했던 시간들... 그 모든 것을 너무나도 어린 나이에 겪어야만 했던 아픔과... 끔찍이도 무거웠던 현실들... 거기에 더해진 이별의 아픔과... 그리움... 후회와 자책... 어쩌면 내가 지나온 시간과 이 아품을 털어놓기에, 이 모든 것을 내려놓고 그저 웃을 수 있는 사람이 되기에, 나는 세상의 너무나도 깊숙한 곳에 너무나도 일찍부터 머물러 있었던 걸지도 모르겠다.

외롭지 않는 사람... 그것이 어쩌면 나라는 사람의 숙명일지도 모르겠다고... 나는 생각했다. 사람을 거의 만나지 않기에 외롭지만, 혼자서도 충분히 온전하기에 외롭지 않은, 그러니까 세상의 기준에서는 외롭지만, 나의 기준에서는 외롭지 않은, 그런 사람. 어쩌면 내가 세상의 기준에서도 외롭지 않은 사람일 수 있었던 순간은, 너와 함께했던 순간이 마지막이었을지도 모르겠다고, 나는 한참을 생각했다. 그리고 얼마간 섭섭했던 것 같다. 그리움도... 꽉 차오른 슬픔도 아니었다. 아마도 그때 내가 느꼈던 감정은

섭섭함이 맞았다. 그리고 그 섭섭함의 근원이 무엇인지... 다시 한 번 생각을 해보았지만 차마 닿을 수는 없었다. 아마도 그것은... 어른이 되어버린 것에 대한 막연한 두려움 같은 것이 아니었을까. 아직은 어른이 아니라는 막연한 안도감에서 이미 어른이 되어버렸다는 것을 직감한 순간의 막연한 두려움... 무엇인가를 꿈꾸는 자에서 그 무엇인가가 되어버린다는 것... 그러니까 그것에서 찾아오는 어떤 허무함과 비슷한 것이 아니었을까... 그리고 어쩌면 나는...

이미 어른이 되어버렸다. 외롭지만, 외롭지 않을 수 있는, 그런 어른이. 어른이 된다는 것이 그저 설레고 행복한 일인 줄만 알았던 어린아이는 이제 더 이상 어른을 상상하지 않을 것이다. 어른이 된다는 건, 현실을 살아가는 일이니까. 내게 주어진 많은 무게들 앞에서 스스로 선택하고 판단하며 책임을 지는 일이니까. 그렇게... 지금이라는 현실을 짊어

지는 일이니까. 그래서 얼마간 섭섭했던 걸지도 모른다. 네가 알고 있었던 어른인, 척 하던 어린아이는

이제 진짜 어른이 되었어. 그러니까 조금 더 자신만의 기준과 세계에 확신을 가지게 되었고, 조금 더 많은 일들 앞에서 흔들리지 않게 되었고, 조금 더 혼자 잘 있게 되었고, 조금 더 말을 많이 하지 않게 되었고, 그러니까 조금 더 굳어져버린 거야. 펄떡거리던 이 젊고 푸른 시절을 지나서 이제는 굳어져버린 거야. 더 이상 날뛰지 않게 되었어. 꿈을 꾸기보다, 꿈을 살아가게 된 거지. 그러니까 어쩌면 안정이 되어버린 거야. 그러면서도 마음 안에 있는 무수히 많은 응어리들은 여전히 존재하지만, 굳이 간직하게 되어버린 거야. 그래서

나누지 못해 아파. 공감받지 못해 슬퍼. 가 아니라, 나누지 못하고 공감받지 못하는 이 세계를 고스란히 받아들이고 있는 거야. 그래서 섭섭해. 그때의 내가... 지금의 나에게 섭섭해. 그런 어린아이의 모습들이 이제는 조금씩 옅어지고 희미해져 가고 있는 지금의 내가 섭섭한 거야. 그리고 이제는 너를 그리워하지 않게 되어버린 거야. 수많은 희망과 가설과 그 가설의 끝과 그 모든 슬픔을 지나서... 이제는 네가 다른 사람의 곁에서 충분히 행복하게 잘 살아가고 있을 거라는 현실을 바라볼 수 있게 되어버린 거야. 그렇게...

나는 어른이 되었다. 하지만 몇 년 전의 나보다, 조금 더 어른이 되었다, 라고 완전하지는 않게, 그러니까 섭섭하지 않게 표현하고 싶다. 젊음은 어쩌면 가장 느리게 흘러가는 시간의 한 부분이었다. 그래서 우리는 그 한 부분 안에서 되도록 오래 머물며 오래 사랑해야 하는 것인지도 모른다. 청춘이라는 시간은, 우리의 일생이라는 연대기 안에서 가

장 그리운 한 부분이자 가장 짧은 한 부분을 차지할 것이기 때문에. 그 래서 젊음은, 유일하게 과해도 괜찮은 순간이다. 조금 더 치열해도 좋았을 걸, 하는 아쉬움이 언젠가는 꼭 찾아오는 시간이기 때문이다. 그러니

치열하게 사랑했고, 치열하게 이별했고, 치열하게 꿈을 좇았고, 치열하게 달려왔던 내 젊음은 충분히 과했다. 과해서 펄떡였고 살아있었다. 그래서 나는 젊었고, 여전히 어린아이였다. 그 시간을 지나 우리는 익어버리고 굳어진다. 그때 우리를 지배했던 무언가가, 우리가 바꿔왔던 무언가가, 내 안에 가득 담겨 있었던 마음과... 감정과... 꿈... 그리고 그 모든 기억들이 나라는 인생의 마음이 되는 것이다. 마음... 그 자체가 되는 것이다. 그러니까 청춘은... 나라는 세계와 나라는 인생이 자라나는 시간인 것이다. 참 많이도 아팠고, 참 많이도 흔들렸지만, 참 많이도 외로웠지만, 아픈 게 당연한 것도, 흔들리는 게 당연한 것도, 외로운 게 당연한 것도 그때가 마지막인 것이다. 그래서 젊음을 떠나보내는 일이란

이렇게나 섭섭한 일인 것이다. 그리고 내 젊음 안에 있던

너라는 계절을 이제는 놓아주는 일이란.

이제는 놓아주는 일.

내 마음에 맺힌 누군가를
이제는 놓아주는 일이란,
어쩌면 나를 더욱 사랑하겠다고
다짐하는 일인지도 모른다.
여태 너에게 주느라,
너를 그리워하고 너를 아파하느라,
내내 너만을 생각하느라
내게 주지 못했던 관심과 사랑을
이제는 나에게 가득 쏟겠다고 다짐하는 일인 것이다.
그러니까 어쩌면 너를 놓아주는 일이란,
그 아픔을 이겨내고 성숙의 꽃을 피워내기 위해
나를 더욱 사랑하겠다고 다짐하는 일인지도 모른다.
그래서 내 마음에 맺힌 너를
지워가고, 찢어내고, 잊어내는 것은
그러니까 이제는 너를 놓아주는 일은
사실은 나를 사랑하는 일이다.

너와 나의 무엇이 맞지 않을 때,

철없이 어린 시절엔 너에게

너의 이런 점 때문에 속상하다와 같은 말들을

참 쉽게도 내뱉었던 것 같은데

삶의 무게를 딛고 그렇게 성숙하며

서운함을 표현하는 일 앞에서 주저하게 된다.

가슴에서 차올라 목에서 끓다가 끝내 토해낸 말들은

다신 주워담을 수 없는 것이란 생각 때문이기도 하지만,

그 말 안에 담긴 감정이 아파서 그렇다.

이 말을 내가 너에게 전하고 나면

너는 아마도 그러한 행동을 하기 전에

나의 감정을 살피느라 조심하게 될 것이고,

그렇게 나를 통해 변해야만 하는 네가 저미고 아파서.

그러니 말을 함부로 하는 것을 조심한다는 건,

아마도 누군가의 감정을 온전히 지켜내는 일.

그러한 너조차 너라면 이해하고 존중하겠다는

그 진실한 사랑의 꽃을 키워가는 일.

감정이 담긴 말은 입과 입이 아니라,

내 가슴에서부터 나와 너의 가슴에 닿는 것이기에

부디 내가 너에게 전하게 될 말들은

너의 가슴 안에서 예쁜 꽃이 되어 피어날 수 있기를.

다정함이며, 예쁨이며, 이해며,

무엇보다 사랑이라 불리우는 꽃말이길.

미어질 만큼 찬란하다는 것.

미어질 만큼 찬란하다는 건, 보이지 않았던 모든 것들이 드러나기 때문이야. 이미 너와 헤어진 지 삼 년이라는 시간이 지났지만 나는 여전히 네 생각이 나고, 그 순간마다 네가 정말 많이 웃고 행복해졌으면 좋겠다고 기도하고 있어. 아픈데, 정말 아픈데 그런 내가 찬란해. 그저 슬픈 줄만 알았던 노래의 가사 하나하나가 더 깊게 와닿고 그 안에 담긴 의미들이 더욱 조밀하게 보이기 시작하니까. 그렇게 더 깊어지고 있으니까. 나, 많이 성숙했어. 우리가 헤어진 이유는 모두 내가 성숙하지 못한 탓인 것 같아서 그만큼 더 섬세하게 내 분야와 나에게 주어진 삶을 마주하며 배워가며 그렇게 살아가고 있으니까. 네가 곁에 있을 때는 버틸 만했던 일들이 혼자가 되니까 너무 아프더라. 너한테 털어놓고 칭얼대면서 버텨나갈 수 있었던 행복을 잃고 나니까 밤에 다시 잠을 잘 못 자게 됐거든. 끔찍이도 혼자가 되었고, 이 삶의 시련을 짊어지는 것 또한 혼자야. 하지만 그래서 더 성숙하게 됐어. 너로 인해 느끼지 못했던 내 삶의 아픔들을 이제는 홀로 마주하고 딛고 나아가게 되었으니까. 그렇게 더욱 단단한 내가 되었으니까. 그래서 아픈데 찬란해. 미어질 만큼 아픈데 이토록 찬란해. 여전히 아파, 나. 하지만 이제 미련은 없나 봐. 네가 다른 사람과 함께 있는 상상이 더 이상 나를 아프게 하지 않으니까. 나의 아픔은 어느 순간부터 내가 모자랐던 것들에 대한 아픔이지 우리의 이별에 대한 아픔은 아니었나 봐. 내가 더욱 다정하게 너를 마주하지 못했던 것들이 자꾸만 아팠어. 그래서 나, 더욱 성숙한 사람이 되기 위해 노력했어. 다음 사랑은 지금과 같은 후회가 없었으면 하는 마음으로. 그래도 여전히 부족하겠지만, 어쩌면 영원으로 굳어지기까지 몇 번은 더 아파야 할지도 모르겠지만, 그 아픔이 무서워 도망가지 않을 거야. 다시 사랑하고, 또다시 이별하게 되는 것을 두려워하지 않을 거야. 그 모든 사랑과 아픔의 조각을 더하고 더해 가장 마지막 사랑에 닿아갈 거야. 그렇게 최선의 다정함으로, 최선의 성숙함으로, 최선의 사랑을 이 삶이 끝나는 순간까지 해나갈 거야. 그리고 다음 이별 앞에서는 적어도 지금과 똑같은 후회는 하지 않을 거야. 지금의 후회를 딛고 성숙했다면, 더 이상 같은 후회는 반복하지 않아야 하는 거니까. 그러니까 이제 너와 함께했던 지난날에 대해 느꼈던 아픔은 이게 마지막이야. 그때의 나도, 그때의 너도, 그때가 마지막인 거야. 그렇게 너를, 한때의 우리를 지나가는 거야. 그럴 자신이 없어서 나, 사랑을 외면했고 다시 사랑할 엄두조차 내지 못했지만, 이제는 나도 너의 잔인했던 그 마지막 말처럼 정말 너보다 더 좋은 사람 만나서 더 행복할게. 내가 더 좋은 사람이 된 만큼 더 좋은 사람 만날 거야. 어쩌다 내 생각이 난다면 너도 꼭 내가 행복하길 소원해줘. 내가 오늘도 너의 행복을 소원한 것처럼. 그래서 이별한다는 건, 이제는 너를 지나간다는 건, 이렇게나 미어질 것만 같은데 이렇게나 찬란한 거야.

조금 더 친절하고 다정한 사람이 되기 위해
노력하는 마음을
나는 '성숙'이라고 부르고 싶다.
어제의 나보다 오늘의 내가 더 성숙했다는 건,
내가 더 많은 돈을 벌거나
좋은 차, 좋은 집을 샀기 때문이 아니라
오늘의 마음이
어제보다 더 반듯하고 예뻐서가 아닐까.
그러니까 나는,
무엇보다 마음에서 예쁜 향기가 나는 사람이고 싶다.
그 예쁜 향기의 다정함으로
너라는 예쁨을 마주하고 끌어안는, 그런 성숙한 사람이고 싶다.

나라는 사람은.

마음에 편견이 많지 않은 사람이었으면 좋겠다. 자신의 것이 무조건 옳다는 오만은 없었으면 좋겠다. 옳음을 강요당하고 싶지 않으니까, 그런 것에 시간을 쓰기에 바라볼 예쁨과 나눌 소중함이 너무나 많으니까. 다름을 바라보고 존중할 줄 아는 다정한 사람이었으면 좋겠다. 내가 가진 가치를 틀린 것이라 잣대하지 않는 사람. 그래서 나의 있는 그대로를 바라봐주는 사람. 그런 사람이었으면 좋겠다. 변화는 내가 옳고 넌 틀렸다는 식의 강요로 이루어지는 게 아니라, 내가 가진 예쁜 마음의 영향력으로 자연스럽게 이루어지는 거니까. 우리는 강요받는 순간 억압받는다고 느껴서 마음에 응어리가 지지만, 그저 어떤 것에 감명을 받고 그것을 존경할 때에는 스스로, 진심으로 그런 변화를 위해 노력하게 되니까. 그러니까 행복하세요, 라는 말보다 행복한 나의 삶을 나누는 것이 타인에게 이런 행복이 있다는 것을 알려주는 것처럼, 마음이 좁아서 생기는 편견이 없는 너그러운 사람이었으면 좋겠다. 변화를 바라고 기대하기보다 예쁜 영향력으로 변화를 일으켜주는 사람이었으면 좋겠다. 내가 만날 너에게, 나라는 사람은.

알아줌.

관계에 있어서 알아주는 마음은 참 중요한 것 같다. 사람은 마음 안에 인정받고자 하는 마음과 표현을 듣고자 하는 욕구가 있는데, 그것이 충족되지 못할 때 서운해지고, 그 서운함이 쌓이면 때로 분노가 생기기도 하는 것 같다. 누군가 내게 쏟는 애정과 마음들을 당연시여길 때 그 사람은 내게 마음을 쓰는 것이 아까워진다. 그런 서운함과 아까움이 쌓이면 꿍해지고, 대화를 할 때에도 마음과 머릿속에 서운함이 가득하기 때문에 열린 대화에 제한이 생긴다. 하루 종일 함께하지만 서로의 마음은 다른 곳에 가 있다. 그래서 인정받기 위해 애를 쓰고 생색을 내는데, 그조차 닿지 못할 때에는 마음 안에 울분이 가득해진다. 그저 미소를 지으며, 고마워, 라는 말 한마디면 하루 종일 기분이 좋을 수 있는 상대방인데, 그 고맙다는 말 한마디를 하지 못해 무심해지면 그 상처가 오래도록 가슴에 남아 마음을 쓰는 것을 아깝게 만드는 것이다. 하루 종일 일을 하느라 힘들었던 애인, 혹은 동료에게 수고 많았지? 라고, 그러니 하루 종일 나에게 다정하기 위해, 나의 행복을 위해 신경을 써줬던 나의 곁에게 오늘도 고마워, 라고 미소와 함께 말해주면 어떨까. 이 작은 다정함이 관계에 있어 가장 소소하고 따뜻한 감동을 전해주기도 하기에 조금만 더 다정하고 너그러워지면 어떨까. 마음의 인색함을 내려놓고 넓고 따뜻한 태도로 관계를 마주할 때, 관계는 더없이 소중해지는 것이기에. 그렇게 소중해지기에 이미 충분히 충분한 너와 나이기에.

지난 세월이 내게 남긴 흉터는 영원히 사라지지 않겠지만 그 아픔을 바라보는 내 시선이 변할 수 있기를. 돌이켜 언젠가의 성장한 나를 있게 해준 선물이 되어주기를. 그럼에도 불구하고 소중한 나로서 꿋꿋이 행복할 수 있기를. 더 이상 세상에 휘둘리기보다 나 자신의 튼튼한 내면으로 세상을 마주할 수 있기를. 무엇보다 꿋꿋이 소중하고 또 소중하기를.

2-4.

익 숙 한 온 기

　한 회사의 대표가 되고 나서는 매일처럼 출근을 하고 있다. 전업 작가의 무한한 자유가 그리우면서도, 지금의 무게와 책임 또한 퍽 재미없는 삶은 아니라고... 나는 생각했다. 4월의 날씨는 따뜻했고, 여기저기 예쁜 꽃들이 피어났으며, 거리를 걷는 사람들의 걸음걸이는 추운 겨울보다 여유로워졌다. 미소가 많은 계절이라고... 나는 생각했다. 예쁜 웃음이 피어나는 계절이라고...

　그런 생각에 나도 미소를 지어보았다. 하루에도 수없이 많은 일들이 일어나고 있고, 또 수없이 많은 일들이 마무리되고 있으며, 우리는 그 일들 안에서 또 수없이 많은 크고 작은 선택들을 하며 살아가고 있다. 때로 그 무게가 감당할 수 없을 만큼 무거울지라도, 포기하지 않은 채 이렇게 하루를 잘 견디고 살아가고 있는 우리라서, 우리의 오늘은 이토록 찬란한 것.

사랑과 이별, 그리고 꿈과 새로운 도전, 그 많고도 많은 아프고 행복한 일들 앞에서 이 펄떡이는 청춘을 주체하지 못해 마주했던 나의 젊음은 그렇게 서른이라는 나이의 문턱 앞에 섰다. 많은 것을 움켜잡았지만 또한 많은 것을 내려놓는 시간들이었던 것 같다. 때로는 내가 옳다고 믿는 것을 포기한 채 상대방의 옳음에 맞추어 함께 웃을 줄 아는 마음 또한 필요하다는 것을 배웠고, 누군가의 사랑스러운 딸과 아들들의 가슴에 내가 함부로 상처를 주는 말과 행동을 해서는 안 된다는 것 또한 더욱 가슴에 새기게 되었다.

그리고 참으로 긴 이별을 완성하는 시간이기도 했다. 그렇게나 벌어지고 이토록이나 움푹 파였던 내 마음 안에 있던 자괴와 후회... 미련... 그리고 너를 향한 그리움이 어느새 하나의 종착점을 향해 도착하게 되었던, 그런 시간이었다. 길다면 길고 짧다면 짧은 시간이었다. 하지만 그 모든 지난 시간 안에서 멈춰 있는 것들은 결코, 아무것도 없었다. 결국 흐르고, 지나가고, 옅어지고, 사라진다. 우리의 삶도... 사랑도... 이별도... 그리고 그 모든 계절도. 그러므로 그 모든 지나가는 것들 안에서 우리가 할 수 있는 최선은

그저 최선을 다해 살아가고 아파하고 또 사랑하고 숨 쉬는 것... 정말로 그게 다일지도 모른다. 어쩌면 그렇게 우리는 오늘도 살아있는 것일지도 모른다. 오늘을 살아가는 것일지도 모른다. 그 무수히 많은 오늘을 더한 내일에는 나, 보다 더 다정하고 예쁜 미소를 지닌 사람이 되어있기를, 하고 막연히, 하지만 분명하게 바라면서. 어쩌면 너 또한 보다 더 다정하고 예쁜 미소를 지닌 사람이 되어있기를, 하고 막연히, 하지만 분명

하게 바라면서. 그리고 이제는...

이곳에 너를 내려두고 나는 떠날 때가 된 것 같다. 새로운 여행을 시작할 때가 된 것 같다. 그리고 부디... 다음 사랑은 내가 이번 생을 살아가는 마지막 날까지 서로의 곁에서 서로의 두 손을 마주 잡은 채 이 세계를 함께 거닐고 담는 마지막 여정이 되기를... 하고 막연히, 하지만 분명하게 바라본다.

문득은 너의 안부가 궁금해서 속으로 물어보았다. 너는 네가 있는 그곳에서 잘 지내고 있니. 하고. 내 마음속에서 메아리가 울렸지만 너의 음성은 들을 수가 없었다. 하지만 네가 답하지 않아도 알게 되는 것들이 많다. 그것이 시간과 함께 익어가며 내가 미처 바라보지 못했던 것들을 마주하고 바라볼 줄 알게 되는 지혜라는 이름의 성숙이 아닐까. 그럼에도 너는, 네가 있는 그곳에서 잘 지내길. 하고 다시 한 번, 오랜만에, 어쩌면 마지막으로 눈을 감은 채 두 손을 모아 기도해 보았다.

하루의 일정을 소화하고 집으로 돌아가는 길, 나의 새로운 책을 기다리는 독자분들의 소중한 마음에 보답하기 위해서 노트북을 챙겨 카페를 향해 걸어가고 있었다. 내가 거니는 거리의 여기저기 묻어있었던 너의 색과 향기는 그 시간 안에 내렸던 수없이 많은 비와, 그 시간 안에 이 거리를 걸었던 수없이 많은 사람들의 발자국과, 바람과... 그리고 어쩌면 내 마음의 변화와 함께 옅어졌다.

생각과... 생각, 침묵과 침묵, 그리고 고요와 세상의 소리... 그것들을 맞으며 걷다가 카페에 도착했다. 도착했지만, 차마 들어가지는 못했다. 낯선 타인들의 소리와... 공기와 그들의 온기 사이에서 옅어지고 희미

해졌던, 그런 줄만 알았던, 하지만 알아차릴 수 있는 익숙한 온기가 느껴졌기에. 바로,

너였다.

그저 하나의 작은 사람으로서 소소하게 사랑하고 싶다. 내가 하고 싶은
사랑은 큰 것이 아니다. 그저 함께 손을 잡고 걸으며 우리가 각자 보냈던
하루에 대해 이야기하고, 그 서로의 하루를 궁금해하며, 자기 전에 맥주
한 캔 마시며 서로의 품에 기대에 영화를 보고, 그렇게 하루의 시작과 끝
을 너를 담고 사랑한다는 말로 시작하고 마무리하는 거. 그런 사랑이 하
고 싶다. 그렇게 소소함을 나눌 수 있는 사람과 오래도록 의지하며 사랑
하고 싶다. 그저 한 사람의 작고 여린 사람으로서.

나라는 어른.

부디, 자부심에 가득 차지 않기를. 허영심으로 행동하지 않기를. 생각에 중심이 있기를. 좋은 남자친구이자 좋은 남편이 되기를. 그렇게 사랑이 되기를. 다정한 아빠가 되기를. 욕심내기보다 사람의 마음을 더욱 중요하게 여길 줄 아는 사려 깊은 사람이 되기를. 흔들리는 순간에는 기도할 줄 아는 순수함을 잃지 않기를. 좋아하는 것과 옳은 것이 때로 다를 수 있다는 걸 머리가 아닌 가슴으로 아는 지혜로운 사람이 되기를. 사람들의 기대로부터 도망가기보다 마주하고 감당해내기를. 선한 영향력으로 보답하기를. 따스한 가슴과 사랑을, 반듯한 생각을 지니고 내가 하고자 하는 모든 것에 사랑이라는 가치관을 담고 행동할 줄 알기를. 그렇게 자라나고 있기를.

결혼.

결혼이라는 건, 위로라고 생각해요. 서로가 곁에 있음에 이 삶의 모든 아픔과 걱정을 함께 나누고 그렇게 위로받으며 나아갈 수 있는 행복이요. 결국 서로의 외모를 예뻐한다거나, 서로에게 불타거나 하는 감정이라는 것은 금방이면 식어버리기 마련이지만 서로가 서로에게 귀를 기울이며 서로의 마음에 닿고 스며드는 일이란, 영원히 시들지 않는 예쁨이라 믿으니까요. 매일 밤 서로의 일상을 궁금해하고 나누고 털어놓으며 서로의 품에 기대어 누워서 지난 하루에 대해 이야기하며, 오늘은 이랬어, 오늘은 저랬어, 이것 때문에 속상했어, 이런 사소하고도 사소한 모든 것들을 나눌 수 있다면, 그렇게 충분히 서로에게 닿아 서로의 하루에 위로와 해소를 선물할 수 있다면 분명 서로에게 속상한 일도, 아픈 일도 있겠지만 그럼에도 극복하며 더욱 단단한 사랑이 되어갈 거라 믿어요. 그렇게 영원히 서로의 곁에서 예쁨으로 굳어질 수 있을 거라고 믿어요. 무엇보다, 오늘보다 내일의 사랑이 더 큰 사랑이 되어있을 거라고.

3000보다 더 사랑해.

아침에 일어나자마자 너를 사랑스럽게 바라보며, 잘 잤어? 라고 물어볼 수 있는 행복, 오늘도 씩씩하게 잘 다녀오라고 인사할 수 있는 행복. 하루의 중간중간에도 너의 하루가 궁금해서 뭐해, 라고 묻기도, 밥은 뭐 먹었어, 라고 묻기도 하며 수시로 네 생각을 하는 것. 그 설렘을 가질 수 있는 자격이 내게 있다는 행복. 매일의 마무리를 너를 바라보고 너의 이야기를 들어주고, 너에게 나의 이야기를 털어놓는 것으로 하는 것. 그렇게 너를 내 품에 안은 채 팔베개를 해주고 너의 그 작고도 작은 숨소리마저 가장 가까운 곳에서 들을 수 있는 행복. 내게 이 행복을, 그러니까 너라는 기적을 누릴 수 있는 자격이 주어진다면, 나는 그 행복을 영원히 지켜나가기 위해 너를 3000을 넘어 3000에 3000을 곱한 뒤에 다시 3000에 3000을 곱한 만큼 사랑할 텐데. 너에게 잘 자, 라고 다정하게 인사를 하며 눈을 감고, 잘 잤어? 라고 다정하게 인사를 하며 눈을 뜨고, 그렇게 시작된 하루의 온종일 너의 하루를 궁금해하는, 이 단순하고도 지겨운 것들 앞에서 나는 익숙해지지 않을 수 있는데. 그 꾸준함으로 너를 담고 사랑할 텐데. 하루하루 심장이 터질 것만 같은 그 설렘으로 너를 바라보고 담고 사랑할 텐데. 닳도록 아낌없이. 그저, 그 행복이 내게 주어진다면.

모든 말에는 향기가 있다.
다정한 말, 따뜻한 말,
힘이 되어주는 예쁜 말이 있다면
타인의 기를 죽이고 눈살을 찌푸리게 만들고
오래도록 가슴에 상처로 남아
원망의 싹을 키우게 하는 못난 말도 있다.
내가 지닌 말의 향기는 어떤 향기일까,
부디 너의 가슴에 오래도록
지워지지 않는 상처와 원망으로 남는 향기는 아니기를.
내가 너에게 했던,
다시 주워 담을 수 없는 말들은 부디,
오래도록 예쁘게 간직되는,
언젠가 가슴에서 꺼내어 들었을 때
너에게 생명과 희망을 주는
그런 예쁜 향기가 나는 다정한 말이었기를.

예쁜 마음.

예쁜 마음을 가진 사람은 절대 마음을 거칠게 쓰지 않는다. 예쁘지 않은 마음은 그것을 듣고 느끼는 이의 인상을 찌푸리게 만들고, 마음에 오랜 상처를 남기기 때문이다. 친구끼리 하는 애정 섞이고 장난스런 욕에는 상처를 받지 않는 우리이지만, 욕을 하지 않아도, 미운 마음과 화가 담겨있는 말 앞에서는 너무나도 쉽게 무너지곤 하는 우리니까. 그러니 중요한 건 의도고, 말에 실리는 감정이 아닐까. 그러니까 나는 마음이 예쁜 사람이고 싶다. 때로 하늘이 너무 예뻐서, 존나 예쁘다, 오늘 하늘 미쳤네, 라는 말은 하겠지만 적어도 사람의 마음에 오랜 상처를 주는 말을 쉽게, 함부로 내뱉는 사람이 되어서는 안 되겠다. 나의 말과 언어뿐만이 아니라, 그 안에 담는 마음마저도 향기로운, 그런 사람이어야겠다.

너와 함께 밤을 보내고 싶어, 이 말.

너와 함께 밤을 보내고 싶어. 이 말, 듣기보다 야한 말은 아니야. 서로의
품에 안긴 채 쌓였던 하루를 물어보고 그렇게 털어놓으며 쓰담쓰담 토닥
토닥해주면서 이 밤을 위로하고 위로받고 싶은 거야. 맥주 한 캔 있으면
더 좋겠지. 아직은 모든 걸 털어놓기가 부끄러워서 술을 핑계 삼을 필요
도 있으니까. 그렇게 밤새 나는 나를 꺼내어 보여주고 너는 너를 꺼내어
보여주는 거야. 하루의 이야기를 시작으로 우리가 살았던 모든 삶의 이
야기, 그 사소함 하나까지도 귀를 기울이며 그렇게 깊어지는 거야. 그러
다 문득. 그런 우리가 너무 사랑스러워서 야한 밤을 보낼 수도 있겠지. 하
지만 야하기만 한 목적의 밤보다 우린 더 짙고 감성적인 거야. 결국 몸이
외로운 건 마음이 외로워서인데, 그걸 몰라 헛헛함을 달래기 위해 누군가
의 품에 안기기도 했지만, 그러한 외로움의 우물은 그런 식으로는 결코
채워지지 않는 거니까. 채우려고 함께했는데 채워지지 않고, 그래서 또
채우려고 함께하고. 그걸 되풀이하면서 지독하게, 끝없이, 더 외로워지고
아파왔던 거야. 그 외로움이 어느새 내 몸과 마음에 가득 차서 다른 사람
들도 그걸 읽을 수 있을 만큼이 되고, 그렇게 외로운 사람들이 외로운 너
에게 닿아오는 거야. 하지만 그 안에 진심과 사랑은 없어. 마음을 파고드
는 대화도, 너의 외로움을 어루만져주는 섬세함도 부재하지. 우울하지 않
아? 이제는 그 우물에서 나오고 싶지 않아? 사랑이, 나를 바라봐주는 진
심 어린 눈빛이, 감정을 나눌 수 있는 대화가 그립지 않니? 마음과 마음이
닿을 때만이 안과 밖이 모두 채워지는 황홀함을 경험하는 우리니까. 그러
니까 이제는 외로움에 무너지지 말자. 진실한 사랑을 간절하고 기다리

자. 너처럼 감수성이 예민한 사람은 외로움이 잦지만, 그만큼 그 외로움을 해소하는 진심에 또한 간절한 법이니까. 그러니까 너와 함께 이 밤을 보내고 싶어. 이 말, 듣기보다 야한 말은 아니야. 하지만 그 어떤 말보다 이제는 황홀하고 아름다운 언어지. 너와 내가 아닌 이제는 우리가 되고 싶어. 그렇게 하나가 되고 싶어. 너를, 사랑해서. 이런 말이니까.

잘 자. 너를 꼭 닮은 무지 예쁜 꿈 꾸고.

나는 네 꿈 꿀게.

그게 세상에서 가장 예쁜 꿈이니까.

그러니까 우리, 꿈에서도 만나자.

하루 종일 너와 함께 있어도

자꾸만 보고 싶고 아쉬워서

꿈에서도 너와 함께이고 싶은 나니까.

너를 보고 있는 그 순간에도

자꾸만 네가 보고 싶어서 심장이 아픈 나니까.

안 자고 네 생각해.

세상에서 젤 예쁜 생각.

2-5.

너 였 다

어릴 적, 내가 중학생이고 이제 막 고등학생이 된 형과 함께 내가 살던 동네의 번화가에서 맛있는 음식을 먹으며 데이트를 하고 있을 때, 어딘가 불편해 보이는 형의 안색이 궁금해서 물은 적이 있었다. 형아, 왜 그래? 형은 혹시라도 며칠 전 헤어진 여자친구를 마주치게 될까 봐 긴장이 되고 조심스럽다고 말했다. 그런 기분이었을까. 며칠 전이 아니라 몇 년 전에 헤어진 네가, 저 카페 안에 있다. 너라는 계절이라는 책을 쓰며, 너였다, 라는 마무리를 했었는데, 그것은 끝내 너를 만난 것이 아니라 너를 꼭 만났으면 하는 희망을 담은 의미로써의 '너'였다, 였는데, 지금은 진짜 '네'가 저 카페 안에 있다.

하지만 지금의 너는... 내가 아닌 다른 사람 앞에서 예쁜 웃음을 짓고 있다. 그것을 보며, 이별이 끝난 줄만 알았던 내 마음 안에 알 수 없는 서운함과... 그럼에도 잘됐다는 안도감이 끊임없이 교차했다. 교차했지만, 끝내는 안도가 서운함을 이겼냈다. 잘, 됐다. 정말 잘, 됐다. 너의 그 웃음과 미소를 위해 내가 얼마나 많은 소원과 기도를 했는지 몰라.

그러니까 지금의 그 미소, 잃지 않고 꼭 오래도록 잘 지켜내고 또 지켜졌으면 좋겠어.

하늘에는 뾰족하지만 예쁜 달이 떠 있었고, 그 달의 밝기를 알아채기가 힘들 만큼 밤의 거리는 여전히 밝았다. 우리가 했었던 사랑도... 마치 저 달과 닮았다고 생각했다. 뾰족해서 서로의 가슴을 찌르기도 했지만, 그럼에도 참 예뻤던, 채 차오르기 전에 끝이 나서 모두가 알아볼 수 있을 만큼 밝아지지는 못했지만, 그래도 바라보고자 한다면 충.분.히. 바라볼 수 있었던,

뾰족하지만 예쁜,

달.

많은 사람들에게 또한 내가 했던 사랑이 그런 의미일 거라고... 나는 생각했다. 많이 부족했고, 또 많이 서툴렀고, 때로는 한심스럽고 답답하기도 했지만, 그럼에도 눈을 크게 뜨고 보고자 마음을 기울인다면 충분히 바라볼 수 있는, 그런 의미일 거라고... 그런,

사랑이었을 거라고.

나는 걸음을 돌려 집으로 향했다. 오늘만큼은 독자들의 마음에 보답하는 작가가 아니라, 한 사람을 사랑했고 또 그 사랑에 아파했던 그저 평범한 한 사람의 남자로서 이 밤을 마무리하고 싶다고 생각했다. 집으로 돌아가는 길에 맥주 한 캔을 샀다. 생각이 많은 밤이었지만 그 생각이 여전히 우울하고 슬픈 생각은 아니라는 것과 수많은 오늘을 더한 언

젠가의 내일에는 나 또한,

　너처럼 어떤 사람 앞에서 예쁜 미소를 지은 채 행복할 수 있을 거라는 희망이 있었기에 충분히 찬란한 밤이었다고 말할 수 있을 것 같다. 앞으로 몇 번의 사랑을 더 하고 몇 번의 아픔을 더 겪어야 할지 모르겠지만, 그 모든 경험의 조각들을 더해 나는 가장 성숙한, 가장 최선의 반듯함으로 내게 주어진 사랑을 끌어안을 것이다. 그렇게 사랑하고 또 사랑하고, 살아가고 또 살아갈 것이다. 그리고 아마도... 내일의 사랑은 영원으로 굳어지는 사랑이 될 수 있기를, 하고 바라본다.

　너였다, 가 아니라 매일 밤 너를 바라보며 잠에 들고, 매일 아침 너를 바라보며 잠에서 깨는 현재 진행형의 너를 마주하기를. 그런 너를 감히 사랑하고 또 행복하게 해줄 수 있는 그런 나이기를. 그 기적의 무게를 떳떳이 마주하고 책임질 수 있는 나이기를. 무엇보다, 여전히 서투르고 부족할지라도, 그 모든 모자람을 그 사랑 안에서 함께 극복하며 더욱 예쁜 열매를 맺어갈 수 있는 언젠가의 너와 나이기를. 그러니까 이 세상의 그 어떤 것보다도, 서로에게 서로가 더욱 벅찬 의미고 사랑이어서, 서로 앞에 생기는 그 어떤 문제와 시련도 서로를 갈라놓기에는 너무나도 사소한 것이 되기에, 서로가 서로를 결코 포기하지 않는, 그렇게 영원히 함께 나아가며 성숙하는, 그런 우리이기를. 그리고 그때의 우리는

　누가 봐도 사랑이라 말할 수 있을 만큼 가득 차오른,

　둥근 달이기를.

　하고.

몇 번을 더 아파야 할지 모르겠지만

분명한 것은

그 모든 사랑의 조각과 아픔의 조각을 더해 닿은

가장 마지막 사랑은 꼭

최선의 사랑을 하게 될 것이고

그렇게 만난 사람은 가장 다정한 사람일 것이라는 것.

그러니 두려워하지 말고

더 많은 사랑을 경험하고 기꺼이 더 아플 것.

그럼에도 이별이 여전히 아프겠지만

이 이별이 두려워 새로운 사랑을 할 엄두가

여전히 생기질 않아 여전히 머뭇거리겠지만,

그 순간에는

이 모든 조각을 지나 더욱 온전한 내가 되어

더욱 온전하고 찬란히 예쁜 사랑을 하게 될

그 미래의 예쁨과 다정함을 간직한 채 나아갈 것.

그렇게 사랑하고 사랑이 되어가는 우리라는 것을.

그게 한때의 이별이 내게 아팠던 모든 의미라는 것을.

이별 앞에서 고민 중이라면.

그래도 네가 지금 당장 좋아하는 사람이고 그래서 놓아줄 수 없는 사람이라면 마음이 다할 때까지 사랑해 봐. 그렇게 속상하고 또 아프기도 하겠지만, 그게 지금의 네가 할 수 있는 가장 최선의 사랑이라면 그렇게 사랑해 봐. 그 안에서 배우고 또 많은 것을 느끼며 너의 사랑도 자라날 거야. 그리고 그 모든 경험들을 더해 영원으로 굳어지는 마지막 사랑을 할 때까지 몇 번의 아픈 사랑을 더 해야 할지도 모르고, 또 이 사람과의 연애가 끝내 행복으로 영원히 이어질 수도 있는 것이지만, 그것이 무엇이든, 이 모든 사랑과 아픔의 조각들을 더해서 가장 마지막에는 가장 아름다운 시선으로 가장 예쁘고 다정한 사람에게 닿아 맺어지게 될 거야. 꼭. 그러니까 지금 이 사람 때문에 아무리 아프고 힘들어도 쉽게 이별할 수 없다면, 미어지고 문드러질 때까지 더 사랑해 봐. 그렇게 더 아프고 더 많이 울면서, 그럼에도 더 사랑해 봐. 네가 이별을 결정할 때가 된다면, 그때는 고민이 없을 거야. 지금은 모든 것으로 느껴지는 이 사람도, 결국 그저 지나가는 사람이 될지도 모르고, 다시는 아픈 사랑하지 말아야겠다고 마음먹은 그 다음 사랑도, 결국 아픈 이별을 하게 될지도 몰라. 우리는 그렇게 아픔과 사랑 사이를 수도 없이 반복하며 그 안에서 배우고 경험하며 느끼며, 그 모든 성장을 다해 마지막 사랑을 향해 걸어가고 있는 거니까. 그러니까, 되도록 그 마지막 사랑에 닿기 전에는 사랑에서 찾아오는 아픔을 두려워하지 말자, 우리. 더 많이 사랑하고, 더 많이 경험하고, 더 많이 배우고 느껴서 나에게 가장 잘 맞는 사람이 어떤 사람인지, 내가 어떤 사람과 함께 있을 때 가장 행복한 미소를 짓게 되는지를 그 누구보다 나 스스로 잘 알게 되자. 그런 내가 될 때까지 계속해서 사랑을 배우고 또 배우자. 결국 마지막 사랑에 닿아서는 이전의 아픔들은 모두 잊게 될 너고, 넌 그럼에도 절대적으로 행복하다고 말할 수는 없을지라도, 최소한 그래도 나, 행복하다, 라고 말할 수 있을 테니까. 그러니까 마음껏 사랑하고 더 아파해도 좋아. 그 아픔에서 찾아오는 배움을 두려워하지만 말자.

이별을 해야 할지 내게 묻는다면.

그러니까 내게 이별을 할지 말지를 물어본다면, 나는 여전히 네가 사랑하고 있는 그 사람을 어떻게 판단하고 싶지는 않아. 그 사람이 좋은 사람이든 아니든 그래도 네가 사랑하는 사람이고, 아직은 여전히 네 옆에 있는 사람이니까. 내 사심 보태서 나쁘게 이야기하고 헤어지라고 말할 수도 있겠지. 그렇게 내게도 너라는 예쁨을 품을 수 있는 기회가 올까, 내심 기대하며 그렇게 말할 수는 있겠지. 그만큼 네가 속상한 게 나도 싫지만 그래도 꾹 참고 네가 하고 있는 지금의 경험을 응원하고 싶어. 그러니까 사심보다 진심으로 너의 경험과 그 경험 안에서 오는 성장을 응원하겠다는 말이야. 그 경험이 끔찍이도 지옥이고, 상처고, 속상함이고, 아픔이어도, 내게 너의 그 경험을 뺏을 자격은 없는 거니까. 그 경험 안에서 분명 다음을 위한 많은 것을 배우고 있을 너일 테니까. 그렇게 자라나고, 피어나고, 더욱 찬란해질 너의 사랑과 너의 삶일 테니까. 그러니까 나는 네가 지금 아프지 않기보다, 아프더라도 끝내 찬란하기를 바라고 소원하는 거야. 그래야 지금을 지나 다음에는 네가 더욱 많이 웃게 될 테니까. 더욱 다정한 사람 곁에서 더욱 아낌 받으며 행복할 수 있을 테니까. 무엇보다, 다음 사랑이 너에게 주는 다정함이 얼마나 소중한지를 느낄 수 있게 될 테니까. 그러니까 네가 전의 사랑과 그 아픔을 겪지 않았다면 결코 모르고 살아가게 될 것들이 이 인생에는 너무나도 많은 거야. 이를 테면, 내가 너를 사랑한다고 말할 때, 그 사랑의 크기를 너는 어쩔 수 없이 전의 사랑과 비교해서 잴 수밖에 없는 거고, 그래서 내 사랑이 더욱 소중하게 닿게 되는 거니까. 아무리 내가 너에게 다정해도, 만약 내가 너에게 처음이라면 넌 그 다정함을 놓친 채 지나치게 되어버릴 수도 있는 거고, 언젠가 그랬던 것을 후회하게 되어버릴지도 모르지. 그러니까 나도 네가 아픈 게 싫지만, 이런 이유로 너의 아픔을 그저 바라보겠다는 거야. 너를 아프게 하는 사람이 나 또한 밉고 싫지만, 그럼에도 그 경험을, 네가 하고 있는 사랑을 함부로 판단하지 않겠다는 거야. 결국, 이 아픔 또한 너에겐 없어서는 안 될 선물일지도 모르는 거니까. 그 선물을 내가 감히 앗아갈 자격은 없는 거니까.

끝내 너 스스로 이별을 선택했다면.

네 마음이 문드러질 만큼 속상하겠지만 나는 정말 잘 됐다고 생각해. 너의 소중함을 바라봐주고 아껴주는 그런 사람을 만나서 꼭 닳도록 사랑받았으면 좋겠어. 네가 속상한 게 내 맘도 속상한 게 되어서 너를 자꾸 어떻게 웃게 해줄까를 더 많이 생각하는 사람, 그러니까 네가 행복해하는 모습을 보는 것이 끔찍이도 자신의 행복이기도 해서 자꾸만 너에게 행복을 주고자 하는, 그런 사람. 그런 사람을 꼭 만날 거야. 정말. 그러니까 뒤돌아보지 말자. 아파서 자꾸만 눈물이 나오고 힘들겠지만, 그럼에도 꿋꿋이 감당해서 지금 너에게 주어진 이 이별을 잘 완성해내자. 그렇게 이별을 잘 완성한 뒤에는 꼭 다시 온전한 하나가 되어서 진짜 예쁜 사랑을 하자. 꼭. 그러기 위해 아픈 사랑을 지나가야만 했던 거야. 그 아픔을 통해 배워야만 했던 거야. 정말, 더 예쁜 사랑을 하기 위해서 꼭 그래야만 했던 거야. 지금의 아픈 사랑이 있었기에, 다음에는 보다 더 신중하게 사람을 만나게 될 너고, 지금의 아픈 사랑이 있었기에, 지금의 이 사랑보다 사랑이 아닌 사람은 스쳐지나가게 될 너니까. 최소한, 적어도, 이 전보다는 더 예쁜 사랑을 하게 될 너니까. 그러니까 조금만 속상하고 조금만 아팠으면 좋겠어. 내 이러한 소원에도 불구하고 넌 계속해서 아프겠지만, 그럼에도 더 많이 웃고 행복한 너이기를 나는 계속해서 소원할게. 그리고 이렇게 너를 아프게 한 그 사람의 곁에서 지금의 아픔을 이겨내지 못해 또 다시 아프기 위해 돌아가지는 않는 너이기를. 하고. 뒤돌아보기보다, 더욱 예쁘고 찬란한 다음 사랑을 향해 네가 나아갈 수 있기를. 하고.

2-6.

그리고
나의 새로운 계절에게

너와 헤어지고 만약 내가 새로운 어떤 사람을 만났다면. 그리고 그 사람이 내게 손이 참 작으시네요. 라고 말했다면 나는 무슨 생각을 하게 되었을까. 아마도 몇 년 전의 나라면 아, 내 손이 작은 편이구나, 하고 그저 생각했을 것 같다. 하지만 지금의 나라면 아, 네가 전에 만났던 사람보다 내가 손이 더 작구나, 하고 생각하고 있을 것 같다. 그렇게 몇 번의 사랑을 더해, 조금 더 눈에 보이는 것들이 생겨났다. 그리고 나는 그, 더 많은 것들을 바라보고 담을 줄 아는 눈으로 인해 내가 마주하고 있는 이 사람을... 이 사랑을... 전보다 더 세심하게 바라봐주고 이해해 줄 수 있을 것이다. 그게, 이 사랑이라는 기억이 우리에게 주는 선물이라고... 나는 생각했다.

이 세계를 살아가는 모든 이들이 그런 기억과... 아니 선물과 함께 살아가고 있다. 전에 만났던 사랑의 기억이, 그 사람과 함께했던 세월이... 우리 모두에게 묻어있다. 그리고 어쩌면 그건 우리라는 존재의 지금일지도 모른다. 그렇게 굳어진 것일지도 모른다. 그래서 영원한 이별은 없다. 일부는 이별하지만, 일부는 영원히 간직되어지기에. 세상에 단 하나뿐인 너와, 세상에 단 하나뿐인 내가 만나 만들었던, 그 영원한 기억이 또다시 세상에 단 하나뿐인 새로운 나를 만든 것이니까. 그리고

그 새로운 '하나'와 또 다른 새로운 '하나'가 만나 또다시 '둘'이 되어가는 것. 그것이 우리가 마주한 사랑이라는 운명이니까. 그러니까 사랑은 어쩌면... 몇 번의 생을 함께 나누고 공유하는 일인지도 모른다. 그래서 우리는 하나의 사랑을 마주할 때, 최선을 다해 그 사람을 알아가고 그 사람을 이해하기 위해 노력해야 한다. 최선의 다정함으로 그 사람을 마주해야 한다. 내가 마주하는 하나의 사랑은, 사람은, 사실은 하나가 아니라 무수히 많은 사랑과 사람이 무수히 많이 쌓이고 쌓여 굳어지고 또 굳어진 억만 겹의 아름다움이니까. 찬란함이며 예쁨이니까. 그러니까,

이 우주의 모든 시간과 기억과 그 모든 영원을 더하고 더해,

너에게.

내가 마주하는 너는

사실은 너 하나가 아니라

네가 경험해왔고

하나가 되어왔으며, 그럼에도 찢어졌던

그렇게 이별했지만 그럼에도

서로가 서로에게 변화를 주었던

그 무수히 많은 사랑의 조각들을 더하고 더한

억만 겹의 너를 마주하는 일.

그래서 너를 사랑하는 일 앞에서 나는

최선의 겸허한 마음가짐으로

그 모든 세월을 읽어내기 위해 노력해야 하는 것.

내가 읽고 있는 너라는 책은

이 세계의 모든 기억들이 섞이고 섞인

이 우주의 기억이며 그 찬란함이니까.

무엇보다 그런 너를 마주한다는 것 자체가

나에게 있어 이 세계의 모든 것을 넘어선 기적이니까.

그러니까 너를 마주하는 일이란,

어쩌면 이 우주의 기억 전부와 만나는 일이며

그것을 끝내 담아내고 사랑하는 일이 아닐까.

그래서 내가 너를 사랑한다는 말은

가장 작고도 작은 겸손함으로,

하지만 가장 거대한 최선의 다정함으로

너의 곁에 머무르며 새로운 기적을 만들어가겠다는 말.

내가 너를 사랑한다는 말은.

미래에서 기다릴게.

이름도, 얼굴조차 모르는 너지만
나는 알고 있어.
우리가 서로를 향해 달려나가고 있다는 것을.
서로 다른 곳에서
서로 다른 풍경을 마주하며 살아가고 있지만
그렇게 그 모든 경험을 더해
서로를 향해 달려나가고 있다는 것을.
보다 더 멋진 사람이 되어서,
보다 더 반듯한 사람이 되어서 서로를 마주하기 위해,
그렇게 다른 곳에서부터
하나의 공간으로 달려나가고 있다는 것을.

어쩌면
우리가 태어나기도 전에 했던
그래서 지금은 기억조차 나지 않는
그 약속에 대해 책임을 다하기 위해서
그렇게 서로를 향해 달려나가고 있다는 것을.

그 예전에 우리가 서로에게 했던 그 말.

"다음 생이 있다면 우리, 또 만나서 사랑하자.
다시 시작될 평생에서 꼭 서로를 알아보고
또다시 서로에게 닿아 함께하자.
그렇게 영원히, 영원히 우리,
서로의 우리로 만나고 사랑하자.
우주가 소멸하는 그 순간까지, 영원히.

그러니까 미래에서도 나는 너를 기다리고 있을게."

그러니까,

미래에서 기다릴게.

이 우주의 모든 시간과 기억과 그 모든 영원을 더하고 더해,

너 에 게.

서 른 즈음에

    이제, 서른이 되었습니다. 그리고 제 곁에 여전히 그녀는 없고, 하지만 여전히 제 마음 한구석에는 그녀가 있습니다, 만 그때와 같은 의미로 저와 함께하고 있는 것은 아닙니다. 몇 번의 여름이 찾아왔었고, 몇 번의 겨울을 떠나보냈습니다. 그 계절의 순환처럼 저는 또다시 새로운 계절을 맞이하게 될 것입니다. 제가 살고 머물렀던 그 계절, 그러니까 너, 라는 계절이 사랑에서 아픔이, 아픔에서 그리움이, 그리움에서 슬픔이, 슬픔에서 찬란함이 되어 그 의미를 달리한 것처럼요. 당신이라는 의미가 제 가슴에 박혀 변하는 그 시간 동안 저 또한 그 의미로 당신을 살았던 것 같습니다. 당신을 보는 것이 사랑이었고, 당신을 보는 것이 아팠고, 당신을 보지 못해 그리웠고, 해서 참 많이도 슬펐습니다. 하지만 끝내는 당신이, 당신과 함께했던 그 모든 순간과 함께하지 않는 지금 이 순간이 찬란합니다.

참 많이 사랑했고, 참 많이도 아파했고, 참 많이도 그리워했고, 참 많이 슬퍼도 했습니다. 그리고 끝내는 찬란합니다. 그렇게 한 계절이 피어나고 익어가고 지는 동안, 저 또한 그 계절과 함께 피고 익고 진 것 같습니다. 그렇게 지다가, 끝내는 찬란합니다. 새로운 의미가 되어 다시 피어납니다. 그것이 모든 지나간 것들이 우리에게 주는 의미라는 선물인가 봅니다. 그리고 이제는 그 거대했던 너라는 의미를 지나 저는 아마도 새로운 사랑을 하려나 봅니다. 무섭기만 했던, 당신이 그리워 엄두조차 나지 않았던 새 계절이 이제는 곧 다가올 봄처럼 기다려지는 것을 보니까요. 제 곁에 있던 당신이 이제는 제 곁에 없지만, 그럼에도 여전히 당신은 제 곁에 있습니다. 당신과 함께했던 그 모든 시간의 조각들과 그 안에서 내가 찾았던 의미들, 그 성숙이 저라는 사람의 일부가 되었으니까요. 그러니까 아마도 당신은 영원히 저와 함께할 것 같습니다. 그렇게, 사랑하며 물들었고, 헤어지며 찢어졌지만, 여전히 채 빠지지 않은 것들이 많습니다. 그래서 지난 사랑을 선물, 이라고 부르나 봅니다.

많은 시인들이 지난 사랑을, 이별의 완성이며 새로운 사랑의 시작이며, 찬란함이며, 혹은 영원한 애틋함이라고 노래했고, 저 또한 크게 공감을 해왔습니다, 만 저에게 있어 지난 사랑은 이 세상에서 가장 아름다운 세계를 만나기 위한 정류장이었던 것 같습니다. 이곳에, 이 아름다움 앞에 내려서 참 많은 풍경을 담으며 행복했습니다. 그래서 영원히 이곳에 살고 싶은 꿈을 꾸기도 했고, 다른 곳에서도 당신만을 그리워했나 봅니다. 하지만 이제는 그 모든 미련을 두고 떠날 시간이 되었습니다. 어쩌면 지금까지 저는, 당신이라는 미련을 내려놓는 것 앞에서 미련이 생겼는지도 모르겠습니다. 그 소중했던 기억들을 그리워하지 않는 것이 그리울 것만 같고, 그 아팠던 시간들을 더 이상 아프지 않게 생각하는 것이 아플 것만 같아서... 그래서 미련 앞에서 미련해졌나 봅니다.

하지만 성숙한 이라면, 내려놓고 비워내고 떠나갈 줄도 알아야겠지요.

새로운 곳을 향하는 길이 자꾸만 아프고, 무겁고, 해서 자꾸만 뒤를 돌아보며 당신을 그리워했지만, 내내 다시 돌아가고픈 꿈을 꿨지만, 이제는 알 것 같습니다. 저는 이제 준비가 되었다는 것을. 그렇게 당신을 지나 더욱 성숙한 제가 되었습니다. 고마웠습니다. 이 말이 당신에게 영원히 닿는 일이 없을지라도, 꼭 전하고 싶습니다. 고마웠어요, 정말. 정말, 고마웠어요. 그리고... 제가 다음에 내릴 곳에서 저는 부디 행복하겠습니다. 당신에게 서서 머물렀던 그 모든 세월보다 더 행복하겠습니다. 어쩌면 영원히 그곳에 머무르게 될지도 모르겠습니다. 이 여행의 마지막 종착점이 될지도 모르겠습니다. 그러니 당신도 부디 행복했으면 좋겠습니다.

당신을 통해 사랑을 배웠고, 여전히 이 말이 먹먹하지만, 하여 당신을 지나 새로운 사랑을 맞이함에 더욱 간절한 마음을 가지게 되었습니다. 그렇게 사랑할 것입니다. 그 모든 것이, 당신이 없었다면 제게도 없었을 마음이기에 당신은 저에게 사랑, 이라는 가장 거대한 마음, 을 선물해준 사람입니다. 그리고 저는 그런 당신을 지나 더욱 영원한 사랑을 향해 나아갑니다. 저 또한 당신에게 어떠한 마음을 선물해주었기를, 하여 당신 또한 다음에 만난 사람과 함께 더욱 아름답고 행복한 사랑을 하고 있기를 소원하며, 다시 한 번, 고마웠습니다. 하고 전합니다. 이제는 웃으며 인사할 수 있을 것 같습니다. 여전히 이 말이 먹먹하지만, 정말로 마지막인 것 같아 서운하지만, 그래도 말합니다. 안녕.

여전히 이 말이 먹먹하지만, 정말로 마지막인 것 같아 서운하지만,

그래도 말합니다.

안 녕 -

사랑하는 관계.

사랑하는 관계는 다정한 관계입니다. 다정함이란, 다른 사람들의 기분을 격하시키는 표현보다는 향상시키는 표현을 사용하여 그들의 감정을 고려하는 것을 의미합니다. 다정하지 않은 사람은 다정한 사람이 결코 허용할 수 없는 것들을 허용합니다. 어떤 식으로든 타인의 기분을 상하게 한다든지, 혹은 언어적인 폭력, 육체적인 폭력, 그 밖의 모든 잔인함이 깔린 행동 등. 어떤 이득을 위한 다정함이 아니라, 진심으로 그 사람의 마음을 배려하기 위한 친절함으로써 다정할 때 우리의 삶은 변하기 시작합니다. 나의 옳음과 자만으로 인해 결코 잘못을 인정하지 못했던 일 앞에서, 너의 기분이 상했다면 미안해, 라고 말할 줄 아는 사람이 됩니다. 많은 사람들이 사랑을 말하고 사랑에 대해 이야기하지만, 그 사랑의 의미는 사람이 지금 현재에 처한 감정의 수준에 따라 크게 달라집니다. 어떤 사람에게는 상대방에게 폭력적이고 과도하게 집착하는 것이 그가 할 수 있는 최선의 사랑이지만, 어떤 사람에게 그것은 사랑이 아닌 것이 됩니다. 그래서 우리는 성장한 사람을 만나는 것이 중요하고, 언제나 양의 탈을 쓴 늑대를 조심해야 합니다. 사랑은 이 삶의 여정을 통해 함께 성장해나가는 것입니다. 하여 그 성장을 함께하는 사람을 만나는 것은 대단히 중요한 일입니다. 우리가 태어난 목적은 성장인데, 때로 어떤 이와 함께하는 길 안에서는 그 목적을 상실하게 되기 때문입니다. 함께 나누고, 서로를 고취시킴으로써 서로에게 빛이 되어주는 사랑을 한다면, 이 삶에 그만한 선물은 없을 것입니다. 이와 반대가 된다면 그만한 고통도 없을 것입니다.

농도.

나와 농도가 비슷한 사람이었으면 좋겠다. 나와 옳고 그름이 너무 다른 이들과 함께하며, 그들에게 나의 옳음을 설득하고 알려나가고, 하지만 이미 그들에겐 그들의 옳음이 있기에 좌절하고 상처받는 날들이 너무나 많았다. 그래서 나와 최선이 비슷한 사람이었으면 좋겠다. 할 수 있는 최선의 선택이 남을 이용해서 자신의 욕망을 채우려고 하는 사람들, 자신의 잘못은 숨긴 채 남에게 모든 것을 떠넘기려고 하는 책임감 없는 사람들, 그러니까 스스로에게 부끄럽지만 그 부끄러움을 씻어보려 하지도 않는 사람들, 그런 이들과 함께하며 아팠던 날들이 많았다. 친구와 연인은 선택이라지만 때로 동료를 만남에 있어 후회스러운 날들이 많았다. 처음과 중간이 너무나도 다른 그들의 표정과 언어에서 느낀 환멸감과 태어나 한 번도 겪어보지 못했던 사람에 대한 불신. 그렇게 울었던 날도 많았다. 같은 공간에서 표정과 언어들을 주고받는 것조차 부끄러웠던 시간들... 그래서 최선이 맑고 반듯한 사람이었으면 좋겠다. 친구로서든, 동료로서든, 또 연인으로서든. 삶의 순수하지 않은 면들에 빠져 남에게 상처를 주는 것이 당연한 이들이 아니라 남의 마음을 함께 헤아리고 바라볼 줄 아는 사람이었으면 좋겠다. 지금의 내가, 그리고 지금의 네가 또한 완벽할 수는 없지만 두 손을 맞잡고 우리가 나아갈 방향은 부디 성장이기를. 그렇게 더욱 예쁘고 아름다운 곳을 함께 바라보고 나아가기를. 우리가 바라보는 시선이 부디 같은 곳을 향하기를. 이제는 그러한 모든 것들 앞에서, 그저 함께하고 있다는 사실 하나만으로도 서로에게 위로가 되어주는, 그런 너를 마주하고 사랑하고 싶다.

고마워.

사람들이 느끼는 감정적인 결핍이나 서운함, 피곤함과 같은 마음들은 알아주는 마음을 받지 못할 때 생기는 경우가 많다. 사람은 자신의 노력과 헌신이 함부로 당연하게 여겨지는 경우에 하루 종일 그 상대방에게 자신의 마음에 응어리진 서운함을 무언의 예민함으로 표출하곤 하니까. 그러니 상대방이 나를 마주하는 분위기가 갑자기 차가워졌다거나, 혹은 예민해졌다면 내가 그의 무엇을 알아주지 못했나를 한 번 곱씹어 생각해 볼 줄 아는 마음이 언제나 필요하다. 때로 우리의 기대치보다는 부족해서, 고생했다, 잘해줬다, 라는 말을 하지 않은 채 이 정도야 뭐, 라고 당연하게 넘어갔던 우리이지만, 그 당연함이 쌓이고 쌓여 상대방의 가슴 안에는 응어리가 지고 있는 것이니까. 사실 우리의 기대라는 환상은 결코 채워질 수 없는 거니까. 그러니 마음의 인색함을 내려놓고, 조금 더 관대해지면 어떨까. 타인에게 조금 더 감사할 줄 아는 다정함을 키우고, 그들의 노력을 바라봐주고 알아주는 예쁜 시선을 가져보면 어떨까. 그 눈과 마음으로 세상을 더욱 아름답게 마주하고 살아가면 어떨까. 이 세상엔 '알아줌'만한 위로와 응원도 없는 것이니까. 오늘 하루도 고생 많았지? 수고 많았어. 고마워. 네가 내 곁에 있어서 나는 늘 든든해. 이 알아주는 마음 하나만으로도 오래도록 묶여있었던 감정의 끈을 쉽사리 풀 수 있고, 오래도록 서로의 앞에 놓여져 있던 거대한 벽을 쉽사리 허물 수 있는 것이니까. 여태 그 쉽고도 사소한, 알아주는 마음 하나를 지니지 못한 우리이기에, 이토록이나 꼬이고 꼬였던 우리의 인연이라는 끈이며, 이토록이나 두껍고 답답하게 쌓인 우리의 인연이라는 벽이니까. 그러니 오늘도 참 고생 많았지? 고마워. 너는 다른 무엇이 아니라 너라서, 정말 너라서 내게 가장 소중해. 오늘도 나를 행복하게 해줘서 고마워, 라고 상대방의 존재 자체에 감사하고 그 소중함을 알아주는 마음에서부터 시작해 보면 어떨까?

너의 안을 바라봐주고 싶어.

겉핥기식 관계는 늘 우리를 외롭게 한다. 하루가 겉에서만 머무를 때, 우리는 하루를 아무리 정신없이 보냈다 하더라도 마음 한구석에서는 자꾸만 공허함을 느끼게 되는 것이다. 우리의 마음을 채워주는 것은 결국 바깥에 있는 것이 아니라 우리의 안에 있는 것이다. 그래서 사람과 사람이 마주하는 눈빛이 겉에 머무르지 않고 마음을 향하기 시작할 때, 그때야 비로소 그 관계는 완성되어지고 채워지기 시작한다. 그래서 나는 마음을 바라봐주는 사람이고 싶다. 겉에서만 머무는 가벼움이 아니라 마음 깊숙한 곳까지 들여다보고 바라봐주는 깊은 사람이고 싶다. 그러니까 함께함에도, 두 눈을 마주하고 있음에도 자꾸만 너를 외롭게 만드는 피상적인 눈빛이기보다, 너의 마음을 어루만지는 따스한 눈빛으로 너를 바라봐주고 싶다. 진정 나를 행복하게 하는 것은 내 안에 존재한다는 것을 이해하고 마음에서부터 선한 행복들을 이끌어낼 줄 아는 사람이고 싶다. 주어진 것에 감사할 줄 아는 소소한 사람이고 싶다. 그러니까 내가 가지고 있지 않은 것들을 끊임없이 바라고 원하기 보다 이미 내가 가진 것들을 바라보고 소중히 여길 줄 아는 그런, 소소한 사람. 그렇게 행복한 사람이 되어서 내 곁에게도 선한 영향력과 따스함을 전해줄 수 있는 사람이고 싶다. 조금 더 용서하고 조금 더 다정하며 조금 더 온유한 사람이고 싶다. 내 미소가, 타인들에게 전해지는 느낌이 기쁨이며 순수함이었으면 좋겠다. 그렇게, 존재하고 싶다. 다른 무엇이 아니라 그 존재의 영향력이 너의 마음에 향기롭게 닿았으면 좋겠다. 그렇게 늘, 마음과 마음이 닿은 관계를 맺고 싶다. 멋지고 화려한 사람이기보다는 수많은 외로움과 공허함에 치유와 위로가 되는, 그런 나였으면 좋겠다. 무엇보다, 너에게.

나는.

세상의 것을 좇아 탐닉하기보다 내 마음에 있는 것을 꺼내어 드러낼 수
있는 사람이 되고 싶다. 조금 더 용서하는 마음으로 세상을 향해 예쁜 향
기를 뿜어내고, 조금 더 사랑하는 마음으로 많은 이들의 가슴에서 예쁜
꽃을 피워내고 싶다. 아팠던 만큼 더욱 치열해지기보다 아픔을 통해서 더
욱 그윽한 내가 되어가기를 소원해 본다. 그렇게 타인의 겉보다는 마음
을 바라봐주는 깊은 사람이 되고 싶다. 나와 함께하는 시간 동안은 세상
의 시선이 아닌 마음의 시선으로 서로를 바라주고, 그 따스함으로 서로의
곁에서 진심과 위로로 쉬어갈 수 있었으면 좋겠다. 늘 마음을 바라봐주는
눈빛의 부재에 공허함을 느끼며 살아가는 게 사람들이니까. 내가 살아가
는 예쁜 가치와 의미가 타인들의 삶에도 기쁨을 선물할 수 있게, 나는 내
마음을 바로잡아 나아가야지. 그렇게 행복해야지. 모든 아픔들이 나를 찾
아온 이유 앞에서, 다른 곳을 바라보며 미워하고 탓하기보다 그 아픔의
숨겨진 선물을 찾아서 배우고, 그렇게 그 의미를 완성해나가며, 내게 주
어진 이 삶을 최선을 다해, 진심을 다해 끌어안아야지. 지난 모든 시간들
이 나를 찾아온 의미와 이유 앞에서, 나는 부끄럽지 않은 사람이었다고
스스로 자부할 수 있는 사람이 되기를.

짝사랑.

처음 보는 당신을 좋아하게 되었어요. 많이 뜬금 없지만, 제 이 감정이 불편하시겠지만 당신을 가벼운 마음으로 쉽게 좋아하게 된 것이 아니에요. 제 살아온 모든 날의 나이테와 경험과 배움의 소중함으로, 당신을 바라보게 된 거예요. 당신의 소중함을, 당신의 가치를. 당신의 모든 삶을 알 수는 없지만, 당신의 눈빛과 표정과 말투에 담겨있는 당신을 느낄 수 있었던 거예요. 이 사람, 참 좋은 사람이구나, 하고. 그래서 반했어요. 그런 제가 불편하시겠지만, 절대로 가벼운 것이 아니었어요. 그래서 아팠어요. 나는 이토록 진심인데, 이 진심이 당신에게는 이토록 가볍게 닿은 것 같아서. 내가 여태 살아오고 쌓아온 제 경험과 세월들 또한 당신에게 느끼게 해줄 수 있었다면 참 좋았을 텐데, 그랬다면 당신도 분명 나를 좋아해줄 수 있었을 텐데. 그런 아쉬움 같은 미련이요. 하지만 끝내는 괜찮다고 생각했어요. 저를 좋아해주지 않은 당신이라서, 당신은 신중한 사람이고, 저는 신중한 당신이 좋아요. 이미 당신을 좋아하게 된 나에게 당신의 무엇이든 당신을 좋아할 무수히 많은 이유 중 하나의 이유가 될 뿐이겠지만, 신중한 당신이 신중히 고민하고 신중히 바라봐도 제가 좋은 사람이라는 생각이 들 만큼, 제 모든 날을 더한 저라는 사람을 천천히 보여주면 되는 것이니까. 그때가 되면 당신을 좋아하는 제 감정의 무게가 당신에게도 충분히 전해질 거라 믿으니까. 그러니까 저는 오늘을 잘 살아갈게요. 오늘의 오늘을 더해 더 좋은 사람, 당신에게 기쁨을 주는 성숙한 사람이 되어가고 있을게요. 그렇게 닿아갈게요. 그리고 그때 다시 한 번 당신을 좋아합니다, 라고 고백할게요. 당신은, 첫눈에 봐도 참 좋은 사람이었고, 저는, 몇 번을 보니 참 좋은 사람이더라, 이렇게 서로의 가슴에 묻어날 수 있게. 저 하늘에 떠 있는 보름, 달과 별, 처럼, 그렇게 서로에게 맺힐 수 있게.

짝사랑 2

나는 이렇게나 좋아하는데, 상대방에게 내 마음과 같기를 강요할 수 없는 것. 그래서 아프지만, 사실 속상할 자격도 없는 것. 그래서 미어질 만큼 답답하고 가슴이 쓰라린 것. 다른 누군가가 상대방에게 한 행동은 기쁨이 되지만, 내가 한 그 똑같은 행동은 불편한 것이 되어버리는 것. 축하도, 안부도, 인사도, 모두 나를 통해 나온 것이라면 부담이 되어 닿게 되는 것. 먼저 좋아했다는 이유 하나만으로, 불편한 사람이라는 색안경이 씌여진 채 상대방에게 비춰져야 하는 것. 그래서 절대로 이루어질 수 없는 것. 만약 우리가 서로 좋아했다면, 너는 내 곁에서 그저 하나의 찬란한 아름다움이 되어 내내 행복하게 피어날 텐데, 그게 아니라서, 나는 너를 품어도 볼 수 없는 것. 그래서 내가 할 수 있는 거라곤 인연이 아니었음을 받아들이는 것밖에는 없는 것. 멀리서 응원하고, 행복을 빌어주는 것밖에는 할 수 있는 게 아무것도 없는 것. 너를 위해서라면, 너를 좋아하지 않는 것 외에, 너에게 기쁨을 줄 수 있는 게 아무것도 없는 것. 그래서 이렇게나 슬프고 이렇게나 아픈 것. 짝, 사랑.

외로움.

새로운 인연이 때로는 악연이 되기도 해서, 그렇게 상처만을 남긴 채로
끝이 났던 적도 잦아서, 그래서 차라리 만나지 않았으면 어땠을까, 라는
생각을 하기도 해서 새로운 사람을 마음에 두는 일이 점점 어려워진다.
있었던 인연도 줄고, 그렇게 점점 혼자에 가까워져 간다. 외로운데, 또 함
께하는 것이 더 외롭기도 하다는 걸 알게 되어서. 정말 좋은 인연이라면
한 명만 있어도 소중하다는 생각을 하게 되는 요즘이라서.

여전히 예민하고 삐딱한 구석이 있어서
사람과 닿는 일이 참 어렵습니다.
나의 지금이 타인의 기준에서 정의되는 것이
여전히 불편하고 차갑습니다.
그래서 자꾸만 혼자가 편해지나 봅니다.
그러면서도 저의 이 깊은 외로움을
서로의 깊은 그 우물을
채워주고 달래줄 사람을 기다립니다.
외로움이 좋은 사람은 없습니다.
다만, 외로움보다 외로운 것들이 무서운 것뿐입니다.
그래서 그 지독한 회색에 섞이지 않기 위해
차라리 혼자가 되어온 것이 아닐까요.
언젠가의 이 세상은 타인의 감정을 더욱 헤아리고
배려하고 존중하는 세상이 되어있기를 바랍니다.
그때가 오기까지 저는 계속 외롭겠습니다.
이 외로움으로 외로운 누군가를 위로하고 있겠습니다.
그리고 이 외로움으로,
그럼에도 나를 이해하고 안아달라고,
어린아이처럼 떼쓰며 그렇게 칭얼대고 있겠습니다.
이런 나를, 그럼에도 이해하고 헤아려주는 당신이
혹여나 저를 사랑해주지는 않을까, 내심 기다리며.

두 에
번 필
째 로
　 그

　　너와의 이별 후에 한참 힘든 시기를 보내고 있을 때, 어릴 적 보았던 영화 500일의 썸머를 다시 보았다. 영화에서 남자 주인공은 썸머와의 이별 후 새로운 사랑을 찾기 위해 소개팅을 하게 되는데, 그때 소개팅에 나온 상대 여자를 보며 남자 주인공이 자꾸, 하지만 이 여자는 썸머가 아니잖아, 라고 말을 하는 부분에서 크게 공감을 했었다. 네, 가 아니었다. 그렇게 헤어진 뒤의 우리는, 헤어졌지만 여전히 헤어지고 있는 중인 우리는, 새로운 사람에게서 자꾸만 너의 흔적을 찾으려 하고, 너와 새로운 사람의 다른 점에 대해 비교를 하곤 한다. 그리고

　　그 비교를 더 이상 하지 않을 만큼 내가 이별을 완성하고 온전해졌을 때, 또 그 비교를 더 이상 하지 않을 만큼 내가 더 사랑하게 될 사람을 만났을 때, 우리는 미련 대신에 새로운 사랑에 빠질 것을 선택하게 될 것이다. 그러니 많이 아파야만 하는 것이다. 주어진 이별 앞에서 펑펑 울고, 이 미어지고 곪아 터진 심장을 어찌하지 못해 허우적거리기도 하고, 그렇게... 아파야만 하는 것이다. 그러니

　　이별이 어떻게 아프지 않을 수가 있겠어요. 그렇게나 사랑했던 사람이고, 그렇게나 남이었던 둘이서 이렇게나 하나가 되어온 사랑인데. 그 모든 세월과 그 모든 기억을 함께 걸어온 사람과 영원히 남이 되어

야 하는 일인데 어떻게 아프지 않을 수가 있겠어요. 그리고 그 아픔에 대해 어떻게 감히 제가 함부로 위로를 건넬 수 있겠어요. 나도 그 어떤 위로에도 불구하고 그저 아팠던 사람인데. 그러니 아프지 않을 거라는

거짓말, 하지 않을게요. 정말 많이 아프고 정말 끔찍하게 지옥일 거예요. 그 아픔이 얼마나 오래 지속될지는 모르겠지만 확실한 건, 꼭 지나갈 거고 꼭 아물 거예요. 그리고 그 상처 위에 더욱 예쁜 새살이 돋아날 거예요. 그러니 펑펑 아파요. 그리고 그 모든 아픔과 사랑의 기억과 내 경험들을 더해 더 다정한 사람을 만나요. 그렇게 아픔과 아픔과... 아픔과 또 아픔을 더해서 마지막 사랑을 향해 나아가고 있는 거예요. 그렇게 내 모든 아픔의 조각을 더해 만난 그 마지막 사랑은,

그러니까 당신의 모든 사랑과 이별의 경험을 더해 만난 그 마지막 사랑은, 아마도 당신의 인생에서 가장 최선의 다정한 사람일 거예요. 그러니 아직 더 사랑하고 더 이별해봐요. 되도록이면 다음 사랑이 마지막 사랑이길 저 또한 바라겠지만, 그러지 못해 또 아파야할 우리일지도 몰라요. 하지만 그럼에도 다시,

사랑해요. 그렇게... 사랑과 사랑을 더해 사랑하고, 기억과 기억을 더해 사랑하고... 또 사랑해요. 그 모든 지난 사랑들이, 지난 사랑의 추억들이 쌓이고 쌓여 나를 지켜줄 테니까요. 더 아름다운 사랑의 정상 위에 놓이게 해줄 테니까요. 그래서 저는 한 가지만 약속해줄 수가 있어요. 제 약속은, 당신이 아프지 않을 거라는 거짓말도, 이제는 더 이상 당신에게 상처를 주는 사람이 아닌, 정말 당신에게 꼭 맞는 다정한 사람을 만나 곧바로 영원으로 굳어지는 사랑을 하게 될 거라는 거짓말도 아니에요. 그러니까 제 약속은,

몇 번을 더 무너지고 몇 번을 더 아파야 할지 모르겠지만, 그 모든 아픔과 사랑의 조각들이 모이고 모여 당신을, 당신과 함께 영원을 약속하게 될, 그러니까 영원으로 굳어지게 될 마지막 사랑 앞에 데려다줄 거고, 그 마지막 사랑은 여태 했던 사랑 중에서 가장 최선의 다정함이고 사랑일 거라는 것. 그럼에도 완벽하게 사랑일 수는 없어서, 여전히 서운한 점도 아픈 일도 생기겠지만, 그럼에도 헤어짐을 선택하기보다 함께 극복하며 더욱 찬란한 서로가 되어가는 아름다움일 거라는 것. 너무나 뻔하고 당연하지만, 그 누구도 약속해주지 않았던 이 약속을 당신에게 건네요. 정말,

그럴 거예요. 당신이 당신에게 주어진 모든 사랑 앞에서 최선이었다면, 그리고 최선을 다해 아파했다면, 꼭 그럴 거예요. 그러니 너무 걱정하지 말아요. 아파하고 있는 지금도, 미어지는 가슴을 붙든 채 펑펑 울고 있는 지금도, 당신은 나아가고 있는 것이고, 그래서 잘하고 있는 거니까. 그래서 괜찮은 당신의 지금이고, 우리이니까. 우리의 사랑이니까. 그리고...

영화 500일의 썸머에서 한 꼬마 숙녀가 남자 주인공에게 해줬던 말을 해주고 싶다. 당신이 못해준 것만 생각하지 말고, 당신이 상처 준 것만 생각하지 말고, 당신이 상처를 받았던 것도, 당신이 잘해줬던 것도 한 번 생각해보면 좋을 것 같다고. 이별한 뒤에 미련 때문에 아픈 사람들은 내가 잘해줬던 것, 내가 상처받았던 것은 잊고, 네가 나에게 잘해줬던 것, 내가 너에게 상처를 줬던 것만 기억하는 습성이 있으니까. 잘 생각해보면, 내가 잘해줬던 것도 많고, 내가 상처를 받았던 것도 많을 것이다. 아마도, 그래서...

그때는 이별을 선택할 수 있었던 것일 거다. 이별하고 시간이 지나 그걸 잊고 다른 것만을 기억해서, 그게 문제가 된 것이지.

나도 그랬다. 내가 너에게 사줬던 수많은 꽃들과 내가 너에게 써줬던 편지들, 그리고 이벤트 선물, 내가 너에게 해줬던 수없이 많은 다정함들, 사랑의 표현들... 그 모든 것과 네가 나의 심장에 못을 박았던 언어와 표정들, 아픔, 상처... 그 모든 것은 잊은 채 그 반대의 것들만 기억하며 미련에 빠진 채 아파하고 그리워하고만 있었다. 그렇게 미련을 더욱 심화시키고 죄책감에 빠져 오래도록 힘들어했다. 그래서 500일의 썸머에서 꼬마 숙녀가 남자 주인공에게 해줬던, 이 책에서는 나의 형이 나에게 해줬던 이야기를 전하며 이 책을 끝내고자 한다.

미삽입 수록본을 쓰게 되며, 원래의 이야기를 해치는 것 같아 고민도 많았고, 사실 정말 힘들게 썼던 책이라 또 힘들고 싶지는 않기도 했고, 무엇보다, 이 책을 쓸 때의 감정이 이제는 고스란히 내게 남아있질 않아 버겁기도 했고, 그래서 주저했지만, 그럼에도 기다려주고 응원해주신 독자분들의 소중한 마음 덕분에 무사히 끝맺음을 할 수 있었던 것 같다. 하여 감사의 인사를 전한다(마지막 장에서 다시 인사드릴게요). 늘 고맙고, 앞으로도 부족하지만, 그럼에도 아껴주신다면, 더 좋은 글, 성숙한 글로 그 마음들에 보답할 수 있도록 하겠습니다. 정말 감사드립니다 :)

그리고 다시 돌아와서,

"왜 당신이 받았던 것만 기억하고, 당신이 준 것은 기억하지 않고,
당신이 준 상처만 기억하고, 당신이 받은 상처는 기억하지 않아요?"

너라는 계절, 김지훈 이야기 산문집.

이제는 진짜, 끝.
그리고 우리들의 새로운 계절은
이제부터 다시, 시작.

독
자
분
들
에
게

너라는 계절, 2주년 기념 미삽입 수록본을 준비하며, 다시 이 책을 처음부터 끝까지 읽게 되었다. 문장이나 오탈자를 조금이라도 더 바로 잡기 위해서. 이 책은 내게 있어서 책으로 낸 뒤에도 다시 읽은 적이 없었던 유일한 책이었다. 그냥 내가 울게 되고 슬퍼질 것만 같고, 또 네가 그리워져 미어질 것만 같아서 그랬다. 그래도 작가로서 책임을 다하기 위해 다시 펼쳐 읽게 되었다. 읽다가 설레기도 하고 울기도 하고, 그러다 문득 내가 다시, 이런 책을 쓸 수 있을까. 이런 사랑을 할 수 있을까. 하는 생각에 심장이 일렁였다. 슬펐다. 이 책은 내게 있어 여전히 슬픔인 것 같다. 삼 년이라는 시간 동안 연애를 하지 못한 이유이기도 한 것 같다. 이 책의 완성으로 나의 사랑도, 그리고 이별도 모두 잘 완성되고 더 튼튼한 뿌리를 내려서 나도 이제는 좋은 사람을 만나고 싶다. 다시 예쁘게 사랑할 날이 왔으면 좋겠다. 그렇게 간절히 소원하고 바랐다.

사랑을 하며, 누군가는 서로에게 익숙해지는 것이 지겹다고 말하지만, 낯가림이 심한 내게 있어 익숙해지는 일은 언제나 특별해지는 일이었고, 서로에게 더욱 소중해지는 일이었다. 하지만 이제는 이 익숙함이 두렵다. 함께하며 서로에게 녹아들고, 서로의 경험을 나누며, 그렇게 하나가 되어가며, 이제는 너와 내가 아닌 새로운 하나의 색이 된 우리인데, 그렇게 가족이 되었는데, 그 익숙함과 언젠가 이별을 하게 되는 날이 찾아올 수도 있다는 것이 끔찍이도 두렵다. 그래서 사랑이 이토록이나 두렵다. 가족은 평생을 함께하며, 아무리 서로가 서로에게 큰 상처를 주었고, 또 아무리 잘 맞지 않는 순간에도, 그럼에도 서로를 사랑하며 함께하며 기다려주며, 생을 마감한 뒤에도 그 추억과 기억의 아름다움으로 영원한 그리움이자 사랑으로 남아 함께하는 것인데, 비록 태어난 순간부터 함께하지는 않았지만, 이렇듯 하나의 가족처럼 서로를 사랑하게 된 누군가는, 가족이 되었지만, 그럼에도 평생 안부조차 묻지 못할 만큼의 남이 되기도 한다는 것이 너무나도 두렵다. 나는 그것을 또다시 감당할 자신이... 정말로 없는 것 같다.

　그래서 나는 새로운 사랑을 두려워하는 겁쟁이가 되었다. 한 사람을 내 마음에 담고, 그 한 사람을 떠나보내는 과정이 내게는 이 인생의 그 무엇보다도 슬픔이었고 아픔이었기 때문에. 누군가 내게, 좋아하는 일을 하고, 그 일을 하면서 또 큰 성취를 이루어내고, 그러한 삶이 참 부럽다는 말을 한 적이 있었다. 그 말을 들은 나는 그에게 이렇게 답했다. 제가 부럽다고요? 부러워하지 말아요. 지금 곁에 사랑하는 사람이 있잖아요. 그 사람과 때로 싸우기도 하겠지만, 그래도 서로 함께하고 있잖아요. 저는 세상에서 그게 제일 부러워요. 그러니까 저처럼 일을 너무 좋아하고, 또 큰 성취를 위해 나아가기보다, 그 사랑을 지켜내기 위해 더 노력하셨으면 좋겠어요. 그럼 아마도, 저보다 훨씬 더 행복하고 더 많이 웃으실 거고, 그럼 그게 가장 큰 성공이 아닐까요? 라고. 진심으로, 누군가와 여전히 함께하고 있는 그가 부러웠다. 그저 평범하게 하루를 살아가고 그 소소함들을 사랑하는 사람과 나누고 함께하고 있는 그가 부러웠다.

　많은 독자분들에게 하고 싶은 이야기도 이와 같다. 사랑을 지켜내셨으면 좋겠고, 그게 이 삶에서 가장 가치 있고 행복한 일이라는 것을 꼭 아셨으면 좋겠다. 이 책을 통해 함께 설레기도 했고, 아파하고 슬퍼하기도 했다면, 끝내 찬란하기도 했다면, 나와 같은 후회는 하시지 않으셨으면 좋겠다. 그리고 나 또한, 이전에 경험했던 아픔을 또다시 반복하지는 않을 것이다. 비록 지금은 여전히 사랑이 두렵고, 또 새로운 누군가를 만난다는 것이 엄두가 나지 않고, 하여 낯설기만 하지만, 또 다른 이별을 반복하게 될까 봐 자신이 없어 자꾸만 주저하게 되지만, 그럼에도 언젠가의 나는 이 모든 것을 딛고 용기를 낼 것이다. 누군가에게 또다시 스며들고 또다시 익숙해지게 될 것이다. 그리고 그때는, 나 또한 그 사랑을 지켜낼 것이다. 누구보다 처절하게 지켜낼 것이다. 그게 아마도, 내가 이렇게 아파해야만 했던 이유일 것이고, 네가 내게 남긴 마지막 의미라고 믿으니까.

　그러니까 이 책이 독자분들에게 주는 가장 큰 의미는, 아마도 이것이라고 생각한다. 이별은 이렇게나 아픈 것이고, 사랑은 이토록이나 소중한 것이라는 것. 그걸 놓치지 말고, 순간순간의 소중함을 조금 더 바라보고 담아낼 줄 아는 우리가 되자는 것. 나라는 사람이 한 계절을 살아가며 느끼고 배웠던 그 모든 것이, 독자분들에게도 소중한 의미로 닿았으면 좋겠고, 꼭 그랬을 거라고 믿는다. 그리고 언제까지나, 독자분들의 작가로서 나는 주어진 삶을 더욱 반듯하고 예쁜 맘으로 살아가고 사랑해서, 더욱 소중한 글로써 나의 글들을 아껴주신 독자분들의 마음에 보답해나갈 것이다. 하루하루 더욱 성숙해서, 더욱 성숙한 글들을 읽으실 수 있게, 나의 글과 함께 한 시절을 공유하고 응원받으며, 그렇게 독자분들의 추억에 나의 글 또한 함께할 수 있게 노력할 것이다. 늘 아껴주시고 사랑해주신 독자분들에게

진심으로 감사의 인사말을 전한다. 정말 감사드립니다.

2019. 6. 30. 지훈 올림.

너
라
는
계
절

초 판 발 행 일 | 2017년 11월 23일

1판 01쇄 발행 | 2019년 07월 24일
1판 04쇄 발행 | 2024년 04월 22일

지은이 | 김지훈

발행인 | 김지훈
책임편집 | 김지훈 백지영
디자인 | 김진영
표지모델 | 김서영
표지사진 | 오민철

발행처 | (주)진심의꽃한송이
주소 | (04074) 서울특별시 마포구 와우산로3안길 2, 3층
대표전화 | 02-322-1228 | 팩스 | 02-336-8235
등록 | 2018년 8월 30일 제 2018-000066호